Polly Ho-Yen

The Mothers

Polly Ho-Yen

THE MOTHERS

SIE MÜSSEN PERFEKT SEIN ODER DER STAAT NIMMT IHNEN IHR KIND

Aus dem Englischen
von Sonja Rebernik-Heidegger

PIPER

Entdecke die Welt der Piper Fantasy:
PiperFantasy.de

Wenn Ihnen dieser Roman gefallen hat, schreiben Sie uns unter Nennung des Titels »The Mothers« an *empfehlungen@piper.de*, und wir empfehlen Ihnen gerne vergleichbare Bücher.

Unser Versprechen für mehr Nachhaltigkeit
Klimaneutrales Produkt
FSC®-zertifiziertes Papier
Hergestellt in Europa

FSC
www.fsc.org
MIX
Papier | Fördert gute Waldnutzung
FSC® C083411

Deutsche Erstausgabe
ISBN 978-3-492-70656-8

Published by Arrangement with Polly Ho-Yen
c/o DARLEY ANDERSON LITERARY, TV & FILM AGENCY,
Estelle House, 11 Eustace Road, LONDON SW6 1JB, UK
Titel der englischen Originalausgabe:
»Dark Lullaby«, Titan Books, London 2021

Redaktion: Kerstin Kubitz
Satz: psb, Berlin
Gesetzt aus der Dante MT
Druck und Bindung: CPI Books GmbH, Leck
Printed in the EU

Für Dan

So rein, wie mir erst meine Liebe war,
Find ich sie heute kaum
Weil sie von Zeit und Jahr
Den Wechsel spürt, genau wie Gras und Baum.
Meineidig schwor zur Winterszeit mein Herz,
Sie sei unendlich – wo doch der Mai sie mehrt!

»Wachstum der Liebe« von John Donne
(ins Deutsche übertragen von Werner von Koppenfels)

OSIP – Office of Standards in Parenting – Amt für elterliche Normwerte

IPS – Insufficient Parenting Standard – Nicht erfüllte elterliche Normwerte

Induktion – Fruchtbarkeitsbehandlungen, die eine Frau vornehmen muss, um schwanger zu werden

Extraktion – Kindesabnahme, wenn der leibliche Elternteil oder das Elternpaar laut OSIP-Bescheid die elterlichen Normwerte nicht erfüllt

OUT – inoffizielle Bezeichnung für Frauen, deren Fortpflanzungspotenzial laut OSIP ungenutzt bleibt

DAMALS

Als ich Mimi zum letzten Mal sah, war sie fast ein Jahr alt.

Wir hatten beschlossen, ihren Geburtstag früher zu feiern. Nur Thomas, ich und Thomas' Mutter Santa, die von unseren Eltern als Einzige noch da war.

Ich hatte einen Kuchen gebacken, der aus kaum mehr als Haferflocken, Butter und Ahornsirup bestand; bei Mimi war gerade erst eine Glutenunverträglichkeit festgestellt worden, und nach dem letzten IPS-Bescheid achtete ich mit an Besessenheit grenzender Sorgfalt auf jeden Krümel, der in ihren Mund gelangte.

Als wir uns an dem Abend im November an unseren kleinen Esstisch setzten, ließ uns wohl alle der Gedanke nicht los, wie wenig Zeit uns noch mit ihr blieb. Wir sprachen nicht darüber. Wir starrten lediglich auf meinen mitleiderregenden, zusammengesunkenen Kuchen und die schief stehende elektrische Kerze in der Mitte, die Thomas eigens gekauft hatte.

Im Grunde wusste ich es zu diesem Zeitpunkt bereits.

Am Morgen des letzten Tages hatte ich mein Gesicht an ihr von feinem Flaum bedecktes Köpfchen geschmiegt, während sie schlafend in ihrem Bettchen lag. Thomas nannte es »Mimis kleiner Heiligenschein«, wenn er die Hand auf die goldenen Härchen legte. Schon in diesem Moment war es mir klar gewesen: *Unsere gemeinsame Zeit neigt sich dem Ende zu.* Aber es war ein so grauenvoller Gedanke gewesen, so voller Schmerz und Dunkelheit und von einer unbegreiflichen Leere, dass ich nicht wagte, mich ihm zu stellen. Ich hatte ihn verzweifelt beiseitegeschoben und »Alles Gute zum Geburtstag, mein kleines Mädchen« in ihr seidig weiches, winziges Ohr geflüstert.

Wir rückten näher zusammen, als wir »Happy Birthday« anstimmten. Voneinander und von dem schwachen, kalten Licht der Kerze angezogen, als könnte die winzige Glühbirne uns tatsächlich so etwas wie Wärme schenken. Wir klangen erschöpft. Die Worte bargen kein Versprechen mehr, sie machten uns lediglich unsere Unzulänglichkeit bewusst. *Happy Birthday, liebe Mimi!*

Santa sang lauter als Thomas und ich zusammen, und ihre schrägen Töne überlagerten unsere zitternden Stimmen. Sie war ihrem üblichen Kleidungsstil treu geblieben und trug ein gold-orangefarbenes Tuch über den Schultern, einen Rock, der zu ihren roten Lippen passte, und ein bedrucktes Haarband, das die schwarzen, von vereinzelten silbernen Strähnen durchzogenen Haare zurückhielt. Thomas und ich wirkten im Vergleich wie graue, verschwommene Schatten, die hinter ihr emporragten.

Das Lächeln auf ihren roten Lippen galt allein ihrer geliebten und einzigen Enkeltochter. Sie versuchte, das

Beste aus diesen letzten Momenten herauszuholen und sie mit Farben und Licht zu füllen, wie sie es auch auf ihren Leinwänden und in ihrem Leben tat. Sie hatte sich bewusst für die sattesten Farben in ihrem Kleiderschrank entschieden, um die Düsternis und die Traurigkeit zu vertreiben, die unser Leben durchdrungen hatten und uns mit sich rissen. Ich versuchte, ebenfalls zu lächeln, aber es war wie eine Maske, die ständig verrutschte.

Hap-py Birth-day to – you. Warum wird das Lied beim Singen immer langsamer? Die letzten Töne zogen sich unangenehm in die Länge, bis Santa zu klatschen begann und wir wohl oder übel einfielen. Ich betrachtete meine Tochter, die in unserer Mitte saß, und fragte mich dasselbe wie immer: Hatten wir eine Welt erschaffen, in der sie glücklich und sicher war?

Mimi saß kerzengerade in ihrem Stuhl. Er war ein elegantes, nordisches Fabrikat, dessen Größe sich dem Alter des Kindes anpassen ließ und das somit in Mimis erstem Lebensjahr mit ihr gewachsen war. Der Stuhl war mir unwillkürlich ins Auge gestochen, als wir während der Induktion eines der Musterhäuser besucht hatten, und als ich schließlich mit ihr schwanger gewesen war, hatte ich darauf bestanden, einen zu besorgen.

Kurz davor hatten Thomas und ich ein offenes Gespräch über Geld und Besitz geführt und beschlossen, dass diese Dinge uns nicht zu besseren Eltern machen würden. Wir redeten uns ein, dass ein Kind vor allem Liebe brauchte. Doch als ich den Stuhl aus goldbraunem Holz mit den sanft geschwungenen Linien bemerkt hatte, hatte ich mir geschworen, einen für sie zu kaufen. Ich hatte bereits vor mir gesehen, wie unsere Tochter beim Abendessen darin saß und unser Dreiergespann komplett machte. Der Stuhl hatte ihr gehört, bevor sie die Augen geöffnet und den Atem der Welt auf ihrer Haut gespürt hatte. Er war da, lange bevor sie fähig gewesen war, selbstständig zu sitzen und zu essen.

»Los, puste die Kerze aus, Meems!«, rief Santa. »Wünsch dir was!«

Mimi war wie verzaubert von dem Kerzenlicht, doch dann huschte ihr Blick zu mir.

»Schon gut, Schätzchen«, erklärte ich aufmunternd und beugte mich zu ihr. »So macht man das an seinem Geburtstag.« Ich blähte übertrieben die Wangen auf.

Thomas tat es mir nach, und während wir uns für sie zum Affen machten, lachten und so taten, als würden wir die Kerze gemeinsam auspusten, vergaßen wir es vermutlich für einen Augenblick. Ich glaube, wir vergaßen, warum wir uns ganze zweiundzwanzig Tage vor ihrem eigentlichen ersten Geburtstag hier versammelt hatten.

Mimi betrachtete unsere Gesichter, und einen Moment lang sah es aus, als wollte sie es uns nachmachen, die rosigen Wangen aufblasen und die Plastikkerze auspusten.

»Du schaffst es, Mimi!«, rief ich in einem Anfall plötzlicher Begeisterung. Eine lange vergangene Erinnerung stieg in mir hoch. Ich sah mich an Mimis Stelle, und meine Schwester Evie saß neben mir. Vor mir stand ein Geburtstagskuchen, und ein Gefühl von Sicherheit und der absolute Glaube an alles, was meine Schwester tat und sagte, erfüllten mich. »Wünsch dir was! Du schaffst es, Kit!«, rief sie mir eifrig zu, genauso wie ich es gerade bei Mimi getan hatte. Gerade so, als könnte sie sich kaum im Zaum halten. Ich dachte, ich müsste es tun, weil Evie es mir befahl. Dass mein Wunsch in Erfüllung gehen würde, weil sie es sagte. Aber in den kurzen Momenten, in denen ich überlegte, hatte ich die Kerze bereits ausgeblasen und dabei vergessen, mir etwas zu wünschen.

Mimis Mund verzog sich zu einem breiten Grinsen, und da, direkt in ihren Augen, sah ich sie.

Pure Freude.

Ihre braunen Augen leuchteten und wurden größer, während das Licht der Kerze in ihnen tanzte. Oder war es das Licht, das aus ihrem Inneren drang? Ich erlaubte mir, darin zu versinken, und dachte einen Moment lang: *Ja. Ja, meine Tochter ist glücklich. Alles ist gut. Und nein, ich brauche nicht mehr – absolut gar nichts – als diesen einen Moment, in dem sie so großes Glück empfindet.*

Sie beugte sich vor und betrachtete blinzelnd die LED-Kerze, als verstünde sie tatsächlich, dass sie sie auspusten sollte.

»Mach sie aus«, zischte ich Thomas zu, doch die Kerze brannte stur noch einen Moment länger, als sie sollte. Ich merkte aus dem Augenwinkel, wie Thomas neben mir in Panik geriet und die Fernbedienung der Kerze nicht mehr nur drückte, sondern darauf einschlug. Im nächsten Augenblick erlosch das Licht.

Ich dachte erneut an die Kerze, die ich an meinem Geburtstag ausgepustet hatte, ohne mir etwas zu wünschen. Die Flamme hatte zu zittern begonnen und sich von mir weggeneigt, als ich gepustet hatte, bis sie schließlich ganz verschwunden war. Rauch war aufgestiegen, und trotz der beißenden Schärfe war es ein angenehmer Duft gewesen, den ich sehr gemocht hatte. Ich schob die Erinnerung beiseite. Das Risiko einer echten Kerze auf Mimis Geburtstagskuchen war zu hoch, ganz egal, wie sanft das Licht sein mochte.

Ich streckte die Hand in Thomas' Richtung und spürte zum ersten Mal an diesem Tag so etwas wie Zufriedenheit. Als hätte er denselben Gedanken gehabt, griff auch seine Hand nach meiner, und unsere Finger trafen sich in der Mitte und umschlangen einander erbittert. Mimi grinste triumphierend, den Mund vor Begeisterung weit aufgerissen, und zeigte ihre ersten Zähnchen.

Das war der Moment – der exakte Moment –, in dem es an der Tür klopfte.

JETZT

Ein Klopfen am Autofenster reißt mich aus dem Schlaf, und ich schrecke hoch.

Mein Nacken schmerzt, die Lichter der Ladestation sind gleißend hell, und es liegt ein geschäftiges Summen in der Luft.

Thomas' Gesicht taucht auf, die Augen fragend aufgerissen. Sein Mund hinter der Scheibe formt die Worte: *Willst du auch etwas?*

Ich schüttle den Kopf, und er wendet sich ab. Ich sehe zu, wie er mit schnellen, gleichmäßigen Schritten über den Vorplatz eilt. Wir dürfen nicht zu lange hierbleiben.

Ich bin noch nicht ganz wach und vergesse einen Moment lang, was wir getan haben. Warum wir hier sind. Dann drehe ich mich plötzlich und ruckartig nach hinten und werfe einen Blick auf den Rücksitz. Mein Nacken schreit vor Schmerz über die peitschende Bewegung auf, die gar nicht notwendig ist, weil ich weiß, was ich sehen werde.

Die grauen Sitze sind leer, die Sicherheitsgurte hängen nutzlos herab.

Ernüchtert drehe ich mich zurück nach vorne. Ich sehe Thomas' Kopf über den Eimern mit den halb verwelkten Blumen und im Licht der leuchtenden Sphären, die sich über ihm drehen. Er betrachtet etwas auf einem der Regale, als wollte er es mitnehmen, doch dann richtet er sich auf, folgt dem Hinweisschild zu den Toiletten und verschwindet.

Ein Auto biegt in die Parkbucht neben uns. Ein Mann am Steuer, eine Frau auf der Rückbank. Ich spüre das Unbehagen der beiden. Er ringt die Hände, während sie reden, und massiert sich anschließend die Schläfen. Sie sitzt nach vorne gebeugt, verbogen wie der Ast eines alten Baumes. Ich erkenne den Umriss eines Kindersitzes neben ihr. Deshalb sitzt sie also auf der Rückbank.

Ich recke den Kopf und versuche, einen Blick auf das Baby zu erhaschen. Wir haben keine Kinder gesehen, seit wir das Haus verlassen haben, und mir wird gerade bewusst, wie sehr ich mich danach sehne. Ein winziges, unverbrauchtes Gesicht; das Köpfchen im Schlaf zur Seite gesackt. Ein kleines Wesen, das tapsig die ersten Schritte wagt. Mich überkommt das dringende Verlangen nach einem Beweis für ihre Existenz.

Die Frau fängt meinen Blick auf, und ich wende mich eilig ab und gebe vor, die sich wandelnden Sphären zu beobachten. Als ich einen erneuten Blick in ihre Richtung wage, starrt sie mich immer noch an. Genau wie ihr Mann. Sie fragen sich, warum ich mich für sie interessiere. Sie vermuten, dass ich sie nicht nur ansehe, sondern beobachte. Prüfe. Bewerte.

Im nächsten Augenblick fahren sie los, ohne ihr Auto geladen zu haben. Das Fahrzeug schießt ruckartig nach vorne und nimmt die Kurve ein wenig zu eng. Ein wenig zu schnell. Ich würde ihnen gerne nachrufen, dass es keinen Grund zur Flucht gibt, doch zugleich bin ich froh, dass sie argwöhnisch sind, und will sie mahnen, jederzeit auf der Hut zu sein.

Ich krümme die Schultern. Mein Rücken ist steif von der langen Reise. Ich würde den Schmerz, der zwischen meinen Wirbeln sitzt, gerne abschütteln, aber ich trage ihn mit mir. Er ist tief in mir verwurzelt.

Die Sphären ändern sich erneut. Sie flackern, und weitere Nachrichten werden angezeigt. Ich halte den Blick auf sie gerichtet, um mich von mir selbst abzulenken. Von meinen Gedanken, die sich endlos im Kreis drehen. Ich gähne laut, und die Lider werden mir schwer.

Da sehe ich es.

Der Anblick brennt sich mir ein. Ich spüre ihn wie ein Gewicht auf der Brust, das immer schwerer wird. Wie einen Kloß im Hals, der wächst und mir den Atem raubt. Alles, was ich zu wissen glaubte, verschwindet.

Ich sehe es immer wieder, auch nachdem sich die Sphären erneut geändert haben und nun Statistiken präsentieren.

Ich sehe es, als Thomas auf das Auto zukommt, und ich schließe eilig die Augen und lehne den Kopf zurück, als wäre ich wieder eingeschlafen.

Ich sehe es, während ich höre, wie er seinen Einkauf raschelnd im Handschuhfach verstaut.

Sein Finger gleitet über meine Wange. Er glaubt, dass ich schlafe.

Seine Lippen hauchen einen Kuss auf meine Schläfe.

Ich höre, wie er sagt: »Ich liebe dich.«

Aber ich reagiere nicht. Ich tue so, als würde ich schlafen. Ich stelle mich tot.

Ich kann nur noch an das denken, was ich gerade gesehen habe.

Für ihn ist kein Platz mehr.

DAMALS

Wir lernten uns auf Jakobs Namensfest kennen.

Familien und Freunde hatten sich in Evies und Sebs Garten versammelt, tranken Limonade und warteten darauf, dass das Barbecue begann.

Jakob trug einen Strampelanzug mit orangefarbenen Löwen und schlief bereits den ganzen Nachmittag in Evies Armen. Jedes Mal, wenn Evie und Jakob dicht gefolgt von Seb durch den Garten spazierten, teilte sich die Menge, um sie durchzulassen, und die Gäste senkten respektvoll die Stimmen. Es verlieh der formlosen Zusammenkunft eine seltsame Feierlichkeit.

Jakob füllte den Strampler noch nicht ganz aus. Mit vier Wochen wirkte er immer noch so winzig, dass ich mich fragte, warum sie das Namensfest derart kurz nach der Geburt geplant hatten. Bis Evie mir erklärte, dass das OSIP solche gesellschaftlichen Zusammenkünfte als Möglichkeit nutzte, um festzustellen, wie die jungen Eltern zurechtkamen. Es galt, ein Gleichgewicht zwischen sozialer Isolation und der nötigen Abgrenzung zum Schutz der physischen Gesundheit des Babys zu finden.

Ich hörte das Flüstern, als ich mich durch die Gästeschar schob.

Sie sieht gut aus, nicht wahr? Wenn man bedenkt, was sie durchgemacht hat …

Wie viele Induktionszyklen waren es am Ende?

Ich habe gehört, dass sie es beinahe nicht geschafft hätte.

Ich hörte nur die Hälfte des Gesprächs, und als ich mich umdrehte, konnte ich nicht sehen, wer gesprochen hatte. Einen Moment lang sah ich Evie vor mir, blass und verloren, wie sie beinahe in ihrem Krankenhausbett verschwand. Ich schüttelte den Kopf, um das Bild loszuwerden.

Eine ältere Frau, die ich nicht kannte, starrte Jakob noch hinterher, als die beiden schon lange weitergegangen waren. Ihr schien nicht bewusst, dass sie die Hände nach Mutter und Sohn ausstreckte, als stellte sie sich vor, ihn in ihren eigenen Armen zu halten. Doch dann erhob der Mann neben ihr seine laute, durchdringende Stimme, und ihre Hände sanken nach unten.

»Ich meine, wer hätte das gedacht!«, dröhnte er. »Wir hatten Angst vor Atombomben, Überbevölkerung und dem Klimawandel … aber doch nicht vor so etwas. Unfruchtbarkeit. Und noch immer ist völlig unklar, warum es dazu gekommen ist.«

»Ich habe neulich gehört, dass es etwas mit der Umweltverschmutzung zu tun haben könnte. Mit dem Mikroplastik«, erwiderte die ältere Frau. Sie redete leise, als würde es sie ermüden, einen zusammenhängenden Satz zu bilden.

»Aber wenn es damit zu tun hätte, sollte es dann nicht besser werden, nachdem die Umweltverschmutzung eingedämmt wurde? Wir stehen jetzt seit Jahren bei einer Unfruchtbarkeitsquote von 99,98 Prozent.«

»Ich habe es nur gehört«, wiederholte sie in demselben müden Tonfall.

Dad stand etwas abseits und beugte sich über die Blumenbeete. Eine Hand steckte in seiner Hose, mit der anderen umfasste er ungelenk sein Glas. Er trug einen Mantel, obwohl alle anderen Gäste in T-Shirts und dünnen Baumwollhemden gekommen waren. Ich wusste, dass er sich noch unwohler fühlte als sonst, wenn die Sprache auf die wachsende Unfruchtbarkeit kam. Er sah aus, als würde er bald das Weite suchen. Ich machte mich auf den Weg zu ihm, doch da vernahm ich das sanfte Klingen eines Glases, das jemand mit einem Löffel angeschlagen hatte.

Seb stand mit erhobenem Drink vor den Gästen und machte sich bereit. Er nickte jemandem zu, der weiter hinten stand. Da er größer war als alle Anwesenden, fiel es ihm leicht, die Gästeschar zu überblicken. Seine Haare waren eine Spur zu lang, und ich sah vor mir, wie Evie vor der Party versucht hatte, sie zu bändigen.

»Ich möchte nur ein paar Worte sagen«, begann er, zuckte die Schultern und breitete mit einem ungezwungenen Lächeln die Arme aus, als wollte er uns mitteilen, dass es nun mal nicht anders ging. »Ich werde mich kurzfassen, das habe ich Evie versprochen.«

Sie tauschten einen verschwörerischen Blick, und Evies dunkle Augen blitzten liebevoll.

»Als Evie und ich beschlossen, gemeinsam mit der Induktion zu beginnen, hatten wir keine Ahnung, wie es enden würde.«

Mein Blick huschte unwillkürlich von Seb zu Evie. Sie stand stocksteif ein paar Schritte von ihm entfernt und drückte Jakob an sich, aber wenn ihre Hände frei gewesen wären, hätte sie wohl an ihrem Kleid herumgenestelt. Sie wollte ganz offensichtlich nicht, dass Seb diese Rede hielt.

Ich sah, wie sie kaum merklich zusammenzuckte, als er »Induktion« sagte, und sie starrte entschlossen auf Jakob hinunter, als könnte sie sich in seinem Gesicht verlieren. Wir kannten das Wort schon seit sehr jungen Jahren; hatten es in der Schule gelernt. Ich hörte immer noch die gesichtslose Stimme aus den Videos, und ihre Worte hallten in meinen Ohren wider: »Induktion ist der einzige Weg, um die winzige noch vorhandene Menge an brauchbaren Eizellen und Spermien zusammenzuführen.« Eisprungdiagramme, grafische Darstellungen von Embryonenstadien und Ausdrücke wie »Eizellenintensivernte« waren in meinem Kopf herumgeschwirrt und hatten mir damals schon Angst gemacht, obwohl ich noch nicht wirklich verstand, was das für uns zu bedeuten hatte.

Ich erinnerte mich, wie Evie und ich als Teenager versucht hatten, Stück für Stück einen Sinn darin zu finden. Etwas zu verstehen, das zu groß und zu fremdartig schien, um es zu begreifen. Erst mit der Zeit war mir klar geworden, dass es um unsere eigenen Körper ging. Dass diese abstrakten Diagramme in Wahrheit etwas mit uns zu tun hatten.

Je älter wir wurden, desto sachkundiger wurden Evies Bemerkungen zum Thema Induktion, doch als sie dann selbst damit begann, klang sie mit einem Mal abgebrüht. »Es ist ein Zahlenspiel«, erklärte sie mir müde nach einem weiteren erfolglosen Zyklus und kurz vor dem nächsten Versuch. Sie wollte nicht darüber reden, dass die Wirkstoffkombinationen, die zur Stimulation der Eierstöcke verabreicht wurden, oft zu Überreaktionen führten, die wiederum Blutgerinnsel, dauerhafte Organschäden und Herzinfarkte verursachten. Ich konnte mich nicht erinnern, dass wir in der Schule etwas darüber erfahren hätten. Nachdem Evie mit der Induktion begonnen hatte, hatte ich mich selbst schlaugemacht und heimlich die Beipackzettel ihrer Medikamente gelesen. Die in harmloser kleiner Schrift aufgelisteten Nebenwirkungen machten mich benommen. Ich wollte es nicht glauben. Ich begrub das Wissen tief in mir, doch seit damals hatte mich das Unwohlsein nicht mehr losgelassen.

Ich zwang mich, mich wieder auf Seb zu konzentrieren, als könnte ich dadurch die Schatten aus meinen Gedanken verbannen.

»Aber ich hatte immer, die ganze Zeit über, ein Bild vor Augen, von dem ich nicht einmal Evie erzählt habe. Ich sah vor mir, wie wir unser Kind den Menschen vorstellen, die uns auf dieser Welt am meisten bedeuten. Egal, wie hart es war, dieses Bild ließ mich durchhalten. Und jetzt, wo ich hier stehe und euch Jakob vorstelle, unseren wunderschönen Sohn, ist es, als würde ein Traum …«

Sebs Stimme brach, und er verstummte.

Zuerst klang es, als würde er lachen. Es folgte nervöses Gekicher da und dort, während seine Schultern zu beben begannen und er das Gesicht verzog. Er schaffte es nicht, das Beben zu unterdrücken, das von ihm Besitz ergriff. Wir sahen zu, wie sein Körper in sich zusammenfiel, als hätte jemand die Fäden, die ihn aufrecht gehalten hatten, mit einem einzigen, grausamen Hieb durchtrennt. Evie eilte auf ihn zu, das Gesicht sorgenvoll verzerrt, und als sie ihn in die Arme schloss, erklang ein unverkennbares Schluchzen. Es konnte unmöglich zu dem Mann gehören, der vor wenigen Momenten mit seiner kleinen Ansprache begonnen hatte.

Wie zur Antwort hallte ein kollektives Stöhnen, ein vereintes Klagen durch den Garten. Es klang beinahe enttäuscht. Als ob ein solches Ende nicht vorgesehen gewesen wäre. Mehrere Leute eilten Evie hinterher zu Seb, während wir übrigen uns verlegen im Hintergrund hielten und versuchten, nicht zu starren, gleichzeitig aber unfähig waren, den Blick von Sebs tränenüberströmtem Gesicht abzuwenden.

»Schon gut, mir geht es gut.« Seine Worte gingen beinahe in den wohlwollenden Wünschen und Beruhigungen der umstehenden Gäste unter.

Jemand, an den ich mich mittlerweile nicht mehr erinnern kann, hob sein Glas und rief: »Auf Evie und Seb! Und auf den kleinen Jakob!«, aber er wurde zischend zum Schweigen gebracht. »Nicht jetzt«, erklang ein böses Flüstern. Danach unterhielten sich alle nur noch mit gedämpfter Stimme, als wäre es ungehörig, lauter zu reden.

Ich bewegte mich von einer Gruppe zur nächsten, füllte Gläser und bot den Gästen Kartoffelchips an, die jedoch keinen Anklang fanden. Man war sich einig, dass Seb vor lauter Glück, Vater zu sein, seine Gefühle nicht unter Kontrolle hatte. Eltern von Neugeborenen litten unter akutem Schlafmangel. Niemand war Herr seiner Sinne, wenn er nächtelang nicht mehr als zwei Stunden am Stück schlief.

»Das Essen ist bald fertig«, trällerte Evie, als die ersten Gäste Anstalten machten, sich zu verabschieden. Der Einzige, der gehen durfte, ohne dass es einen Einwand gab, war Dad, und der war kurz nach Sebs Rede verschwunden. Tränen hatten ihn immer schon in die Flucht geschlagen.

Evie stand am Grill und hielt ein langes silbernes Küchenmesser in der Hand, um damit die Plastikpackungen mit den rohen rosa Würstchen zu öffnen. Es wirkte viel zu groß und bedrohlich für diese Aufgabe. Sie reichte Jakob an eine alte Arbeitskollegin weiter, eine matronenhafte Frau namens Deborah, die nicht weit entfernt in einem Liegestuhl saß. Jakob schlief auf Deborahs Brust weiter, ohne sich zu rühren, trotzdem ließ Evie ihn keine Sekunde aus den Augen. Ich wollte ihr gerade das Messer abnehmen, als ein unbekannter Mann mit sehr kurzen dunklen Haaren eine Hand auf Evies legte und mir zuvorkam.

Evie überließ es ihm dankbar. Sie trat zurück und sah sich im bevölkerten Garten um, als suchte sie etwas oder jemanden.

»Ist alles okay?«, fragte ich. »Kann ich dir irgendwie helfen?«

Als Evie sah, dass ich es war, ließ sie zu, dass ihr Lächeln ins Wanken geriet.

»Ja, alles okay. Mir geht es gut. Es ist vermutlich gar nichts …«

»Sag es mir«, erwiderte ich mit schwesterlicher Direktheit.

»Es ist wegen Jakob. Wir haben heute die erste Warnung vom OSIP erhalten. Kein IPS-Bescheid, nur eine Warnung. Aber es hat uns aus der Bahn geworfen. Vor allem Seb.«

»Wann? Was ist passiert?«

Das OSIP, das Amt für elterliche Normwerte, gab es seit der Einführung der Induktion. Die Mitarbeiter des Amtes waren im Grunde Polizisten, die Eltern überwachten und sicherstellten, dass die Bedürfnisse jedes Kindes auf höchstem Niveau erfüllt wurden. Vernachlässigung und Misshandlungen gehörten der Vergangenheit an. Das OSIP hatte weitaus mehr Macht und Einfluss als sein Vorgänger, das Sozialamt. Mittlerweile lebten Eltern in ständiger Angst vor einem IPS-Bescheid und der letztlichen Extraktion des Kindes aus ihrer Obhut.

»Es war nichts. Wir haben ihn zurück ins Auto gesetzt, nachdem wir das Essen für heute eingekauft hatten. Seb bereitete den Sitz vor, und ich hielt Jakey. Als Seb so weit war, gab ich ihm Jakey, und vielleicht lag es daran, dass Seb zur Hälfte im Auto lehnte, als er nach ihm griff, jedenfalls bekam er ihn nicht richtig zu fassen, und da passierte es.«

»Hat er ihn fallen lassen?«

»Nein! Das nicht. Er hat sein Genick nur nicht ordnungsgemäß gestützt. Das hat zumindest die Beamtin gesagt.«

»Das ist doch nicht der Rede wert«, stimmte ich ihr zu. »Fandest du es okay?«

»Na ja ...« Evie zögerte. »Ich glaube schon. Bis die Beamtin herbeieilte und uns darauf aufmerksam machte. Ich meine, vermutlich hätte er das Genick besser stabilisieren können.«

»Denk am besten nicht mehr darüber nach«, sagte ich. »Das war eine einmalige Sache.«

»Das hoffe ich«, erwiderte Evie. »Seb macht sich große Vorwürfe, aber mir ist es auch nicht aufgefallen. Es war also genauso meine Schuld. Das hat auch die Beamtin gesagt. Dass ich mich ... Wie war noch mal das Wort? ... Dass ich mich *mitschuldig* gemacht hätte.«

»Wie war sie so? Die Beamtin, meine ich.«

»Sie sah aus wie eine ganz normale Frau, an der man auf der Straße vorbeigeht, ohne sie zu bemerken. Kurze Haare, kein Make-up. Ein bisschen ... altbacken. Ich dachte, sie würden Anzüge und Sonnenbrillen tragen, sodass man sie sofort erkennt, aber sie war vollkommen unscheinbar. Normal. Durchschnittlich.«

»Stell dir vor, du müsstest diesen Job machen.« Ich erschauderte. »Warum tut man sich so etwas an?«

»Das war es ja. Sie schien stolz darauf zu sein. Ich spürte, dass sie tatsächlich das Gefühl hatte, uns zu helfen, als sie uns erklärte, dass Seb Jakob falsch stützte. Sie schien zufrieden mit sich, dass es ihr aufgefallen war. Als würde sie uns einen Gefallen tun.«

»Wenn es tatsächlich nur eine Verwarnung war und nichts dabei herauskommt, dann hat sie das vielleicht tatsächlich getan. Jetzt wisst ihr, dass ihr superwachsam sein müsst.«

»Ja«, sagte Evie und lächelte traurig. »Das wird schwerer, als ich dachte.«

»Du schaffst das«, versicherte ich ihr.

»Vielleicht«, sagte Evie. »Vielleicht auch nicht.« Sie wischte sich aufgebracht eine Träne von der Wange.

»So darfst du nicht denken. Denk an die Induktionen. Daran, was du gelernt hast. Was du durchgemacht hast. Du bist eine wundervolle Mum. Und Seb kümmert sich hervorragend um Jakob. Jakey ist ein glücklicher kleiner Junge.«

Evie schluckte. Ihr Gesicht glühte, so sehr bemühte sie sich, nicht zu weinen. Rote Flecken zogen sich vom Hals bis über die Schlüsselbeine.

»Hör auf damit«, meinte sie sanft.

»Wie wär's, wenn du dich auf die Suche nach Seb

machst? Ich kümmere mich inzwischen ums Essen.« Ich deutete auf den dunkelhaarigen Mann, der ihr das Messer abgenommen hatte. Er hatte die Würstchen aus den Verpackungen befreit und auf einem Teller zu einer Pyramide gestapelt. Gerade war er damit beschäftigt, weiße, würfelförmige Anzünder auf der Holzkohle zu verteilen. »Wir sorgen dafür, dass die Meute satt wird. Wer ist der Kerl am Grill?«

»Thomas«, antwortete Evie. »Ein Arbeitskollege von Seb.«

Sie sah aus, als wollte sie noch etwas sagen, doch dann überlegte sie es sich anders und stieß stattdessen die Luft aus. Seufzend. Leer.

JETZT

Thomas schläft neben mir.

Er liegt zur Seite gedreht, das Gesicht zur nichtssagenden weißen Wand, an der lediglich das verschwommene Aquarell einer Gartenlandschaft hängt. Wenn er jetzt die Augen öffnen würde, wäre das Bild das Erste, was er sieht.

Die Formen verlaufen ineinander. Langweilige grüne Büsche werden zu Blumen und schließlich zu einer Gestalt – einem Gärtner in übergroßen Stiefeln und Schlapphut, der sein Gesicht verdeckt. Das Bild wurde aufgrund seiner Ausdruckslosigkeit, seiner blassen Farben und der undeutlichen Linienführung ausgewählt, trotzdem macht es mich wütend.

Als würde es mich drängen, das Leben auf diese Art wahrzunehmen, durch einen Nebel, mit weich gezeichneten Ecken und Kanten. Unscharf und konturlos, um nur ja zu vergessen, wie dornenreich es ist.

Thomas' Atem geht gleichmäßig. Ich bin mir sicher, dass er tief und fest schläft, wobei ich das vorhin auch dachte – bis ich mich bewegte und er sich zu mir umdrehte und die Hand nach mir ausstreckte. Schon bald wird ein neuer Morgen anbrechen, auch wenn es noch stockdunkel ist. Es war beinahe Mitternacht, als wir hier ankamen, und danach brauchte Thomas einige Zeit, um runterzukommen. Er wollte reden und schlief später lange nicht ein. Ruhelos warf er sich hin und her, und seine Füße traten gegen die Laken, als versuchte er, sich daraus zu befreien. Erst jetzt bin ich überzeugt, dass er wirklich schläft.

Ich schiebe ein Bein unter dem weißen Laken hervor, und als Thomas sich nicht rührt, schlage ich es zurück. Das Bettzeug ist ein wenig kratzig vom vielen Waschen. Ich tappe leise aus dem Schlafzimmer und zur Treppe. Erst als ich unten angekommen bin, wage ich, Luft zu holen.

Die Zimmer sind mir fremd, aber ich bin den Weg seit unserer Ankunft so oft in Gedanken durchgegangen, dass ich das Gefühl habe, die Wohnung gut zu kennen. Ein ums andere Mal bin ich um die Ecke gegangen und die Treppe nach unten geschlichen, um leise die Tür zum Wohnzimmer zu öffnen, während ich im Bett gelegen und auf den richtigen Zeitpunkt gewartet habe.

Nach unserer Ankunft erkundete Thomas jeden Zentimeter der Maisonettewohnung und drückte auf seinem Weg alle Lichtschalter, als könnte er die Räume dadurch einladender und vertrauter machen. Die Wohnung steht auf der Liste mit den sicheren Unterschlüpfen, in denen wir unterkommen können, und sie ist genauso seelenlos wie die anderen. Ein wenig zu sauber, mit straffgezogenen Laken, ohne eine Spur von Leben oder Liebe.

Hätte ich eine Wahl gehabt, hätte ich das schmuddelige

Bett in unserem Zuhause nicht verlassen. Dort, wo eine feine Staubschicht auf den Gardinenstangen liegt und sich gelegentlich ein Nachtfalter einfindet.

Aber jetzt sind wir hier an diesem weißen, hellen Ort.

Räume ohne Erinnerungen.

Wände ohne Fotografien.

Ich habe eine ganze Wand mit Familienfotos dekoriert, als ich schwanger war. Mimi wand sich und hickste in meinem Bauch, während ich Löcher bohrte, Rahmen aufhängte und alte Fotos von Mum, Dad und Evie ausgrub, die ich bereits vergessen hatte. Ich fand kein Foto von Maia, meiner kleinen Schwester, die als Baby starb, auch wenn ich mich erinnern kann, einmal eines gesehen zu haben – ein winziges, verschrumpeltes Gesicht, eingewickelt in weiße Laken. Es gab ein neues Foto von Santa und Thomas, auf dem sie nicht in die Kamera blickten, sondern nichts ahnend miteinander lachten und die Köpfe zusammensteckten.

Meine Familie war außergewöhnlich, denn es gab sowohl Evie als auch mich, und Geschwister waren mittlerweile eine Seltenheit. Meine Eltern gehörten aufgrund eines unbegreiflichen Zufalls zu dem winzigen Prozentsatz der Bevölkerung, der sich auf natürliche Art fortpflanzen konnte. Einige Jahre vor Evies Geburt begannen sich die Fälle von Unfruchtbarkeit zu häufen, und als Mum mit uns schwanger war, unterzogen sich bereits mehr oder weniger alle Frauen, die Kinder haben wollten, einer Induktion.

Evie und ich waren eine Seltenheit, weil es zwei von uns gab, aber wir waren *außergewöhnlich,* weil wir auf natürlichem Weg gezeugt worden waren. Ich kann mich nicht erinnern, wann ich die Wahrheit erfahren habe, aber ich weiß noch, dass Dad uns auftrug, nicht darüber zu sprechen. Er meinte, andere Leute würden sich dabei unwohl fühlen.

Unwohl. Ich erinnere mich, wie ich das Wort laut wiederholte und mich dabei immer wieder verhaspelte. Wie alt ich damals war, weiß ich nicht mehr.

Mit Mimi im Bauch stand ich vor der Wand mit den Familienfotos und ließ den Finger über die Gesichter meiner Mutter und meines Vaters gleiten, Hand in Hand an ihrem Hochzeitstag. Sie sahen aus wie jedes andere frisch verheiratete Paar im Konfettiregen, so außergewöhnlich und dennoch gewöhnlich in ihrer Freude. Man konnte von dem Foto noch nicht auf das Wunder schließen, das ihnen widerfahren würde. Darauf, dass sie es irgendwie schaffen würden, sich ohne Hilfe fortzupflanzen.

Später wandte ich mich den anderen Fotos zu und erzählte Mimi von den Menschen darauf und wie sie so waren. Nach ihrer Geburt wurde es zu einem festen Bestandteil unseres Tagesablaufs, dass wir vor dieser Wand standen und ich ihr immer wieder dasselbe erzählte, in einer Singsang-Stimme, die ich nicht ablegen konnte, sosehr ich mich auch bemühte.

Ich sehe die Fotos deutlich vor mir, während ich hier vor der beigen, leeren Wand unserer vorübergehenden

Bleibe stehe. Und wie durch Zauberhand ist plötzlich alles wieder da, und der seelenlose Raum verwandelt sich in das Zuhause, das Thomas und ich zusammen erschaffen haben. Ich blicke aus dem Kinderzimmer in den Garten und auf den Maulbeerbaum, den wir bei unserem Einzug gepflanzt haben. Mimi und ich verbrachten viel Zeit dort draußen und beäugten seine dürren Äste, die uns wie lange, dünne Finger zu sich riefen. Ich sehe die gesteppte Krabbeldecke aus farbenprächtigen Quadraten, auf der ihre jeweiligen Lieblingsspielzeuge verstreut lagen. Dads Lehnstuhl. Thomas' und Santas Bilder. All die kleinen Dinge, die zusammengezählt unser Zuhause ergaben, das mittlerweile verlassen ist.

Hier wirkt alles, was wir besitzen, fehl am Platz. Das Brot, die Bananen und der Karton mit den Teebeuteln, den Thomas in einem Anfall von Sesshaftigkeit gekauft hat, liegen verloren auf der glänzenden, gesprenkelten Küchenarbeitsplatte. Die Milchpackung steht in der Mitte des leeren Kühlschrankes, als versuchte sie, so viel Platz wie möglich einzunehmen – allein, weil sie die Möglichkeit dazu hat. Mein zerknitterter, schäbiger Mantel liegt auf dem gepolsterten, kirschroten Sofa, wo ich ihn abgelegt habe.

Gedankenverloren greife ich danach und schließe ihn über dem T-Shirt und der abgetragenen Schlafanzughose. Mit jedem Knopf werde ich ein wenig sicherer und fühle mich mehr wie ein Mensch, vor dem ein neuer Tag liegt, an dem er tun und lassen kann, was er will.

Nach dem letzten Knopf fühle ich mich vollständig umhüllt und geborgen.

Ich schlüpfe barfuß in meine Schuhe und greife nach dem Autoschlüssel, den Thomas neben der Obstschale abgelegt hat, in der sich kein Obst befindet.

Der Tag gehört mir.

Und ich verschwinde.

DAMALS

Er stand leicht nach vorne gebeugt und beäugte den Grill eingehend.

Obwohl wir uns nicht kannten, streckte ich unwillkürlich die Hand aus und legte sie sanft auf seine Schulter.

Das Baumwollshirt unter meiner Handfläche fühlte sich kühl an.

»Thomas?«

Er wandte sich langsam zu mir um, und wir standen einander einen Moment länger als nötig schweigend gegenüber, während unsere Blicke über das Gesicht des anderen wanderten, als wäre es eine unbekannte Landschaft.

»Ich bin Evies Schwester«, erklärte ich, auf lächerliche und unerklärliche Weise schüchtern. »Kit«, presste ich noch hervor, mir wie immer der Auswirkungen des Wortes *Schwester* bewusst.

Schwester. Bruder. Worte, die langsam ausstarben.

»Kit«, wiederholte er leise, als wollte er sich den Namen einprägen.

»Ich bin hier, um zu helfen – mit dem Grill.«

»Super. Dieser Würstchenberg ist das Einzige, was ich

bis jetzt zustande gebracht habe. Und ich hoffe inständig, dass ich die Kohlen zum Glühen bekomme, bevor die Meute vor Hunger außer sich gerät.«

»Da sind wir schon zwei. Aber wir können uns wehren. Damit zum Beispiel …« Ich ließ den Blick über die Kochwerkzeuge schweifen und zückte eine lange Metallzange.

»Und ich nehme …« Thomas betrachtete das Durcheinander ebenfalls und entschied sich für einen Holzkochlöffel. »Den hier! Richtig eingesetzt kann man damit einigen Schaden anrichten.«

»Das werden wir sehen, wenn es so weit ist.« Ich blickte zu den Gästen hinüber, die in kleinen Grüppchen zusammenstanden und sich mit gedämpften Stimmen unterhielten. »Sie sehen eigentlich ganz harmlos aus.«

In diesem Moment wurden die Stimmen der am nächsten stehenden Gruppe zu uns herübergetragen.

»Das hätte schon längst passieren sollen«, erklärte ein kleiner Mann mit ergrauendem Haar. Soweit ich wusste, war er ein alter Freund von Sebs Familie. Er lehnte sich beim Sprechen immer wieder nervös zuckend nach vorne. »Die Kustoden wussten schon lange, dass wir uns darauf zubewegen – sie hätten es viel früher umsetzen sollen. Wenn Torrent nicht gestorben wäre, befänden wir uns jetzt in einer weitaus besseren Lage.«

Ich sah, wie Thomas einen Blick in Richtung der Gruppe warf.

»Und schon geht es los …«, murmelte ich, ohne nachzudenken.

Der Mann polterte weiter.

»Wenn sie die Maßnahmen bereits vor zehn, fünfzehn Jahren eingeleitet hätten …«

»Aber ich bin mir ehrlich gesagt nicht sicher, wie viele sich tatsächlich dazu bereit erklären werden. Junge Frauen …«, begann Evies Kollegin Deborah, doch der Mann redete einfach weiter.

Ich spürte wie aus dem Nichts das Verlangen, ihn zu unterbrechen. Ihm das Wort abzuschneiden, wie er es bei Deborah gemacht hatte. Ich wollte etwas Deutliches, Bedeutendes sagen, das seiner herrischen Tirade ein Ende setzte, doch als ich den Mund öffnete, war da nichts. Ich hatte keine Antworten.

Das kam in letzter Zeit immer häufiger vor, wenn sich Gespräche um Politik drehten. Da war etwas in mir, etwas Leidenschaftliches, Bestimmtes. Es wollte heraus und gehört werden, aber ich konnte es nicht in Worte fassen. Ich war wie geknebelt, obwohl ich nicht richtig wusste warum.

Ich sagte mir, dass ich nicht gut genug Bescheid wusste, und das stimmte zum Teil auch. Als ich jünger gewesen war, hatte ich gedacht, ich könnte es einfach ignorieren. Ich kannte nichts anderes als das Leben unter der Herrschaft der Kustoden und ihre Ansichten, wie man das Problem der immer rascher sinkenden Bevölkerungszahlen lösen konnte. Ich hatte nur immer wieder Bruchstücke aufgeschnappt, wenn mein Vater von früher erzählt hatte. Von den Wahlen, den Volksbegehren, den Debatten und den Umfragen. Er wirkte aufgewühlt, wenn er davon sprach, als könnte er noch immer nicht begreifen, wie es so weit kommen konnte. Zu einem Einparteiensystem, einer totalitären Regierung.

»Das könnte einige Zeit dauern«, flüsterte Thomas zurück.

»Was ... was hältst du von ... von den Kustoden?«

Er wandte sich zu mir um. »Grundsätzlich? Das ist keine leichte Frage, und ich befürchte, ich habe keine wirkliche Antwort darauf. Vielleicht, weil so viel Lärm darum gemacht wird.« Er runzelte die Stirn.

»Mir geht es auch so«, gestand ich. »Ich würde gerne etwas zu den Geschehnissen sagen – etwas, woran ich wirklich glaube, ohne zu wiederholen, was andere gesagt haben.«

»Das ist schwer, wenn man ständig nur hört, was die Sphären wiedergeben. Und wie die Leute wiederholen, was die Sphären wiedergeben.«

Ich nickte und merkte, wie ich mich ihm gegenüber öffnete. »Ich glaube, mir gefällt es nicht, wie die Dinge gehandhabt werden, aber irgendwie verstehe ich auch, dass es praktisch ein unlösbares Problem ist. Und dass wir etwas tun müssen.«

Mir war mehr als klar, wie unbeholfen und schwammig meine Worte waren, doch Thomas nickte.

»Das eine schließt das andere nicht aus, nicht wahr?«, erwiderte er leise.

»So viele Menschen sind sich offenbar sicher, dass die

Kustoden genau das sind, was wir gebraucht haben und weiterhin brauchen. Ich höre immer öfter, wie Leute sich wünschen, dass es noch weiter getrieben wird. Wie unser Freund da drüben.« Ich deutete auf Sebs Bekannten, der immer noch seine Meinung herausposaunte.

»Die Zeiten der positiven Ermutigungen sind vorbei«, sagte er gerade. »Verpflichtende Induktion ist der nächste Schritt, ihr werdet sehen. Und das Alterslimit wird weiter herabgesetzt werden. Das ist unausweichlich, nicht wahr?«

Einige Umstehende nickten, und zustimmendes Murmeln erklang. Die Frau, die ich vorhin beobachtet hatte, wie sie die Hände nach Jakob ausstreckte, presste schweigend die Lippen aufeinander.

»Hast du die neusten Nachrichten gehört?«, fragte Thomas leise.

Ich nickte. Als ich am Morgen durch meine Wohnung geeilt war und versucht hatte, einen Fleck aus dem Kleid zu entfernen, das ich zum Namensfest tragen wollte, war meine ArbeitsSphäre zum Leben erwacht und hatte lautstark die neuesten Mitteilungen verkündet. Ich hatte das heiße Wasser bis zum Anschlag aufgedreht, um sie zu übertönen, aber die Worte waren dennoch zu mir durchgedrungen. Man hatte das Mindestalter für Induktionen von achtzehn auf sechzehn Jahre herabgesetzt. Sechzehnjährigen Mädchen war es nun erlaubt, sich einer Fruchtbarkeitsbehandlung zu unterziehen, und sie wurden aktiv dazu ermuntert. Es gab ein Diagramm, das den prognostizierten Bevölkerungsrückgang verdeutlichte, wenn die

Anzahl der Induktionen nicht stieg. Die Produktionskraft würde sich verringern, was zu Knappheiten und teuren Importen führte. Ein Sprecher der Kustoden gab eine kurze Erklärung ab, das Gesicht abgezehrt und faltig.

»Es fühlt sich falsch an«, sagte ich, und mir wurde erneut klar, wie unbeholfen ich klang. Ich konnte nicht vermitteln, wie groß die Angst davor war, was das zu bedeuten hatte. Sebs Bekannter hatte recht: Wir hatten uns der verpflichtenden Induktion für alle Bürgerinnen wieder einen Schritt genähert. Es fühlte sich an wie ein Schatten, der sich über mich senkte und dem ich nicht entkommen konnte.

In diesem Moment trat eine Frau auf uns zu, die Evie und Seb während der Induktion kennengelernt hatten. Sie räusperte sich leise und ungeduldig.

»Wird das heute noch etwas?«, fragte sie und warf einen vielsagenden Blick auf die rußigen Briketts, die genauso kalt waren wie die Steine darunter. Sie hatte zu einem sorgsamen Bob geschnittene Haare, und aus ihrem bemüht besorgten Blick sprach Zorn.

Ich sah im Augenwinkel, dass Thomas vorsorglich den Holzkochlöffel zückte, und unterdrückte ein Kichern, bevor ich der Frau ruhig in die Augen sah.

»Und wenn nicht? Verlassen Sie die Feier dann?«

»Nun … nein, natürlich nicht. Ich wollte nur nachfragen, weil …« Sie verstummte.

»Weil Sie hungrig sind?«, beendete ich den Satz für sie.

»Nein, das nicht …«

»Weil Sie nachsehen wollten, was hier los ist?«

»Ich … ich wollte nachsehen, ob ich … helfen kann.«

»Aber gerne!«, erwiderte ich begeistert. »Ich wollte tatsächlich gerade die Salate aus dem Kühlschrank holen. Könnten Sie das übernehmen? Sie sind Jacqui, nicht wahr? Ich bin Kit, Evies Schwester. Und das ist Thomas. Zusammen sind wir das Team Barbecue.«

Jacqui schenkte uns ein schüchternes Lächeln, das sogar sie selbst zu überraschen schien, dann machte sie sich auf den Weg in die Küche, drehte sich allerdings noch einmal um. »Brauchen wir sonst noch etwas?«

»Servietten«, antwortete ich. »Falls Sie welche finden. Ich glaube, sie sind in einer der Schubladen in der Mitte. Versuchen Sie es mit der untersten.«

»Wow«, sagte Thomas, als Jacqui mit zielstrebigen Schritten im Haus verschwand. »Du hast offenbar die Gabe, das Beste in den Menschen zum Vorschein zu bringen.«

Ich zuckte mit den Schultern. »Ich weiß nicht so recht. Aber die meisten Menschen wollen helfen, man muss ihnen nur die Gelegenheit geben. Eigentlich war ich sogar ein wenig zu hart zu ihr«, gab ich zu. »Ich wollte nicht so … so spitz klingen. Es ist passiert, ehe ich mich zurückhalten konnte.«

Es war ein Teil von mir, über den ich ungern zu genau nachdachte. Die Art, wie ich Worte zu Klauen formen konnte, die Wunden und Narben hinterließen. Ich habe es vorher noch nie jemandem gegenüber zugegeben, dennoch fühlte es sich gut und sogar richtig an, mich ihm anzuvertrauen.

»Das war absolut angemessen. Sie war ziemlich unverschämt.«

»Vielleicht. Aber ich muss manchmal darauf achten, es nicht zu übertreiben.«

»Müssen wir das nicht alle?«

»Außerdem ist ihr Leben vermutlich nicht gerade einfach. Ihre Induktionen haben nicht ...« Ich verstummte abrupt und konzentrierte mich darauf, die würfeligen Anzünder zwischen den runden Kohlen zu platzieren. Meine Fingerspitzen waren sofort kohlenschwarz.

»Dann kennst du sie also?« Thomas griff nach der Streichholzschachtel.

»Eigentlich nicht, aber Evie hat mir von ihr erzählt. Sie versucht es immer noch. Ihre Schwester ... sie hat eine Schwester, die ... einen Sohn hat.«

Ich hätte beinahe »immer noch einen Sohn hat« gesagt.

»Wie alt?«, fragte Thomas eilig.

»Drei ungefähr.«

»Dann ist er aus dem Gröbsten heraus.« Er verzog das Gesicht, als er es sagte. Extraktionen passierten am häufigsten im Säuglingsalter. Hatte man dieses Stadium überstanden, bestand die Gefahr zwar weiterhin, aber es war wahrscheinlicher, dass das Kind bei den Eltern bleiben durfte. Das OSIP erklärte oft, dass die Einhaltung der Normwerte zu Beginn ein starker Indikator für die weitere Elternschaft war.

Ich versuchte, die schwarze Kohle an den Fingerspitzen loszuwerden, indem ich die Hände aneinanderrieb, aber das machte es noch schlimmer. Eine neue Erinnerung an Evie stieg in mir hoch: weinend und zusammengesunken nach einer weiteren missglückten Induktion.

Mir wurde schwindelig, und Tränen stiegen mir in die Augen.

»Ist alles okay?«, fragte Thomas.

Ich nickte, ohne ihn anzusehen.

Er schwieg einen Moment, dann fragte er: »Glaubst du, dass die Dinge, die manche Menschen durchmachen, ihnen das Recht geben, unhöflich und grob zu sein?«

Nun sah ich doch zu ihm auf. »Na ja. Ja … vielleicht schon.«

»Was ist dann mit den Menschen, die schon jede Menge Scheiße erlebt haben und trotzdem noch freundlich und warmherzig sind?«

»Die nennt man Heilige.«

»Da muss ich dir widersprechen. Wir sind schrecklich tolerant, wenn es um unhöfliches, grobes Verhalten geht. Dabei ist es eine bewusste Entscheidung, sich so zu benehmen. Man muss nicht so sein. Deshalb bist du meine Heldin. Du lässt es nicht auf dir sitzen.«

Ich wusste nicht so recht, was ich darauf sagen sollte, aber in diesem Moment ließ Thomas ein Streichholz aufflammen, und die Anzünder fingen Feuer.

Orangefarbene und durchsichtige Flammen breiteten sich über die Kohlen aus, und ihre Wärme hüllte mich ein.

JETZT

Thomas kann mich nicht anrufen.

Mein Telefon und der Geldbeutel liegen in der Tasche, die ich in der Eile in der Wohnung zurückgelassen habe. Nachdem wir unsere MobilSphären losgeworden waren, kaufte Thomas alte Mobiltelefone, damit wir einander erreichen können, falls wir getrennt werden. Offenbar kann man Personen über ihre MobilSphären orten, deshalb mussten sie verschwinden.

Obwohl er keine Möglichkeit hat, mich aufzuspüren und mir zu folgen, huscht mein Blick wieder und wieder zum Rückspiegel und der Straße, die hinter mir immer länger wird.

Dass ich meine Tasche vergessen hatte, war mir erst aufgefallen, als ich das Auto startete und den Rückwärtsgang einlegte. Ich machte eine Vollbremsung und sah die Bündel mit Bargeld vor mir, die ich darin aufbewahrte. Die Tür zur Maisonettewohnung war nach wie vor geschlossen, Thomas war mir also nicht gefolgt. Ich konnte mich noch einmal leise hineinschleichen, meine Tasche nehmen und wieder verschwinden. Doch irgendetwas hielt mich davon ab. Allein der Gedanke, dass Thomas aufwachen und mir mein Vorhaben ausreden könnte. Wir haben das Auto letzte Nacht aufgeladen, und der Akku ist immer noch voll. Ich griff in meine Manteltasche und fand ein paar gefaltete Geldscheine. Genug, um den Akku erneut zu laden. Genug, um nicht das Risiko eingehen zu müssen, Thomas zu begegnen. Also fuhr ich los und ließ die Tasche samt Inhalt zurück.

Es ist früh am Morgen, und ich habe noch kein anderes Auto gesehen, aber ich werde das Gefühl nicht los, dass Thomas mir folgt. Er wird mich nicht so einfach gehen lassen.

Er könnte mich bei der Polizei als vermisst melden. Er sagt vielleicht, dass ich »in letzter Zeit nicht ganz bei mir« war – Worte, die ich immer wieder von ihm gehört habe, wenn er dachte, ich würde nicht hinhören. Vielleicht erzählt er ihnen von den Pillenfläschchen auf dem kleinen Glasregal im Badezimmer. Ein weiterer Teil von mir, den ich zurückgelassen habe.

Falls er tatsächlich zur Polizei geht, muss ich mir ein neues Auto besorgen. Mein Aussehen verändern, mir die Haare schneiden, die zuletzt als Kind so lang waren wie jetzt. Sie in einer öffentlichen Toilette rot färben. Mir eine dunkle Brille besorgen, die Wangen und Augen verdeckt.

Aber er wird nicht zur Polizei gehen. Er kann nicht. Denn sie suchen bereits nach uns.

Ich trete das Gaspedal durch, und das Auto beschleunigt. Die Landschaft schießt verschwommen an mir vorbei.

Ich genieße das Alleinsein. Ich betrachte den Beifahrersitz neben mir – stahlgrau und leer – und empfinde eine plötzliche Freude darüber, dass niemand da ist. Auch wenn es nicht ganz so einfach ist.

Es hängt zum Teil damit zusammen, dass ich mich ungestört erinnern will. Mir war lange nicht bewusst, dass Thomas merkte, wenn ich mich in Erinnerungen verlor. Mir war nicht klar, dass meine Arme sich bewegten und Mimi in einer leeren Umarmung festhielten. Dass ich leise vor mich hin murmelte. Dass ich den Kopf neigte, wie früher, wenn ich mit ihr sprach.

»Hör auf damit, Kit«, sagte er eines Tages, als ich gerade in einer Erinnerung versank.

»Womit?«

»Damit, so zu tun, als wäre sie noch da.«

Aber ich tat nicht so, als wäre sie noch da. Ich wusste nur zu gut, dass sie fort war. Ich erinnerte mich an sie und erlebte etwas, das einmal passiert war, auf derart intensive Weise noch einmal, dass sogar mein Körper auf die Erinnerung reagierte. Mein ganzes Wesen verzehrte sich schmerzhaft nach ihr. Meine Brüste füllten sich mit Milch und schwollen an, fest und hart. Jedes Mal, wenn ich Milch abpumpte, damit der Milchfluss nicht versiegte, versuchte ich, das rhythmische Brummen der Pumpe auszublenden, und stellte mir vor, ich würde Mimi stillen. Man hatte mir dazu geraten, an mein Baby zu denken, um meinen Körper dabei zu unterstützen, mehr Milch zu produzieren, aber in Wahrheit war es unmöglich, *nicht* an sie zu denken, während sich die Flasche füllte. Tropfen für Tropfen wie Tränen, die zu Boden fielen. Ich musste alles fortgießen. Die Milch, die noch warm von meinem Körper war. Ich goss sie in die Spüle, machte das Wasser an und sah zu, wie sie zerfloss und in einem weißen Wirbel im Abfluss verschwand.

Meine Brüste werden schwerer, je länger ich fahre, beinahe so, als führten sie ein eigenständiges Dasein. Ich habe die Pumpe zurückgelassen, ich werde sie also von Hand ausstreichen müssen, bevor sich die Drüsen verstopfen und der brennende Schmerz einsetzt. Ein Teil von mir mag diese Körperlichkeit des Mutterseins, die ich noch immer mit mir trage. Eine Erinnerung an Mimi, die in meinem Körper weiterlebt – greifbar und real.

In den ersten tristen Momenten, nachdem sie geholt worden war, klammerte ich mich an die Fotos und Videos auf meiner MobilSphäre. Ich durchkämmte die Galerie und wischte gierig von einem Foto und einem Video zum nächsten, bis Thomas mir erklärte, dass es Zeit wurde zu gehen. Mir war klar gewesen, dass ich die MobilSphäre zurücklassen musste, aber ich war dennoch nicht darauf vorbereitet, dass ich die digitalen Alben, die wir von ihr erstellt hatten, nicht mitnehmen durfte. Danach verlor ich mich in meiner Fantasie und ließ aus dem Gedächtnis Momente wiederauferstehen, die wir gemeinsam erlebt hatten.

Ich dachte oft an einen besonders verregneten Tag zurück. Draußen war alles nass, also steckte ich sie in einen flauschigen, wasserfesten Overall, und nachdem ich ihr die Kapuze übergezogen hatte, sah ich nur noch ihr kleines, rundes Gesicht, das lediglich aus Mund, Nase und Augen zu bestehen schien.

Ich dachte daran, wie ich den Finger ausgestreckt und ihn auf ihre rote Nasenspitze gedrückt hatte, während ich ein albernes Tröten ausstieß.

Genau dabei hatte Thomas mich beobachtet. Er hatte gesehen, wie ich den Finger ins Nichts streckte und ihre Nase berührte, die ich immer noch vor mir sah, während ich leise trötete.

»Ich habe doch gar nichts getan«, sagte ich.

»Kit«, antwortete er seufzend. »Dein Gesicht verändert sich dabei. Du hast dir schon wieder vorgestellt, sie wäre hier.«

Dem hatte ich nichts entgegenzusetzen, aber ab diesem Tag achtete ich darauf, dass ich für mich war, wenn ich mich an Mimi erinnern wollte.

Jetzt, im Auto, aale ich mich in der Abwesenheit anderer. Es ist schon lange her, seit ich das letzte Mal wirklich allein war. Thomas war immer in Reichweite, seit sie fort ist.

Vielleicht hat er Angst vor dem, was ich tun könnte, wenn ich allein bin.

Vielleicht habe ich die auch.

DAMALS

Es gab einen Namen für Leute wie mich.

OUTs.

Frauen, die sich gegen eine Induktion entschieden. Es gab keinen Namen und keine Stigmatisierung für Männer, die keine Väter werden wollten.

Um sich einer Induktion zu unterziehen, musste man nicht zwangsläufig in einer Partnerschaft leben. Das OSIP unterstützte Singlefrauen genauso wie heterosexuelle und homosexuelle Paare.

Von Zeit zu Zeit sendeten die Sphären Beiträge über das traurige Dasein der OUTs. Meist handelte es sich dabei um ein unglaublich reumütiges Interview mit einer Frau, die zuerst keine Kinder wollte und nun keine mehr bekommen konnte.

Typischerweise endete es mit computergenerierten Bildern von pausbäckigen, ernst wirkenden Kleinkindern. Beispiele dafür, wie die Kinder der Frau ausgesehen hätten, hätten sie je das Licht der Welt erblickt. Obwohl es eine gewisse Ähnlichkeit zu ihrer »Mutter« gab, hatten diese imaginären Gestalten immer dieselben tieftraurigen, flehenden Augen, die dir durch den ganzen Raum folgten.

Zusätzlich gab es auch sachlichere Informationen über OUTs. Da waren etwa die höheren Steuersätze, mit denen man sich konfrontiert sah, wenn man sich gegen eine Induktion entschied, und die ab dem zwanzigsten Geburtstag der Frau Jahr für Jahr weiter stiegen. In Kombination mit den wachsenden Lohnbeschränkungen würde es bei dieser Entwicklung bald kaum noch möglich sein, als OUT ein eigenständiges Leben zu führen. Man bekam nur geringe bis gar keine Wohndarlehen, und so wurde die ohnehin bereits spärliche Auswahl an verfügbaren Wohnungen weiter beschnitten. Männer sahen sich keinen Strafsteuern oder Ähnlichem gegenüber. Es wurde genug Sperma gespendet, sodass es keinen Engpass gab, und es bestand kein Bedarf an männlichen Körpern.

Ich kochte jeden Monat vor Zorn, wenn ich mich abmühte, mit meinem dürftigen Gehalt in meiner feuchtkalten Wohnung über die Runden zu kommen. Proteste wurden immer mit demselben resoluten Argument niedergeschlagen: Nur Frauen konnten sich einer Induktion unterziehen, und jene, die sich dazu entschlossen, hatten eine Belohnung verdient. Es spielte keine Rolle, dass die Nachteile, wenn man sich dagegen entschied, im Vergleich zu den Vorteilen, wenn man sich fügte, eher wie eine Bestrafung wirkten.

Ganz zu schweigen von den Kommentaren und den Filmen, die OUTs als »selbstsüchtige, egoistische Irre« darstellten, die »das Überleben unserer Spezies sabotieren«, wie es ein Journalist einmal ausgedrückt hatte.

Diese Dinge waren allerdings nur ein Bruchteil dessen, was auf OUTs einstürzte. Das OSIP bestückte die Sphären mit Geschichten und Beiträgen, Fallstudien und Statistiken. Es gab unzählige Reportagen über die Freude an eigenen Kindern und die Vorteile, die Kinder mit sich brachten. Hilfestellungen, wie man Förderungen beantragte, nachdem man sich verpflichtet hatte. Tägliche Berichte über neue Entwicklungen im Bereich der Fruchtbarkeitsbehandlungen. Das OSIP gab sein Bestes, möglichst viele Frauen zu einer Induktionsbehandlung zu drängen. Es war nicht illegal, sich dagegen zu entscheiden, trotzdem fühlte es sich oft so an.

»Kannst du das Ding nicht einmal ausmachen?«, fragte Dad immer, wenn die Filme losgingen. Er kam nicht oft zu Besuch. Es war für uns beide nicht einfach. Er verzog angewidert das Gesicht, wenn sein Blick auf meine ArbeitsSphäre fiel, und sah aus, als hätte er saure Milch getrunken.

»Du weißt, dass das nicht geht«, erklärte ich dann jedes Mal mit zusammengebissenen Zähnen und so leise, dass nur ich die Worte hören konnte, die durch meinen Kopf hallten.

»Wie hältst du das nur aus?«, fuhr mein Vater fort, wandte meiner ArbeitsSphäre den Rücken zu oder verließ, wenn möglich, sogar den Raum. Ich sagte ihm nicht, dass man sich mit der Zeit daran gewöhnte und man die Stimmen irgendwann gar nicht mehr hörte.

Er mied die Sphären, so gut es ging, und verließ nur noch selten das Haus, wenn er sich nicht gerade auf den Weg zu seinem kleinen Garten machte. Die Sphären befanden sich ausschließlich an öffentlichen Orten, dort aber tatsächlich überall: in Bahnhöfen und an Bushaltestellen, in Cafés und Parks, in Läden, im Kino, im Fitnesscenter und im Schwimmbad. Überall, außer in privaten Wohnbereichen. Dort waren sie *noch* nicht überall vertreten.

Die Sphären schienen von Tag zu Tag mehr zu werden, als wären es lebendige Wesen, die sich mit einer Geschwindigkeit fortpflanzten, mit der wir auf keinen Fall würden mithalten können. Bauchige Kugeln, die niemals verstummten, die von allen Seiten und aus jeder Richtung auf einen zustürzten und deren Bildschirm sich immer auf Augenhöhe befand. Sie hatten keine Rückseite. Sie fanden kein Ende.

Evie und ich hatten uns dazu verpflichtet, Arbeits-Sphären in unseren Wohnräumen zu erlauben und jederzeit eine MobilSphäre mit uns zu tragen. Das machten die meisten. Die Sphären waren höher entwickelt als jeder andere Computer, weshalb es nicht wirklich eine bewusste Entscheidung, sondern eher eine Notwendigkeit war.

»Du solltest das Ding schnellstens loswerden«, beharrte Dad, dem gar nicht auffiel, dass ich nicht geantwortet hatte. »Es ist nicht gesund. Es ist, als würdest du jemandem den Schlüssel für deine Eingangstür geben – du bist keine Minute vor ihnen sicher.«

Es war dasselbe Hin und Her wie jedes Mal, wenn er

vorbeikam. Wir hatten es schon so oft durchgekaut, dass ich bereits auf den Moment wartete, wenn er sich wieder über die ArbeitsSphäre zu beschweren begann, und meine Schultern verspannten sich, bevor er auch nur ein Wort gesagt hatte.

»Ich würde mir so etwas nie zulegen«, motzte er.

Dad stellte meinen Status als OUT nie infrage. Im Gegensatz zu Evie.

Sie fing aus Prinzip immer wieder damit an und umkreiste das Thema, bevor sie zum tödlichen Schlag ausholte.

»Du solltest es nicht kategorisch ausschließen, Kit.«

»Was denn?«

»Die Induktion«, erwiderte sie eilig, als hätte das Wort keine besondere Bedeutung.

Wir lagen in ihrem Wohnzimmer Seite an Seite auf dem Teppich. Die Teller vom Abendessen und die halb vollen Weingläser in Reichweite.

Das war vorher. Vor Jakob. Vor allem anderen.

Wir lagen nebeneinander wir früher als Kinder, nachdem Dad uns erlaubt hatte, im selben Zimmer zu schlafen. Ich war drei, als unsere Mutter starb, und Evie war fünf, und wir verbrachten danach kaum eine Nacht allein. Mum starb sehr plötzlich an einem Gehirntumor, nicht lange nachdem unsere jüngste Schwester Maia als Baby den Tod gefunden hatte. Es hatte Komplikationen nach der Geburt gegeben, aber ich wusste kaum etwas darüber. Dad sprach nicht gerne über Mum oder Maia. In Wahrheit konnte ich mich kaum noch an die beiden erinnern. Evie war diejenige, die in meiner Erinnerung verankert war.

Als wir schließlich zu groß wurden, um gemeinsam in einem Bett zu schlafen, breiteten wir unsere Schlafsäcke nebeneinander auf dem Boden aus und redeten jeden Abend vor dem Einschlafen.

Ich starrte dabei an die Decke und zu den verschwommenen Schatten, die das warme, dämmrige Licht der Lampe nach oben warf. Erst später wurde mir klar, dass es mir schwerfiel, mich Leuten anzuvertrauen, wenn ich ihnen direkt in die Augen sah, weil ich so an die nächtlichen Gespräche mit Evie gewöhnt war. Die Worte flossen mit einer Leichtigkeit aus uns heraus, während wir gemeinsam an die Decke starrten.

»Willst du denn keine Mum werden?« Ich musste Evies herzförmiges Gesicht nicht sehen, ich wusste auch so, dass sie strahlte, wenn sie davon sprach. Sie war eine achtsame, pragmatische Person, die Wert auf ihr Äußeres legte. Ihre Nägel waren immer sorgfältig geschnitten, die schwarzen, glänzenden Haare gebürstet und zur Seite gekämmt, aber unter der vernünftigen Oberfläche verbarg sich eine Träumerin.

Frauen wurden dazu animiert, so viele Induktionszyklen wie möglich zu durchlaufen, und Evie hatte mit zweiundzwanzig ernsthaft überlegt, allein damit zu beginnen. Ich hatte gar nicht erst versucht, meine Erleichterung zu verheimlichen, als sie ihre Meinung schließlich doch geändert und beschlossen hatte, zuerst einen Partner zu suchen, mit dem sie ein Elternpaar bilden konnte. Seit damals ging sie regelmäßig mit Kandidaten aus den OSIP-Partnervermittlungszentren aus. Solche Verabredungen waren durchaus lukrativ, denn es gab finanzielle Anreize, wenn man sich in die Datei aufnehmen ließ und sogar noch größere Zuwendungen, wenn man am Ende von einem über die Vermittlungszentren gefundenen Partner schwanger wurde.

»Ich bin mir nicht sicher, ob ich das kann«, erwiderte ich. Ich sah, wie sehr es das Leben meiner Schwester bereits jetzt veränderte, obwohl sie noch gar nicht richtig damit angefangen hatte. Nachdem Evie sich verpflichtet hatte, sofort mit der Induktion zu beginnen, sobald sie einen geeigneten Partner gefunden hatte, musste sie regelmäßig zu gynäkologischen Terminen und medizinischen Untersuchungen. Wenn man die Verabredungen mit den Männern aus dem Vermittlungszentrum dazunahm, drehte sich ihr ganzes Leben bereits jetzt um die Induktion.

»Natürlich kannst du es«, sagte Evie. »Und dann hast du endlich genug Geld, um aus deiner Wohnung auszuziehen.« Die Bevölkerung war derart geschrumpft, dass wir in den verbliebenen Städten in Zonen zusammenlebten, und die jeweilige Zone richtete sich nach dem Verdienst und dem Wohndarlehen. Wobei ich mich natürlich bei beidem im untersten Bereich der Hierarchie befand.

»Mir macht es nichts aus, dort zu wohnen.«

»Das hast du Dad gegenüber aber anders dargestellt.«

Ich spielte es Evie gegenüber herunter, weil sie dann sofort wieder mit der Induktion begann, aber meine Wohnung war tatsächlich winzig und fiel langsam auseinander. Es roch grauenhaft, ganz egal, wie viel ich putzte. Im Winter überzog Schimmel die Wände, und im Sommer war es wie in einem luftdicht verschlossenen Container. Ich hatte die Mäuse, die in ihrem eigenen Labyrinth aus Löchern und Gängen von Wohnung zu Wohnung huschten, noch immer nicht im Griff. Aber es fehlten das Geld und die Möglichkeiten, mir etwas anderes zu suchen, und so hatte ich mich damit abgefunden.

»Und die Induktion ist mittlerweile viel sicherer als früher«, verkündete Evie und klang wie ein Papagei. »Ich habe da heute Morgen etwas auf den Sphären gesehen ...«

Sie verstummte, als ich mich erhob und die Teller und Gläser zusammensammelte.

»Kit. Wenn du nicht einmal mit mir darüber reden kannst, mit wem dann?«

»Es geht nicht nur um die Induktion, das weißt du doch.«

Wir hatten keine Ahnung, wie viele Kinder ihren leiblichen Eltern tatsächlich abgenommen wurden. Darüber wurde nicht berichtet. Das OSIP veröffentlichte zwar jährliche Statistiken, die rund um die Uhr von den Sphären verbreitet wurden, aber dabei ging es um das allgemeine Wohlergehen der Kinder – »ein 21-prozentiger Zuwachs der Kindersicherheit im elterlichen Zuhause und ein 15-prozentiger Zuwachs der außerhäuslichen Sicherheit.«

Es gab keine Zahlen, wie viele Familien ihre Kinder verloren hatten.

Außerdem gab es immer mehr Frauen, bei denen die Induktion keinen Erfolg zeigte. Egal, wie das OSIP es drehte und wendete, egal, wie viele Studien veröffentlicht wurden, die Gefahren ließen sich nicht leugnen. Der Medikamentencocktail, der bei einer Induktion verabreicht wurde, machte die meisten Frauen sehr krank, und für einige endete die Behandlung tödlich. Evies Schulfreundin Tola war kurz vor ihrem zwanzigsten Geburtstag nach einer Induktion gestorben. Ich war mit Evie auf der Beerdigung. Es war genauso schlimm, wie ich es mir vorgestellt hatte. Es waren so viele Leute gekommen, dass sie keinen Platz mehr in den Reihen fanden und im Mittelgang standen. Tolas Eltern standen mit kalkweißen Gesichtern da und schienen nicht fähig, auch nur ein Wort zu sagen. Evie umklammerte meine Hand so fest, als fürchtete sie, ihre Beine würden nachgeben.

Kaum ein Jahr später erfuhren wir, dass Flo, eine weitere Frau aus Evies Klasse, ebenfalls nach einer Induktion gestorben war. Und sechs Monate darauf folgte Connie. Sie hatte sich bereits zum zweiten Mal zu einer Induktion entschlossen, nachdem ihr kurz zuvor das erste Kind abgenommen worden war.

Es sollten nicht die letzten Beerdigungen sein, die wir besuchten.

Manchmal dachte ich an Tola oder sah ein altes Schulfoto von Evie auf Dads Pinnwand, und ich fragte mich, wie wir so viel Schmerz und Verlust ertragen konnten. Ich dachte an die Abgestumpftheit, die sich in mir breitgemacht hatte, als dasselbe einer meiner Mitschülerinnen passiert war. Der Tochter von Dads Nachbarn. Der Cousine einer Freundin.

Die Liste wurde länger und länger.

Wenn das OSIP also neue Normwerte veröffentlichte, musste ich wohl zugeben, dass es durchaus sinnvoll und nachvollziehbar war, wie rigoros das Amt das Wohlergehen jedes Kindes sicherstellte. Jedem Kind, das geboren wurde, war ein langer Kampf vorangegangen, und jedes Leben war wertvoll. Es war beinahe, als würde ich beim Anblick eines Kindes die Schatten der Frauen sehen, die alles für dieses neue Leben geopfert hatten. Deshalb war die Extraktion des Kindes zu seinem eigenen Schutz der nächste logische Schritt, wenn die elterlichen Normwerte nicht eingehalten wurden. Das war mir klar.

Es hielt die Leute nicht davon ab, sich einer Induktion zu unterziehen und Eltern zu werden, doch nicht jeder erklärte sich dazu bereit, und ich war eine davon.

JETZT

Mir wird langsam kalt. Meine Hände sind taub, so fest umklammere ich das Lenkrad. Wenn ich sie herunternehme, bleiben sie unverändert und bilden verkrümmte, nutzlose Klauen.

Aber ich kann nicht anhalten. Ich habe mir die Route eingeprägt und weiß, welche Straßen ich nehmen und welche ich meiden muss. Ich sehe sie vor mir, als wäre ich sie schon einmal gefahren. Man erfährt nichts über die Leute, die wie wir auf der Flucht sind. Die Sphären berichten nicht über sie. Das hat mir der Mann erzählt, mit dem ich mich getroffen habe. Er war klein, glatzköpfig und älter als wir, und ich hätte nie gedacht, dass er Teil einer wie auch immer gearteten Widerstandsbewegung ist. Er hätte besser auf eine Kirchenkanzel gepasst.

»Die Kustoden wollen nicht, dass die Öffentlichkeit davon erfährt«, erklärte er mir. »Niemand soll wissen, dass es Leute gibt, die vor dem OSIP auf der Flucht sind. Sie werden natürlich nach euch suchen. Aber es ist möglich.«

Es ist möglich. Es ist alles nur eine Frage der Vorbereitung.

Ich erzählte Thomas von dem Gespräch, und ich merkte, wie er die Worte lautlos wiederholte, als versuchte er, sich selbst zu überzeugen.

Ich bemühe mich, nicht auf mein nacktes Handgelenk zu achten, wo sich früher das Armband befand, das Mimi und mich einander zuordnete. Der Anblick macht das permanente Gefühl, dass ich etwas vergesse, noch schlimmer. Ich fühle mich nackt und ungeschützt ohne das Band. Wir mussten uns sofort auf den Weg machen, nachdem wir die Armbänder abgelegt hatten. Es war das Letzte, was wir taten, bevor wir aus der Tür traten, über unsere eigenen Füße stolpernd, weil wir nicht schnell genug fortkommen konnten.

Kaum eine Stunde nachdem Mimi fort war, verschwanden wir ebenfalls. Vielleicht war ein OSIP-Beamter am Wochenende bei uns und hat erkannt, dass niemand mehr da ist. Hoffentlich bemerkte das OSIP unsere Flucht erst, als Thomas am darauffolgenden Montag nicht im Büro erschien.

918.

Ich spreche die Ziffern laut aus. Ich stelle sie mir vor. Metallisch, silbern, an eine Tür geschraubt. Es hilft, und ich fühle mich ein wenig mehr wie ich selbst.

Dann die Postleitzahl. *NNW 1HW.* Der glatzköpfige Mann ermahnte mich, dass ich sie auf keinen Fall niederschreiben darf. Ich warf ihm einen verächtlichen Blick zu. Es käme mir nie in den Sinn, sie niederzuschreiben. Nicht nur, weil es zu riskant wäre, sondern weil ich sie ohnehin nie vergessen werde. Ich spreche auch sie laut aus und wiederhole alles zusammen mit den Zahlen.

NNW 1HW 918.

Die Ziffern und Buchstaben verbinden sich in meinem Kopf, pulsieren, wachsen, drehen sich im Kreis. Einen Moment lang sind sie alles, was ich sehen kann. Da reißt mich ein heftiges, schrilles Hupen aus meinen Gedanken.

Ein Lkw. Er kommt auf der Gegenfahrbahn auf mich zu und scheint unglaublich nahe, als würden unsere Seitenteile jeden Moment aneinander vorbeischrammen. Ich fahre zu weit in der Mitte. Ich mache mich auf den ohrenbetäubenden Aufprall gefasst, das Knirschen des zusammengeschobenen Metalls, so sicher bin ich, dass wir kollidieren werden.

Ich reiße das Lenkrad herum. Mein Auto schießt die grasbewachsene Böschung hoch, und ich trete auf die Bremse und werde nach vorne geschleudert, als es quietschend zum Stehen kommt. Ein weiteres Hupen. Das Auto hinter mir musste ebenfalls ausweichen, um nicht in mich zu krachen. Es schießt wütend an mir vorbei. Ich achte nicht auf das Gesicht des Fahrers. Ich starre bloß auf meine Hände, die immer noch zu Klauen geformt das Lenkrad umklammern.

Mein Atem geht abgehackt, keuchend.

Ich will weinen. Ich will schreien.

Ich ertrage den Gedanken an die lange Strecke nicht, die noch vor mir liegt.

Zweifel graben sich wie fleischfressende Würmer durch mein Inneres. Bin ich wirklich fähig, es durchzuziehen? Thomas bestand darauf, dass ich die Medikamente ausprobiere, die ich von Santa bekommen hatte. Pillenfläschchen, die wie Soldaten kampfbereit in einer Reihe standen. Sie hatte sie aus einer Truhe geholt, die ganz hinten im Schrank versteckt war, wie ein lange verborgener Schatz.

918. NNW 1HW.

Da sind sie wieder. Die Ziffern und Buchstaben. Und dann sehe ich ein Gesicht. Das winzige Gesicht eines Neugeborenen. Die Lippen kräuseln sich, und die Augenlider flattern wie im Traum.

Aber es ist nicht Mimi. Das dunkle Haar kann nur Jakob gehören.

DAMALS

Ich traf Evie und Seb nach der ersten Induktionsveranstaltung zum Abendessen.

Ich war nervös und durcheinander, wenn ich daran dachte, dass es nun losging, und der Tag schien aus dem Lot geraten zu sein, als hätte er nie wirklich begonnen, obwohl er unablässig an mir vorbeizog.

Es regnete seit Stunden. Die Sphären sprachen von einer möglichen Überschwemmungsgefahr, und ich überlegte, ob wir das geplante Abendessen absagen sollten. Doch irgendwann hörte der Regen auf, und die Überschwemmungen blieben aus.

Ich versuchte, mich auf die Arbeit zu konzentrieren, doch die Worte ließen sich nicht fassen und weigerten sich, zusammengefügt zu werden. Wie die meisten Leute arbeitete ich von zu Hause aus mithilfe meiner ArbeitsSphäre. Ich war Lebensdokumentaristin und schrieb Biografien für Menschen, die ein aufregendes Leben führten. Wobei »aufregend« vor allem hieß, dass sie mehr Geld besaßen, als der Großteil der Bevölkerung sein ganzes Leben über zu Gesicht bekommen würde.

Ich kannte meine Kundinnen und Kunden nicht persönlich. Sie hätten genauso gut in einem anderen Universum existieren können. Während wir uns im Umkreis der verbliebenen Städte drängten, wohnten sie in von Zäunen umgebenen, bewachten Siedlungen oder auf abgelegenen luxuriösen Anwesen inmitten idyllischer Landschaften. Trotzdem hatte ich manchmal das Gefühl, dass ich ihre Gesichter, den Klang und den Rhythmus ihrer Stimmen und ihre besondere Ausdrucksweise besser kannte als meine eigene Familie. Ich nahm an ihrem Leben teil und sah nicht nur, was sie bewusst an die Öffentlichkeit weiterspielten, sondern wurde auch in Privates eingeweiht. Die Lebensdokumentation animierte Kundinnen und Kunden dazu, mehr oder weniger alles zu teilen, und es war eine riesige Datenmenge, die stetig weiterwuchs.

Ich wurde in den letzten Monaten an der Uni von einem meiner Professoren angeworben. Noch ehe ich genau wusste, was ich tun würde und warum, ließ ich mich von dem Gehalt und einem erheblichen Vorschuss ködern und unterschrieb den Vertrag. Am nächsten Tag trafen die ersten Inhalte auf meiner ArbeitsSphäre ein, und so stürzte ich mich in die Arbeit, ohne jemals darüber nachgedacht zu haben, was ich wirklich machen wollte.

Nachdem ich eine OUT war, hatte ich mittlerweile die Verdienstobergrenze erreicht, es gab also keinen Grund, aus finanziellen Gründen den Job zu wechseln. Außerdem war mir klar geworden, dass ich die Arbeit mochte. Die meiste Zeit schrieb ich nicht einmal, sondern versuchte stundenlang, die unzähligen Telefonate, Heimvideos, E-Mails, Nachrichten und Artikel zu ordnen, die sich auf meiner ArbeitsSphäre häuften, und ihre Bedeutung zu extrahieren. Die Person, die die Lebensdokumentation in Auftrag gab, wusste nicht, wer ich war und dass mein Job überhaupt existierte.

Kundinnen und Kunden blieben lieber in dem Glauben, dass ihre Lebensdokumentation von einem Computer und nicht von einem Menschen erstellt wurde. Der Gedanke, dass es dort draußen einen Fremden, einen Voyeur, einen stillen Begleiter gab, der ihnen folgte wie ein Schatten, war unangenehm, selbst für unsere Verhältnisse. Aber menschliche Dokumentaristen erstellten nun mal die besten Lebensdokumentationen.

Von Algorithmen geschriebene Biografien schafften es nicht, die Essenz einer Person einzufangen. KI schenkte allem die gleiche Aufmerksamkeit, ohne sich besonders auf die wichtigen Ereignisse zu konzentrieren, und es gelang ihr nicht, Erinnerungen auszuschmücken und jene perfekten Rückblicke zu erschaffen, die unsere Kunden unbedingt hinterlassen wollten. Daher ließ das Unternehmen, das die Lebensdokumentationen anbot, die Kunden in dem Glauben, dass es Computerprogramme gab, die gut genug dafür waren, und die Verträge waren derart undurchsichtig, dass die Wahrheit hinter Klauseln, Zusagen und Versprechungen verborgen blieb.

Lebensdokumentaristen wie ich mussten so viele Verträge und rechtliche Vereinbarungen unterschreiben, dass es Monate gedauert hätte, sie alle sorgfältig zu lesen. Im Grunde ging es darum, niemals im Beisein anderer über unsere Arbeit zu sprechen. Die Kunden bekamen ihre Lebensdokumentationen. Die Dokumentaristen bekamen ihr Geld. Alle waren glücklich. Irgendwann würde jemand einen Algorithmus entwerfen, der in der Lage war, mich zu ersetzen, aber zu diesem Zeitpunkt verschwendete ich keinen Gedanken daran. Ich hatte zu viel um die Ohren.

An diesem Tag beendete ich die Arbeit an dem Text, mit dem ich mich gerade abmühte, mitten im Satz und rief stattdessen ein drei Jahre altes Telefonat von einem meiner ältesten Kunden auf. Jonah wurde bald siebzig und hatte die ersten Entwürfe, die ich vorgelegt hatte, bereits abgesegnet, aber Lebensdokumentationen waren erst abgeschlossen, wenn sie auch die genaueren Umstände des Todes des Kunden beinhalteten.

Ich hörte zu, wie er mit seiner Tochter sprach. Sie klang, als wollte sie ihm etwas sagen, aber es gab so viele Hintergrundgeräusche, dass ich nicht verstand, worüber sie sprachen. Außerdem hatten beide die Stimme gesenkt, was Jonah und Genevieve stets taten, wenn sie wichtige Gespräche führten. Sie standen sich nahe, das war schon immer so gewesen.

Die meisten meiner Kundinnen und Kunden hatten ihre Kinder nicht nach einer Induktionsbehandlung bekommen, sondern sich – wie Jonah – ein XC-Baby geleistet. Ich war noch ein kleines Kind, als das XC-Verfahren zum ersten Mal angewendet wurde, aber einige Jahre später kam es im Unterricht dran. In der Grundschule wurde uns erzählt, dass man Kinder durch eine Induktion oder durch das sogenannte XC-Verfahren bekommen konnte, wobei ich damals weder den einen noch den anderen Begriff verstand. Ich weiß nicht mehr genau, in welcher Schulstufe wir von den künstlichen Gebärmüttern erfuhren, in denen die in eigenen Laboren designten XC-Föten heranreiften. Später lernten wir, dass die benötigten Eizellen und Spermien künstlich aus unterschiedlichem Genmaterial hergestellt wurden, nicht nur aus dem Erbmaterial der Eltern, sodass sich die Mütter keiner Induktion unterziehen mussten. An diese Unterrichtsstunde kann ich mich noch ganz genau erinnern.

Es war ein heißer Sommernachmittag, die warme Luft machte unsere Gedanken träge, und die nachmittägliche Müdigkeit breitete sich wie ein schwerer Mantel über uns. Unsere Lehrerin hatte einen Film über XCs gestartet, und nun starrte sie ins Leere, als hätte sie dieselbe Lethargie überfallen wie uns. Ich war mir sicher, dass einer meiner Klassenkameraden tatsächlich eingeschlafen war. Zumindest lag sein Kopf auf den verschränkten Armen, und er bewegte sich nicht. Diagramme und Bilder zogen über den Bildschirm, und ich dachte zuerst, es wäre eine Wiederholung dessen, was ich bereits wusste, aber dann kam der Teil mit den Müttern, die keine Induktion durchführen mussten.

Damals versuchte ich gerade, meine Gefühle darüber einzuordnen, dass Evie und ich auf natürliche Art gezeugt worden waren. Dad hatte uns geraten, es niemandem zu erzählen, und ich begann langsam zu verstehen warum. Es unterschied mich von den anderen, und ich hatte ein schlechtes Gewissen, denn es bedeutete, dass unsere Familie nicht dasselbe durchmachen musste wie so viele andere.

»Gibt es Fragen?«, meinte die Lehrerin, nachdem der Film zu Ende war.

Eine Mitschülerin namens Morag, die normalerweise eher ruhig war, richtete sich auf und hob die Hand. Sie hatte so lange, dicke Haare, dass man sie nur als Mähne bezeichnen konnte. Ich weiß noch, dass ich den Blick auf ihre Haare gerichtet hielt, die nicht einmal ein Pferdeschwanz bändigen konnte, als sie fragte: »Warum hat nicht jeder XC-Kinder, anstatt eine Induktion zu machen?«

»Nun, das ist eine sehr gute Frage, Morag. Ich nehme an, genau das war der Plan, als das XC-Verfahren entwickelt wurde. Aber es war im Kampf gegen die Unfruchtbarkeit leider nicht so erfolgreich wie erhofft. XC-Kinder haben dieselbe Unfruchtbarkeitsquote wie alle anderen. Außerdem ist es sehr teuer.«

»Dann muss man also reich sein?«, fragte Morag. »Um ein XC-Kind zu bekommen?«

»Ja.«

»Aber das ist nicht fair.«

»Sei's drum«, erwiderte unsere Lehrerin.

»Was soll denn das heißen?«, wollte Morag wissen. Ihre Stimme wurde immer lauter und würde bald brechen. In diesem Moment klingelte die Glocke, und mehr oder weniger alle aus unserer Klasse verließen das Zimmer, ohne weiter auf Moragš Elend zu achten.

Später erfuhr ich, dass ihre zwei Tanten während der Induktion gestorben waren.

Tatsächlich war Genevieve eines der ersten XC-Kinder. Die Forschungen standen damals noch am Anfang, und so wurde bei ihr im Kleinkindalter eine Stoffwechselstörung festgestellt, die in den ersten Untersuchungen auf genetische Abweichungen unentdeckt geblieben war. Etwas, das mittlerweile nicht mehr vorkam – zumindest, wenn man den Sphären Glauben schenkte. Manchmal ertappte ich mich dabei, wie ich mir das Video noch einmal ansah, als sie damals aus dem Krankenhaus gekommen war. Sie klammerte sich an Jonahs Hand, und ihre Schritte wirkten unsicher, aber schon ein paar Tage später rannte sie ausgelassen umher. Je müheloser sie sich bewegte, desto entspannter wirkte Jonah, und als es ihr wieder gut ging, war seine Erleichterung so groß, dass es beinahe aussah, als würde er von innen heraus in einem sanften Licht leuchten. Seine Frau war an Krebs erkrankt, als Genevieve erst ein paar Monate alt gewesen war, und vor dem ersten Geburtstag ihrer Tochter gestorben. Genevieve war sein Ein und Alles.

Ich spielte den Anruf erneut ab, aber selbst nachdem ich ihn mir einige Male angehört hatte, verstand ich nicht, was Genevieve zu ihrem Dad sagte. Auf jeden Fall war es Jonah, der das Gespräch abrupt beendete und von einem Moment auf den anderen auflegte. Mir war schleierhaft, was Genevieve gesagt haben konnte, das eine derartige Reaktion hervorrief.

Eines der Hintergrundgeräusche stammte von dem Welpen, den Genevieve erst kurz zuvor gekauft hatte und dessen Krallen immer wieder über den Boden schrammten. Ich isolierte das Geräusch der Hundetatzen und löschte es aus der Datei. Aber da war noch etwas anderes, das ihre Stimmen übertönte.

Dateien zu bereinigen, sodass man klar und deutlich hörte, was die Leute sagten, machte einen großen Teil des Jobs aus. Ich mochte es. Es hatte etwas Befriedigendes, eine gemurmelte, unverständliche Unterhaltung in einzelne Schichten zu zerlegen und sie in ein zusammenhängendes, nachvollziehbares Gespräch zu verwandeln. Die liebevollsten und bedeutendsten Dinge wurden leise, beinahe flüsternd gesagt. Das war ein weiterer Grund, warum ich diesen Job machte und nicht ein Computerprogramm. Ich spürte, wann es den Aufwand wert war, eine Datei zu bereinigen.

Ich entfernte das statische Knistern und Surren einer ArbeitsSphäre, trotzdem waren die Stimmen noch immer nicht deutlich genug.

Am Ende blieb nicht genug Zeit, weshalb ich die Datei unter den bereits zusammengetragenen Daten über Genevieve ablegte, um später damit weiterzumachen.

Evie und Seb waren vor mir da. Ich sah sie, bevor sie mich sahen. Sie saßen an einem Tisch in dem geschäftigen Restaurant, ohne sich zu unterhalten. Ohne sich zu berühren.

»Wie war es?«, fragte ich und drückte Evie einen Kuss auf die Wange. Sie brauchte eine Spur zu lange, um zu reagieren, als wäre sie gerade erst aufgewacht. Die dunklen Schatten unter ihren Augen wirkten wie Blutergüsse, und Seb saß steif, mit hochgezogenen Schultern und verkrampftem Nacken da.

Keiner von beiden antwortete. Evie seufzte leise. Es klang fast wie ein Stöhnen. Aber es ging in den Geräuschen der anderen Gäste unter, und dann lächelte Evie, gab mir ebenfalls einen Kuss auf die Wange und drückte meine Hand. Ihre Lippen waren makellos rot, als hätte sie gerade Lippenstift aufgetragen. Zusammen mit den dunklen, gewellten Haaren, die knapp über ihren Schultern endeten, ließen die roten Lippen sie wie eine Leinwandlegende wirken. Wunderschön, blass, zerbrechlich.

»Hi, Seb!«

»Schön, dich zu sehen, Kit. Wie läuft's?«

»Ach, du weißt schon. Gut. Toll. Nichts Aufregendes.«

»Geht die Arbeit voran?«, fragte Seb, und einen Moment lang schien es mir, als hätte ich in Evies Partner einen wachsamen, besorgten älteren Bruder gewonnen.

»Ja, es ist stressig. Aber okay.« Nachdem keiner wusste, dass ich Lebensdokumentaristin war, gingen Dad, Evie und Seb davon aus, dass ich als Autorin für eine der Nachrichtenseiten schrieb, die über die Sphären sendeten.

»Super.« Seb lächelte verkniffen, als ob sein Gesicht es nicht zulassen würde, dass er entspannt grinste.

Evie nestelte an ihrer Serviette herum.

»Geht es dir gut? Kann ich etwas …?«, begann ich, doch ich verstummte, und die Frage verhallte. Evie griff nach Sebs Hand, und ich sah, wie verzweifelt sie sich aneinanderklammerten.

»Es war ein harter Tag«, erklärte Evie und sah Seb an, als erhoffte sie sich etwas von ihm. Trost? Bestärkung?

»Willst du darüber reden?«

»Ach, nein«, antwortete Evie. »Lieber nicht. Wie läuft es mit der Arbeit?«, fragte sie fröhlich – *zu* fröhlich – und hatte offenbar vergessen, dass Seb mir vor wenigen Augenblicken dieselbe Frage gestellt hatte.

Trotzdem hatte ich mein Stichwort. Im Laufe der Jahre war ich erfinderisch geworden und hatte mir Personen und Hintergrundgeschichten zu meinem erfundenen Arbeitsleben überlegt. Ich erzählte ihnen von Ted, »meinem Redakteur«. In meiner Vorstellung war er beinahe kahl, hatte nur noch wenige rote Haaren und einen Wanst, auf den er fast stolz war. Wir gerieten immer wieder in imaginäre Meinungsverschiedenheiten über die Reportagen, an denen ich arbeitete. Ted spielte eine derart große Rolle in den Geschichten, die ich meiner Familie über die Arbeit erzählte, dass ich mir manchmal wünschte, er würde tatsächlich existieren. Ich stellte ihn als Mentor und Freund dar, der mich bisweilen mit seiner Direktheit zur Weißglut trieb.

Wir befanden uns nun auf sicherem Terrain, und mein Job war ein Thema, an dem wir uns festhalten konnten. Seb entspannte sich sichtlich, während er uns von seinem ersten Vorgesetzten erzählte, mit dem er immer noch in Kontakt war. Die Farbe kehrte in Evies Wangen zurück, je gesprächiger ihr Mann wurde.

Erst später, als Seb den Tisch verlassen hatte und nachdem sie einen Großteil der Rotweinflasche getrunken hatte, die wir zum Essen bestellt hatten, lehnte sich Evie verschwörerisch über den Tisch, sodass ihre Ellbogen gegen die Dessertteller drückten.

»Es war schrecklich, Kit. Heute, meine ich. Einfach schrecklich.«

Ich drückte ihre Hand. »Das tut mir leid. Was ist passiert?«

»Seb meint, wir hätten bloß einen schlechten Start gehabt. Wir versuchen, nach vorne zu schauen.«

»Das ist sicher eine gute Idee. Seid nicht zu hart zu euch selbst.«

»Er wollte nicht, dass ich es dir erzähle. Er will nicht, dass ich mit irgendjemandem darüber spreche.«

Ich schwieg, denn ich spürte, dass Evie darüber reden wollte.

»Er will keine negativen Gefühle aufkommen lassen, und wenn wir anderen Leuten davon erzählen, passiert das automatisch.«

»Na ja, da könnte er recht haben«, räumte ich ein. »Aber es ist nicht gut, wenn du alles in dich hineinfrisst. Du solltest es loswerden. Den Druck ablassen.«

»Ganz deiner Meinung«, erwiderte Evie trotzig.

»Was ist passiert?«, fragte ich erneut.

»Zuerst haben sie jede Menge Tests gemacht, Blut abgenommen und so. Untersuchungen, die nun mal gemacht werden müssen und gar nicht so schlimm waren. Danach ging es um die ersten Medikamente, die ich bekommen werde. Es können alle möglichen Nebenwirkungen auftreten, aber damit habe ich gerechnet. Natürlich klingt es schlimm, wenn man alles auf einmal hört, aber ...«

Evie verstummte einen Moment. Mir war klar, dass sie die möglichen Nebenwirkungen der Medikamente herunterspielte.

»Außerdem erfuhren wir von der Ausbildung, die wir absolvieren müssen, um die Gefahr einer Extraktion zu minimieren. Die Informationen sind echt nützlich, und es geht auch um praktische Dinge wie Stillen und Schlafen. Dazu kommen noch moralische und ethische Themen und wie das Verhalten der Eltern die Entwicklung des Kindes beeinflusst. Ein großer Teil widmet sich der Spracherlernung und solchen Dingen. Das ist echt faszinierend.«

»Das klingt ... gut.«

»Ja, die Inhalte sind toll. Und die Art, wie sie es präsentieren, hat mir das Gefühl gegeben, dass wir es tatsächlich schaffen könnten. Du weißt schon – ohne Extraktion. Es hat mir Hoffnung gegeben.«

Es war, als hätten die Sphären im Restaurant zugehört, denn in diesem Moment erwachten sie zum Leben, und eine OSIP-Informationssendung startete.

Extraktionen sind zum Vorteil aller Beteiligten, stand dort in dicken blauen Lettern. Es folgte das animierte Bild eines Kindes, das sich von den dunklen Silhouetten seiner Eltern entfernte und auf ein helles Licht zuging, wo andere Kinder lachend und unbekümmert miteinander spielten. Zwischen den Kindern blitzten weitere Worte auf, beinahe so, als wollten sie sich unbewusst ins Gedächtnis der Zuschauer brennen. *Höchste Lebensstandards. Zukunftsorientierte Ausbildung. Chancengleichheit für alle.*

Extrahierte Kinder erhalten in unseren elitären Einrichtungen die bestmöglichen Zukunftschancen in einer sich ständig verändernden Welt.

Der Film endete, und die Sphären verstummten. Die meisten anderen Gäste hatten nicht weiter darauf geachtet, doch Evie und ich hatten den Film wie gebannt verfolgt.

Evie war kreidebleich und schluckte schwer.

»Sie haben uns auch von den Einrichtungen erzählt«, sagte sie. »Es ging vor allem darum, warum sie so besonders sind. Es gibt Statistiken, wie groß die Vorteile für die mentale, emotionale und körperliche Entwicklung der Kinder sind. Die Kinder erhalten dort bessere Chancen, mehr Möglichkeiten.«

Ich rang um Worte. »Aber … gerade hast du noch gesagt, dass ihr eine Ausbildung absolvieren werdet, um eine Extraktion zu vermeiden.«

»Ja, schon … Aber dann habe ich etwas gesagt … ich sagte …«

Evie biss sich auf die Lippe und erschauderte bei der Erinnerung daran.

»Ich sagte … Ich meine, es war ein Scherz, weißt du?

Nur ein Scherz … Ich sagte, dass doch bereits feststeht, dass wir es vermasseln werden, auch wenn wir uns noch so bemühen. Es war dämlich. Wir redeten gerade von den elterlichen Einflüssen, und da ist es mir herausgerutscht. Die Gruppenleiterin ist sofort über mich hergefallen und fragte, ob ich wirklich glaubte, keine Kontrolle darüber zu haben. Danach geriet die Gruppe in eine hitzige Diskussion über Verantwortung, und ich spürte, dass die anderen … sie haben verzweifelt versucht, sich von mir zu distanzieren. Von uns. Sie hackten die ganze Zeit auf mir herum. Und als ich anmerkte, dass es nur ein Scherz gewesen war, wurde es noch schlimmer. *Sie halten das alles tatsächlich für einen Scherz?* Solche Dinge. Es war schrecklich. Einfach schrecklich.«

»Ich will dort nie wieder hin, was natürlich nicht geht. Ich wünschte, wir könnten noch einmal von vorne beginnen. Die Zeit zurückdrehen, die Gruppensitzung noch einmal besuchen. Dann könnte ich meinen dämlichen Mund halten.«

»Hey, du redest hier immerhin von meiner Schwester …«

»Ich wünschte …« Evie verstummte abrupt, als Seb wieder an den Tisch trat. Sie lächelte gezwungen fröhlich zu ihm hoch.

»Alles okay?«, fragte er.

»Klar, alles gut«, erwiderte Evie leichthin, aber ich sah, wie sie ihr Weinglas umklammerte.

»Wir haben gerade von Dads Garten gesprochen«, kam

ich ihr zu Hilfe. »Er verbringt mittlerweile mehr Zeit dort als zu Hause.«

Seb wirkte erleichtert. »Als wir uns das letzte Mal unterhielten, erzählte er mir etwas von einem Super-Komposter, den er entdeckt hat. Aber er wollte mir nicht mehr sagen.«

»Ich glaube langsam, er hat Angst, dass sein Telefon angezapft wird und seine Gartenfreunde ihm die Ideen klauen.«

»Es ist ein regelrechter Wettkampf«, stimmte Evie mit ein, und wir redeten über Dad, seine Bohnen und den Krieg, den er gegen die Schnecken in seinem Garten führte, weil es *einfach* war. Viel einfacher, als über das zu reden, was wir wirklich dachten.

JETZT

Evie. Ich denke an Evie.

Wie ihre Augen glänzten, wenn sie glücklich war, und wie sie stumpfen Kupfermünzen ähnelten, wenn sie es nicht war.

Ihre zarten, schmalen Handgelenke, von denen sämtliche Armbänder herunterrutschten. Sie verlor einfach ständig ihre Armbänder.

Die dunklen Haare, die immer nach Shampoo dufteten.

So lange wie jetzt waren wir noch nie getrennt. Ich versuche, nicht zu viel an sie zu denken, sonst verliere ich sie. Ich rufe mir in Erinnerung, wo wir jetzt stehen, und dann kann ich nicht mehr an die vielen Jahre denken, in denen wir Seite an Seite gekämpft haben. Gemeinsam. Ich denke an die letzten Monate. An die letzten angespannten Gespräche, die immer öfter eskaliert sind. Die uns zu Fremden gemacht haben.

DAMALS

Ich hatte gesehen, wie Marie und Leo mit Tia, die sie sorgfältig in Decken gewickelt hatten, nach Hause gekommen waren. Ein winziges verschlafenes Gesicht in dem weichen Weiß. Sie wohnten im selben Gebäude wie ich, ein Stockwerk über mir. Tias Weinen füllte die Hohlräume, sickerte durch die Wände und stahl sich um die Ecken.

»Haben Sie das gesehen?«, meinte Elizabeth, die rothaarige Frau aus dem vierten Stock, nachdem sich die Aufzugtüren hinter uns geschlossen hatten. Marie war mit Tia in einem Tragetuch aus dem Aufzug gekommen und an uns vorbeigegangen, während wir hineingingen. Elizabeth war in den Fünfzigern. Sie hatte blasse Haut, die kaum jemals einen Sonnenstrahl abbekam, und mit ihren halb geschlossenen Augen und den schweren Lidern wirkte sie immer entweder gelangweilt oder todmüde. Oder beides. »So ein kleines Würmchen. Ich kann immer noch nicht glauben, dass wir ein Kind in unserem Haus haben!«

Ich bedachte sie mit einem Lächeln, auch wenn ich die Zähne zusammenbiss. Ich wusste genau, was jetzt kommen würde.

»Sie werden sicher bald ausziehen«, fuhr sie fort. »Das hier ist kein guter Ort, um ein Kind großzuziehen. Sie können sich mittlerweile bestimmt etwas Besseres leisten.« Ihre Hand glitt über die schäbige Wand der Aufzugskabine. In unserem Haus lebten hauptsächlich OUTs und ein paar ältere Frauen wie Elizabeth, die sich einmal einer Induktion unterzogen hatten und dann aufgegeben hatten.

Ich murmelte etwas Unverständliches.

»Haben Sie sich denn auch zur Induktionsbehandlung angemeldet?«, fragte sie plötzlich und beiläufig. »Sie wären im richtigen Alter.« Elizabeths Augen wurden schmal.

»Ich ... nein, habe ich nicht«, erklärte ich selbstbewusster, als ich mich fühlte. Solche Fragen wurden mir in letzter Zeit immer häufiger gestellt, und auch wenn ich glaubte, damit umgehen zu können, fiel es mir in Wahrheit von Mal zu Mal schwerer, etwas zu entgegnen. Es war, als würde meine Haut mit jedem Angriff dünner werden.

»Nicht?«, fragte sie betont laut.

Ich lächelte erneut und biss die Zähne noch fester aufeinander, dann schüttelte ich kurz und bestimmt den Kopf.

»Das ist heutzutage eine durchaus ungewöhnliche Entscheidung, wenn ich mir die Bemerkung erlauben darf. Ich meine, dass man es nicht einmal versucht. Natürlich funktioniert es nicht bei allen, aber es nicht wenigstens zu probieren ...« Elizabeths Hand legte sich schützend über ihren Bauch. Als sie erkannte, dass ich es bemerkt hatte, strich sie sich eilig und unnötigerweise den Rock glatt.

Die Antwort lag mir auf der Zunge. Ich wollte den Spieß umdrehen und sie fragen, was mit ihr passiert war. Warum sie die Induktionsbehandlungen nach dem ersten Mal abgebrochen hatte und nun unter uns OUTs – unter uns Außenseiterinnen – lebte. Aber ich schluckte es hinunter. Entweder waren die Nebenwirkungen so stark gewesen, dass sie es nicht noch einmal versuchen konnte, oder die Extraktion ihres Kindes war eine so schmerzhafte Erfahrung gewesen, dass sie es nicht wiederholen wollte. Sie hatte sicher erhebliche finanzielle Einbußen erlebt, als sie sich dazu entschlossen hatte. Deshalb – so redete ich mir ein – ging sie nun so heftig auf mich los. Es ging ihr zu nahe.

»Es ist eine …« Elizabeth schwieg einen Moment, als suchte sie nach dem richtigen Wort, doch der Begriff, für den sie sich schließlich entschied, war derselbe wie immer – ein Wort, das von den Sphären als generelle Kategorisierung der OUTs verbreitet wurde. »Eine *egoistische* Entscheidung, wenn man ehrlich ist, nicht wahr? Wenn man bedenkt, in welchem Zustand sich die Welt befindet.« Sie schüttelte den Kopf, und ihre Stimme troff vor Missbilligung, aber da war etwas in ihren Augen. Eine tief sitzende Scham, angesichts derer ich mich fragte, wie oft ihr das eingeredet worden war.

Die Aufzugtüren öffneten sich, und ich zwängte mich seitlich hinaus, um ihr zu entkommen. Sie redete immer noch, doch ich eilte davon, zurück in die Sicherheit meiner Wohnung, wo ich die Tür hinter mir schloss und mich mit dem Rücken dagegenlehnte. Ich brauchte das Gefühl dieser spürbaren Barriere zwischen mir und der Welt dort draußen.

In den darauffolgenden Tagen begegnete ich Marie und Leo hin und wieder in der Eingangshalle, im Aufzug oder in der näheren Umgebung des Gebäudes. Einmal sah ich Marie allein, wie sie Tia im Kinderwagen spazieren fuhr, und es schien, als würde sie weinen, doch als ich noch einmal genauer hinsah, war ich mir nicht mehr so sicher. Am nächsten Tag entdeckte ich sie allerdings auf einer Parkbank auf einem der kleinen grünen Fleckchen um unser Haus. Dieses Mal waren die Tränen, die ihr übers Gesicht liefen und auf ihren Wangen glänzten, nicht zu übersehen.

Vielleicht war es, weil Evie und Seb gerade mit der Induktion begonnen hatten, jedenfalls konnte ich es nicht ignorieren, auch wenn ich das Paar kaum kannte.

Am folgenden Abend klopfte ich an ihre Tür. Ich hörte gedämpfte Stimmen aus der Wohnung und einen Schrei, der allerdings nicht von einem Baby stammte, sondern seltsam gequält klang. Oder wütend.

Ich trat einen Schritt zurück und fragte mich, ob es ein Fehler gewesen war hierherzukommen und ob ich besser wieder ging, aber da drehte sich der Schlüssel im Schloss. Die Tür wurde geöffnet.

Es war Leo. Seine dunklen, zerzausten Haare standen ihm büschelweise vom Kopf ab, sodass er, ohnehin schon lang wie eine Bohnenstange, noch größer schien.

Sein Gesicht wirkte starr, grimmig, als hätte er gerade eine schlechte Nachricht erhalten, doch als er mich mit einem verlegenen Lächeln vor der Tür stehen sah, zeigte sich zuerst Überraschung und dann Erleichterung in seinen Zügen.

»Hi«, sagte ich. »Ich bin Kit. Ich wohne ein Stockwerk unter Ihnen. Wir haben uns noch nicht richtig kennengelernt, aber ich wollte einfach mal Hi sagen. Was ich ja schon getan habe. Tut mir leid.« Ich brach ab. »Das war jetzt wirklich blöd.«

»Schon gut«, sagte Leo, und mir fiel auf, wie er einen Blick in den Flur hinter mir warf. Als er niemanden entdecken konnte, fragte er: »Möchten Sie reinkommen?«

»Oh. Nein. Ich meine … ich will nicht stören. Es ist nur, weil …«

»Ist schon okay«, erwiderte Leo und hielt mir die Tür auf.

»Wenn Sie meinen.«

»Bitte.«

Sobald ich die Wohnung betreten hatte, traf mich der Geruch mit voller Wucht. Eine Mischung aus säuerlicher Milch und den vollen Windelbeuteln, die sich neben der Tür türmten.

»Bitte entschuldigen Sie den Gestank«, meinte Leo betreten, als er mitbekam, wie ich ein wenig das Gesicht verzog, obwohl ich versuchte, mir nichts anmerken zu lassen. Er wollte ein Fenster öffnen, doch es verhakte sich und blieb nur einen Spaltbreit offen stehen.

»Oh, tut mir leid«, sagte ich sinnloserweise.

Er schloss die Tür, drückte sie zu und stopfte ein Küchentuch in den kleinen Spalt darunter. Ich beobachtete ihn unwillkürlich, und als er es bemerkte, richtete er sich eilig auf.

»Es gab einige Beschwerden. Wegen des Lärms.« Er deutete auf das angrenzende Zimmer, in dem Tia weinte. »Es hilft nicht viel, wir wohnen hier zu dicht gedrängt, aber es ist zumindest etwas. Alle meinten, wir sollten unbedingt ausziehen, bevor das Baby da ist, aber wir haben auf dieses eine perfekte Haus gewartet und es dann doch nicht bekommen. Wir verschwinden, sobald wir können … diese Wohnung ist wirklich …« Er brach ab, denn ihm war klar geworden, dass ich auch hier wohnte.

»Wer ist da?«, kam eine Stimme aus dem Schlafzimmer. *Marie.*

»Hi, ich bin's nur«, erklärte ich lächerlicherweise. »Kit«, fügte ich leise hinzu.

»Oh. Hi!«, erwiderte Marie verblüfft und trat mit Tia im Arm in die Tür. Sie war zierlich, viel kleiner als Leo, dem sie nur bis zur Brust reichte, und wenn sie neben ihm stand, wirkte sie noch winziger. Sie sah blass und müde aus, als würde es sie bereits sämtliche Kraft kosten, Tia auch nur im Arm zu halten. Tia wand sich jammernd und mit rotem Gesicht und drückte den Rücken mit einer Kraft durch, die man dem winzigen Körper niemals zugetraut hätte.

»Sie sind Marie, nicht wahr? Ich bin Kit«, sagte ich erneut. Ich fühlte mich wie eine Schauspielerin, die ihren

Text vergessen und den Einsatz verpasst hat, aber es war kein Souffleur anwesend.

»Ja, wir kennen uns bereits«, sagte Marie, und ich erinnerte mich, dass wir uns tatsächlich schon einmal gesehen hatten, nicht nur im Flur oder im Aufzug. Es war auf einer dieser Hausversammlungen gewesen, bei denen nie etwas entschieden wird, aber wenn man einmal nicht hingeht, passiert etwas Schreckliches – etwa, dass der Gemeinschaftsgarten in einen Parkplatz verwandelt wird. Seit damals habe ich nie wieder eine versäumt. Marie war spät dran gewesen und musste sich an bereits sitzenden Bewohnern vorbeischieben, um zu einem leeren Sitzplatz zu gelangen, der sich direkt neben mir befand.

Sie hatte die Haare damals im Nacken kurz und an den Seiten länger getragen. Sie waren ihr seidig glänzend und glatt über die Wangen gefallen, wie ein Vorhang, der ein Fenster umrahmte. Ihre Lippen schimmerten, und sie trug einen stylish geschwungenen, künstlerisch aufgetragenen Lidstrich. Sie wirkte fehl am Platz unter den anderen Bewohnern, es gab niemanden, der so gepflegt und elegant aussah wie sie.

Das Treffen begann wie vermutet mit einigen Beschwerden, zu denen beinahe alle Anwesenden zustimmend nickten. Ich trank den lauwarmen Wein, der nach Essig schmeckte und sich unangenehm über die Zunge legte, aber das Nippen daran war das Einzige, was verhinderte, dass meine Gedanken auf Wanderschaft gingen.

»Es ist widerlich, nicht wahr?«, flüsterte Marie mir zu,

während der Vorsitzende mit einem Bewohner über eine Nichtigkeit diskutierte.

»Schrecklich«, stimmte ich ihr zu, nahm einen weiteren Schluck und verzog das Gesicht.

»Nicht der Wein«, erwiderte sie keck. »Die Scheinheiligkeit dieser Veranstaltung. Und der *Leute* hier.«

Bevor ich antworten konnte, wurden wir zu einer Abstimmung darüber aufgerufen, in welchem Blauton die Hausverwaltung die Wände im Flur streichen lassen sollte. Die Ernsthaftigkeit und die zeremonielle Abwicklung der Abstimmung ließen keine weiteren Gespräche zu.

»Ist *das* wirklich wichtig?«, hatte Marie gefragt, bevor sie von einem Nachbarn mit einem Zischen zum Schweigen gebracht wurde, damit er in Ruhe das Protokoll verfassen konnte.

Jetzt zupfte Marie unnötig an ihren Haaren, die sich heute zu Locken kräuselten und deren Spitzen trocken und splissig aussahen. Natürlich blieben sie nicht an ihrem Platz.

In diesem Moment verwandelte sich Tias Jammern in ein leises Weinen, das lauter und lauter wurde. Einen Moment lang rührte sich niemand. Leos Blick huschte zu Marie, zu mir und schließlich wieder zu Marie.

Marie verlagerte Tia ein wenig, und mir fiel auf, wie dünn sie war und dass selbst ihr weinendes Neugeborenes kräftiger und energiegeladener wirkte als sie.

»Ich stille sie im Schlafzimmer«, sagte Marie. Sie wandte sich ab und schloss die Tür mit einem Fußtritt, da sie beide Hände brauchte, um Tia festzuhalten. Knallend fiel die Tür zu.

»Tut mir leid«, sagte Leo. Er steckte die Hände in die Taschen, als wäre er nicht sicher, was er damit anstellen sollte. »Es ist …« Er überlegte es sich anders und beendete den Satz nicht.

»Sie müssen sich nicht entschuldigen.«

»Nein, es ist nur … es ist hart. Viel härter als …« Er sah sich benommen um, als suchte er nach jemandem, dem er die Schuld daran geben konnte, wie schwer es war.

»Ich kann mir das gar nicht vorstellen. Wirklich nicht. Deshalb bin ich vorbeigekommen. Ich wollte fragen, ob ich helfen kann. Einkaufen zum Beispiel. Was immer Sie brauchen.«

»Oh, das ist nett. Das wäre toll«, erwiderte Leo eilig. »Wir könnten tatsächlich Hilfe brauchen. Unsere Familien leben weiter weg, und …« Er senkte die Stimme. »Marie muss mal wieder unter Leute. Andere Menschen sehen, nicht nur mich und …«

»Leo!«, rief Marie aus dem anderen Zimmer. »Leo, komm doch mal, ja?«

Er zuckte zusammen und verschwand im Schlafzimmer. Das Wohnzimmer war gleich groß wie meines, aber aufgrund der vielen Babyartikel, die überall herumlagen – Spucktücher, Strampelanzüge, Abfall, Windelbeutel, eine Wickelunterlage und frische Windeln – wirkte es irgendwie kleiner.

Ich wartete auf Marie und Leo, und es dauerte so lange,

dass ich mich langsam unwohl fühlte. Ich überlegte, ob ich gehen sollte, und sah mich sogar nach einem Stück Papier und einem Stift um, damit ich ihnen eine Nachricht hinterlassen und verschwinden konnte, ohne sie zu stören.

Als Leo schließlich auftauchte, schien er vergessen zu haben, dass ich da war, und wirkte einen Moment lang überrascht, mich zu sehen.

»Tut mir leid«, sagte er erneut. »Das Stillen. Es war wieder … eine Tortur.«

»Schon gut. Tut mir leid. Ich wollte Sie nicht stören, oder …«

Leos abgehackte Sprechweise war ansteckend.

Marie kam ebenfalls ins Wohnzimmer und drückte Tia an ihre Schulter. Sie sah mich ausdruckslos an. Ich lächelte, doch ihr Gesichtsausdruck veränderte sich nicht.

»Marie«, sagte Leo ein wenig zu laut. »Kit meinte, sie würde uns beim Einkaufen und solchen Dingen helfen. Das wäre doch gut, oder?«

Marie öffnete den Mund, als wollte sie etwas sagen, doch dann fingen ihre Schultern an zu zittern, und sie begann zu weinen.

»Oh, Rie!« Leo eilte zu ihr. »Ist schon gut. Alles gut.« Er versuchte, sie zu umarmen, aber nachdem sie Tia in den Armen hielt, tätschelte er ihr bloß ungelenk den Rücken.

»Ich komme ein anderes Mal wieder«, erklärte ich rasch. »Aber das Angebot steht. Melden Sie sich, wenn Sie etwas braucht. Ich wohne auf Nummer 227.«

»Bitte gehen Sie nicht«, sagte Leo. »Ich koche Tee.«

»Nein, nein, schon okay, ehrlich. Aber ich kann wiederkommen. Wenn das in Ordnung ist?«, fragte ich an Marie gewandt.

Sie nickte kaum merklich.

Wir einigten uns darauf, dass Marie eine Liste mit den Dingen, die sie benötigte, unter meiner Tür hindurchschob und ich sie am folgenden Tag um die Mittagszeit vorbeibrachte. Leo meinte, das wäre ein guter Zeitpunkt, weil es den Tag auflockerte, während er bei der Arbeit war, und dass es ihnen helfen würde, einen Rhythmus zu finden.

»Aber machen Sie sich nicht zu viel Stress wegen der Uhrzeit«, fügte er höflich hinzu.

Nachdem ich allerdings das Gefühl hatte, dass der Zeitpunkt von Marie festgelegt worden war, um sich auf den Besuch vorbereiten zu können, beschloss ich, ganz genau darauf zu achten.

JETZT

Ich sehe das Schild einer Ladestation, biege ab und springe aus dem Auto, sobald ich geparkt habe. Am Eingang des Ladens halte ich abrupt vor den Sphären inne. Ein Kunde, der mich gerade vorbeigelassen hat, stößt ein überraschtes Schnauben aus.

Ich warte einige Nachrichtendurchgänge ab und lausche dem Surren der Sphären, aber es kommen keine weiteren Informationen zu dem Bericht, den ich letzte Nacht gesehen habe.

Nach etwa fünf Minuten hetze ich zurück zum Auto und fahre so schnell davon, wie ich es wage. Als ich vorhin über den Parkplatz eilte, hatte ich das Gefühl, jemand würde auf mich zukommen. Ich bin mir zwar nicht sicher, aber ich beeile mich trotzdem noch mehr.

Es war wohl keine gute Entscheidung, anzuhalten und Zeit zu verschwenden. Andererseits gibt es sonst kaum eine Möglichkeit, mich auf das vorzubereiten, was vor mir liegt, also war es vielleicht nicht ganz verkehrt.

Tatsächlich fällt es mir schwer, bei der nächsten Ladestation nicht erneut anzuhalten, aber ich zwinge mich, noch einige Kilometer hinter mich zu bringen, bevor ich wieder stehen bleibe. Ich fahre an dem Schild einer stillgelegten Stadt vorbei, deren Name mit Farbe übermalt ist. Straßensperren verhindern die Zufahrt. Die Umverteilung der Bevölkerung traf auf einigen Widerstand, doch die Kustoden boxten die Entscheidung mit der einfachen Begründung durch, dass der Staat nicht unzählige verschiedene Dörfer und Städte unterstützen könne.

Ich kann das Gewicht der Milch in meinen Brüsten nicht mehr länger ignorieren und mache an der nächsten Ladestation halt, an der ich vorbeikomme. Auf der Toilette knete ich meine Brüste, bis die tropfende Milch in einem zarten Strahl herausschießt. Ich bin eine Kuh mit Milch im Überfluss. Mein Atem wird ruhiger, als der Druck nachlässt und verschwindet, nachlässt und verschwindet. Es fühlt sich an, als wäre nur ein Herzschlag vergangen. Ich höre erst auf, als wieder genug Platz in meinen Brüsten ist. Als sie weich wie Gelee in meinen Händen liegen. Als ich nichts mehr in mir habe.

Dann stehe ich vor den Sphären, während die anderen Kunden und Kundinnen an mir vorbeieilen. Sie schenken den Kugeln keine Beachtung, es ist, als würden sie sie gar nicht sehen. Es gibt Berichte über neu zusammengestellte Siedlungen im Norden und ein Interview mit Theon Brand, dem derzeitigen Vorsitzenden der Kustoden, das so stark bearbeitet wurde, dass er mehr oder weniger über alles reden könnte.

Ein älteres Paar geht an mir vorbei und unterhält sich

leise über das, was Brand sagt, aber als sie mich bemerken, verstummen sie.

Mein Kopf fährt hoch, als ich die Gesichter mehrerer Kinder auf der Kugel erkenne, doch es ist bloß ein weiterer OSIP-Film über geläuterte OUTs und ihre Kinder, die zusammen in einer Art Kommune leben.

Ich wende mich ab.

DAMALS

Als ich zum ersten Mal eine Liste von Marie unter meiner Tür fand, konnte ich ihre Schrift kaum lesen. Ich entzifferte die Worte »Windeln« und »Waschmittel«, und da war etwas, das aussah wie »Abendessen«, aber all dies warf gleich neue Fragen auf.

Welche Windelgröße brauchte sie, und gab es ein besonderes Waschmittel für Babykleidung? Ich versuchte, mich zu erinnern, ob Evie etwas in der Art erwähnt hatte.

Und Abendessen … ich hatte keine Ahnung, was die beiden gerne aßen oder nicht mochten und ob sie Vegetarier waren. Aber das hätte Marie doch sicher erwähnt?

Ich brauchte viel zu lange im Supermarkt, wo ich eine Auswahl an verschiedenen Windelgrößen kaufte und die Rückseite der Waschmittelpackungen studierte, sodass ich mich beeilen musste, um rechtzeitig zur vereinbarten Zeit zurück zu sein. Dieses Mal hörte ich Tia durch die Tür. Sie weinte allerdings nicht, sondern brabbelte vor sich hin, während Marie mit zarter, schmeichelnder Stimme auf sie einredete.

Ich klopfte, strich mir die Haare aus der schweißbedeckten Stirn und versuchte, präsentabler auszusehen, als ich mich fühlte. Marie verstummte abrupt.

»Ich bin es«, rief ich leise. »Kit. Ich bringe den Einkauf.«

Einen Moment lang dachte ich, Marie würde mir zurufen, dass ich ihn vor der Tür abstellen solle, doch dann drehte sich der Schlüssel, und sie öffnete die Tür.

»Hi«, sagte ich. »Hier bitte.« Ich reichte ihr die Tüten. Ihre Augen weiteten sich, als sie sah, wie viele es waren.

»Ich war mir nicht sicher, was genau Sie brauchen, also habe ich eine Auswahl eingekauft«, erklärte ich.

»Tut mir leid, ich habe Ihnen nicht gesagt, welche Windelgröße … und sonst auch nicht viel, oder?« Sie warf einen Blick in eine der Tüten. »Pizza? Hühnchensalat? Ich weiß gar nicht mehr, dass ich das aufgeschrieben habe. Ich bin unglaublich müde, aber dass ich sogar das vergesse …«

»Zum Abendessen?«, erklärte ich vorsichtig. »Ich wusste nicht, was Sie wollen, aber die meisten Leute mögen Hühnchen. Und die Pizza, falls Sie Vegetarier sind. Es sei denn … Sie wollen nicht … tut mir leid, ich besorge etwas anderes. Ich musste raten …«

Marie nahm die verknitterte Liste, die ich ihr entgegenstreckte. Sie las sie und begann zu lachen. Das Lachen stieg in ihrer Brust auf, und sie keuchte vor Anstrengung, sodass sie mich an ein Akkordeon erinnerte, das zusammengequetscht wurde.

»Oliven!«, presste sie hervor, als sie wieder sprechen konnte. »Ich wollte Oliven aufschreiben. Aber Sie haben recht, es liest sich, als sollten Sie für uns Abendessen einkaufen. Es tut mir leid. Ich schulde Ihnen eine Menge Geld.«

»Nein, schon gut. Leo hat mir vorab etwas gegeben.«

»Wirklich? Dann … danke! Damit kommen wir über die Runden.«

In diesem Moment gab Tia ein etwas lauteres Gurgeln von sich, als müsste sie ihrer Mutter zustimmen.

»Wie geht es ihr?«, fragte ich.

Marie sah leise lächelnd auf ihre Tochter hinunter.

»Wollen Sie reinkommen?«, fragte sie, doch dann runzelte sie kaum merklich die Stirn, als würde sie es bereuen, gefragt zu haben.

»Ähm, na ja. Vielleicht. Nur einen Augenblick.«

Wir beobachteten Tia auf ihrer Krabbeldecke. Sie strampelte immer wieder mit den Füßchen, und man sah ihr an, wie konzentriert sie dabei war.

»Heute ist ein guter Tag«, sagte Marie leise, dann beugte sie sich zu ihrer Tochter hinunter und ließ die Finger über ihre flaumige Wange gleiten. »Ein guter Tag, nicht wahr, mein Schatz?«

Tias Gesicht entspannte sich, als sie die Stimme ihrer Mutter hörte, und als sie ihre Berührung spürte, schien sie lächelnd zu ihr aufzusehen.

»Sie lächelt!«, sagte ich.

»Nein, nein, ich glaube, dafür ist sie noch zu klein. Es war wahrscheinlich eine Blähung oder so«, erwiderte Marie eilig.

»Sie hat gelächelt, als Sie mit ihr geredet und ihr Gesicht gestreichelt haben, da bin ich mir sicher.«

»Meinen Sie?«

Marie wandte sich wieder an Tia. »Hast du gelächelt, meine Kleine?«, fragte sie. »Hast du gelernt, wie man lächelt?« Sie strich erneut über Tias Wange, und dieses Mal bestand kein Zweifel. Tias Gesicht erstrahlte in einem schiefen kleinen Grinsen, das breiter wurde, als Marie es erwiderte.

»Wirklich!«, rief Marie. »Sie hat wirklich gelächelt, Sie hatten recht. Mein kluges Mädchen. Mein kleiner Sonnenschein.« Sie beugte sich näher heran, bis ihre Nase Tias berührte, und sämtliche Sorgen und Zweifel verschwanden aus ihrem Gesicht.

Kurz darauf ging ich und machte mich wieder an die Arbeit, aber ich konnte mich nicht konzentrieren und musste ständig an Tia denken, die gerade zu lächeln begonnen hatte. Und an die Begeisterung ihrer Mutter.

Ich spürte, dass Marie sich einerseits nach Gesellschaft sehnte, sich andererseits aber auch dagegen sträubte, und so nahm ich jedes Mal, wenn ich den Einkauf vorbeibrachte, andere Dinge zum Teilen mit. Zwei Becher mit koffeinfreiem Kaffee beispielsweise oder süße Teilchen. Entschuldigungen, um ein paar Augenblicke miteinander zu verbringen. Nach den ersten paar Malen merkte ich, dass sie bereits auf mich wartete. Sie hatte Teewasser gekocht oder Kaffee gemahlen, wenn ich mit den Tüten vorbeikam. Wir verbrachten immer mehr Zeit miteinander.

Wir begannen, einander zu vertrauen.

Wir erzählten uns Dinge, die wir vor anderen lieber verbargen.

»Manchmal habe ich das Gefühl, ich würde nur so tun, als wäre ich eine Mutter«, gab sie eines Tages zu. Tia lag brabbelnd auf ihrer Krabbeldecke neben uns, streckte die Ärmchen nach einem der Stofftiere über ihr aus und schlug danach, sodass es sich an der Schnur drehte. »Als wäre es nicht real, weißt du? Wie eine Art Spiel. Ich hätte nie gedacht, dass die Induktion funktionieren würde. Tatsächlich hätte ich nie gedacht, dass ich es *überhaupt* einmal versuchen würde. Ich war eine OUT. Deshalb wohnen wir hier.«

Sie rutschte betreten hin und her. Wir hatten noch nie über meine Situation gesprochen.

»Ich weiß auch nicht, ob ich es jemals tun werde«, gestand ich, um das Schweigen zu brechen, das sich zwischen uns geschoben hatte.

»Mir ging es genauso«, meinte Marie. »Aber ich arbeitete für einen großen Konzern und hatte das Ende der Karriereleiter bereits erreicht, obwohl ich wusste, dass ich den Job sehr viel besser machte als die Männer, die ständig an mir vorbei befördert wurden. Ich war gut. Ich arbeitete doppelt so hart, ohne mehr dafür zu bekommen – einfach weil ich es wollte und wusste, dass ich es konnte. Ich hatte die Einkommensgrenze für OUTs erreicht. Und dann … dann bekam ich plötzlich nur noch die allerschlimmsten Jobs, die niemand sonst machen wollte. Mein Vorgesetzter war ein Versager. Die meiste Zeit verbrachte ich damit, seine Fehler auszubügeln. Leo machte mir Mut, zu kündigen und mich nach etwas anderem umzusehen, und genau das tat ich. Ich begann in einer anderen Firma. Aber es passierte mehr oder weniger dasselbe. Und ich wollte das nicht mehr. Dieses Mal schlug Leo vor, dass wir uns zu einer Induktion bereit erklären. Zuerst wollte ich nicht. Aber irgendwann blieb mir keine andere Wahl. Nein … das klang jetzt nicht gut. Leo hat mich natürlich nicht dazu gezwungen. Ich … ich sah einfach keinen anderen Weg.«

Meine Brust zog sich zusammen, und das Atmen fiel mir schwer. Maries Worte ähnelten zu sehr den Gedanken, die mir frühmorgens durch den Kopf geisterten, wenn ich nicht schlafen konnte. Ich wollte kein Kind, aber mein gedeckeltes Gehalt, die fehlende Aussicht auf ein Wohndarlehen, das Gemurmel und die spitzen Bemerkungen setzten mich immer mehr unter Druck. Die Sphären berichteten oft darüber, wie anders Induktionsbehandlungen in Großbritannien im Vergleich zum Rest der Welt abliefen. Es ging um pubertierende Mädchen, selbst noch Kinder, die in Lagern im Ausland zur Induktion gezwungen wurden. Um Frauen, die eine Induktion um die andere durchführen ließen, bis sie starben. In unserem Land hatten wir noch die Möglichkeit, uns frei zu entscheiden. Die Kustoden behaupteten, dass unsere Induktionsrate die höchste der Welt war, gerade *weil* Frauen die Wahl blieb. Trotzdem fühlte es sich in der Realität nicht an, als hätte man diese Wahl tatsächlich. Vielmehr wurden wir immer stärker in eine bestimmte Richtung gedrängt, ob wir nun wollten oder nicht.

Ich zwang mich, mich wieder auf Marie zu konzentrieren. Die Worte sprudelten aus ihr heraus, als hätte ihre Beichte ihr endlich Erleichterung gebracht.

»Wir begannen mit der Induktion, und ehe ich michs versah, waren wir mittendrin. Es war wie ein Traum, aus dem ich nicht erwachen konnte. Plötzlich ging alles unheimlich schnell. Ich startete mit den ersten Medikamenten und bekam kaum noch etwas auf die Reihe, wenn ich sie nahm. Es war kein Ende in Sicht, und ehrlich gesagt wusste ich nicht einmal mehr, wofür wir das alles taten. Klingt verrückt, oder? Wenn man bedenkt, was die Sphären ständig senden? Und jetzt, wo wir hier sind, wo wir es tatsächlich geschafft haben, kriege ich es nicht besonders gut hin. Ich tue nur so, als wäre ich eine Mum – aber es ist nicht real.«

»Es muss unglaublich überwältigend sein. Ich hatte in der Vergangenheit auch das Gefühl, als würde ich den Leuten etwas vorspielen«, erklärte ich. »So geht es vielen Menschen. Aber wie sagt man? Wenn man nur lange genug so tut, als ob, wird es irgendwann Realität. Da ist schon etwas dran.«

»Aber ich sehe die anderen Mütter auf der Straße. Sie scheinen so gefasst. So sicher und überzeugt von dem, was sie tun. Ich würde am liebsten gar niemanden sehen, aber das geht nicht. Ich habe gehört, dass man einen IPS-Bescheid bekommt, wenn man sich zu sehr zurückzieht. Also zwinge ich mich, einmal pro Woche zu dieser Krabbelgruppe zu gehen. Die anderen strotzen vor Selbstvertrauen. Und es ist, als könnten sie meine Unsicherheit riechen. Eine Frau hat mich ungefragt mit Ratschlägen überschüttet und darauf bestanden, dass ich ihr meine MobilSphäre gebe, damit sie mir ein paar wichtige Artikel schicken kann. Sie meinte es sicher gut, aber ich habe mich so unzulänglich gefühlt. Und auch wütend. Die anderen kommen nicht nur besser zurecht – sie übertreffen sich selbst.«

»Tun sie das wirklich? Denk daran, dass du nur das siehst, was sie dir zeigen, du weißt nicht, was sie denken oder fühlen. Die Frau, die dir ungefragt Ratschläge erteilt hat – es klingt, als würde sie überkompensieren. Vielleicht verbergen sie alle bloß, wie es ihnen wirklich geht.«

»Ich gebe mein Bestes. Aber was, wenn es nicht reicht? Ich bin mir einfach so sicher …« Marie begann zu weinen und ließ ihren Tränen freien Lauf. Dann richtete sie sich auf und wischte sich übers Gesicht. Sie starrte in die Ferne, und ich dachte an die Frau, die ich vor Monaten bei der Hausversammlung kennengelernt hatte. »Ich bin sicher, dass sie sie mir wegnehmen.«

»Das weißt du doch nicht. Du schlägst dich gut. Das tut ihr beide.« Doch Marie sank in sich zusammen, als würde ein schweres Gewicht auf ihr lasten. »Es fehlt nur noch ein Bescheid bis zur Extraktion, Kit«, erklärte Marie. »Nur *einer.*« Marie und Leo hatten bereits mehrere Bescheide erhalten. Sie kamen in regelmäßigen Abständen, seit dem

Tag, an dem ich Marie weinend im Park gesehen hatte. »Aber manchmal … – mein Gott, ich kann nicht glauben, dass ich dir das erzähle – … manchmal glaube ich, dass es besser für sie wäre, wenn sie sie mitnehmen. In den Einrichtungen würde man sich besser um sie kümmern. Ich habe gehört, dass … dass …«

Marie sah sich im Zimmer um, als wollte sie sichergehen, dass wir allein waren, dann senkte sie den Blick auf ihre Tochter.

»Ich habe gehört, dass manche Familien absichtlich einen IPS-Bescheid herbeiführen. Wenn sie erkennen, dass sie einen Fehler gemacht haben. Dass sie nicht damit klarkommen. Dass sie keine guten Eltern sind. Wenn ihnen klar wird, dass die Kinder in den Einrichtungen besser aufgehoben sind.«

»Absichtlich?«

»Zum Wohle des Kindes. Bevor dem Kind etwas passiert. Damit es ein besseres Leben bekommt.« Marie ließ Tia nicht aus den Augen. »Es ist nachvollziehbar, oder? Es ist eine sehr selbstlose Entscheidung.«

Obwohl ich die Einrichtungen aus den unzähligen Filmen kannte, die auf den Sphären liefen, hatte ich noch nie jemanden kennengelernt, der tatsächlich dort aufgewachsen war. Oder vielleicht doch, und derjenige hatte es nur verschwiegen. Vielleicht waren es gar nicht die besten Orte für extrahierte Kinder, wie man uns ständig weismachte. Ich hätte Marie gerne gefragt, was sie über die Einrichtungen wusste, aber ich sah, dass sie noch etwas loswerden wollte.

»Manchmal sind da Gedanken, wie ein Flüstern in meinen Ohren. Was würde passieren, wenn ich sie fallen ließe? Wenn ich sie nicht mehr stille? Sie einfach schreien lasse? Ich mache nichts davon, aber ich denke darüber nach, Kit! Ich denke darüber nach. Und das ist nicht in Ordnung, stimmt's? Ich habe die IPS-Bescheide verdient. Wir haben sie bekommen, weil wir nicht gut genug sind. Wir hätten nie Eltern werden sollen.«

»Das glaube ich nicht«, entgegnete ich. »Ich sehe, wie du mit ihr umgehst. Du liebst sie, und sie liebt dich. Niemand kann sie so lieben wie du und Leo. Diese Gedanken ... das ist etwas anderes. Eine Depression, Übermüdung, die Tatsache, dass du alles dafür gibst, um so gut wie möglich zu sein. Und du hast ihnen nicht nachgegeben, nicht wahr? Das ist das Wichtigste.«

Marie wollte etwas sagen, doch wir wurden von einem plötzlichen Klopfen an der Tür unterbrochen.

Es war so laut und so unerwartet, dass ich mich fragte, ob ich es mir nur eingebildet hatte, nachdem es verstummt war.

Aber dann erklang es erneut, ein heftiges Trommeln, das die Tür erzittern ließ.

»Erwartest du ...?«, begann ich.

Doch Marie umklammerte panisch meinen Arm. »Das sind sie«, sagte sie. »Sie sind da, um sie zu holen.«

Es klopfte erneut.

»Was soll ich jetzt tun? Was ich vorhin gesagt habe, meinte ich nicht ernst. Ich will nicht, dass sie sie mitnehmen! Ich ...« Ihre Stimme klang schrill.

»Natürlich nicht. Das weiß ich doch.«

»Was soll ich tun, Kit? Was?« Sie umklammerte meinen Arm noch fester. Mir war nicht klar gewesen, dass sie so kräftig war.

Hunderte mögliche Erklärungen schossen mir durch den Kopf. Vielleicht war es bloß Elizabeth, unsere Nachbarin. Oder es waren tatsächlich OSIP-Beamte, aber wir würden die Tür verbarrikadieren, und Marie und Tia könnten durch das Fenster fliehen und verletzten sich auf wundersame Weise nicht bei dem Sturz. Vielleicht hörte das Klopfen auch wieder auf, und wir könnten weiter Tee trinken, während Tia auf der Krabbeldecke fröhlich vor sich hin brabbelte, sicher unter unseren wachsamen Blicken.

Aber nichts davon trat ein.

JETZT

Für einen kurzen Moment fallen mir die Augen zu. Ich sehe eine Krabbeldecke, ich höre ein leises Kichern.

Mein Kopf fährt hoch, und die Bewegung reißt mich aus dem Dämmerzustand.

Ich sehe die Straße vor mir, hart und erbarmungslos, und ich richte mich auf und bemühe mich, die Augen weiter zu öffnen. Ich versuche, nicht daran zu denken, wie viele Stunden ich bereits unterwegs bin und wie viele ich noch vor mir habe.

Der Mann, mit dem ich mich getroffen habe, meinte, es wäre möglich. Man kann sich einer Gefangennahme entziehen, wenn man sich von den Hauptstraßen fernhält und sich auf Ausweichrouten quer durchs Land von einem sicheren Unterschlupf zum nächsten bewegt. *Es ist möglich.* Es wird keine allgemeine Fahndung über die Sphären geben, weil niemand wissen soll, dass eine Familie auf der Flucht vor dem OSIP ist. Natürlich besteht ein Risiko, aber wir sind gut vorbereitet, haben uns die Routen eingeprägt, immer wieder die Fahrzeuge getauscht und keine Spuren hinterlassen. Man hat uns gesagt, welche Orte über geringe Ressourcen verfügen, sodass dort weniger oft Stichproben durchgeführt werden.

Ich darf die ganze Vorbereitung nicht in Gefahr bringen, indem ich am Steuer einschlafe.

Ich muss wach bleiben. Oder mich ausruhen.

Vor mir ist eine Abzweigung, und ich nehme sie. Ich fahre die unbenutzte Straße entlang, durch den Asphalt sprießt Unkraut. Ich sehe mehrere leere Parkplätze und Gebäude, die im blassen, goldenen Licht der Sonne für einen kurzen Augenblick wunderschön und einladend wirken. Es ist ein altes Einkaufszentrum, dessen ausgeblichene Reklametafeln immer noch an Ort und Stelle stehen, auch wenn sie irgendwie wackelig wirken, als würden sie bei der kleinsten Berührung umfallen. Es ist ein später Samstagvormittag, und ich stelle mir vor, wie es früher hier ausgesehen hat, der Parkplatz voller Menschen und Autos, das geschäftige Treiben.

Ich parke und achte nicht weiter auf die Schilder, die mir sagen, dass das verboten ist.

Der Autositz lässt sich nach hinten klappen, sodass er mehr oder weniger waagerecht steht, aber ich finde den Hebel nicht. Ich verdränge den Gedanken, dass Thomas es mühelos geschafft hätte, und klettere stattdessen auf den Rücksitz. Ich stemme meine Füße gegen die Autotür, denn es ist nicht genug Platz, um die Beine auszustrecken, und auch wenn es unbequem klingt, schlafe ich sofort ein.

Ich träume nicht. Oder ich weiß nicht mehr, was ich geträumt habe.

Ich habe keinen Wecker. Ich hoffe einfach, mein Körper nimmt sich die Ruhe, die er braucht, und ich wache bald wieder auf. Ich will keine Zeit verlieren. Es ist ein Wettrennen – zumindest fühlt es sich so an –, aber wenn ich einen Unfall baue, komme ich vielleicht nie ans Ziel.

Auch meine Gedanken finden zur Ruhe, lassen mich abschalten. So muss ich nicht an Thomas denken. Ich stelle mir nicht vor, was er tut, jetzt, wo er bemerkt hat, dass ich fort bin. Wie er langsam in Panik verfällt, als ich nicht zurückkomme. Ich denke nicht daran, wie er zu Mittag durch die Wohnung streift und sich fragt, ob er sie verlassen soll oder ob ich womöglich doch zurückkehre und dann nur eine leere Wohnung vorfände.

Er wird nach einer Nachricht suchen, einer Erklärung, was ich vorhabe. Er wird daran zurückdenken, wie ich gestern auf gewisse Dinge reagiert habe. Gab es etwas Auffälliges, Ungewöhnliches? Etwas, dem er die Schuld an meinem Verschwinden geben kann? Aber er hat die Schlagzeilen auf den Sphären der Ladestation nicht gesehen. Er weiß nicht, was ich weiß.

DAMALS

Marie sah mich an und umklammerte meinen Arm so fest, dass ich spürte, wie das Blut in meinen Adern pochte.

»Was soll ich jetzt tun, Kit?«

Ich war starr vor Angst. Ich hatte keine Antwort, konnte keinen Plan aus dem Hut zaubern.

Marie erhob sich mit wackeligen Knien und ging zur Tür.

»Sind Sie Marie Rachel Trevers, Mutter von Tia Lola Trevers-White?«, fragte eine weibliche Stimme. Sie schwankte kaum merklich, als wäre sie es nicht gewöhnt, auf diese Weise zu sprechen.

Ich wollte etwas tun, irgendetwas – so wie damals, als ich zum ersten Mal zu Marie und Leo gekommen war –, also rutschte ich aus dem Stuhl zu Boden und setzte mich neben Tia, die das Spielzeugschaf beäugte, das über ihr baumelte. Dann rief ich mit lauter Stimme: »Tia geht es gut, Marie. Ich passe auf sie auf.«

»Ist jemand bei Ihnen?«, fragte die Stimme.

»Meine Freundin ist hier«, antwortete Marie und warf einen Blick zu mir, als wollte sie sichergehen, dass ich keine Halluzination war.

»Was macht sie?«

»Sie passt gemeinsam mit mir auf Tia auf.«

»Okay«, erwiderte die Stimme ein wenig genervt. »Das Baby wird also beaufsichtigt, während Sie uns die Tür öffnen?«

»Ja«, sagte Marie. »Natürlich.«

»Wir kommen jetzt rein.« Das Schwanken war verschwunden, und ich sah, dass die Stimme einer älteren Frau mit Brille und Clipboard gehörte. Argwöhnisch sah sie sich in der Wohnung um. Wären die Umstände anders gewesen, hätte sie vollkommen harmlos ausgesehen, wie jemand, an dem man auf der Straße vorbeigeht, ohne ihn weiter zu beachten. Hinter ihr standen zwei weitere Beamte in einer Uniform, die mir unbekannt war. Junge Männer, die ihre körperliche Fitness zur Schau stellten wie eine Ehrenmedaille. Obwohl einer sehr viel größer war als der andere, sahen sie sich so ähnlich, als wären sie Brüder.

»Wer sind Sie?«, fragte die Frau mich.

»Kit Moss. Eine Freundin. Und Nachbarin.« Die Frau machte sich nickend Notizen. »Und wer sind Sie?«, fragte ich.

»Wie bitte?« Sie klang beinahe amüsiert.

»Ich habe gefragt, wer Sie sind. Sie haben sich weder mir noch meiner Freundin Marie vorgestellt.«

»Es ist doch offensichtlich, wer wir sind.« Die Frau hob den Ausweis, der um ihren Hals hing. Darauf stand in dicken blauen Lettern *OSIP*.

»Nein, ich meinte, ich bin Kit, und das ist Marie. Wie ist Ihr Name?«

»Der tut nichts zu Sache«, sagte sie, und es fühlte sich an, als hätte sie mir ins Gesicht geschlagen.

»Wie bitte?«, fragte ich.

Marie nahm meine Hand. »Kit, nicht«, flehte sie.

»Ich bin OSIP-Beamtin, und meine Identität ist irrelevant in dieser …« Sie wandte den Blick von den Möbeln ab und sah mit kaum verhohlenem Abscheu von Marie zu Tia. »… Situation. Nun, Mrs Trevers, wie Ihnen mit Sicherheit bewusst ist, haben Sie in den letzten fünf Monaten sechs IPS-Bescheide erhalten, und Ihr Kind steht unter strenger Beobachtung. Nachdem Sie sich an der Bescheid-Obergrenze befinden, haben wir Ihr Kind dahingehend eingestuft, dass eine ständige Kontrolle notwendig ist. Sie müssen daher in Zukunft zu jeder Tages- und Nachtzeit mit unangekündigten Besuchen rechnen.«

»Mit unangekündigten Besuchen?«

»Meine Kollegen werden die Wohnung kontrollieren, und darüber hinaus wird das Wohlergehen des Zielobjektes sichergestellt und eine Befragung durch einen Beamten oder eine Beamtin durchgeführt, wobei Letzteres in diesem Moment begonnen hat. Können Sie mir sagen, wann Sie das Baby zuletzt gefüttert haben?«

Marie sah mich mit aufgerissenen Augen an. Lautes Rumpeln drang aus dem Schlafzimmer, wo die Männer mit ihrer Durchsuchung begonnen hatten. Marie öffnete den Mund und begann stammelnd zu sprechen. »Ich habe sie gestillt. Ihre letzte Mahlzeit … die war um …«

Die Beamtin machte sich weitere Notizen.

»Das war, als ich vorbeigekommen bin, nicht wahr, Marie? Und ich komme immer so gegen …«, sagte ich noch, bevor mich ein schriller Aufschrei verstummen ließ.

»Die Befragung richtet sich ausschließlich an die Eltern! Ich bitte Sie, nebenan zu warten, Miss …« Sie warf einen Blick auf ihr Clipboard. »Miss Moss.«

Ich rührte mich nicht. Die Beamtin rief ins Nebenzimmer: »Bitte bringen Sie Miss Moss ins Schlafzimmer.«

»Schon gut, ich gehe ja schon«, sagte ich und setzte mich in Bewegung.

Ich hörte, wie Marie sagte: »Am Mittag. Ich habe sie zuletzt am Mittag gestillt. In etwas weniger als einer Stunde ist es wieder so weit.«

Ich wartete im Schlafzimmer, während die beiden Männer vor der Tür Aufstellung nahmen, wobei mir nicht klar war, wen sie aufhalten wollten, mich oder Marie.

Mir wurde mit einem Mal eisig kalt in Maries und Leos Schlafzimmer. Ich hörte das Auf und Ab der Stimmen aus dem Nebenraum, verstand aber nicht, was gesprochen wurde. Es dauerte unendlich lange, und auch wenn ich aus tiefstem Herzen hoffte, dass Marie die gewünschten Antworten fand, wusste ich bereits, dass es vorbei war. Ich hatte es von dem Moment an gewusst, als sie vor der Tür gestanden hatten. Sie würden Tia mitnehmen. Das war, schon lange bevor sie geklopft hatten und in die Wohnung getreten waren, beschlossen gewesen. Der Besuch war bloß Tarnung für etwas, das bereits feststand.

Maries Schluchzen drang durch die Wand, und ich fragte die Männer, ob ich zu ihr durfte.

»Das sagten wir doch schon. Das Gespräch ist nur für Eltern.«

»Was ist mit Tias Vater? Er sollte doch sicher anwesend sein? Er arbeitet bloß zwanzig Minuten entfernt. Sollte man ihn nicht verständigen?«

Offenbar hatte ich einen Nerv getroffen. Sie sahen einander verstohlen an, dann meinte der Kleinere: »Gut, dann frag sie.«

Der andere Mann klopfte an die Wohnzimmertür, und als keine Antwort kam, versuchte er es noch einmal. Schließlich kam der Befehl: »Herein!«

Er ließ die Tür offen stehen, und ich hörte Maries Schluchzen und ein paar Wortfetzen.

»Wir tun alles, was Sie wollen«, sagte sie gerade. »Bitte tun Sie das nicht.« Dann versagte ihre Stimme, und sie schluchzte erneut keuchend.

Es folgte leises Gemurmel, während die Beamten miteinander sprachen, und ich stellte mir vor, wie der Mann der Frau ins Ohr flüsterte. Immer wieder war Tias leises Gebrabbel zu hören, die vollkommen ahnungslos war, was hier gerade passierte.

Viel zu schnell war der Mann wieder da und sah mir ausdruckslos ins fragende Gesicht.

»Also? Soll ich Leo anrufen?« Ich griff in meine Tasche nach meiner MobilSphäre und umklammerte sie.

»Nein«, sagte er und grinste kaum merklich, dann wandte er sich an seinen Kollegen. »Neue Verordnung.«

Einige Zeit später rief die Frau die beiden Männer ins Wohnzimmer, und ich blieb allein neben dem Bett zurück. Ich hörte Geschrei. Nun hielt mich nichts mehr. Ich rannte ins Wohnzimmer und sah, wie sie Marie an beiden Armen festhielten, während die Frau sich nach unten beugte, um Tia von der Krabbeldecke zu heben.

»Nehmt ihr das Armband ab«, befahl sie dem Mann und reichte ihm einen Scanner. Er hielt ihn an Maries Handgelenk, er blitzte auf, und das Armband, das sie seit Tias Geburt trug und das sie als ihre Mutter identifizierte, fiel ab.

»Hat Tia ein Stofftier, an dem sie besonders hängt und das sie mitnehmen kann?«, fragte die Beamtin.

Marie hob den Kopf und schien auf einmal wie erstarrt. Dann sah sie sich verzweifelt im Zimmer um.

»Ihr Häschen. Nehmen Sie ihr Häschen.«

Die Beamtin hob den kleinen grauen Hasen von der Krabbeldecke auf. Er hatte ein weiches Fell und Ohren aus Blümchenstoff.

»Den hier?«

Marie nickte und biss sich auf die Lippe. Tränen strömten ihr über die Wangen.

Die Beamtin wandte sich ohne ein weiteres Wort ab und verließ die Wohnung. Tia starrte über die Schulter der

Frau zurück. Ich sah gerade noch das winzige, verblüffte Gesicht. Die Unterlippe schob sich kaum merklich nach vorne und begann zu beben. Es schien, als hätte Tia verstanden, was gerade vor sich ging, denn in diesem Moment verzog sich ihr Gesicht zu einem Schrei. Ihre Mundwinkel krümmten sich nach unten, ihre Wangen blähten sich, und ihre Augen glänzten vor Verzweiflung. Dann war sie verschwunden.

Die Männer hielten Marie noch zwanzig Minuten lang fest, bis sie aufgab, still zu Boden sank und sich dort zu einer Kugel zusammenrollte. Erst als sie sich nicht mehr bewegte und sämtlicher Kampfgeist sie verlassen hatte, gingen die Beamten.

Ich rief Leo an, sobald sie zur Tür hinaus waren. Er kam kurz darauf, und ich ließ die beiden zusammengesunken am Boden zurück, wo sie liegen blieben, als wären ein Stuhl oder das Sofa zu tröstlich, zu zivilisiert für sie. Ich taumelte zurück in meine Wohnung und hatte mich gerade aufs Bett fallen lassen, als ich eine Nachricht von Evie erhielt.

Sie hatte mit den Induktionsmedikamenten begonnen.

JETZT

Als Elternteil isst man mit einer Hand. Man isst eilig, in den wenigen ruhigen Momenten, die einem bleiben. Essen ist etwas, woran ich mich nicht gewöhnen kann, jetzt, wo Mimi fort ist.

Mein Magen dreht sich. Ich überlege, wann ich das letzte Mal etwas zu mir genommen habe und ob ich etwas Essbares im Auto habe.

Thomas hat gestern Abend etwas gekauft. Ich öffne das Handschuhfach und entdecke zwei Schokoriegel.

Ich wickle einen aus und nehme viel zu große Bissen, sodass sich meine Wangen nach außen wölben. Er ist mit Nougat gefüllt, und ich muss kräftig kauen, um ihn schlucken zu können. Er überzieht meine Mundhöhle mit einer pelzigen Süße. Ich taste in den Fußräumen der Rückbank herum, wo eine halb volle Wasserflasche sein sollte. Als ich sie entdecke, schließe ich seltsam triumphierend die Hand darum. Ich nippe vorsichtig daran. Das Wasser ist abgestanden, trotzdem stürzte ich es durstig in mich hinein, bis die Flasche leer ist.

Die Autotür öffnet sich knirschend, als wäre sie ebenfalls gerade aufgewacht. Frische Luft schlägt mir entgegen. Es ist erst früher Nachmittag. Ich habe nicht allzu lange geschlafen.

Meine Beine sind steif, nachdem ich sie so lange nicht ausstrecken konnte, und ich gehe mit kleinen Schritten. Ich strecke mich, doch mein Mantel ist zu eng. Ich würde ihn gerne ausziehen, aber ich trage nur meinen Schlafanzug darunter. Er klebt auf meiner Haut, und mit einem Mal ertrage ich das versiffte Gefühl kaum noch. Ein leicht muffiger Geruch steigt mir in die Nase, der daher rührt, dass ich eine ganze Nacht und einen Tag dieselben Sachen anhatte.

Ich starte den Wagen und mache mich wieder auf den Weg. Ich muss die Zeit aufholen, die ich verschlafen habe, also überhole ich ein Auto ums andere und gebe Gas, bis der Motor röhrt. Er klingt überfordert, als wäre etwas nicht in Ordnung damit, aber ich rase weiter.

918. NNW 1HW.

Als ich mich dem Ziel nähere, fällt mir ein, dass ich nicht auf dieser Straße bleiben kann. Es gibt mit Sicherheit Kontrollen an der Stadtgrenze. Also schlängle ich mich durch schmalere Straßen, teilweise mit nur einer Fahrspur und voller Schlaglöcher und Unkraut. Hier sind kaum noch Menschen unterwegs. Ich selbst habe solche Straßen noch nie benutzt. Ich war beinahe überrascht, als man uns erklärte, dass diese eine Möglichkeit boten, dem OSIP zu entkommen. Wir wussten immer, dass das Risiko besteht, trotzdem geschnappt zu werden, aber bis jetzt hat es funktioniert.

Der Akkustand sinkt. Meinen Berechnungen zufolge habe ich noch genug Strom, um ans Ziel zu gelangen und sogar noch ein wenig weiter zu fahren, bevor ich das Auto laden muss. Ich habe genug Geld, falls ich es brauche. Es ist ein weiteres Risiko, aber Gedanken über die Logistik beruhigen meine Nerven.

918. NNW 1HW.

Es kommt mir länger vor als bloß ein paar Stunden, dass ich mich von Thomas davongestohlen habe – eher wie ein Monat oder noch mehr. Kaum zu glauben, dass es noch immer derselbe Tag ist. Abgesehen von einem kurzen Halt, um einen Blick auf die Sphären zu werfen, und dem kurzen Nickerchen, bin ich durchgefahren. Ich habe mich selbst angetrieben und mich in einer nach oben führenden Diagonale durch das Land bewegt.

918. NNW 1HW.

Es ist später Nachmittag, als ich das Schild einer Stadt sehe, in der ich noch nie war. Die Abzweigung kommt näher, und mein Atem stockt, als ich die Buchstaben lese.

Aber nicht aus Überraschung, sondern weil der Schmerz, den sie mir versetzen, eine tiefe Wunde in mir hinterlässt.

DAMALS

Am nächsten Morgen wachte ich mit einem heftigen, dumpfen Schmerz im Magen auf, der mich gebückt und mit gekrümmtem Rücken durch die Wohnung schlurfen ließ.

Sobald es mir möglich war, ging ich zu Marie und Leo, aber dieses Mal brachte ich nichts mit. Nichts, was so aussehen hätte können, als sollte es die Stimmung aufhellen, nur mich selbst. Sie kamen nicht an die Tür, aber ich hörte Geräusche aus der Wohnung. Nachdem ich fast eine Stunde vergeblich gehofft hatte, dass sie sich blicken lassen würden, gab ich mich geschlagen und kehrte in meine Wohnung zurück.

In meiner Schreibtischschublade lag ein Notizblock, von dem ich nicht einmal gewusst hatte, dass ich ihn irgendwann gekauft hatte, und ich begann, ihnen einen Brief zu schreiben. Ich versicherte ihnen, ähnlich wie am ersten Tag, dass ich alles tun würde, um zu helfen – egal, was es war. Ich schrieb, dass ich *hoffte …*, doch dann hielt ich inne, und die Worte lösten sich in nichts auf. Ich konnte ihnen keine Hoffnung geben. Aber es gab andere Dinge, die ich ihnen sagen konnte. Dinge, die uns die Sphären einbläuten. Dass sie es noch einmal versuchen konnten. Dass es Studien gab, wonach auf die Extraktion eines Kindes oft die erfolgreiche Elternschaft eines zweiten Kindes folgte. Es gab genug Belege, dass es sinnvoll war, sich mehrmals einer Induktion zu unterziehen. Eine Extraktion bedeutete nicht, dass man weitere Kinder nicht behalten durfte.

Am Ende warf ich den Brief in den Müll und verfasste einen weiteren, der sehr viel kürzer ausfiel. Ich schrieb, dass ich an sie dachte und dass sie anrufen sollten, falls sie auf irgendeine Art meine Hilfe brauchten. Ich schob den Brief unter der Tür hindurch und wartete eine Weile, ob jemand ihn holte. Ich verließ das Stockwerk allein.

Eine Woche später erzählte mir Elizabeth, die Nachbarin mit den flammenroten Haaren, die ich des Öfteren im Aufzug traf, dass sie fortgezogen waren.

»Ich habe gehört, dass die Kleine extrahiert wurde. Und sie ertragen es nicht, weiter in derselben Wohnung zu leben. Haben Sie etwas mitbekommen?«

Ich widerlegte ihre Annahme genauso wenig, wie ich sie bestätigte, stattdessen sah ich ihr direkt in die Augen.

Sie starrte mir unter den großen, tief hängenden Lidern entgegen. Mir war noch nie aufgefallen, dass ihre Hände in einem fort zitterten, wenn auch nur leicht, und dass sie ziemlich klein war. Ihre Haut spannte sich straff über die Knochen. Hinter ihrem inquisitorischen Blick verbarg sich etwas Sanftes, etwas wie Traurigkeit.

»Ich war dort«, erklärte ich ihr. »Ich war bei Marie, als sie Tia geholt haben.«

»Ich habe gehört, dass Sie ihnen geholfen haben.«

Ich sah sie erneut an.

»Es war … schrecklich.«

»Das ist es immer.« Ihre Worte hingen in der Luft wie eine Spinnwebe, hin- und herwehend, hauchfein und kaum wahrnehmbar. Sie hatte offenbar gesprochen, ohne nachzudenken, denn schon im nächsten Moment erklärte sie eilig: »Natürlich gibt es keinen besseren Ort als die Einrichtungen, wenn die Normwerte nicht erfüllt werden. Denken Sie an die Anlagen, die zur Verfügung stehen. An die Bildungschancen. Es ist das Beste für das Kind. Wirklich. Da führt kein Weg dran vorbei. Jedes Kind, das heutzutage geboren wird, verdient den absolut besten Start ins Leben. Wo genau bringen sie die Kinder zurzeit eigentlich hin?«

Ich zuckte mit den Schultern und ließ Elizabeth weiterreden. Niemand wusste, wo sich die Einrichtungen befanden, obwohl es Gerüchte gab, dass die Isle of Wight eigens dafür bereitgestellt worden war.

»Es gibt dort jedenfalls jede Menge Natur. Nur das Beste vom Besten. Ich hoffe, dass sie es noch einmal versuchen«, fuhr sie fort. »Das nächste Mal könnte es … bleiben.« Sie schüttelte kaum merklich den Kopf.

Wir schwiegen den Rest der Aufzugfahrt.

Ich überlegte, ob ich versuchen sollte, Marie und Leo zu finden. Es gab sicher Möglichkeiten, aber ich verwarf die Idee schnell wieder. Was würde ich sagen – was konnte ich sagen –, um sie zu trösten? Vielleicht war es besser, dasselbe wie sie zu tun und mit dem Leben weiterzumachen. Welchen Sinn hatte es, darüber zu sprechen?

Evie war es, die bemerkte, dass mich etwas bedrückte, als sie nach einem Arztbesuch bei mir vorbeischaute.

»Geht es dir gut?«, fragte sie und hob dabei kurz die Augenbrauen.

Sie hatte zugenommen, seit ich sie zum letzten Mal gesehen hatte. Ihre Haut war eine Spur blasser, und sie legte ständig unwillkürlich eine Hand auf ihren Bauch, der gegen den Bund der weiten Hose drückte, die ich noch nie an ihr gesehen hatte. Sie hatte mit den ersten Induktionsmedikamenten begonnen, und sie zeigten vermutlich bereits Wirkung, aber als ich sie darauf ansprach, wischte sie meine Sorge mit einer Handbewegung beiseite und lenkte die Aufmerksamkeit stattdessen auf mich.

Ich schlüpfte eilig aus dem Sweater, den ich schon seit einer Woche trug, denn ich hatte gerade einen Fleck darauf bemerkt.

»Ich mache uns Kaffee«, sagte ich und ging in Richtung Küche.

»Hast du frische Minze? Ich verzichte mittlerweile auf Koffein.«

»Klar. Ähm. Nein. Aber ich habe noch irgendwo Pfefferminztee in Beuteln.«

Ich durchstöberte den Küchenschrank und fluchte im

nächsten Moment, als eine Packung Reis auf den Boden fiel und aufplatzte.

»Lass mich das machen«, meinte Evie. »Ich bin diejenige, wegen der du hier alles auf den Kopf stellst.« Sie bückte sich, doch dann keuchte sie leise und legte sich erneut eine Hand auf den Bauch.

»Bist du sicher, dass alles okay ist? Vielleicht solltest du dich setzen.«

»Schon gut«, erwiderte Evie, allerdings mit zusammengebissenen Zähnen. »Der Arzt hat mich vorgewarnt. Wenn es schlimmer wird, gehe ich noch mal zu ihm. Lass mich dir helfen.«

»Nein, ich mache das. Das war meine Unordentlichkeit.«

Evie antwortete nicht, sondern streckte die Hand nach mir aus. Sie schloss sich kühl, weich und duftend um meine, und wir standen einige Augenblicke so da, hielten einander an den Händen und ließen sie sanft hin und her schwingen, wie wir es als Kinder getan hatten.

»Was ist los?«, fragte Evie.

Tränen stiegen mir in die Augen. In dem Moment, als ich ihre enthusiastische Nachricht gehört hatte, dass sie mit den Medikamenten begonnen hatte, hatte ich beschlossen, ihr nichts von Leo, Marie und Tia zu erzählen.

Ich schüttelte den Kopf.

»Komm schon, Kit. Erzähl es mir. Ich mache mir langsam Sorgen.«

»Das musst du nicht. Es ist nichts. Nichts, was mich betrifft …« Meine Stimme versagte.

»Ach, Kit, was ist denn los?« Evie schloss mich in eine so innige Umarmung, dass wir einen Moment lang eins waren, wiedervereint, endlich wieder ein Ganzes. Ich wollte sie nie wieder loslassen.

»Bitte sag mir, was dich so fertigmacht.«

Ich erzählte ihr in groben Zügen, was vorgefallen war, doch sie drängte mich, bis ich ihr die Geschichte in allen grauenhaften Einzelheiten erzählt hatte: die kalte Brutalität der Beamten, Maries Schmerz und Verzweiflung.

»Ich wollte es dir nicht erzählen – mit allem, was du gerade durchmachst. Und dir wird so etwas sicher nicht passieren. Das weiß ich«, erklärte ich überzeugt.

»Kit«, erwiderte Evie. »Es könnte aber sein.«

Die Worte auszusprechen, schien sie zu erschöpfen.

»Es könnte uns genauso passieren. Uns ist klar, dass es so kommen könnte. War es uns von Anfang an. Das ist allen klar. Man hofft, man arbeitet hart, und man tut alles, was man kann, damit es nicht so weit kommt, aber die Möglichkeit besteht immer. In der Welt, in der wir jetzt leben«, fügte sie hinzu.

»Ich wollte dich einfach nicht mit der Nase darauf stoßen.«

»Ehrlich, Kit, wenn du es nicht bist, ist es jemand anders.«

»Aber es spricht doch niemand darüber, nicht wahr? Ich meine, wir reden nur darüber, weil wir allein sind, weil wir Schwestern sind und weil du mich gezwungen hast.« Evie lachte, doch auch in ihren Augen standen Tränen.

»Hör mal. Extraktionen passieren. Das ist eine Tatsache. Wir können es nicht ändern. Es tut mir einfach leid für deine Freunde.«

»Hast du … hast du schon mal gehört, dass Kinder nach einer Extraktion wiedergekommen sind?«, fragte ich und sah sie erwartungsvoll an, obwohl ich die Antwort bereits kannte.

»Du meinst zu ihren Eltern? Ich … na ja … es gab da Berichte auf den Sphären. Aber die Einrichtungen ermöglichen den Kindern nun einmal den höchsten Lebensstandard, und zwar …«

Sie umarmte mich erneut, damit sie die Worte nicht aussprechen musste.

Für immer. Kein Kind war jemals nach einer Extraktion zurückgekehrt.

»Mann! Ich hätte jetzt gerne einen Drink«, seufzte sie.

»Ich habe Whisky da.«

»Ich darf jetzt erst mal einige Zeit nichts trinken.«

»Das ist es wert«, erklärte ich und rang mir ein mattes Lächeln ab.

»Ja. Was auch immer passiert, wir sind dafür bereit, weil wir dich und Dad und Sebs Familie an unserer Seite haben. Denn darum geht es, stimmt's? Um die Familie.«

Ich senkte zustimmend den Kopf. Der Moment war vorüber, und wir sammelten den verschütteten Reis auf und tranken den Tee, wegen dem Evie gekommen war.

Noch Monate später fand ich immer wieder das ein oder andere Reiskorn in einer Ritze der Küche. Am Ende gab ich es auf und ließ sie liegen.

JETZT

Ich gehe an zwei Frauen vorbei, die sich über das marineblaue, gewölbte Verdeck eines Kinderwagens beugen. Sie versteifen sich, und mit jedem Jammerlaut des Babys rücken sie noch näher heran.

Ich wende den Blick ab und lasse ihn über die geparkten Autos schweifen. Ich bin endlich angekommen.

Es ist genauso wie beschrieben – ein großes, kastenförmiges, graues Gebäude, das vor mir in die Höhe ragt –, und das ist tröstlich und beunruhigend zugleich. Es ist real. Jetzt ist es nicht mehr weit.

Das Innere gleicht einem Labyrinth. Die Wohnungen sind nummeriert, und jede Zone hat einen eigenen Buchstaben, doch die Wegweiser widersprechen einander. Entweder das, oder ich lese sie falsch. Ich gehe durch lange, röhrenförmige Korridore und erkenne am Ende, dass ich in die falsche Richtung unterwegs war.

Ich fluche leise, biege in einen weiteren Korridor und verfalle in einen Laufschritt.

918.

918.

Thomas und ich haben einander versprochen, dass wir niemals hierherkommen würden. Darüber waren wir uns noch vor einem Monat einig. Es fühlt sich an, als wäre seitdem ein ganzes Leben vergangen. Mimis Abwesenheit hat sich in meinen Körper gefressen und meine Art, zu sehen und zu fühlen, verändert. Der Schmerz lässt mich gebückt gehen, und der Stress macht meine Haut fleckig und rot, als wäre sie entzündet.

Ich gehe weiter und werfe jedes Mal einen Blick über die Schulter, wenn ich ein Geräusch höre. Thomas wird ebenfalls hierherkommen, sobald er eingesehen hat, dass ich fort bin. Er wird wissen, wohin es mich gezogen hat. Deshalb musste ich mich beeilen und wollte nicht zu lange schlafen oder Pausen machen. Hätte er mich erwischt, bevor ich hier angekommen bin, hätte er versucht, mich aufzuhalten.

Nicht, weil er mich nicht liebt oder weil er Mimi weniger liebt als ich, sondern weil er glaubt, dass wir das hier durchmachen müssen, damit am Ende alles gut wird. Wir erleben diese Qualen, um in Zukunft ohne sie leben zu können, das hat er mir immer und immer wieder gesagt.

Ich habe versucht, ihm zu erklären, dass für mich die Zukunft aus nichts als Schatten besteht und dass ich nicht daran glaube. Ich glaube nicht daran, dass es funktionieren wird. Sein Gesicht wurde jedes Mal zu Stein, wenn ich so redete. Er hält meine Zweifel für fehlenden Mut.

Vielleicht hat er recht. Da ist etwas Grundlegendes in mir, das nicht ohne Mimi sein kann, das mit unumstößlicher Sicherheit weiß, dass ich sie beschützen kann, wenn sie erst bei mir ist.

Es ist eine alberne Vorstellung. Thomas hat mich oft daran erinnert, wie Marie Tia verloren hat. Und an den Abend, den wir mit Evie und Seb verbracht haben. Aber trotz dieser schrecklichen Erinnerungen gibt es nichts Stärkeres als meine Überzeugung, dass ich mit meiner Tochter zusammen sein sollte.

Thomas hätte mir nicht geglaubt, wenn ich ihm erzählt hätte, was ich letzte Nacht bei unserem Halt auf der Ladestation auf den Sphären gesehen habe.

Er hätte gedacht, dass ich nach einer Ausrede suche, um Mimi aufzuspüren.

Im tiefsten Inneren weiß ich, dass ich es allein durchziehen muss, weil ich seine Zweifel nicht ertrage.

DAMALS

»Es fehlt mir nicht«, erklärte Evie, und wischte sich sorgfältig die Mundwinkel mit einem zusammengeknüllten Taschentuch sauber. Sie hatte zu arbeiten aufgehört, nachdem sie mit den Induktionsmedikamenten begonnen hatte.

»Das ist gut«, erwiderte ich. Mehr konnte ich dazu nicht sagen, denn ihr war in dieser Hinsicht ohnehin keine Wahl geblieben. Die Induktion war von Beginn an ein Fulltime-Job.

Sie musste sich seit einer Woche ständig übergeben. Aber es war keine Morgenübelkeit, sie war nicht schwanger. Es waren die Medikamente, die ihr auf den Magen schlugen. Sie hatte gerade mit dem zweiten Zyklus begonnen, nachdem sie nach dem ersten eine Zeit lang im Krankenhaus gelegen hatte. Die Bauchschmerzen waren nach ihrem Besuch bei mir schnell schlimmer geworden, und es hatte die Gefahr eines Blutgerinnsels bestanden.

Sie nippte an einem Glas Orangensaft, den ich sie zum letzten Mal als Kind hatte trinken sehen.

»Mmm«, sagte sie. »Das ist besser.« Sie war eine Meisterin darin, sich nicht anmerken zu lassen, wie sehr sie litt.

»Frischer Orangensaft erinnert mich immer an Mum. Den hat sie uns gemacht, wenn wir krank waren.«

»Wirklich?«, fragte ich neugierig. Evie erinnerte sich an viel mehr Dinge als ich.

»Ja, und zu Dreiecken geschnittenen Toast.«

»Ich kann dir Toast machen, wenn du willst.«

»Nein danke«, erwiderte Evie, und ihre Wangen wurden bei dem Gedanken an Essen noch blasser.

»Wie geht es dir mit der Vorstellung, dass du vielleicht nicht zurückkommst?«, fragte ich, um sie abzulenken. Auch wenn sie noch nicht schwanger war, kreisten ihre Gedanken ständig um die Möglichkeit, dass sie es bald sein würde. Evie hatte hart für ihre Stelle in der Anwaltskanzlei gearbeitet, und es war kaum zu begreifen, dass sie nicht zurückkehren würde, wenn sie schwanger werden sollte.

»Ach, weißt du, das ist schon okay. Natürlich wird es sich seltsam anfühlen. Es ist, als würde ich nur eine Pause machen und irgendwann wieder arbeiten, aber … das wird hoffentlich nicht passieren.«

»Und wie geht es dir im Allgemeinen?«, drängte ich weiter.

»Nicht … gut. Aber ich komme klar. Wirklich.«

Ihre Augen waren leer, als sie das sagte.

»Bei welcher Etappe des Induktionszyklus bist du gerade?«

Sie betete die Termine und die Medikamente herunter, die sie bald zusätzlich nehmen musste. Danach folgten weiteres Warten und noch mehr Tests und Scans. Ich fühlte mich, als hätte ich mich in einem Labyrinth verirrt, während ich versuchte, ihren Erklärungen zu folgen.

»Jedenfalls«, meinte sie am Ende, »tut das Lernen gut. Es lenkt von den medizinischen Dingen ab.«

Das Haus war mittlerweile voll mit Handbüchern zur Induktion und seitenweise Notizen in Evies krakeliger und Sebs deutlich lesbarerer Handschrift. Ihre Sphären sendeten vom OSIP abgesegnete Dokus, und die monotonen, gelangweilten Stimmen der Sprecher füllten die Räume.

An den Wohnzimmerwänden hingen Blätter voller Prüfungsstoff und Diagramme in verschiedenen Farben. Einige Absätze waren dick unterstrichen, die Worte wütend hervorgehoben, sodass sie uns förmlich entgegenschrien.

»Man kann jedenfalls nicht sagen, dass du dir keine Mühe gibst«, meinte ich.

Evie nickte, doch dann krümmte sie sich, ihr Körper sank in sich zusammen, und sie rannte auf die Toilette.

JETZT

Der Mann hat mir eine Nummer und eine Postleitzahl verraten: *918, NNW 1HW.*

Ich habe penibel darauf geachtet, keine Spuren zu hinterlassen, als ich nachsah, zu welcher Stadt die Postleitzahl gehört. Ich habe eine ArbeitsSphäre in einem Laden benutzt, um die Adresse herauszusuchen, und mir die Strecke auf einer von Dads alten Straßenkarten angesehen. Eine Strecke, die sicherheitshalber sämtliche Kontrollen an den Stadtgrenzen umging. Ich weiß nicht, ob Thomas sich dieselbe Mühe gemacht hat, aber ich glaube nicht. Wenn er es nicht getan hat, kostet es ihn ein paar Stunden.

Ich habe die Ziffern und Buchstaben ständig wiederholt, wenn die Angst mich überkam und ich nicht schlafen konnte.

NNW 1HW. 918.

Die Ziffern steigen ungewollt an die Oberfläche, wie sie es schon den ganzen Tag über tun. Sie haben sich in mein Gedächtnis eingebrannt.

Ich stehe vor der Wohnung 918. Die Ziffern bilden schräge mattsilberne Umrisse auf der grauen Tür. Ich wäre beinahe daran vorbeigegangen – hier sieht eine Tür aus wie die andere. Das Gebäude besteht aus so vielen identischen Wohnungen, dass sie mich an die sechseckigen Waben eines Bienenstocks erinnern.

Ich würde gerne behaupten, dass die Tür mich magisch angezogen hat. Dass es eine magnetische Verbindung zwischen mir und meinem Kind gibt, die mich hierhergeführt hat. Aber ich stehe bloß hier, weil es die Nummer ist, die mir gesagt wurde.

Ich hebe die Hand und klopfe. Ich bin da.

DAMALS

Jakob Luke Maybury-Moss wurde an einem Freitag Mitte Mai um zwei Uhr nachmittags geboren.

Evie hatte mir bei unserem letzten Treffen gestanden, dass sie sich schwerfällig und unwohl fühlte, aber sie verbarg es meistens hinter ihrem stoischen Pragmatismus. »Ich kann mich nicht beschweren«, war das Mantra ihrer Schwangerschaft, während sie die Finger über den gewölbten Bauch gleiten ließ, als müsste sie es sich selbst in Erinnerung rufen.

Das OSIP überwachte jede Nahrungsaufnahme während der Schwangerschaft. Evie musste jede Mahlzeit und jeden Snack über ihre MobilSphäre protokollieren, genauso wie ihren täglichen Spaziergang und die Entspannungsübungen. Außerdem war sie verpflichtet, eine bestimmte Menge Wasser pro Tag zu trinken, und so füllte sie jeden Morgen zwei Karaffen und leerte sie Schluck für Schluck über den Tag verteilt.

Es war eine erdrückende Vorstellung, dass jeder Krümel, der in ihren Mund wanderte, und jeder einzelne Schritt, den sie im Laufe des Tages machte, vom OSIP analysiert wurde. Alles wurde streng überwacht. War es die richtige Entscheidung in diesem Augenblick? War es sicher für das Baby? Und was konnte sie tun, damit es noch mehr profitierte?

Spontangeburten wurden bevorzugt, Kaiserschnittgeburten nur im Notfall durchgeführt. Laut Evie war der Grund dafür, dass vaginale Geburten gesundheitliche Vorteile für das Kind brachten. Sie achtete rund um die Uhr auf die richtige Körperhaltung, um das Baby in die beste Position für die Geburt zu bringen, und da sie natürlich auch immer rundlicher wurde, führte es dazu, dass sie ständig irgendwie zusammengesunken und verängstigt wirkte.

Man hatte ihr erklärt, dass die Induktion in dreißig Prozent der Fälle Erfolg hatte und dass eine durchschnittliche Frau den Vorgang acht- bis neunmal durchlaufen konnte. Ich hatte die Lippen aufeinandergepresst, um sie nicht zu fragen, wie viel Prozent der zur Welt gebrachten Babys extrahiert wurden. Derartige Zahlen wurden nicht veröffentlicht.

Während Evies Schwangerschaft sendeten die Sphären einen Bericht, in dem es um den Anstieg von Fehlgeburten ging. Evie stürzte sich sofort darauf und überlegte laut, was diese Mütter wohl getan oder nicht getan hatten. Gab es einen Zusammenhang mit den Ernährungsgewohnheiten, dem Stresslevel, der täglichen körperlichen Betätigung oder dem Fehlen derselben? Sie sprang von einem Grund zum nächsten, als wollte sie das Problem eigenhändig lösen, und als ich sanft zu bedenken gab, dass möglicherweise nichts davon zu den Fehlgeburten geführt hatte, hörte sie mir gar nicht zu.

Wir sprachen nicht über die Induktionszyklen, die sie mitmachen musste, und den Schmerz, den sie ertragen musste, um an diesen Punkt zu gelangen. Es war besser, sich auf die Gegenwart zu konzentrieren. Darauf, dass sie tatsächlich schwanger war und ihr Baby bald auf die Welt kommen würde. Obwohl die Schwangerschaft so belastet von Evies Wunsch war, »das Richtige zu tun«, dass ich manchmal das Gefühl hatte, sie würde in den Zahlen, den Statistiken, den ständigen Ratschlägen und der Überwachung untergehen. Ich fragte mich, ob Evie das auch so empfand.

Ihr Leben bestand aus Hebammenterminen und OSIP-Überprüfungen. Zu Beginn traf sie mehrere Hebammen, doch in der zweiten Hälfte der Schwangerschaft wurde sie einer bestimmten Hebamme zugeteilt, die sie bei der Geburt begleiten würde. Als ich fragte, wie sie mit ihr zurechtkam, und Evie mir nicht in die Augen sehen konnte und murmelnd erklärte, dass sie nett sei, war ich mir sicher, dass etwas nicht stimmte. Ich wandte mich an Seb, als Evie gerade nicht im Zimmer war, und seine Wangen begannen zu glühen.

»Es ist keine große Sache. Evie glaubt …« Er senkte die Stimme. »… dass die Hebamme sie nicht leiden kann. Aber sie ist übersensibel. Es ist okay, wirklich.«

Ich versuchte noch einmal, Evie darauf anzusprechen, aber sie ließ sich nicht erweichen.

Wir lebten in ständiger Anspannung. Als das Datum näher rückte, rief Dad mich beinahe jeden Tag an, aber nicht, um über irgendetwas zu sprechen, sondern bloß, um in Kontakt zu sein. Wir unterhielten uns ein wenig über seinen Garten, bevor die Sprache unweigerlich auf Evie und das ungeborene Kind kam. Ich konnte mich nicht erinnern, dass wir jemals so viel miteinander geredet hatten.

»Hast du heute schon von Evie gehört?«, fragte Dad jedes Mal, wenn wir telefonierten.

»Warum rufst du sie nicht selbst an?«, erwiderte ich bei einem unserer Telefonate.

»Ich will sie nicht bedrängen. Sie braucht Ruhe und sollte nicht ständig zum Telefon, bloß weil ich anrufe.«

»Sie freut sich sicher, von dir zu hören, Dad.«

»Nein, nein«, erklärte er entschieden. »Sie würde sich melden, wenn sie es wollte. Besser, ich frage dich, wie es ihr geht.«

Jedes Mal, nachdem wir aufgelegt hatten, schickte ich Evie eine Nachricht und bat sie, Dad anzurufen.

Gerade war es wieder so weit gewesen, und ich dachte noch über die Sinnlosigkeit dieses Kreislaufs nach, als Sebs Gesicht auf meiner MobilSphäre erschien.

»Evie wurde ins Krankenhaus gebracht«, sagte er. »Die Wehen haben zu früh eingesetzt. Ich fahre jetzt auch hin. Ich melde mich, wenn es Neuigkeiten gibt.«

Und dann war er so schnell verschwunden, dass ich mich fragte, ob ich mir den Anruf nur eingebildet hatte.

Ich rief noch einmal Dad an, der mehr Fragen hatte, als ich zu diesem Zeitpunkt beantworten konnte, und dann blieb uns nichts anderes übrig, als zu warten.

»Bitte, es darf nichts schiefgehen. Evie darf nichts passieren.«

Ich wiederholte die Sätze immer wieder. Sie laut auszusprechen, machte sie wirkungsvoller. Evie war jetzt in der sechsunddreißigsten Woche. Ich versuchte eilig, mich an die Besonderheiten dieses Teils der Schwangerschaft zu erinnern, die Evie – wie die Besonderheiten jeder anderen Phase – intensiv gepaukt hatte. Es beruhigte mich ein wenig, dass die Lunge des Babys in der sechsunddreißigsten Woche bereits gut genug entwickelt war, um eigenständig zu funktionieren.

Ich versuchte zu arbeiten und hörte mir noch mehr Gespräche zwischen Jonah und seiner Tochter an. Ich hatte beschlossen, dass ich ihrer Beziehung einen größeren Platz in der Lebensdokumentation widmen wollte. Ein weiterer Entwurf, den ich abgeschickt hatte, war angenommen worden, und so verlor ich mich in Videos von Jonah und seiner kleinen Tochter, in denen sie an der Küste entlangfuhren. Es gab eine Gezeiteninsel ganz in der Nähe ihres Hauses, die sie regelmäßig besuchten. Ich fügte den Ort in die Dokumentation ein und war sehr zufrieden damit, wie es sich anhörte – nostalgisch, persönlich, aber trotzdem passend. Irgendwie ging die Nacht vorüber.

Am nächsten Morgen beorderte uns eine kurze Nachricht ins Krankenhaus.

Er ist da! E geht es gut. Kommt!

Dad und ich fuhren zusammen hin. Es dauerte eine Weile, bis wir einen Parkplatz fanden, was Dad schrecklich nervte, auch wenn er es nicht zugab. Er schnaubte immer wieder ungeduldig. Ein leises Seufzen, das sanft durch die Luft hallte. Als er einen Parkplatz entdeckte, stieß er einen Schrei aus, »Da ist einer!«, und bog so abrupt ab, dass er beinahe das Auto neben uns touchierte.

Evie und Seb bildeten einen Kokon um Jakob, als wir ankamen. Sie hatten die Arme umeinander geschlungen und die Finger verhakt, und Jakob lag in ihrer Mitte. Sie sahen mit glühenden Wangen zu uns auf, und in diesem Moment, an diesem Ort waren sie der Inbegriff des Glücks. Ich klammere mich manchmal immer noch an das Bild, wie wir sie damals in ihrem Krankenzimmer vorgefunden haben. Ich erinnere mich an jedes Detail.

Evies und Sebs Arme, die so ineinander verschlungen waren, dass niemand sagen konnte, wo der eine aufhörte und der andere begann. Die sanfte Röte in ihren Gesichtern, ihre strahlenden Augen, ihr breites Lächeln. In den schwierigen Zeiten, die folgten, dachte ich an diesen einfachen, glückseligen Moment. Er war wie eine einzelne brennende Kerze in der Dunkelheit. Eine einsame Blume inmitten von Unkraut.

»Wir würden euch gerne jemanden vorstellen«, sagte Evie und grinste breit. Wir rückten näher und musterten Jakobs winziges, schlafendes Gesicht. »Möchtest du ihn halten, Dad? Großpapa!«

»Ach, gib ihn lieber Kit«, meinte Dad und trat schüchtern zurück, ohne Jakob aus den Augen zu lassen. Ich sah dieselbe Zufriedenheit in seinem Gesicht, wie wenn er sich in seinem Garten umsah, umgeben von den Kürbispflanzen und Tomatenstauden, die reiche Frucht trugen.

»Er ist wunderschön«, erklärte ich und ließ einen Finger über die makellose, beinahe durchsichtige Haut auf seiner Nase gleiten. Evie und Seb antworteten nicht, sondern schenkten einander nur ein zaghaftes Lächeln, bevor sie sich wieder ihrem Sohn zuwandten.

»Wir bleiben nicht lange«, sagte Dad. »Wir wollten nur sagen … ihr wisst schon … Gut gemacht.«

»Danke, Luke«, erwiderte Seb. »Aber bleibt doch noch ein wenig. Zieh mal den Mantel aus.«

Evie und ich wechselten ein schnelles Grinsen, als Dad seinen Mantel noch enger um sich schlang. Es war ein altes graugrünes Teil, das er schon ewig besaß und scheinbar niemals auszog.

»Nein, nein. Ihr müsst euch ausruhen. Wir wollten nur schnell vorbeischauen«, erwiderte Dad.

Trotz seiner Beteuerungen fiel es uns schwer, uns von den dreien zu trennen. Die Zeit verging viel zu schnell, die Besuchszeit neigte sich dem Ende zu, und plötzlich fanden wir uns auf dem Krankenhauskorridor wieder und suchten nach Hinweisschildern, die uns zum Parkplatz zurückführten. Unsere Zeit mit Evie, Seb und Jakob fühlte sich an wie ein Traum.

Babygeschrei riss uns aus unserer Trance. Durch die runden Fenster in den Türen erhaschten wir im Vorbeigehen Blicke auf einige weitere Familien, die gerade erst zusammengefunden hatten und ihre makellosen Säuglinge behüteten, aber die meisten Zimmer waren leer.

»Die wenigsten überstehen die Induktion«, murmelte ich, mehr zu mir selbst als zu Dad.

Ich war mir nicht einmal sicher, ob er mich gehört hatte, bis er ein paar Augenblicke später meinte: »Ich weiß wirklich nicht, wie sie das aushalten. Wo doch das OSIP hinter jeder Ecke lauert.«

»Nicht hier, Dad«, zischte ich. Gerade ging eine Krankenschwester an uns vorbei, und ich sah ihr eilig nach, um festzustellen, ob sie Dad gehört hatte. Das rhythmische Klappern ihrer Absätze entfernte sich, und sie verschwand um die Ecke, ohne sich nach uns umzusehen.

»Sie hat mich nicht gehört«, meinte Dad müde.

»Trotzdem war es das Risiko nicht wert, oder?«

Dad antwortete erst, als wir die Autotüren zugezogen hatten.

»Glaubst du wirklich, irgendjemanden kümmert es, was ein alter Knacker wie ich sagt?«

»Keine Ahnung, Dad. Aber der Punkt ist, dass es so sein könnte. So ist das Leben inzwischen nun mal. Jetzt, wo sie ihn haben, geht es darum, eine Extraktion zu vermeiden.«

»Ich kann mir nicht vorstellen, dass sich jemand für mich interessiert.«

»Dad! Versprich, dass du vorsichtig bist. Evie zuliebe und Jakob. Wie ich schon sagte: Es ist das Risiko nicht wert.«

»Okay«, sagte er, doch dann schwieg er, bis wir das Krankenhausgelände verlassen hatten. Erst als ich von Jakobs dichten Haaren und seiner Ähnlichkeit mit Evie zu sprechen begann, wirkte er wieder fröhlicher.

»Morgen um dieselbe Zeit?«, fragte ich beim Abschied.

Dad stimmte zu, obgleich wir wohl beide das Gefühl hatten, es dauerte zu lange, bis wir wieder bei Evie sein und uns an unserem Neffen beziehungsweise Enkelsohn erfreuen konnten.

Doch als wir sie wiedersahen, war nichts mehr so wie beim ersten Mal.

Das unkomplizierte Glücksgefühl hatte sich in Luft aufgelöst. Die Sorge hatte Einzug gehalten.

Als wir am darauffolgenden Tag ins Krankenhaus kamen, trat Seb eilig zur Tür heraus und erklärte uns knapp, dass Evie, Jakob und er einen Spezialisten zu Gast hatten und wir warten sollten, bis dieser verschwunden war.

»Aber kein Grund zur Sorge«, meinte Seb noch, bevor er wieder im Zimmer verschwand. Die Tür schwang zu, und ich erhaschte einen kurzen Blick auf Evie, die nach vorne gebeugt im Bett saß, die Arme um den Körper geschlungen und das tränenverschmierte Gesicht auf die Hebamme gerichtet, die auf sie einredete. Sie war blass, und ihre Haare wirkten im Gegensatz zu den kalkweißen Wangen noch schwärzer.

»Nichts ist besorgniserregender als jemand, der dir sagt,

dass kein Grund zur Sorge besteht«, meinte Dad. Wir sanken ernüchtert nebeneinander auf die Besucherstühle.

»Solange sie die nötige Hilfe bekommen, wird sicher alles gut«, meinte ich wenig überzeugt. Ich hatte Evies Gesicht gesehen.

Wir warteten so lange, dass ich mich langsam fragte, ob wir sie an diesem Tag noch zu Gesicht bekommen würden, doch dann ging die Tür auf, und ein Arzt im weißen Kittel huschte aus dem Zimmer, gefolgt von der Hebamme. Dad sah aus, als wollte er aufspringen, aber er überlegte es sich anders und blieb sitzen. Ich griff nach seiner Hand und drückte sie. So hielten wir einander, während wir warteten.

Dann erschien Seb in der Tür, winkte uns hinein, entschuldigte sich und entschuldigte sich gleich noch einmal.

»Was ist denn los?«, fragte ich, sobald die Tür hinter uns zugefallen war. Jakob schlief friedlich in dem kleinen Gitterbett neben Evies Bett. Es waren keine Schläuche oder Monitore zu sehen, an die er angeschlossen gewesen wäre. Evie saß ein wenig nach vorne gebeugt auf dem Bett, hatte die Knie an die Brust gezogen und hielt sie fest umklammert. Es hatte zu schütten begonnen, seit wir angekommen waren, und an den beschlagenen Fenstern rann das Wasser hinunter.

»Sag du es ihnen«, meinte Evie zu Seb. »Ich weiß nicht, ob ich gerade einen klaren Gedanken fassen kann – und reden kann ich schon gar nicht.«

»Wir haben ein paar Probleme …« Er verstummte, als

Jakob plötzlich im Schlaf die Fäuste ballte. Er drehte den Kopf abrupt zur Seite, zog die Beine nach oben und entspannte sich wieder. Als er ruhig weiterschlief, begann Seb von vorne: »Wir haben Probleme beim Stillen«, sagte er leise. Er wirkte schuldbewusst, beinahe verlegen.

»Er meint, *ich* habe Probleme beim Stillen«, sagte Evie.

Dad und ich begannen gleichzeitig, ihr gut zuzureden. Es wird sicher bald besser, erklärten wir. Du bekommst alle Hilfe, die du brauchst.

»Sieht er nicht zufrieden aus?«, meinte Dad mit Blick auf den friedlich schlafenden Jakob, der keine Ahnung hatte, was um ihn herum passierte. Aber es gab nichts, was wir sagen konnten, das den angespannten Ausdruck aus ihren Gesichtern vertrieben hätte.

»Ich hoffe, dass es besser wird«, meinte Evie schließlich mit einem tapferen Lächeln. Dad schien sich eher davon beruhigen zu lassen als ich. Seb und er verschwanden, um Tee für uns alle zu holen, und ich umarmte Evie lange und innig, sobald sie verschwunden waren. Es war, als würde sie in meinen Armen sämtliche Kraft verlassen.

Sie fing an zu weinen und schluchzte so heftig, dass es ihren ganzen Körper schüttelte. Ich hielt sie in den Armen, während sie zitterte und bebte. Es erinnerte mich an die alten Geschichten über Formwandler, die dem, der sie einfing, die Wahrheit sagten, wenn er es schaffte, sie während der zahllosen Verwandlungen festzuhalten. Oder sie erschienen ihm am Ende auch in ihrer wahren Gestalt. Ich war mir nicht mehr ganz sicher.

Als Evie zu weinen aufgehört hatte, ging ein Lächeln über ihr tränennasses Gesicht. »Ich sollte mich zusammenreißen, nicht wahr, Kit?«

»Vergiss nicht, dass du gerade ein Kind zur Welt gebracht hast. Du bist fix und fertig, und da ist jetzt ein kleiner Mensch, für den du alles tun würdest. Ich meine, ja, du musst dich zusammenreißen. Aber auf möglichst sanfte Art dir selbst gegenüber.«

»Ich frage mich bloß ständig ...«

»Die allerschlimmsten Dinge«, beendete ich den Satz für sie. »Und das ist vollkommen normal. Aber du musst dich auf das Hier und Jetzt konzentrieren. Nicht darauf, was vielleicht passieren könnte.«

»Ich bin total durch den Wind«, gab Evie zu.

»Das haben junge Mütter so an sich, oder?«

»Aber ich muss stärker sein. Wenn ich eine Chance haben will, muss ich ... mehr sein als das hier.«

Evie wrang hektisch die Hände, als wollte sie verzweifelt ihre Haut abstreifen. Ihre Augen waren panisch aufgerissen, als sie fortfuhr. »Ich bin mir nicht sicher, ob ich das kann. Ich dachte, ich könnte es, aber was, wenn nicht?«

Wir bewegten uns in einem Labyrinth und hatten das Ende einer weiteren Sackgasse erreicht. Die Wände blickten bedrohlich auf uns herab, zu hoch, um über sie hinwegzuschauen, und der Weg in die Mitte blieb gut verborgen. Der Raum war mit einem Mal in Grau gehüllt. Jetzt, wo niemand etwas sagte, hallte das Prasseln des Regens, der gegen die Fensterscheibe klopfte, in meinem Kopf.

Der Regen wurde stärker, und der Wind peitschte ihn gegen das Glas. Ich sah hinaus, doch anstatt mich auf das Wasser an den Scheiben zu konzentrieren, betrachtete ich Evies und mein Spiegelbild. Unsere Körper wirkten unscharf, Evie im Bett und ich stehend daneben. Und zwischen uns der viereckige Umriss von Jakobs Bettchen, in dem er unbeirrt weiterschlief.

»Evie, ich glaube fest daran, dass du es schaffst. Genau wie Dad und Seb. Und du musst jetzt auch daran glauben. Jakob zuliebe. Aber auch dir selbst zuliebe.«

In diesem Moment kehrten Dad und Seb mit dampfenden Teebechern, einigen Flaschen Apfelsaft und ein paar Snacks zurück. Ich umklammerte meinen Becher, obwohl es eigentlich nicht kalt im Zimmer war. Vielleicht zum Trost oder aus dem Bedürfnis heraus, etwas Greifbares festzuhalten.

»Wir gehen jetzt besser«, meinte Dad, als die Becher leer waren. Evie und Seb winkten uns nach und machten sich bereit für die Nacht, die vor ihnen lag.

Wir gesellten uns zu den anderen Verwandten, die durch die Krankenhauskorridore auf den Ausgang zuwankten, von dem Gefühl verfolgt, einen Teil von sich selbst zurückgelassen zu haben.

JETZT

Das grüne Notausgangsschild am Ende des Korridors flackert. Das Licht geht einen Moment lang aus und an, bevor es ganz erlischt.

Ich klopfe sacht, doch schon bald ballen sich meine Hände zu Fäusten, und ich trommle auf den grauen Lack ein. Die Tür bebt, und ich höre überraschte Stimmen in der Wohnung.

»Bitte, bitte«, sage ich durch die Tür. »Ich bin hier wegen M…«

Bevor ich den Namen aussprechen kann, geht die Tür auf. Ich stolpere in die Wohnung.

Es ist ein nettes Zuhause. Jemand hat sich wirklich Mühe gegeben, es halbwegs fröhlich zu gestalten, obwohl das schachtelartige Zimmer wenig reizvoll ist und dasselbe klaustrophobische Gefühl in mir auslöst wie die langen Korridore. Es gibt ein Glas mit Zweigen und Ästen, von denen kitschig bunte Kugeln baumeln, und an den Wänden hängen farbenfrohe Bilder so nahe beieinander, dass sie eine Art Tapete bilden.

Ich nehme alles in mich auf. Die Farben und die liebevolle Zuwendung, die den kleinen Raum verwandelt haben, überraschen mich, aber der Grund, warum ich hier bin, ist nirgendwo zu sehen. Mein Blick huscht durchs Zimmer, auf der Suche nach Anzeichen, dass meine Tochter hier ist. Eines ihrer gestreiften Söckchen vielleicht, die ihr bei jeder Gelegenheit von den Füßen rutschen. Oder das bunte Bauklötzchen, mit dem sie so gerne auf den Holzboden trommelt.

»Mimi«, presse ich hervor, auch wenn mir plötzlich das Atmen schwerfällt.

Die beiden Leute vor mir sehen aus wie ein Ehepaar. Die Frau hat die langen dunklen Haare zu einem tiefen Pferdeschwanz gebunden, der so locker sitzt, dass er ihr in Strähnen über die Schultern fällt. Der Mann ist dünn und adrett gekleidet. Er hat einen roten Bart, der so hell ist, dass man ihn kaum sehen kann.

»Kit?«, fragt die Frau leise.

Ich nicke, immer noch atemlos, immer noch verzweifelt. Ich drehe mich im Kreis und suche nach meiner Tochter.

»Bitte«, sagt der Mann sanft. »Sie müssen sich ruhig verhalten. Wir dürfen keinen Verdacht erregen. Das wissen Sie doch.«

Er spricht leise und klingt dabei, als würden wir uns bereits kennen, und vielleicht hält mich das davon ab, weiter durch die Wohnung zu irren und alles niederzumähen, was im Weg steht.

»Wo ist sie?«, frage ich.

Die Frau macht einen Schritt auf mich zu, die Hand ausgestreckt, als würde sie mit den Schultern zucken. »Sie schläft natürlich«, sagt sie.

»Kann ich sie sehen?«, keuche ich. »Ich muss sie sehen.«

Die Frau nimmt meine Hand in ihre – es überrascht mich, wie kalt sie im Gegensatz zu meiner ist. Sie führt mich zu einer der Türen und öffnet sie einen Spalt.

Es ist dunkel, und einen Moment lang kann ich nichts erkennen. Dann sehe ich ein Kinderbett und einen schlafenden Umriss darin. Ich stürze an der Frau vorbei, entreiße ihr meine Hand und laufe darauf zu.

Mimi liegt mit dem Rücken zu mir und hat sich die Decke beinahe vollständig über den Kopf gezogen. Ich ziehe sie vorsichtig zurück und mache dem Paar in Gedanken Vorwürfe, dass sie es zugelassen haben. Ich habe erst vor ein paar Tagen auf den Sphären einen Bericht über ein Kind gesehen, das nachts unter seiner Bettdecke erstickt ist. Zu Hause hatte Mimi einen Schlafsack, der ganz und gar ungefährlich war.

Doch als ich die Decke zurückziehe, erstarre ich. Das hier ist nicht mein Mädchen, da ist kein mit weichen blonden Haaren bedeckter Kopf. Ich sehe auf einen dunkelhaarigen Jungen hinunter, dessen kurz geschnittene Haare ihn älter aussehen lassen. So, als wäre er gar kein Baby mehr.

»Sie liegt dort drüben.« Die Frau deutet auf die andere Seite des Zimmers.

Ich bin so schnell ins Zimmer geeilt, mir ist gar nicht

aufgefallen, dass es mehr als ein Bett gibt. Inzwischen erkenne ich mindestens drei.

Ich stolpere in die Richtung, in die die Frau gezeigt hat.

Ich ziehe die Decke zurück.

DAMALS

Sie schaukelte sanft das Kinderbettchen, vor und zurück, vor und zurück. Instinktiv. Zum ersten Mal seit Jakobs Geburt bemerkte ich, dass sich etwas bei ihr verändert hatte.

Ich dachte daran, wie schwer es mir im Krankenhaus gefallen war, die richtigen Worte zu finden, und wie unwohl ich mich gefühlt hatte. *Du musst daran glauben,* hatte ich zu ihr gesagt. Wenn ich Evie jetzt ansah, hatte ich den Eindruck, dass sie tatsächlich daran glaubte, Mutter zu sein. Eine gute Mutter, eine fähige Mutter, die alles versuchte. Eine Mutter, die liebte. Und weil sie es von sich selbst glaubte, verkörperte sie es auch.

Sie waren mittlerweile wieder zu Hause. Ihr kleines Haus war wie verwandelt. Überall lagen Jakobs Sachen; Stoffwindeln, Spielzeug, die eckige schwarze Babywippe, die das Wohnzimmer dominierte. Es erinnerte mich an den ersten Schnee des Jahres: frische Flocken rieseln auf den Boden und bleiben liegen, bis sie ihn vollständig bedecken und weiß färben.

»Jeder ist *anders*«, sagte sie. »Deshalb ist es wahrscheinlich so verwirrend. Und nervtötend. Ich kann dir nicht sagen, wie oft mir schon jemand erklärt hat, dass etwas bei ihnen Wunder gewirkt hat, und bei mir hat es absolut nicht geklappt. Sie dachten, sein Zungenbändchen sei zu kurz, aber dann waren wir bei der Untersuchung, und das war nicht der Grund. Kurz darauf habe ich von diesem Milchpulver gelesen, das man zufüttern kann, und jetzt geht sein Gewicht nach oben. Nach oben, oben, oben!«, erklärte sie fröhlich. »Du glaubst nicht, wen ich in der Klinik getroffen habe.« Sie wartete eine eventuelle Antwort gar nicht erst ab. »Roger! Er hat nach dir gefragt. Er hat etwas gesagt, was war das noch gleich? Ach ja, er sagte: Was auch immer zwischen euch vorgefallen ist, er hofft, dass du glücklich bist.«

Ich zog eine Grimasse, um der Situation den Ernst zu nehmen, obwohl es mir einen Stich versetzte. Roger war der Letzte gewesen, mit dem ich eine Beziehung gehabt hatte, aber wir hatten uns getrennt, nachdem er mich immer vehementer dazu gedrängt hatte, mit der Induktion zu beginnen.

»Ich weiß, ich weiß«, fuhr Evie eilig fort. Mir fiel auf, dass sie kaum zu reden aufgehört hatte, seit ich gekommen war. »Aber es klang ehrlich, als würde er es so meinen. Er arbeitet jetzt für das OSIP, und es gefällt ihm sehr. Danach habe ich mich schnell verabschiedet. Es tut mir leid, du willst vermutlich nichts über ihn hören, oder?«

»Eigentlich nicht«, gab ich zu. »Erzähl mir lieber von Jakey.« Evie erklärte mir Jakobs Ernährungsplan in sämtlichen komplizierten Einzelheiten und sprach darüber, dass er Gewicht zulegte und dann doch wieder verlor und welche Ratschläge sie von den Gesundheits- und Stillberaterinnen bekommen hatte. Die Worte sprudelten nur so aus ihr heraus, als sie von seinen Schlafenszeiten erzählte und wie diese das Stillen und Zufüttern beeinflussten. Und sie gestand, dass die Extraktion ihr ständig wie ein Schatten folgte und dass sie sich stetig vorwärtsbewegen musste, um nicht davon eingeholt zu werden.

Ich versuchte, ihr zu folgen, und war nebenbei verärgert und beunruhigt über ihre Begegnung mit Roger, die Nachricht, die er mir hatte ausrichten lassen, und die Tatsache, dass er nun für das OSIP arbeitete. Nachdem ihm klar geworden war, dass er sich ein Kind wünschte, war er plötzlich wie besessen davon gewesen, dass wir mit der Induktion begannen. Ich hatte so schnell wie möglich mit ihm Schluss gemacht, als ich erkannt hatte, in welche Richtung sich die Sache entwickelte. Ich erinnerte mich, wie sein Blick während unserer letzten Gespräche immer härter geworden war und wie seine Stimme immer kühler und wütender geklungen hatte. Er hatte mir allein die Schuld gegeben und behauptet, ich hätte ihn absichtlich an der Nase herumgeführt.

Ich konzentrierte mich wieder auf Evie, die nicht mitbekommen hatte, dass meine Gedanken abgeschweift waren, und noch immer von Jakobs Tagen und Nächten und den unzähligen OSIP-Normwerten berichtete. Früher hatte sie so über ihre Rechtsfälle gesprochen. Auch da hatte sie einen enormen Berg an Informationen aus vielen verschiedenen Quellen so lange destilliert, bis sich eine Vorgehensweise herauskristallisierte, der unumstößlich logischste Weg, etwas zu erledigen. Doch an der Art, wie ihre Augen glänzten, erkannte ich, dass es eine vorgefertigte Rede war, und ich fragte mich, wie oft sie diese bereits gegenüber sich selbst gehalten hatte.

»Das heißt, sein Gewicht ist jetzt dort, wo es sein sollte?«, unterbrach ich sie. Wir redeten schon so lange, dass Jakob in der Zwischenzeit aufgewacht war, etwas getrunken hatte und nun wieder in Evies Armen schlief.

»Mehr oder weniger. Wir sind jedenfalls sehr nahe dran. Und das Wichtigste ist, dass es aufwärtsgeht. Es dauert nicht mehr lange. Es dauert nicht mehr lange«, wiederholte sie. Sie schaukelte ihn immer noch vor und zurück, obwohl Jakob längst eingeschlafen war. Als hätte sie meine Gedanken gelesen, meinte sie: »Er wacht auf, wenn ich aufhöre. Er liebt die Bewegung.«

»Soll ich ihn mal nehmen?«, fragte ich. »Du kannst duschen oder was auch immer du tun willst. Ich kann sicher auch gut schaukeln.«

»Nein, nein, geht schon. Aber es tut gut zu reden. Ständig gehen mir alle möglichen Gedanken im Kopf herum. Vor allem nachts. Seb hört mir zwar zu, aber er ist fast genauso erschöpft wie ich. Ich habe immer wieder das Gefühl, er tut nur so, als ob.«

Auf diese Art verbrachten wir den Großteil unserer gemeinsamen Zeit in jenen ersten Tagen. Evie redete, und ich hörte nickend zu. Sie hielt mich über Jakobs Gewicht und seinen Schlafrhythmus auf dem Laufenden und legte nur eine Pause ein, wenn er sich rührte oder hungrig wurde. Er lag in Evies Armen, und wir bewunderten ihn und waren froh, dass er mit uns auf dieser Welt war. Wir entdeckten Dinge, die er von Dad oder Mum hatte, und Dinge, die an Seb oder Evie erinnerten. Sie organisierte die Namensfeier, auf der ich Thomas kennenlernte und erfuhr, dass sie ihre erste Warnung erhalten hatten. Es war für beide ein Schock, aber letzten Endes war Evie danach noch fester entschlossen und eher noch selbstsicherer als besorgt.

Ich versuchte, nicht darüber nachzudenken, dass ich Jakob zum letzten Mal im Krankenhaus im Arm halten durfte. Ich hatte es so oft angeboten und eine Abfuhr erhalten, dass mir nicht entging, wie sehr sie sich dagegen sträubte, ihn jemandem zu überlassen.

Sie schien nicht fähig, ihn auch nur für ein paar Sekunden aus den Augen zu lassen.

»Du bist so wunderschön, ja das bist du«, erklärte ich Jakob eines Tages und schaukelte ihn sanft in seiner Wippe. Er starrte mit ernsten, nachdenklichen Augen zu mir hoch. »Er ist wirklich perfekt«, meinte ich zu Evie.

»Ja, er ist ganz in Ordnung«, erwiderte sie grinsend und strich ihm die lockigen Haare glatt, mit denen er geboren worden war und die er bis jetzt noch nicht verloren hatte.

»Das Stillen ist immer noch schwierig, aber wir schaffen mittlerweile einige Durchgänge. Obwohl es nach wie vor sehr schmerzhaft ist. Wir mussten Anfang der Woche ins Krankenhaus.«

Evie bemerkte meine Beunruhigung nicht und redete ohne Unterlass weiter.

»Aber kein Grund zur Sorge. Es war etwas Blut in seiner Windel, aber es hat sich herausgestellt, dass es nur von meinen aufgesprungenen Brustwarzen kam.«

»Geht es dir gut?«

Evie winkte ab. »Mach dir keine Gedanken. Man muss dranbleiben. Wir werden das hinbekommen. Und durch das Milchpulver ist mir wenigstens eine kurze Atempause vergönnt.«

Sie verstummte so abrupt, als wäre sie in Trance verfallen.

»Bist du sicher, dass du dich nicht hinlegen willst oder so? Ich passe auf ihn auf.«

»Nein, nein.« Evie hob abwehrend die Hände. »Mir geht es gut, wirklich.«

Es klang nicht überzeugend. Ihr Gesicht war blass vor Müdigkeit, und sie sah mich mit leerem Blick an, als würde sie mich gar nicht richtig wahrnehmen.

»Nicht einmal zehn Minuten?«, fragte ich. »Ich hole dich, wenn er weint.«

»Ehrlich, es geht mir gut«, sagte Evie, und wie um es zu beweisen, nahm sie Jakob, legte ihn sich auf die Knie und sang ihm Kinderlieder vor.

Evie konnte nichts dagegen machen, wenn Seb Jakob in den Arm nahm und ihn anschließend an mich oder

Dad weitergab. Allerdings beobachtete sie uns ganz genau. Zuerst waren es nur verstohlene Seitenblicke, aber schon bald wurde ihr das Schauspielern zu dumm, und sie starrte offen und begierig jeden an, der ihn gerade auf dem Arm hatte.

Es wurde schlimmer, und bald blieb es nicht mehr dabei, dass sie uns nur anstarrte. Es geschah an einem Nachmittag, an dem Dad und ich gemeinsam zu Besuch gekommen waren. Dad hielt Jakob, nachdem Seb ihn in seine Arme gedrückt hatte, um Evie beim Kochen für das Mittagessen zu helfen. Dad griff nach einem Glas Wasser, das auf dem Tisch stand, und in dem Moment, als sich seine Hand um das Glas schloss, ließ Evie mit einem Krachen die Teller fallen und streckte die Arme nach Jakob aus.

»Ich schaffe das«, sagte Dad.

»Ich will dir nur helfen«, beharrte Evie. »Dann hast du beide Hände frei.«

»Ist schon gut, Liebling, ich halte ihn.«

»Nein, Dad. Bitte. Gib ihn mir jetzt. Ich nehme ihn.«

Sie nahm Jakob aus Dads Armen, und der begann ob der Störung sofort zu weinen. Evie wiegte ihn verzweifelt von einer Seite zur anderen, bis er aufhörte. Den Rest des Tages gingen sie und Dad einander geflissentlich aus dem Weg.

»Sie treibt es ein wenig zu weit«, meinte Dad auf der Heimfahrt. Doch dann seufzte er, als erinnerte er sich gerade an etwas.

Ich nickte unbestimmt. Ich wollte ihm nicht erzählen, dass mir bei meinem letzten Besuch etwas sehr Ähnliches passiert war. Seb und ich fütterten Jakob mit dem aufgelösten Milchpulver, das Evie ihm immer gab, und der Sauger rutschte aus seinem Mund, ohne dass ich es bemerkte.

»Ähm, Kit, die Flasche«, sagte Evie verlegen. Sie schien sich zu schämen. Für sich? Für mich? »Du darfst ihn nicht aus den Augen lassen, während du ihn fütterst. Keine Sekunde.«

»Tut mir leid«, sagte ich.

»Keine Sorge, das passiert ständig«, beruhigte mich Seb.

»Alles gut«, stimmte Evie mit ein, doch ihre Stimme klang angespannt.

Als der Sauger ein zweites Mal aus dem Mund rutschte, nahm sie mir ohne ein weiteres Wort Jakob und die Flasche ab. Sie legte ihn so sanft und sicher in ihre Armbeuge, wie ich es nie hinbekommen hätte, und gab ihm den Rest der Flasche.

Kurz darauf ging ich mit der Entschuldigung, dass ich noch ein Paket für die Arbeit abholen musste. Es war für uns alle einfacher, der Lüge Glauben zu schenken.

Seither vermied ich es, Jakob zu halten, um weiteren Misslichkeiten aus dem Weg zu gehen.

Die damalige Zeit war voller Höhen und Tiefen. Da war die Freude an Jakob, die von uns auf ihn überging und danach wieder auf uns zurückstrahlte, wie in einem Spiegelkabinett. Und dann gab es Momente, in denen man tunlichst den Mund hielt, um nicht in einen Streit zu geraten.

Da war der Tag, als Seb und Evie einander anschrien, weil Seb Jakob einen Moment lang an seinem Finger hatte saugen lassen, damit er aufhörte zu weinen, und Evie Angst hatte, dass er davon Blähungen bekommen oder sich eine Krankheit holen würde, weil Seb sich nicht die Hände gewaschen hatte. Da war der Morgen, an dem Evie kaum ein Wort zu mir sagte, weil sie gerade die Daten über Jakobs Schlafens- und Essenszeiten eingab und diese nicht mit den Normwerten übereinstimmten. Ihr Gesicht wirkte ausgezehrt und verkniffen im sanften Schimmer ihrer ArbeitsSphäre, und ich machte mich leise aus dem Staub.

Ich redete mir ein, dass Evies Überfürsorglichkeit einzig dem Wunsch entsprang, nur das Beste für Jakob zu tun, und schloss Frieden mit diesen Vorkommnissen.

Doch kaum einen Monat nach Jakobs Geburt passierten zwei Dinge, die alles änderten.

Es begann und endete mit einem Anruf.

Eines Abends wählte ich aus einem Gefühl heraus Dads Nummer. Es gab keinen besonderen Grund, außer dass ich schon einige Zeit nichts mehr von ihm gehört hatte und mal wieder mit ihm reden wollte. Sein Telefon klingelte und klingelte und hörte erst auf, als sich der Anrufbeantworter einschaltete.

Ich machte mir keine Sorgen. Mir fielen mindestens fünf Gründe ein, warum er nicht abhob, und so genoss ich den restlichen Abend. Ich hinterließ lediglich eine Nachricht, um kurz Hallo zu sagen.

Ich vergaß den Anruf, und erst am nächsten Morgen kam mir der Gedanke, wie seltsam es war, dass Dad nicht zurückgerufen hatte. Ich versuchte es noch einmal. Erneut klingelte das Telefon, bis die Stimme des Anrufbeantworters erklang. Ich hinterließ eine weitere, diesmal etwas gestelzte Nachricht und bat ihn, mich zurückzurufen.

Als ich daraufhin immer noch nichts von ihm hörte, fuhr ich zu seiner Wohnung. Selbst als ich die Treppe zu seiner Eingangstür hochging, machte ich mir noch keine Gedanken darüber, dass vielleicht etwas nicht stimmte. Er hatte vor Jahren ein Problem mit seinem Telefon gehabt und es nicht klingeln gehört und auch keine Nachrichten empfangen. Damals hatte Evie nach ihm gesehen, denn ich war ein paar Tage mit Roger verreist gewesen.

Nach dem Renteneintritt war aus Dad ein außerordentliches Gewohnheitstier geworden. Er hatte die tägliche Routine des Arbeitslebens so gemocht, dass Evie und ich Angst hatten, die Rente wäre ihm zu planlos, wie eine sich windende, menschenleere Straße, die sich ohne Besonderheiten am Wegesrand vor ihm erstreckte. Unsere Sorgen waren unbegründet, denn kurz darauf hatte er seinen Garten wie ein Ass aus dem Ärmel gezaubert.

Als ich ihn, das Gesicht nach unten, reglos und kalt auf dem Wohnzimmerboden fand, wo der Fernseher tonlos vor sich hin flimmerte, wünschte ich, er wäre in seinem Garten gestorben, die Lippen auf die dunkle, reichhaltige Erde gepresst, die er so sehr liebte. Umgeben von seinen Kürbissen und Hülsenfrüchten, großgezogen aus winzigen

Samen, die nicht viel mehr als ein Versprechen gewesen waren.

Das war mein erster Gedanke.

Seine Wohnung vermittelte kaum etwas von seiner Persönlichkeit. Nachdem Evie und ich schließlich seine Sachen gepackt, die Schränke geleert und die wenigen Habseligkeiten von den Wänden genommen hatten, erkannten wir betroffen, dass die Wohnung kaum anders aussah, sondern wie zuvor, als seine Sachen noch da gewesen waren. Sie lag in einem hübscheren Teil des Viertels als meine und war praktisch und leicht zu pflegen, aber auch ohne jeglichen Charakter.

Dad lag auf dem beigen Teppich, ein Farbklecks in dem trostlosen Grau. Zuerst verstand ich nicht, was los war. Dass er es war, der dort lag.

Dann verschloss sich etwas in mir. Es war, als würde mein Körper langsam von einer Dunkelheit eingehüllt, von einer Taubheit, die mich abkoppelte von dem, was ich sah. Vor dem Haus herrschte Stille. Keine vorbeifahrenden Autos, keine zwitschernden Vögel, keine Stimmen, keine summenden Sphären.

Ich hörte bloß das stetige Ticken der Uhr, die nie aus dem Rhythmus kam. Ich wollte Evie anrufen, und ich musste einen Krankenwagen anfordern. Doch bevor ich etwas davon tat, eilte ich zu ihm.

Seine Arme waren abgewinkelt, die Handflächen zeigten zum Boden. Ich fragte mich, ob er versucht hatte, sich hochzustemmen. Ob ihm bewusst gewesen war, dass er dort lag und niemand da war, der ihm half. Sein Körper war steif und schwer. Ich war mir sicher, dass ich nichts mehr für ihn tun konnte, doch ich drehte ihn dennoch auf den Rücken und sah ihm in die Augen.

Er rührte sich nicht und sah gar nicht aus wie er selbst. Sein Gesicht war eine leere Maske. Er starrte an mir vorbei, die Augen dumpf und leblos.

»Dad«, flüsterte ich. »Dad«. Ich musste es hören.

Es gab keine Hoffnung, ihm wieder Leben einzuhauchen. Als ich neben ihm in die Knie ging, wurde mir mit einem Mal bewusst, dass das hier das letzte Mal sein würde, dass ich mit ihm sprach. Das letzte Mal, dass ich in seiner Gegenwart seinen Namen sagte.

Ich hatte gedacht, ich würde weinen. Ich wollte es, aber ich konnte nicht.

Stattdessen griff ich mit der einen Hand nach meiner MobilSphäre, um Evie anzurufen, während ich mit der anderen seine Augen schloss. Er sah aus, als würde er schlafen.

JETZT

Sie schläft tief und fest, zusammengerollt wie ein Halbmond, ähnlich wie Thomas.

Sie ist gewachsen, seit ich sie vor einem Monat zum letzten Mal gesehen habe. Ihre Wangen sind blasser, und ihre Haare sind länger und wirken strähnig.

Ich will sie wecken, will hören, wie sie meinen Namen sagt – den einzigen Namen, der mir in diesem Moment etwas bedeutet –, aber ich gebe mich damit zufrieden, sie hochzuheben und an mich zu drücken. Ihr Körper schmiegt sich an meinen, ihr Kopf kuschelt sich an meinen Hals, und ich schlinge ihre Beine um meine Hüfte.

Genau hier sollte sie sein. Sie passt wie angegossen.

Es ist, als würde mein Körper sich um sie schließen.

Ich vergrabe den Kopf in ihren Haaren, ignoriere den seltsamen Geruch des unbekannten Haarshampoos und atme ihren Duft ein. Er ist unverändert und perfekt.

Die Frau hebt die Augenbrauen, als ich Mimi aus dem Schlafzimmer trage. Der Mann legt eine Hand auf ihren Arm, als wollte er sie stützen.

»Ich nehme sie mit«, erkläre ich knapp.

»Ihre Entscheidung«, erwidert der Mann. »Aber würden Sie bitte noch einen Moment warten? Wir müssen sichergehen, dass Sie niemand sieht. Wir haben auch noch andere Kinder hier, wie Sie gerade gesehen haben.«

Ich senke zustimmend den Kopf. Der Mann verschwindet in einem weiteren Zimmer, und ich höre, wie er telefoniert.

Mimi murmelt etwas, und ich frage mich, ob sie wohl gerade aufwacht.

»Hey, Baby«, sage ich liebevoll und leise. »Ich bin's. Mummy. Mummy ist da.« Ihr Kopf fällt zurück, ich schaffe es nicht, ihn festzuhalten, und fluche, als er nach hinten kippt. Ein Speichelfaden zieht sich über ihre Wange.

»Sie wird nicht aufwachen«, rutscht es der Frau heraus.

»Wie meinen Sie das?«

»Manchmal ... manchmal müssen wir ihnen etwas geben, damit sie ruhig sind.«

»Sie haben Sie *betäubt?«* Die Frau zuckt zusammen, als ich die Stimme erhebe.

»Bitte«, sagt sie. »Sie wissen, wie es läuft. Es ist nicht einfach, aber wir machen es, um Leuten wie Ihnen zu helfen. Wir wollten es nicht, aber es waren Beamte im Gebäude. Wir müssen vorsichtig sein.«

Ich würde gerne weiterbrüllen und -kreischen, doch ich schüttle nur wortlos den Kopf. Ich drücke Mimi fester an mich, und die Gewissheit, dass es das Beste war, herzukommen und sie zu holen, wächst.

Ich hätte nie zulassen dürfen, dass wir getrennt werden.

»Sie können jetzt los«, erklärt der adrett gekleidete Mann, als er wieder ins Zimmer tritt. »Beeilen Sie sich.«

Er will mir gerade die Tür öffnen, als die Frau noch einmal das Wort ergreift. »Warten sie«, sagt sie. »Sind Sie sicher, dass Sie das wollen? Sie kann nicht mehr zurück. Das war's für sie. Mimis Schiff geht in zwei Tagen. Und man wird Sie finden, wenn Sie hierbleiben. Sie können sie nicht auf ewig verstecken.«

Thomas würde wollen, dass ich gut hinhöre.

»Ich kann nicht«, stammle ich. »Ich kann nicht länger ohne sie sein.«

Ich schließe Mimi in die Arme und erkenne in diesem Moment, dass sie barfuß ist. Natürlich, sie kommt direkt aus dem Bett. »Haben Sie ihre Schuhe?«, frage ich. Ich hatte ihr ein Paar eingepackt, als sie sie abgeholt haben. Winzige Hasenschühchen, weich und flauschig, doch das Paar, das die Frau bringt, gehört ihr nicht. Ich ziehe sie ihr trotzdem an. Ihr Körper ist so schlaff, dass ich sie ablegen muss.

»Das«, sage ich und deute auf meine betäubte Tochter. »Das ist nicht richtig.«

»Es ist schwierig, aber es ist das Beste. Für Sie alle – dass Sie zusammen sind, dass Sie zusammenbleiben. Als Familie.« Die Frau weint mittlerweile. Tränen laufen ihr über die Wangen, und sie macht keine Anstalten, sie abzuwischen.

Der Mann nimmt sie in den Arm.

»Gehen Sie!«, befiehlt er. »Jetzt.«

Die Frau weint immer noch.

DAMALS

Evie weinte, als sie den Anruf über ihre MobilSphäre annahm.

Einen Moment lang dachte ich, alles wäre genau andersherum und sie hätte mich angerufen, um mir die furchtbare Nachricht zu überbringen. Ihr Schluchzen machte nur noch deutlicher, wozu ich selbst nicht fähig war. Dass ich es nicht fertigbrachte, den Tod des Elternteils zu beweinen, der uns großgezogen hatte, und die Schwere des Verlustes anzuerkennen. Tränen stiegen mir in die Augen, und ich schnappte nach Luft. Die Wucht und die Vielzahl meiner Gefühle überwältigten mich.

»Woher weißt du es?«, fragte Evie, und die Stimme, die aus der MobilSphäre drang, klang weit entfernt.

»Ich wollte dich gerade dasselbe fragen. Warst du gerade hier?«

»Nein, sie sind vorbeigekommen. Gestern. Unangekündigt. Seither kann ich nicht aufhören zu weinen.«

»Sie?«

Sie senkte die Stimme zu einem Flüstern, als hätte sie Angst, belauscht zu werden. »Das OSIP.«

»Das OSIP?«, fragte ich. »Was hat das denn mit denen zu tun?«

»Wir haben einen IPS-Bescheid erhalten, Kit. Weil wir Milchpulver verwenden. Wir haben einen verdammten Bescheid bekommen, weil wir Jakey Milchpulver geben!«

»Evie, halt! Deshalb rufe ich nicht an. Es geht um Dad.«

Nachdem ich es ihr gesagt hatte, herrschte Schweigen am anderen Ende der Leitung, und ich hörte, wie Evie nach Luft schnappte.

»Kannst du vorbeikommen?«, fragte ich. »Ich bin in seiner Wohnung. Ich rufe jetzt einen Krankenwagen, aber kannst du trotzdem kommen?«

»Natürlich, ich bin gleich da.« Sie zögerte. »Kit? Ist das wirklich wahr?«

»Er ist gegangen.« Ich sprach die drei Worte langsam und bedächtig und hatte das unheimliche Gefühl, dass ich sie nicht zu Evie sagte, sondern zu mir selbst.

Ich kam nicht zur Ruhe, während ich auf Evie wartete. Ich konnte mich weder aufs Sofa noch auf einen der Stühle am Esstisch setzen. Ich griff nach einigen gerahmten Bildern und betrachtete die eingefrorenen, lächelnden Gesichter. Ich sah die Post durch, die neben dem Toaster lag, und legte sie wieder hin. Ich überlegte, wann ich zum letzten Mal hier gewesen war. Mir fiel nur ein Abendessen zu Ostern ein, das schon mehrere Jahre zurücklag. Dad hatte Lamm für Evie, Seb und mich gekocht.

War ich seitdem wirklich nicht mehr hier gewesen? Es machte mich traurig, aber dann dachte ich an das letzte

Mal, als ich ihn gesehen hatte. Wir waren bei Evie und Jakob gewesen, und danach hatte er mich in seinen Garten mitgenommen und mir stolz die Tomaten in seinem Gewächshaus gezeigt. Seine Finger hielten keine Sekunde still, während wir im Garten waren. Ständig zupfte er an den Blättern, arrangierte die Früchte neu, damit sie sich ungehindert entwickeln konnten, und es schien, als würden die Pflanzen allein durch seine Berührung wachsen und gedeihen. Auf dem Heimweg nickte er immer wieder Leuten zu, denen wir begegneten. Einige hielten an und baten ihn um einen Rat oder erzählten von dem Setzling, den er ihnen geschenkt hatte und der nun endlich wuchs. Es dauerte so lange, dass ich mich irgendwann verabschiedete, um allein nach Hause zu gehen, denn ich wollte mich am Abend noch mit Freunden zum Essen treffen. »Auf Wiedersehen, mein Liebling«, sagte er, obwohl er mit den Gedanken woanders war. Ich machte mich auf den Weg, und der sanfte Klang seiner Stimme begleitete meine Schritte.

Ich begann erneut zu weinen, als ich an das letzte Mal dachte, das wir zusammen waren, und an den Abschied. Aber es war nicht das unbändige Schluchzen, das mich während des Telefonats mit Evie gepackt hatte. Die Tränen kamen in Erinnerung an einen glücklichen, zufriedenen Moment mit jemandem, den ich geliebt hatte. Und der mich geliebt hatte.

Es war das letzte Mal, dass ich an diesem Tag weinte. Ich war ruhig, beinahe distanziert, als die Sanitäter kamen, um Dad abzuholen. Ich beantwortete ihre Fragen präzise und genau. Nein, meines Wissens gab es keine Herzprobleme in unserer Familie. Ja, ich hatte den Körper umgedreht. Nein, ich hatte nicht versucht, ihn wiederzubeleben. Warum nicht? Weil ich wusste, dass er tot war.

Ich brach nicht zusammen, als sie ihn auf eine Bahre hoben und ein Tuch über ihn breiteten, unter dem seine Umrisse aussahen wie ein paar alte Säcke.

Ich weinte nicht, als ich eines der alten Fotoalben aus Dads Bücherregal durchsah. Ich lächelte, als ich mich als Zweijährige auf Dads Knien sitzen sah, während Evie sich vor uns im Kreis drehte, und blätterte weiter durch die unzähligen Seiten, die unser gemeinsames Leben dokumentierten. Erst als ich den Kühlschrank öffnete und die beinahe leeren, säuberlich geordneten Fächer sah, war ich noch einmal den Tränen nahe. Drei blasse Zucchini und eine Handvoll Gartenbohnen in der Gemüseschublade, ein Shepherd's Pie aus dem Supermarkt im mittleren Fach.

Er hatte uns immer erzählt, dass Shepherd's Pie nach Mums Tod das erste Gericht war, das er kochen konnte, und das war sein Glück gewesen, denn es war auch eines der wenigen Dinge, die Evie und ich aßen.

Als Evie mit Jakob in seiner Babyschale am Arm durch die Tür stürzte, fragte ich mich, warum ich darauf bestanden hatte, dass sie vorbeikam. In jenem Moment war es mir lebensnotwendig erschienen, aber jetzt, wo Dads Körper fort war und ich erkannt hatte, dass sich die Welt weiterdrehte, hatte sich die Dringlichkeit verflüchtigt.

»Ich bin so schnell gekommen, wie ich konnte«, erklärte sie atemlos und sah sich um, als wünschte sie sich, es gäbe noch etwas zu tun. Einige Augenblicke später verließ sie ebenfalls die Kraft, und sie wanderte wie ich vorhin suchend durch die Wohnung, nahm immer wieder Gegenstände und stellte sie gleich wieder zurück.

»Die Sanitäter vermuten einen Herzinfarkt, aber es dauert eine Weile, bis sie uns mehr sagen können. Sobald er untersucht worden ist. Aber es besteht keine Eile, es gibt keinen Verdacht auf Fremdverschulden oder so. Sieht aus, als wäre er einfach zusammengebrochen.«

»Ich habe auf meiner MobilSphäre nachgesehen. Wir haben gestern am frühen Nachmittag gesprochen. Als er anrief, hatten die OSIP-Beamten gerade das Haus verlassen, und da ist alles auf einmal aus mir herausgebrochen. Er hat mich beruhigt und gesagt, dass alles gut wird. Ich hasse mich für den Gedanken, dass er gelogen hat. Wir wussten es beide nicht«, beendete sie den Satz, und ich nickte. Es hatte einen Moment gegeben, in dem ich gerade mit irgendetwas beschäftigt gewesen war. Ich hatte zu Abend gegessen, mir noch mehr von Jonahs Telefonaten mit seiner Tochter angehört. Vielleicht hatte ich auch geschlafen, Musik gehört oder ein Bad genommen. Es hatte einen Moment gegeben, in dem er am Leben war, und im nächsten Moment war er tot gewesen, und ich hatte nichts davon geahnt.

»Ich hoffe, er hatte keine allzu großen Schmerzen«, sagte Evie. Ihre Stimme zitterte und versagte, und sie verzog das Gesicht.

Wir klammerten uns aneinander.

Es erinnerte mich an die langen Nächte nach Mums Tod. Ich war zu Evie ins Bett gekrabbelt, und wir hatten uns unter der Decke versteckt, als wollten wir uns vor unbekannten Mächten schützen. Nichts war zu sehen gewesen, und unsere Stimmen klangen gedämpft, bis es schließlich zu heiß und die Luft zu stickig wurde und Evie ein paar große Bücher nahm, um eine Art Zelt zu bauen.

In diesen dunklen Nächten, in denen wir nebeneinandergelegen und geredet hatten, unsere Hände fest ineinander verschlungen, fühlte sich das Bett an wie der sicherste Ort, den es für uns gab. Später erzählte Dad, dass er versucht hatte, mich in mein Bett zurückzubringen, doch selbst im Schlaf hatte ich mich so vehement gewehrt, dass er aufgab und uns zusammenbleiben ließ. Schweigend und unbestreitbar vereint.

»Ich schätze, wir sollten darüber reden, wie es jetzt weitergeht«, meinte Evie, nachdem wir uns voneinander gelöst hatten. »Die Beerdigung und … alles.«

»Das hat Zeit. Lass uns noch nicht jetzt darüber nachdenken. Außerdem …«, sagte ich, denn mir war gerade etwas eingefallen, »… musst du mir noch von dem IPS-Bescheid erzählen. Was ist passiert?«

»Ach das«, erwiderte Evie bitter und verzog das Gesicht bei der Erinnerung daran. »Sie stand auf einmal vor der Tür. Kam wie aus dem Nichts. Ich hatte keine Ahnung, was sie wollte. Ich habe ihr sogar noch eine Tasse Tee angeboten, Herrgott noch mal!«

»Wie hat sie ausgesehen?«, knurrte ich und sah das Gesicht der Beamtin vor mir, die bei Marie und Leo gewesen war. Das stumpfe braune Haar, den harten, prüfenden Blick.

»Ähm, sie war ziemlich jung. Hübsch. Lange blonde Haare. Nicht so wie die Beamtin auf dem Parkplatz. Eher das genaue Gegenteil. Mager, gut gekleidet. Sie war äußerst sachlich und meinte nur, dass sie von unseren Problemen gehört habe, das Geburtsgewicht wieder zu erreichen, und ich sagte, dass wir alles im Griff hätten und Jakobs Gewicht im richtigen Perzentil sei. Aber dann fragte sie, ob wir noch etwas anderes verwenden außer Muttermilch.«

Evies Stimme schwankte, und es wirkte, als würde sie das Gespräch noch einmal durchleben. Evie hatte wohl gezögert, als die Frau sie gefragt hatte, genau wie jetzt. Ihr Blick huschte zu Jakobs Wickeltasche, in der neben Windeln, Feuchttüchern und Schnullern auch die Flasche mit dem Milchpulver steckte.

»Ich konnte sie nicht anlügen. Ich wusste genau, worauf sie hinauswollte. Es hatte keinen Sinn, es hätte alles nur noch schlimmer gemacht. Sie wusste es bereits, das spürte ich. Also habe ich ihr ganz genau erklärt, was wir machen. Dass wir Muttermilch verwenden, aber auch Milchpulver zufüttern, damit er sein Gewicht hält und zunimmt.«

Evie schnappte nach Luft, als hätte sie während des Redens das Atmen vergessen. Der Atemzug blieb ihr im Hals stecken, und es klang, als würde sie daran ersticken, doch es hielt sie nicht davon ab fortzufahren.

»Dann meinte sie … sie meinte, wir hätten das Milchpulver ohne ordnungsgemäße Bewilligung verwendet, weshalb sie verpflichtet sei, uns einen IPS-Bescheid auszustellen.«

»Man braucht eine Bewilligung, um Milchpulver zu verwenden?«

»Ja«, erklärte Evie, ohne mir in die Augen zu sehen. »Sie forcieren das Stillen. Man bekommt automatisch einen IPS-Bescheid, sobald man um eine Milchpulverbewilligung nachsucht. Deshalb habe ich es mir woanders besorgt, nicht über die offiziellen Stellen. Ich dachte, dass ich einfach nur … aber das tut jetzt nichts mehr zur Sache. Sie fragte, woher wir das Pulver haben, und ich musste mir eine Geschichte einfallen lassen. Ich sagte, ich hätte es von einer Mum bekommen, die ich bei einer Krabbelgruppe kennengelernt hatte. Dass es ein vom OSIP bewilligtes Milchpulver sei, das sie aber nicht mehr brauchte. Die Beamtin fragte mich nach dem Namen, aber ich erklärte, ich hätte die Frau danach nie wiedergesehen. Daraufhin erklärte die Beamtin, dass wir keinen Einspruch gegen den IPS-Bescheid einlegen können, weil er bereits zu irgendeiner höheren Kategorie gehört. Ab diesem Zeitpunkt habe ich aufgehört, ihr zuzuhören. Ich habe nur Jakey angesehen. Ich habe sein Gesicht angestarrt, bis ich nichts anderes mehr sehen konnte. Bloß seine winzige Nase. Die Augenlider. Die Wangen. Sie sagte etwas wie ›Haben Sie verstanden?‹, nein, es war wohl eher ›Begreifen Sie, was Sie getan haben?‹. Sie füllte die Formulare aus, dann verschwand sie. Hat mich einfach mit diesem zerknitterten Zettel zurückgelassen.« Evie durchwühlte Jakeys Tasche und zog ein hauchdünnes Blatt Papier heraus, das nicht dicker war als ein Zwiebelhäutchen. Oben prangten die blauen Buchstaben OSIP und das Logo, das aus gezeichneten Kreisen bestand, die zusammen eine Art Familienstammbaum ergaben. Der Rest der Seite war mit akkurater Handschrift befüllt, die so klein und gleichmäßig wirkte, dass sie mich an die Schrift einer Schulanfängerin erinnerte.

»Wie viele sind es mittlerweile?«, fragte ich. »Wie viele darf man bekommen, bevor …?«

»Sieben. Uns bleiben also noch sechs. Und wir haben noch etwas mehr als zehn Monate, bis er ein Jahr alt ist.«

Kinder konnten in jedem Alter extrahiert werden, aber statistisch gesehen sank die Wahrscheinlichkeit nach dem ersten Geburtstag, und die Anzahl der Bescheide wurde mit jedem Jahr auf null zurückgesetzt. Wenn man es durch die ersten zwölf Monate schaffte, ohne zu viele davon zu bekommen, bedeutete es normalerweise, dass das Kind nicht extrahiert wurde. Man hatte uns eingetrichtert, dass die Familien danach zwar weiter unter Beobachtung standen, aber wenn die OSIP-Normwerte im ersten, entscheidenden Teil des Lebens des Kindes eingehalten wurden, war das ein starker Indikator dafür, dass es auch weiterhin so sein würde.

»Es wird nicht dazu kommen, Evie«, sagte ich. »Auf keinen Fall. Du machst alles richtig, du arbeitest so hart.«

»Trotzdem funktioniert es nicht. Und wir müssen vorerst mit dem Milchpulver aufhören. Was, wenn sein Gewicht wieder runtergeht? Dann stehen sie bestimmt wieder auf der Matte. Aber viel wichtiger ist, dass ich nicht will, dass er erneut abnimmt. Es ist nicht gesund und nicht gut für ihn. Es ist mir lieber, wenn er fern von uns ein glückliches, gesundes Leben führt, als wenn er weiter bei uns bleibt und nicht bekommt, was er braucht.«

»Aber genau das sollte doch genauso zählen, oder? Ich meine, dass dir wichtig war, dass Jakob nicht mangelernährt ist.«

»Das sieht das OSIP leider anders«, erwiderte Evie kläglich. »Die Beamtin behauptete, ich hätte dem Stillen gar keine Chance gegeben. Wir können zwar um die Bewilligung nachsuchen, weiter Milchpulver zu benutzen, aber das würde bedeuten, dass wir automatisch einen weiteren IPS-Bescheid bekommen.«

»Wo hast du die Milch denn her, die du verwendest?«

»Ach, jemand hat mir verraten, wo man sie bekommt«, erwiderte Evie vage und wand sich, als wollte sie nicht daran denken, weshalb ich sie nicht drängte. Sie schlang die Arme um ihren Körper. »Vielleicht ... vielleicht habe ich mir wirklich zu wenig Mühe mit dem Stillen gegeben ...«

»Das ist doch verrückt!« Ich hatte gesehen, wie Evie gekämpft hatte. Sie hatte mir von den ersten Nächten erzählt, in denen Jakob in einem fort geschrien hatte und sich jedes Mal, wenn sie ihn an die Brust legen wollte, weggedreht hatte und noch lauter geschrien hatte.

»Kit, so etwas darfst du nicht sagen. Und was bleibt uns denn anderes übrig, als nach ihren Regeln zu spielen?«

JETZT

Bevor das alles geschah, hätte ich nie die Bestimmungen für das Reisen mit Kindern verletzt, aber jetzt bette ich Mimi auf die Rückbank. Ich lege sie über die Sitze, breite meinen Mantel über sie und stecke ihn so gut es geht fest, sodass sie möglichst nicht zu sehen ist. Ich lege ihr den Sicherheitsgurt an und vergewissere mich, dass er ordentlich sitzt, aber es ist ein schwacher Ersatz für einen richtigen Kindersitz.

Ich fahre so langsam davon, wie ich es wage, ohne Aufmerksamkeit zu erregen. Ich betrachte Mimis entspanntes, schlafendes Gesicht im Rückspiegel. Es sieht nicht so aus, als würde sie bald aufwachen, ich habe also noch ein wenig Zeit, sie von hier fortzubringen.

Ich habe mir zwischendurch sogar überlegt, mich auf eigene Faust auf die Suche nach dem Schiff zu machen und darauf zu bestehen, dass sie Mimi und mich gemeinsam mitnehmen, aber ich weiß nicht, wo das Schiff ankert, und ich kann niemanden kontaktieren, der es mir vielleicht sagen könnte.

Ich kann nicht in ein Hotel. Ich denke an die Tasche

mit dem eilig zusammengerafften Bargeld, die ich in der Eile zurückgelassen habe. Bei Santa würden sie uns sofort aufspüren. Ich möchte zu Thomas, aber ich bin mir nicht sicher, wo er sich im Moment aufhält, und ich kann ihn nicht anrufen.

Ich brauche Geld, und zwar viel. Ich brauche jemanden, der mir Geld gibt.

Es gibt nur einen Ort, wo ich hinkann. Es ist nicht perfekt, aber es ist zumindest eine Möglichkeit.

Das reicht.

DAMALS

Wir lebten in einer anderen Realität – in einer, die sich vollkommen anders anfühlte als das Leben zuvor; in einer, aus der wir nicht entkommen konnten.

Ich nahm mir eine berufliche Auszeit und verbrachte den Großteil meiner Zeit bei Evie und Seb. Ich half Evie mit Jakob und kümmerte mich um Dads Angelegenheiten. Am Abend saßen wir alle drei zusammen. Für Seb und mich gab es kaum mehr als ein paar Bissen Toast und altes Take-away von vor ein paar Tagen, während Evie versuchte, ihre Milchproduktion anzukurbeln. Wir brachten ihr tellerweise Essen und stellten es in Griffweite ab, sodass sie mit der einen Hand, die nicht Jakobs Kopf stützte, danach greifen konnte. Wir füllten leere Wasserflaschen wieder auf, die sie in sich hineinschüttete, wenn wir nicht hinsahen. Sie benutzte eine Milchpumpe, wenn sie gerade nicht stillte, nachdem sie gehört hatte, dass es den Milchfluss förderte. Und so hing sie an der Doppelpumpe, versuchte zu essen, versuchte zu trinken, versuchte, tief und beruhigend zu atmen, um am Ende die Flasche hochzuhalten, in der sich kaum mehr als ein oder zwei Zentimeter Milch befanden.

Enttäuscht verzog sie das Gesicht, während sie die magere Ausbeute beäugte, doch sie beschwerte sich nicht, dass sie nach einer Stunde nicht mehr zustande gebracht hatte. Jake begann erneut vor Hunger zu weinen, und sie stellte die Pumpe wortlos beiseite und zog ihn an sich.

In jenen Tagen fühlte es sich an, als würden wir lediglich überleben. Wir funktionierten in einem Kreislauf aus Trauer, Wut und Verzweiflung.

Unsere Gespräche an den Abenden drehten sich unweigerlich um Dad. Es gab unendlich viel zu organisieren: die Beerdigung, die Wohnung, die langsame Auflösung seines Lebens, indem etwa Abonnements gekündigt werden mussten, und die Frage, was mit seinem Garten geschehen sollte. Aber darunter schwärten die ständige Angst vor einem weiteren IPS-Bescheid, unsere Sorge um Jakob und die Frage, was das OSIP als Nächstes tun würde.

Wir brachten einander bei der kleinsten Kleinigkeit aus der Fassung.

Eines Morgens, nur wenige Tage nach Dads Tod, beschloss ich, zu seiner Wohnung zu fahren. Es gab keinen besonderen Grund, es zog mich einfach dorthin. Ich wollte ihm nahe sein, alte Fotos durchsehen, nach Briefen und Notizen in seiner Handschrift suchen. Doch als ich ankam, hörte ich jemanden hinter der Tür.

»Evie?«, rief ich.

»Was machst du denn hier?«, fragte sie und eilte mit rotem Gesicht auf mich zu. Es war schwer zu sagen, ob sie geweint hatte oder ob es einen anderen Grund gab.

»Gar nichts«, erwiderte ich. »Ich wollte einfach herkommen.«

»Ich sehe gerade Dads Sachen durch«, erklärte sie.

»Ich helfe dir«, bot ich an.

»Nein!«, blaffte sie. »Ich meine – ich finde, es ist meine Aufgabe. Als die Ältere von uns beiden. Ich will es tun.«

»Sicher?«

»Ja. Aber es ist alles schrecklich durcheinander. Ist es okay, wenn du später wiederkommst? Damit ich mich konzentrieren kann? Jakey schläft, aber ich habe nur noch wenig Zeit, bis er wieder aufwacht.«

»Ja, von mir aus. Hör mal, bist du sicher, dass ich dir nicht helfen soll? Nur weil du älter bist, musst du nicht die ganze Arbeit machen.«

»Das macht mir nichts aus. Ehrlich. Ich will es tun.« Da war eine Härte in ihrer Stimme, die mich davon abhielt, noch einmal nachzufragen.

Als ich später zurück in Dads Wohnung kam, hatte Evie sämtliche Unterlagen mitgenommen – Briefe, Fotos, Dokumente, alles.

Ich rief sie sofort an.

Als sie abhob, hatte sie das Gesicht von der Kamera abgewandt und sprach mit Seb.

»Wenn ich sage, *lass ihn nicht aus den Augen,* dann meine ich *lass ihn nicht aus den Augen!* Lass ihn nicht aus den Augen, sonst schwöre ich bei Gott … *Danke!«,* sagte sie, und ihre Stimme triefte vor Sarkasmus, dann wandte sie sich mir zu. »Kit? Ich habe nur kurz Zeit. Was gibt's?«

»Ich war in Dads Wohnung. Du hast alles mitgenommen.«

»Was? Doch nur ein paar Unterlagen.«

»Alles. Alle Unterlagen.«

»Ich möchte sie durchsehen, bevor wir es dem Anwalt übergeben. Hier bei uns geht das einfacher.«

»Okay, dann lass mich vorbeikommen und helfen.«

Evie fuhr sich mit der Hand durch die Haare, und es sah aus, als wollte sie sie büschelweise ausreißen, dann wanderte ihr Blick wieder zu Jakob.

»Können wir später darüber reden? Es tut mir leid, Kit, aber das ist gerade kein guter Zeitpunkt«, sagte sie. »Ich kann nicht …« Sie brach ab, ohne den Satz zu beenden. »Ich rufe wieder an.«

Sie schloss den Bildschirm, ehe ich etwas sagen konnte.

Ich beruhigte mich damit, dass sie müde war und unter unheimlichem Druck stand, aber das half nichts gegen den Kloß in meinem Hals und das plötzliche Gefühl der Einsamkeit, das sich wie ein Flüstern über meine Schultern legte.

Ich beschloss, sie so gut es ging zu unterstützen, auch wenn sie mich nicht noch einmal anrief und Dads Unterlagen auch nie wieder erwähnte. Sie war einverstanden, dass ich ihr bei den Vorbereitungen auf einen möglichen unangekündigten OSIP-Besuch half. Wir begannen mit dem Milchpulver. Ich spürte, dass Evie es nicht wegwerfen wollte, also stimmte ich zu, es bei mir aufzubewahren. Danach putzten wir die Küche, als könnten wir damit seine Existenz aus unserem Leben verbannen.

Evie stillte mit trotziger, sturer Entschlossenheit, aber es war, als würde Jakob die Verdrießlichkeit in ihrer Milch schmecken, denn er hörte immer wieder auf zu trinken und begann zu weinen. Nichts konnte ihn trösten. Weder mehr Milch noch das übliche Wiegen an der Schulter.

»Ich glaube, er hat noch immer Hunger«, meinte Evie irgendwann flehend. Sie musste nicht mehr sagen, ich verstand, was sie meinte.

Nachdem wir das letzte Milchpulver aufgebraucht hatten, das ich für sie aufbewahrt hatte, bat sie mich, mehr zu besorgen. Man konnte es nicht im Laden kaufen, es wurde von offizieller Stelle verteilt, aber Evie hatte einen anderen Weg gefunden. Es gab keine Mum aus der Krabbelgruppe, es lief über eine Bibliothek.

»Über eine Bibliothek?«, fragte ich zweifelnd. »Woher hast du die Information?«

»Von einer anderen Mum. Sie kam auf mich zu, als ich einmal unterwegs war und vergeblich versuchte, Jakob zu stillen.«

»Was genau hat sie gesagt?«

»Sie fragte bloß, ob alles in Ordnung sei, und meinte, ich solle mich an die Bibliothek im südöstlichen Viertel wenden, falls ich zusätzliche Hilfe brauche.«

»Sie hat das Pulver also nicht erwähnt?«

»Nein, nicht direkt … Als ich das erste Mal dort war, wusste ich nicht, was passieren würde.« Evie wirkte verloren. »Würdest du es tun? Ich würde ja selbst hingehen, aber ich traue mich nicht. Für den Fall …«

Sie erklärte mir, wo ich hinmusste. Die Bibliothek befand sich im südöstlichen Viertel in einem Raum, der zum Krankenhaus gehörte. Nachdem Bücher mittlerweile auf dem Sphären-Netzwerk zur Verfügung standen, waren für Bibliotheken keine eigenen Gebäude mehr erforderlich. Stattdessen drängten sie sich in kleinen Zimmern in den Ecken öffentlicher Gebäude und wurden oft von Freiwilligen betreut, wie es auch hier der Fall war.

Als ich eintrat, erschien mir der Ort seltsam, aber auf eine Art, die ich nicht genau benennen konnte.

Die junge Frau hinter dem Empfangstisch schien zuerst jemand anderen erwartet zu haben, doch sie hatte sich schnell wieder unter Kontrolle und warf mir ein kurzes, verkniffenes Lächeln zu. Ihre Haare waren so kurz geschnitten, dass ich jede kleine Unebenheit auf ihrem Kopf erkennen konnte. Sie trug ein übergroßes Kleid und Stiefeletten. Es gab einige Bücher in den Regalen. Und Unmengen an OSIP-Broschüren, die eine ganze Wand einnahmen. Es hätte nicht länger als eine Minute gedauert, um sich im ganzen Raum umzusehen. An einem der Tische saß ein älterer Mann und beugte sich über die Tischplatte. Ich war so nervös, dass ich einen Moment lang so tat, als wäre ich zufällig vorbeigekommen und wollte mich umsehen. Ich ging zu den vergilbten, ausgebleichten Taschenbüchern, deren Seiten sich bereits wellten. Von dort warf ich einen Blick auf den Mann und erkannte, dass er ein Puzzle legte. Der Rahmen war beinahe fertig.

Ich schaute unauffällig zu der Frau. Sie kaute an den

Fingernägeln, starrte zur Tür und wirkte so, wie sie dort saß, sogar noch jünger als vorhin. Sie spürte meinen Blick und ließ die Hand sinken. Unsere Blicke trafen sich.

»Brauchen Sie Hilfe?«

»Ähm, jemand hat mich gebeten vorbeizukommen«, sagte ich. Ich sprach leise, aber dennoch konnte mich der Mann am Puzzletisch in dem stillen Zimmer vermutlich hören. Erst jetzt wurde mir klar, warum mir die Bibliothek so seltsam erschienen war. Es gab keine Sphären, die vor sich hin summten. Es war ruhig und friedlich ohne sie.

»Sie meinte, ich solle Ihnen diese Karte zeigen.« Ich gab ihr den Bibliotheksausweis. Er enthielt keine Daten, anhand derer Evie hätte identifiziert werden können, lediglich eine lange Nummer und das Logo der Bibliothek.

Die Frau betrachtete die Karte, notierte sich die Nummer und gab sie mir zurück.

»Kommen Sie morgen wieder. Wir haben heute nichts mehr. Es wird jemand anders hier sein, aber Sie bekommen, was Sie brauchen. Bringen Sie eine Tasche mit. Und die Karte. Wir nehmen nur Bargeld.«

»Wie viel?«, fragte ich, obwohl Evie mir bereits Geld gegeben hatte. Sie hatte mir erklärt, dass nur so viel genommen wurde, wie sich die Leute auch leisten konnten, aber ich wollte noch einmal nachfragen, falls sich daran etwas geändert hatte.

»Jeder gibt, so viel er kann.«

Als ich am nächsten Tag wiederkam, war nicht die junge Frau da, sondern eine sehr viel ältere Kollegin. Sie trug Armreife, die jedes Mal klimperten, wenn sie die Hände bewegte, und saß bei dem Mann, der immer noch schweigend über seinem Puzzle brütete.

»Kann ich Ihnen helfen?«, fragte sie mich.

»Ich glaube schon. Ich war gestern hier …«

»Haben Sie die Karte dabei?«

Ich reichte sie ihr, und sie warf einen Blick auf die Nummer und gab sie mir zurück.

»Wie viel brauchen Sie? Es sind heute maximal achthundert Gramm möglich.«

»Dann vorerst achthundert. Danach sehen wir weiter.«

»Geben Sie mir Ihre Tasche, ich packe es für Sie ein.« Ich reichte ihr den lumpigen Rucksack, den ich mitgebracht hatte, und sie verschwand in einer Art Lager. Als sie wiederkam, wirkte der Rucksack auf beruhigende Weise ausgebeult. Ich gab ihr das Geld, und sie nahm es, ohne nachzuzählen.

»Danke«, sagte sie mit einem forschen Lächeln, und ihr Tonfall schien über das hinwegzutäuschen, was gerade passiert war.

Erst zu Hause warf ich schließlich einen Blick in den Rucksack. Darin befand sich ein unbeschriftetes Glas mit einem cremig weißen Pulver. Es konnte genauso gut Mehl sein und sah vollkommen unschuldig aus.

Ich behielt das Glas in meiner Arbeitstasche, die ich immer mit mir trug, und wenn Jakob einmal hungrig und verzweifelt war, bekam er eine Flasche von dem Pulver zusätzlich zur Muttermilch.

»Weißt du, wer die Leute aus der Bibliothek sind?«, fragte ich Evie.

»Nein«, erwiderte sie. »Und ich will es auch gar nicht wissen.«

Sie bat mich, Seb nichts von unserer Vereinbarung zu erzählen.

Der IPS-Bescheid hatte ihn stärker mitgenommen, als er zugeben wollte. Er machte Witze über das OSIP, wenn wir bei ihnen zu Hause zusammensaßen, und dann lachte er laut und übertrieben fröhlich. Er breitete die Hände aus, als würde er eine Rede halten, und legte einem die Hand auf den Ellbogen oder die Schulter, bevor er zur Pointe kam. Aber das Lachen reichte nicht bis zu seinen Augen, in denen die ständige Sorge deutlich zu erkennen war.

»Wie kommt sie deiner Meinung nach zurecht?«, fragte er mich eines Abends leise, nachdem Evie zu dem weinenden Jakob geeilt war.

»Evie? So gut, wie es unter den Umständen möglich ist. Wie geht es dir?«

»Mir? Na ja, weißt du, ich fühle mich total hilflos, und ich hasse es. *So* geht's mir. Außerdem habe ich Angst, dass sich Evie die Hauptverantwortung an der Sache gibt. Nachdem ihr das Stillen so schwerfällt und sie dann auch noch dachte, Milchpulver wäre die einzige Lösung.«

Meine Nackenhaare stellten sich auf. »Das Milchpulver hat dafür gesorgt, dass er zunimmt. Es war *tatsächlich* die einzige Lösung.«

»Na ja.« Seb zuckte mit den Schultern und lehnte sich ein wenig zurück. »Aber es war nicht bewilligt.«

»Du klingst, als wärst du auf der Seite vom OSIP«, bemerkte ich.

»Natürlich nicht«, erwiderte Seb. »Ich versuche bloß, zu verstehen, wie es so weit kommen konnte, und ich habe Angst, dass Evie sich die Hauptschuld gibt.«

»Glaubst du, dass es so ist? Ist sie die Hauptschuldige?«

»Nein, natürlich nicht. Aber wir haben nun mal nicht bewilligtes Milchpulver verwendet, da war es logisch, dass wir Schwierigkeiten bekommen würden. Evie hat mir nicht gesagt, dass sie keine Bewilligung dafür hat.«

»Was wäre deiner Meinung nach das Richtige gewesen?«

Seb sah mich wütend an, aber er wurde von Evies Rückkehr gerettet.

»Alles okay?«, fragte sie.

»Ja, klar.« Seb sah lächelnd zu ihr hoch. Evie zuckte mit den Schultern und wusste natürlich, dass wir über sie gesprochen hatten. Sie setzte sich zu uns, aber sie betrachtete Seb mit zusammengekniffenen Augen, und mir fiel auf, dass sie so weit von ihm abrückte, dass sie sich nicht berührten.

Nach diesem Abend sah ich Seb ebenfalls in einem anderen Licht.

Am nächsten Morgen öffnete Evie mir die Tür. Jakob lag über ihrer Schulter, und sie hatte dunkle Ringe unter den blutunterlaufenen, roten Augen.

»Was ist passiert?«, fragte ich sofort.

»Bloß ein weiterer Streit, den wir nicht ordentlich austragen konnten, damit uns niemand hört.«

»Wie meinst du das?«

»Das OSIP legt großen Wert auf familiären Zusammenhalt. Streitigkeiten mit dem Partner sind unerwünscht. Wenn die Nachbarn es melden oder gerade ein Beamter vorbeigeht ...«

»Aber das hätte doch sicher niemand gehört?«

»Wir können nicht vorsichtig genug sein. Auch wenn das zum Verrücktwerden ist. Ich würde am liebsten laut schreien, aber ...«

Sie holte tief Luft und schloss die Augen, als versuchte sie, die wütende Energie im Zaum zu halten.

»Ich wäre beinahe aus dem Haus gestürmt. Ich war noch nie so außer mir«, fuhr sie fort. »Aber dann fiel mir ein, dass ich Jakey nicht verlassen kann, und ich bin geblieben. Seb hat das Milchpulver gefunden.«

»Was hat er gesagt?«

»Er besteht darauf, dass wir um eine Bewilligung nachsuchen. Ich bin so ... wütend auf ihn. Er versteht nicht, warum das nicht geht. Es würde noch mehr Aufmerksamkeit auf uns lenken. Da können wir die OSIP-Beamten gleich einladen. Er gibt mir die Schuld an dem, was passiert ist, auch wenn er es nicht zugibt. Ich weiß nicht, was mich mehr nervt – dass er auf der Bewilligung besteht, dass er mir die Schuld gibt oder dass er nicht ehrlich ist und mir nicht sagt, was er wirklich denkt. Wir müssen einfach die nächsten paar Wochen überstehen. Ich weiß, dass ich es schaffe.« Sie biss die Zähne aufeinander, und ich sah, wie die Spannung ihren ganzen Körper in Besitz nahm.

»Es tut mir leid, Evie. Kann ich etwas tun?«

Sie holte erneut tief Luft. »Du darfst ihm auf keinen Fall von dem Pulver erzählen, das du für uns aufbewahrst, okay? Ich habe ihm nicht gesagt, dass du auch involviert bist.«

»Wie sieht es derzeit mit Jakeys Gewicht aus?«

Evie verzog das Gesicht. »Er nimmt nicht genug zu. Er ist um ein paar Perzentile nach unten gerutscht.«

Sie warf einen Blick auf Jakob, der sie, ohne zu blinzeln, anstarrte. Seine Augen waren groß und auf sie fixiert, als würden die beiden schweigend Zwiesprache halten.

»Dann legen wir wieder los, nicht wahr, mein Freund? Damit wir die Beamten endlich für immer los sind«, sagte sie. Sie streckte ihm einen Finger entgegen, und er umklammerte ihn mit der Faust.

Es war wie eine Art Handschlag.

Die Tage vor Dads Beerdigung erlebte ich wie durch einen Nebel. Wir hatten es irgendwie geschafft, alles zu organisieren. Da sie genug mit Jakob zu tun hatte, hatte ich Evie angeboten, die Planung zu übernehmen und sie anschließend um Zustimmung zu bitten. Zuerst wollte sie widersprechen, doch als Jake zu weinen begonnen hatte und sie zu ihm musste, hatte sie erschöpft zugestimmt.

Obwohl wir so viel Zeit miteinander verbrachten, wie

schon lange nicht mehr, entfernten wir uns immer weiter voneinander. Manchmal erwischte ich sie dabei, wie sie ins Leere starrte, und auf ihrem Gesicht zeigten sich so viele Emotionen auf einmal, dass ich sie nicht alle einordnen konnte: Traurigkeit, Ungläubigkeit, Wut und eine abgrundtiefe Erschöpfung. Doch wenn ich die Hand nach ihr ausstreckte, rückte sie von mir ab. Sie sah mich an, als wollte sie etwas sagen, doch ihr Mund blieb geschlossen, ihr Blick besorgt, und dann sagte sie doch nichts. »Ich bin bloß müde«, erklärte sie, wenn ich sie fragte, wie es ihr ging, dann wandte sie sich ab.

Ich kehrte noch einige Male in die Bibliothek zurück, um Milchpulver zu holen, und es war jedes Mal dasselbe Prozedere. Ich traf die ältere Frau wieder, aber die junge Frau von meinem ersten Besuch war verschwunden. Evie stillte weiter, trotz verstopfter Milchgänge und entzündeter Brustdrüsen. Sie schluckte den Schmerz hinunter, obwohl er ihr ins Gesicht geschrieben stand. Aber sie gab nicht auf, und eines Tages erklärte sie mir, dass ich kein weiteres Pulver holen musste.

Immer neue Entscheidungen standen an. Bedrohlich ragten sie vor mir auf, bis ich schließlich genug hatte und immer die erste Entscheidung traf, die mir in den Sinn kam. Ein Grabstein aus Granit. Ein Sarg aus Eichenholz. Ein Gedicht. Wenn ich anfing, darüber nachzudenken, was Dad sich gewünscht hätte, verlor ich mich in einem Labyrinth aus Unsicherheiten.

Währenddessen besuchte ich täglich seinen Garten.

Ich ordnete die Töpfe, die er bereits für weitere Tomatensetzlinge bereitgestellt hatte, arbeitete mich durch die Bündel aus braunen Umschlägen voller Samenkörner und begann zu pflanzen, wie er es mir gezeigt hatte.

Zuerst war die Stille nervenzermürbend. Ich war das ständige Surren der Sphären in meinen Ohren und meinem Kopf gewöhnt. Aber schon nach kurzer Zeit freute ich mich auf meine Besuche und begann, die Ruhe zu genießen. Ich *hörte,* was ich tat. Wie ich den Spaten in die Erde trieb, wie der Matsch unter meinen Stiefeln schmatzte, wie eine Amsel über mir ihr klares, unverfälschtes Lied zwitscherte.

Es regnete oft, und dann stand ich im Gewächshaus oder dem kleinen, vollgestellten Schuppen, bis es wieder aufhörte. Und ich hörte dem Regen auf eine Art zu, wie ich es noch nie zuvor getan hatte. Ich lauschte den Tropfen und verliebte mich in den Klang, wenn sie auf den Boden klatschten und auf das Dach prasselten.

Ich glaube nicht an Geister oder ein Leben nach dem Tod, aber es machte mich auf eine besondere Art froh, mir vorzustellen, dass Dad beim Gärtnern meine Hand führte. Ich grub ein Loch in die schwarze, feste Komposterde und legte den Samen hinein, der kaum größer war als ein Staubkorn. Es fühlte sich tatsächlich an, als wäre Dad bei mir. Manchmal ertappte ich mich dabei, wie ich in der Stille nach dem Klang seiner Stimme lauschte. Bei einer dieser Gelegenheiten kam mir eine wunderbare Idee für die Beerdigung. Eine Idee, die meinem Vater endlich gerecht wurde, und ich rief sofort Evie an, um ihr davon zu erzählen.

»Ich weiß jetzt endlich, was wir mit den Blumen machen«, sagte ich. »Wir nehmen gar keine.«

»Willst du das Geld stattdessen der Herzstiftung spenden?«

»Ja, das könnten wir auch machen, aber ich dachte, dass wir statt der Blumen am Sarg Gemüse aus seinem Garten verwenden. Glaubst du nicht, dass Dad das gefallen würde?«

»Kit«, sagte sie und zögerte kurz, bevor sie beschloss, dass hier Schonungslosigkeit vonnöten war. »Das ist eine grauenhafte Idee.«

Am Ende wurden es Nelken. Rosafarbene und weiße Blüten, die flauschig und fröhlich von den Gestellen blickten. Sie waren zu trivial, zu vergnügt, aber was spielte das für eine Rolle? Er konnte sie ohnehin nicht sehen.

Am Tag vor der Beerdigung erhielten Evie und Seb den zweiten IPS-Bescheid. Dieses Mal kam er per Post in einem nichtssagenden weißen Umschlag mit aufgedruckter Adresse. Er sah anders aus als der erste, handgeschriebene Bescheid, und nachdem wir ihn begutachtet hatten, fragten wir uns, ob ihn überhaupt jemals ein Mensch in den Händen gehalten hatte.

Evie und Seb wurde in schlichten Buchstaben mitgeteilt, dass Jakobs Gewicht Anlass zur Sorge gab und dass sie – hier unterschied sich der Bescheid vom ersten – innerhalb von vierundzwanzig Stunden Einspruch einlegen konnten, falls sie der Meinung waren, das Kind hätte zugenommen und könnte somit aus dem Verzeichnis genommen werden.

Evie rief mich an, während ich gerade das Essen für die Beerdigung vorbereitete. In einem meiner Anfälle von Entscheidungswut hatte ich beschlossen, Quiches zu backen, was ich aber mittlerweile bereute. Der Teig zerbröselte zwischen meinen Fingern, und ich musste noch einmal von vorne anfangen. Es schien mir unmöglich, jemals zu einem Ergebnis zu kommen, sodass ich es mir anders überlegte und gekauftes Essen mittlerweile doch in Betracht zog. Ich hätte den Anruf beinahe verpasst, denn als Evies Gesicht auf dem Bildschirm meiner ArbeitsSphäre erschien, stand ich bereits mit dem Schlüssel in der Hand an der Tür. Sie sah sich verzweifelt um, als könnte sie aus der Sphäre in mein Wohnzimmer treten, wenn sie es nur entschieden genug versuchte.

»Ich weiß nicht, was ich tun soll. Ich weiß nicht, was ich noch tun *kann*«, erklärte sie mir.

»Aber hat er denn nicht zugenommen?«, fragte ich sie. »Reicht es …?«

»Ich glaube schon. Wir haben versucht, ihn hier zu wiegen. Er wiegt mehr, als in dem Brief steht, aber wir haben keine OSIP-zugelassene Waage. Seb ist gerade los, um eine zu kaufen. Wir übertragen live ans OSIP, wie wir ihn wiegen, sobald er wieder da ist. Und morgen müssen wir zum Wiegen in eine Klinik. Das ist die einzige Möglichkeit, wie wir Einspruch einlegen können.«

»Aber die Beerdi…«

»Ja, ich weiß. Wir werden dort sein. Wir kommen direkt nach dem Wiegen. Aber du verstehst doch, dass wir das tun müssen, oder?«

Und so stand ich am Ende ohne Evie am Sarg unseres Vaters und trauerte allein.

JETZT

Ich bin nicht mehr allein. Mimi ist bei mir.

Sie rührt sich. Sie weiß nicht, wo sie ist, und beginnt sofort zu weinen. Es ist beinahe, als wäre sie bereits weinend aufgewacht.

»Mummy ist hier, Liebling«, erkläre ich ihr beruhigend vom Fahrersitz aus, doch dann verstummt ihr Jammern mit einem Mal vollständig.

»Mimi? Mimi?« Sie bewegt sich nicht und gibt kein Geräusch von sich. Warum habe ich die Leute in der Wohnung nicht gefragt, wann sie zum letzten Mal gegessen und Milch getrunken hat und wie lange es her ist, seit sie zum letzten Mal gewickelt wurde? So habe ich keine Ahnung, ob sie hungrig oder müde ist oder ob etwas anderes dahintersteckt.

»Nur noch einen Augenblick, ja?«, bitte ich sie. »Halte noch ganz kurz durch.« Ich parke vor einem heruntergekommenen Imbiss am Straßenrand. Noch nie war ich so froh, einen zu sehen.

Sobald ich angehalten habe, stürze ich zur hinteren Autotür und strecke die Arme nach ihr aus.

»Mimi!« Ihre Augen öffnen sich einen Moment lang, dann fallen sie erneut zu.

Ein Gewicht fällt von mir ab, als ich die Arme um sie schlinge und sie an mich drücke. Ich kann sie spüren. Sie ist da. Ich schmiege mein Gesicht an ihren Kopf, und die Tränen hinterlassen nasse Flecken auf ihren zarten Locken. Ich wische sie fort, ich muss Mimi doch richtig ansehen können. Aber gleichzeitig will ich so fest es geht am mich drücken.

Es ist schwer, mich von ihr zu lösen, und als ich es endlich geschafft habe, lege ich ihr beide Hände auf die Wangen und tupfe ihr einen Kuss auf die samtig weiche Nasenspitze. Sie schläft trotzdem weiter.

Da ist kein Lächeln, keine spontane Freude, die jedes Mal über ihr Gesicht huschte, wenn sie mir nach dem Aufwachen in die Augen sah und mich wiedererkannte. Sie schläft tief und fest, und ihre Augen bleiben geschlossen. Ich will es nicht wahrhaben. Ich stelle mir vor, wie sie auflacht und sich ihre Augen dabei zusammenziehen, und meine Miene reagiert auf ihre. Die Tränen weichen einem glücklichen Lachen. Es ist, als wollte ich sie zwingen, endlich aufzuwachen. Ich verziehe albern den Mund, blase die Wangen auf und berühre ihre Nase mit meiner, woraufhin sie früher noch lauter gelacht hat. Wenn sie wach war.

Doch ich schaffe es nicht, sie zu wecken. Ich halte ihr Gesicht in meinen Händen und lasse den Blick über ihre runden Wangen, ihre vollen, geschwungenen Lippen und ihre Ohrläppchen gleiten. Jedes Detail ist ein kleines Wunder, ich kann nicht genug von dem Anblick ihres Gesichts bekommen.

Sie schläft weiter.

Doch im nächsten Moment verzieht sie das Gesicht und schreit auf, während ihre Augen immer noch geschlossen bleiben.

»Was ist denn los, Liebling?«, säusle ich. Ich betrachte sie näher und erkenne, dass ihre Windel voll ist und stinkt. Sie ist immer noch nicht aufgewacht. Trotzdem rede ich weiter mit ihr, als würde sie mir zuhören. »Komm, wir wechseln deine Windel. In dem Imbissladen gibt es sicher eine Toilette.«, erkläre ich ihr, auch wenn ich keine Ahnung habe, womit ich sie wickeln soll. Ich bin vollkommen unvorbereitet.

Als ich die Tür zum Imbissladen öffne, schlägt mir der beißende Geruch von Desinfektionsmittel entgegen. Eine junge Frau in einer ganz in verschiedenen Brauntönen gehaltenen Uniform wischt langsam und gelangweilt in großen Kreisen den Boden. Der Mopp ist abgenutzt grau und viel zu nass. Wasser spritzt, als sie ihn mit Schwung aus dem Eimer zieht und auf den Boden klatschen lässt.

»Entschuldigung, wir müssten Ihre Toilette benutzen. Wo finde ich die?«, frage ich.

Die junge Frau wischt weiter und deutet nebenbei mit dem Kopf nach links, wo ich eine Tür entdecke.

Ich genieße es, Mimi zu wickeln, auch wenn es ganz gewöhnlich ist und ich mich mit Toilettenpapier und Papierhandtüchern behelfen muss. Jeder Moment erscheint unendlich kostbar. Ich brabble in einem fort irgendwelches Zeug vor mich hin, rede auf sie ein, während ich sie sorgfältig und vorsichtig wasche und hoffe, dass sie dadurch vielleicht aufwacht.

Als wir aus der Toilette kommen, ist alles ruhig. Mimi schläft an meine Schulter gelehnt, und ich höre nur das Summen der Klimaanlage, das rhythmische Schlurfen des nassen Mopps und die Stimmen aus den Sphären, die unter der Decke in der Luft schweben. Mein Blick wandert unwillkürlich nach oben.

Es läuft ein OSIP-Bericht mit Zahlen und Statistiken, die alle gleich klingen. Eine sich ständig wiederholende Abfolge an Informationen, die kaum voneinander zu unterscheiden sind.

Die Zahlen wandern in einer blauen, abgerundeten Schrift über den Bildschirm, die vermutlich ausgesucht wurde, weil sie so harmlos wirkt. Dann verändert sich der Bildschirm, und es beginnt ein Bericht über XC-Babys.

Ich wende mich der Tür zu, da erregt eine Bewegung vor dem Fenster meine Aufmerksamkeit. Zuerst sehe ich nichts Besonderes. Bloß einen Rasenstreifen, einen grauen, staubigen Strauch und daneben den ebenfalls grauen, fast leeren Parkplatz. In einer Ecke ist ein Teil meines Autos zu erkennen, aber sonst gibt es nichts Aufsehenerregendes.

Plötzlich tauchen zwei flatternde Flügel auf, und ich blicke in zwei Augen, glänzend schwarze Kugeln, neugierig und hungrig. Ein Rotkehlchen. Die rote Brust wirkt ausgebleicht, beinahe orange, als wäre es schon ein wenig älter, und auch der restliche, zerzauste Körper lässt mich vermuten, dass es die besten Jahre bereits hinter sich hat.

Der Vogel neigt den Kopf, wie Vögel es immer tun, wenn sie etwas entdeckt haben, und dieses Mal scheine ich das Ziel seines Interesses zu sein. Es ist, als würde er mich wiedererkennen.

In Dads Garten wohnte ein Rotkehlchen, das immer wieder vorbeikam, um sich Würmer zu holen. Es lebte in einem Weißdornstrauch nicht weit entfernt und blieb dort, wie es schien, jahrelang.

Der Vogel vor dem Fenster hüpft eilig und ruckartig einige Male nach vorne, näher an die Scheibe heran. Dann verharrt er. Beinahe wie erstarrt. Im nächsten Moment fliegt er ohne Vorwarnung davon. Ich versuche, ihm nachzusehen, aber ich verliere ihn.

Doch nur wenige Augenblicke später ist er wieder da, in dem grauen Strauch. Er huscht zwischen die Blätter und ist verschwunden. Ich muss nur geduldig warten, dann kommt er sicher bald wieder hervor. Der Strauch ist sein Zuhause, und er wird sich nicht weit davon fortbewegen.

Tatsächlich bemerke ich ihn kurz darauf wieder. So unmöglich es ist, scheint es doch, als wäre sein kleiner Tanz, das Hin und Her, das ruckartige Verschwinden und Wieder-Auftauchen und das eilige Geflatter seiner Flügel eine Schau, nur für mich.

Ich sehe ihm so lange zu, bis die Kellnerin fragt, ob ich gerne einen Tisch hätte. Ich schüttle den Kopf und wende mich zum Gehen.

Das Rotkehlchen verschwindet ein letztes Mal in dem staubigen Strauch, und dort, in dem muffigen Restaurant, kommt mir mit einem Mal ein erschreckender Gedanke: Wo ist mein Zuhause?

Und werde ich jemals den Weg zurück dorthin finden?

DAMALS

Ich wollte nach Hause, aber Evie und Seb waren immer noch nicht aufgetaucht.

Das Trauermahl dauerte bereits mehrere Stunden, und das Essen war fast aufgegessen. Mein Hals war trocken und schmerzte vom vielen Reden.

Ich überlegte, was ich tun sollte, als mich das Geräusch eines quengelnden Babys erstarren ließ.

»Es tut mir leid«, formte Evie mit den Lippen über die Köpfe von Dads Gartenfreunden hinweg, die gerade eine Flasche Whisky geöffnet hatten und nun auf ihn tranken.

»Wie ist es gelaufen?«, fragte ich sie, als wir uns gegenüberstanden.

»Dasselbe wollte ich dich auch gerade fragen.«

»Haben sie den IPS-Bescheid zurückgezogen?«

Evie lächelte traurig, und ihre Augen füllten sich mit Tränen. Sie schniefte. »Ja«, sagte sie endlich, als könnte sie es selbst nicht glauben.

»Oh, Evie.« Wir fielen einander in die Arme.

»Wie war es hier?«, fragte Evie mit dem Gesicht in meinen Haaren.

»Ach, ganz gut. Und gleichzeitig schrecklich. Ich habe das Essen dann doch nicht selbst gemacht. Ich weiß nicht, was ich mir dabei gedacht habe.«

»Gut. Das ist gut.« Sie lachte und wischte sich gleichzeitig eine Träne von der Wange. »Ich bin einfach froh, dass es vorbei ist. Nicht die Beerdigung, meine ich. Du weißt, was ich meine.« Sie berührte eine Haarsträhne, als wollte sie sie mir aus dem Gesicht streichen. »Es tut mir leid, dass wir nicht hier waren. Das Timing war eine Katastrophe.«

»Keine Sorge, Dad hätte es so gewollt.«

»Trotzdem … es tut mir leid. Willst du nach Hause? Wir machen später klar Schiff. Du siehst erschöpft aus, und hier dauert es womöglich noch länger.« Evie warf einen Blick auf die Whiskygläser.

Nach der Hitze in dem kleinen Saal, den wir für das Trauermahl gemietet hatten, war die Abendluft angenehm kühl. Ein leichter Regen hatte eingesetzt, dennoch lief ich an der U-Bahn-Station vorbei. Ich mochte das feuchte Gefühl auf meinem Gesicht, eine sanfte Berührung nach der Härte und Schroffheit des Tages. Ich versuchte, mich auf den Klang des Regens zu konzentrieren, der auf die Straßen fiel, doch die Sphären über mir sendeten einen Bericht nach dem anderen und übertönten jedes Geräusch.

Ich war es leid, zu reden und in Gruppen zusammenzustehen, und ich wollte aus den schwarzen Klamotten raus, die schwer auf meinen Schultern lasteten, aber ich war noch nicht bereit, nach Hause zu gehen. Also betrat ich ein vollgestopftes Pub und zwängte mich seitwärts durch die sich drängenden Gäste zur Bar.

Da Evie nicht auf der Beerdigung gewesen war, hatte ich unabsichtlich im Mittelpunkt gestanden, und nun war ich froh, mich unerkannt in der Menge zu verlieren. Niemand hielt mich auf, niemand wollte mir sein Beileid aussprechen oder fragen, wie es mir ging. Niemand erzählte, wie viel Dad ihm bedeutet hatte. Niemand wusste, dass er überhaupt gestorben war.

Auf schreckliche Weise hatte ich das Gefühl, als wäre alles eine Farce. Ich war es leid, immer und immer wieder dasselbe zu sagen und meine Trauer in Worte zu fassen, und jedes Mal, wenn ich es tat, klang es müder, monotoner und weniger wirklich.

In diesem Moment legte mir jemand die Hand auf die Schulter. Sie befand sich gerade über dem Kragen meines Oberteils und berührte einen Wimpernschlag lang die nackte Haut an meinem Hals. Es war eine zarte Berührung, und in der überfüllten Bar wirkte sie vertraut und zärtlich. Ich holte Luft und stieß sie zitternd wieder aus. Etwas in mir rührte sich.

»Kit?« Die Stimme war leise, aber ich hörte sie dennoch über den Lärm hinweg, als würde sie tief in mich dringen. Mein Name aus seinem Mund klang wohlüberlegt, als wäre er von großer Wichtigkeit. Etwas, das bedacht werden musste.

Ich wandte mich zu der Stimme um, und da war er. Dieser Mann, von dem ich glaubte, ihn zu kennen, obwohl ich ihn überhaupt nicht kannte. Als wäre es uns bestimmt gewesen, uns hier, zu diesem Zeitpunkt, an diesem Ort zu treffen. Als sollte es schon seit Ewigkeiten so sein. Sein Lächeln war so liebevoll, dass ich einen Kloß im Hals bekam, und die Traurigkeit, die ich den ganzen Tag in mir verschlossen gehalten hatte, vervielfachte sich beim Anblick seines sanftmütigen Gesichts.

Ich fiel ihm, ohne nachzudenken, in die Arme. Er sagte nichts, als ich mich an ihn klammerte und den Kopf an seine Brust legte. Er schloss die warmen, starken Arme um mich. Und ich hatte das überwältigende Gefühl, in Sicherheit zu sein. Hier konnte ich zur Ruhe kommen. Hier konnte ich sein.

Sein Herzschlag klang lauter als alles um uns herum. Lauter als die aufgewühlten, betrunkenen Gespräche an der Bar. Lauter als die grellen Stimmen der Sphären, die sich in einer unendlichen Schleife von Bericht zu Bericht drehten.

Und dann war es, als würde ich aus einem Traum erwachen. Ich erkannte, was ich gerade getan hatte, richtete mich auf und ließ ihn los. Seine Arme schlossen sich einen Augenblick lang fester um mich, als er es spürte. Dann ließ er mich zurücktreten.

»Thomas«, sagte ich. Er sah mich auf dieselbe Art an wie bei unserem ersten Treffen auf Jakobs Namensfeier. Als ob er sich mein Gesicht einprägen wollte. Ich beugte mich zu ihm, damit wir uns unterhalten konnten, mein Gesicht war ganz nah an seinem. Hätte ich mich zur Seite gedreht, hätten meine Lippen seine Bartstoppeln berührt. »Es tut mir leid, normalerweise begrüße ich Leute nicht auf diese Art, versprochen. Vor allem nicht Leute, die ich erst ein Mal gesehen habe.«

»Das ist gut«, erwiderte er. »Es bedeutet, dass du es nur bei mir machst.«

»Ich … ich …«

»Schon okay«, meinte er sanft. »Du musst es nicht erklären. Ich … ähm … mache das sonst auch nicht. Vielleicht ist es einfach, weil …«

Doch bevor er den Satz beenden konnte, überraschte ich uns beide erneut, indem ich mich noch weiter zu ihm beugte und nur einen kurzen Moment innehielt, als unsere Augen wenige Zentimeter voneinander entfernt waren. Seine Augen weiteten sich, und die Pupillen glänzten in geschmolzenem Braun.

Der Kuss begann sanft, unsere Lippen berührten einander kaum, doch dann waren seine Hände in meinen Haaren, umfassten meine tränennassen Wangen, und wir umklammerten einander in einer Art Verzweiflung. Da war eine Sehnsucht, von der ich nicht wusste, dass ich sie in mir trug.

»Tut mir leid«, sagte ich erneut, als wir uns voneinander lösten.

»Das muss es nicht. Willst du irgendwohin, wo es etwas ruhiger ist?« Er musste das Wort »ruhiger« brüllen, denn die Gruppe neben uns hatte gerade lautstark zu schreien begonnen. Wir lachten. Ich nickte.

Draußen auf der Straße streckte Thomas die Hand aus, sodass der Regen auf seine Fingerspitzen fiel. Dann rieb er sie nachdenklich aneinander.

»Gehen wir ein Stück? Oder stört dich der Regen?«

»Nein, ich mag ihn.«

Wir gingen nebeneinanderher und bewegten uns mit leichten Schritten den Bürgersteig entlang. Unsere Hände baumelten Seite an Seite und berührten sich beinahe.

Die Straßen waren dunkel, doch das geisterhafte Glimmen der Sphären wies uns den Weg. Wir überquerten die Straße und bogen in ein Wohngebiet. Die Häuser waren alt, hoch und schmal mit verschiedensten Gesimsen und Halbkreisen aus Buntglas über den Haustüren, in denen die Hausnummer zu erkennen war. Hinter den meisten Fenstern brannte Licht, und wir sahen in Wohnzimmer, Schlafzimmer und Dielen. In vielen Räumen dominierte das Glimmen der ArbeitsSphären, und manchmal scharten sich Leute darum und sahen sich gemeinsam etwas an.

»Man fühlt sich nie richtig allein, nicht wahr?«, meinte Thomas und deutete auf die Sphären an einer Busstation, die monoton vor sich hin plapperten.

»Nein«, stimmte ich ihm zu.

»Kennst du einen Ort, wo sie nicht sind?«

»Ja, einen«, sagte ich. »Dads Garten. Ich war oft dort, seit er tot ist.«

»Es tut mir leid. Seb hat es mir erzählt. Wir müssen nicht darüber reden, wenn du nicht willst.«

»Schon gut, es ist nur … ich habe den ganzen Tag nichts anderes getan. Heute war die Beerdigung. Deshalb trage ich das hier.« Ich zupfte verlegen an meinen schwarzen Klamotten. »Normalerweise wirke ich nicht so sentimental.«

Thomas griff nach meiner Hand, und ich ließ es dankbar geschehen. Wir schwiegen eine Zeit lang, und das gefiel mir an ihm. Es herrschte eine Stille zwischen uns, aber das spielte keine Rolle. Die Art, wie er mich berührte, war tröstlicher als Worte.

Wir gingen weiter und weiter. Bei jeder Querstraße entschieden wir, ob links oder rechts. Bei jeder Kreuzung warteten wir geduldig, bis wir die Straße überqueren konnten. Manchmal wagte ich einen Blick auf ihn, und er bemerkte es jedes Mal und begegnete mir mit einem Lächeln.

Ich zitterte trotz meines schwarzen Mantels. Der Regen drang immer weiter durch die Schichten und ließ mich frieren.

»Das geht so nicht«, sagte Thomas. »Ich würde ja gerne mit dir durch die Gegend laufen, bis die Sonne aufgeht, aber ich habe Angst, dass du dir eine Erkältung holst.«

»Es war ein schöner Abend. An einem Tag, an dem ich es nicht einmal ansatzweise für möglich gehalten hätte. Aber ich gehe jetzt besser nach Hause.«

»Ich begleite dich.« Wir lachten erneut, und dann umarmten wir uns auf so unbefangene Art, als wären wir schon seit Jahren ein Paar. Er drückte mir einen Kuss auf die Stirn und folgte dann einer Linie nach unten, zwischen meinen Augenbrauen, auf meine Nasenspitze, auf meine Oberlippe.

Und plötzlich war mir nicht mehr kalt.

JETZT

Ich war schon fast zur Tür hinaus. Hätte ich nicht innegehalten, um das Rotkehlchen zu beobachten, hätte ich es nicht gesehen.

Die Sphären zeigen ein bekanntes Bild. Es ist ein großes, kastenförmiges graues Gebäude. Ich erkenne es sofort, und allein sein Anblick raubt mir den Atem. Die Luft verlässt auf so abrupte Weise meinen Körper, dass es wehtut. Es ist das Gebäude, von dem ich gerade gekommen bin. Das Gebäude, in dem Mimi versteckt war.

Ich muss die Schlagzeilen nicht lesen oder die körperlose Stimme hören, um zu wissen, worum es geht. Ich erhasche einen Blick auf den Jungen mit den kurzen dunklen Haaren, den ich in dem anderen Bett gesehen habe. Er wird von einem OSIP-Beamten aus dem Haus getragen. Er wirkt klein in den Armen des Mannes. Mir fällt auf, dass er immer noch schläft.

Bei neuerlichen OSIP-Razzien wurden weitere versteckte Babys entdeckt. Es sieht so aus, als stünden sie unter starken Medikamenten.

Ich entdecke eine Gestalt in der Menge, eine Sekunde

bevor die Kamera weiterschwenkt. Ich erkenne ihn an der Art, wie er steht. An der Form seines Gesichts. Ich sehe ihn nur einen Wimpernschlag lang, aber ich bin mir sicher, dass er es ist.

Er steht in der Menge vor dem Gebäude und sieht zu, wie die Kinder herausgetragen werden.

Thomas.

Ich war in die Bibliothek im südöstlichen Viertel zurückgekehrt.

Nachdem wir unsere ersten IPS-Bescheide erhalten hatten, wuchs in mir das Gefühl, dass ich dorthin musste. Ich fühlte mich davon angezogen wie von einem Magneten. Ich bat Thomas, den Vormittag über auf Mimi aufzupassen, und machte mich auf den Weg zum Krankenhaus, wobei ich einige Umwege einlegte.

Als ich die Bibliothek, zum ersten Mal seit ich das Milchpulver für Evie geholt hatte, betrat, war niemand zu sehen. Das Puzzle auf dem Tisch zeigte ein anderes Motiv. Es war noch nicht ganz fertig, in einer Ecke fehlten noch einige Teile.

»Hallo?«, rief ich. »Ist jemand da?«

Eine Frau mit kurzen, zu einem schlampigen Bob geschnittenen Haaren trat aus dem winzigen Lager.

»Hallo, kann ich Ihnen helfen?«, fragte sie. Erst jetzt erkannte ich, dass es sich um die junge Frau handelte, die bei meinem ersten Besuch hier gewesen war. Ihre Haare waren in der Zwischenzeit gewachsen. Sie sah aus, als hätte sie seit Tagen nicht mehr richtig geschlafen, ihre Haut war blass, beinahe durchsichtig. Aber sie war es definitiv.

»Das hoffe ich.«

Die Tatsache, dass der Plan nur funktionierte, wenn wir uns trennten, gefiel mir von Anfang an nicht.

»Sie müssen auf jeden Fall allein reisen«, erklärte Iris knapp. »Als Familie erregen Sie zu viel Aufmerksamkeit.«

Das war ihr Name. Iris. Die junge Frau aus der Bibliothek. Sie erinnerte mich tatsächlich an die gleichnamige Blume, ihr dünner Körper glich einem speerartigen Stiel, der aus der Erde stach.

»Mimi ist zuerst dran. Sie wird an einen sicheren Ort gebracht – einen Ort, zu dem Sie keinerlei Verbindungen haben, wo niemand nach ihr suchen wird. Danach müssen Sie ebenfalls los. Von einem sicheren Unterschlupf und einem Viertel zum nächsten. Immer in Bewegung.«

»Und Mimi …«

»Ist in guten Händen«, unterbrach mich Iris. »Wir haben mithilfe der Bibliotheken ein gutes Netzwerk aufgebaut. Die Leute halten Bibliotheken für veraltet, aber uns kommt es zugute. Sie unterschätzen die Macht dieses Raumes, der uns vereint.« Iris' Augen leuchteten, während sie sprach.

»Wann werde ich Mimi wiedersehen?«

»Sie und … wie heißt Ihr Partner?«

»Thomas.«

»Sie trennen sich ebenfalls. Sie bekommen Plätze auf

verschiedenen Schiffen und überqueren den Kanal. Danach treffen Sie sich wieder.«

»In Frankreich«, murmelte ich gedankenverloren. Die wenigen Informationen, die ich über unser Nachbarland hatte, schwirrten mir durch den Kopf. Die demokratische Regierung war schon vor Jahren gestürzt worden, und ich hatte Geschichten über Kinderhändler gehört. Ich hätte gerne so etwas wie Erleichterung oder Entschlossenheit gespürt, aber obwohl Iris mir einen Rettungsring zuwarf, von dem ich nicht zu träumen gewagt hätte, war ich wie benommen und voller Zweifel. »Es klingt einfach sehr unwahrscheinlich, dass so etwas klappen kann.«

Iris ließ sich von meinen Bedenken nicht beirren. »Und von Frankreich aus geht es nach Deutschland. Dort werden immer noch Zuwanderer aufgenommen. Sie werden dort Hilfe bekommen.«

»In Deutschland.« Ich versuchte, überzeugt zu klingen, aber die Monstrosität dessen, was Iris mir erzählt hatte, war unvorstellbar.

»Es ist der einzige Weg«, erklärte sie knapp. »Oder Sie bleiben. Und Sie wissen, was in diesem Fall passiert. Denken Sie darüber nach. Reden Sie mit …«

»Thomas«, ergänzte ich erneut.

»Aber lassen Sie sich nicht zu lange Zeit, wenn Sie es wirklich wollen. Sonst bekommt eine andere Familie Ihren Platz.« Sie wandte sich ab und nahm einen kleinen Stapel Bücher, der auf dem Tisch vor ihr lag. Ich spürte, dass mein Zögern sie verärgerte.

»Hat es schon einmal funktioniert? Bei anderen Familien?«, platzte ich heraus.

»Ja.« Sie hielt inne. »Bei einigen, ja.«

Nachdem ich Thomas davon erzählt hatte, änderte sich alles.

Am nächsten Tag ging er selbst zur Bibliothek, um mit Iris oder irgendjemandem zu reden, der gerade Dienst hatte. Als könnte er nicht glauben, dass es möglich sein sollte, solange er es nicht mit eigenen Ohren gehört hatte. Als er zurückkam, konnte er seine Begeisterung kaum verbergen. Er hatte bereits einen Termin am nächsten Tag vereinbart, damit wir beide mit Iris die weitere Vorgehensweise besprechen konnten. Er hatte Fragen gestellt und Dinge herausgefunden, an die ich nicht gedacht hatte.

»Das Bibliotheken-Netzwerk ist Teil einer größeren Widerstandsbewegung, die aus dem Untergrund agiert«, erklärte er mir. »Sie haben jemanden, der für das OSIP arbeitet und die Armbänder entfernt. Er ist der Bruder von irgendjemandem, und er riskiert Kopf und Kragen. Er glaubt, dass die Armbänder nicht nur als Empfänger für IPS-Daten dienen, sondern auch als Tracker eingesetzt werden, deshalb entfernen sie es, sobald sie Mimi abgeholt haben.«

Er klang, als hätten wir bereits beschlossen, es zu tun. Als hätten wir bereits zugestimmt. Ich schluckte und versuchte – vergeblich –, mir vorzustellen, wie wir sicher und vereint durch Europa reisten.

»Offenbar«, fuhr Thomas fort, »wird das OSIP zwar nach uns suchen, es aber nicht publik machen. Sie wollen nicht, dass die Sphären über Leute berichten, die vor ihnen auf der Flucht sind. Es ist also möglich, ihnen aus dem Weg zu gehen, wenn wir die Anweisungen befolgen und uns unauffällig verhalten.«

»Wollen wir das wirklich tun?«, fragte ich, doch Thomas hörte mir gar nicht zu. Er hob Mimi hoch und streckte sie in die Luft, sodass sie fröhlich kicherte. Er schwenkte sie hin und her, doch dann schloss er sie in eine Umarmung und sah mir in die Augen.

»Uns bleibt keine andere Wahl.«

Am darauffolgenden Tag erklärte uns Iris, dass sie ein Treffen mit der zuständigen Person in die Wege leiten würde, und bat uns, nicht mehr in die Bibliothek zurückzukommen, es sei denn, es wäre unbedingt notwendig.

»Wir brauchen einen privaten Ort, an dem wir uns treffen können. Abseits der Sphären«, sagte sie. »Es wäre besser, wenn Sie einen Ihnen bekannten Ort wählen, aber wenn Ihnen nichts einfällt, kümmern wir uns darum.«

»Ich weiß einen«, erklärte ich. »Die Gärten im westlichen Viertel.« Thomas drückte meine Hand. Ich war einige Male mit Mimi dort gewesen, aber es war einigermaßen kompliziert gewesen, als sie noch kleiner war; und nachdem wir den ersten IPS-Bescheid bekommen hatten, war ich nicht mehr hingefahren.

»Das geht«, meinte Iris. Ich beschrieb, wo sich unser Garten befand, und zeichnete ihr eine Karte.

»Das Treffen ist am Mittwoch um zehn Uhr. Es kommt nur einer von Ihnen. Ohne Mimi. Wenn niemand von uns dort ist, mussten wir aus irgendeinem Grund abbrechen.«

»Was wäre denn so ein Grund?«, fragte Thomas eilig.

Iris runzelte die Stirn. »Keine Ahnung, manchmal funktioniert es einfach nicht.«

Sie betrachtete unsere panischen Gesichter. Ich war mir ohnehin nicht sicher gewesen, was den Plan betraf, aber ihr Geständnis, dass es manchmal nicht funktionierte, war wie ein Schraubstock, der sich um mein Herz zusammenzog.

»Warten Sie am besten den Mittwoch ab«, sagte sie. Vermutlich fiel ihr nichts Beruhigenderes ein.

Am Tag des Treffens packte ich eine Thermoskanne mit Tee, den Schlüssel zu dem kleinen Schuppen und meine Gartenhandschuhe ein, als hätte ich tatsächlich vor, so wie früher im Garten zu arbeiten. Es beruhigte mich. Wir hatten beschlossen, dass ich gehen würde, weil es unauffälliger war. Ich war hin- und hergerissen zwischen dem Verlangen, es selbst zu tun, und dem Wunsch, alles Thomas zu überlassen.

Ich machte mich mit forschen Schritten auf den Weg, obwohl ich mich keineswegs so sicher fühlte. Nach Iris' Kommentar war ich überzeugt, dass niemand kommen würde. Aber bis es so weit war, bestand immer noch die Chance, Mimi nicht zu verlieren.

Als ich mich dem Eingang der Anlage näherte, glaubte ich, eine wartende Gestalt zu sehen, doch beim Näherkommen entpuppte es sich als Abdeckplane, die sich in einer Hecke verheddert hatte. Ich eilte weiter und zwang mich, mich nicht umzudrehen, als ich durch das Tor trat. Thomas und ich hatten uns stundenlang darüber unterhalten, dass wir keinesfalls auffallen durften. Vielleicht wurden wir von den Zuständigen beobachtet, die abschätzen wollten, ob wir eine derart gefährliche Operation durchstehen würden. Also hielt ich mich nicht auf. Ich stapfte weiter fest entschlossen auf Dads alten Garten zu, obwohl ich mich nicht so fühlte und auch niemanden sehen konnte. Ich öffnete die Schuppentür, machte mich auf die Suche nach einer Kompostgabel und stürzte mich auf eines der Beete, um es vom wuchernden Unkraut zu befreien.

Ich spürte ein Brennen in den Augen, und der Kloß in meinem Hals wuchs. Am liebsten wäre ich einfach auf den feuchten Boden gesunken und hätte angefangen zu heulen, doch irgendetwas hielt mich davon ab. Ich grub und jätete weiter und ging so planmäßig vor, wie mein Dad es ebenfalls getan hätte. Ich bemerkte den Mann erst, als er direkt neben mir stand.

»Das ist ein guter Treffpunkt«, erklärte er, und sein Blick glitt über Dads vernachlässigte Beete.

Ich machte weiter, trieb die Gabel in die Erde, zog Wurzeln heraus und sammelte Steine, als wäre er nicht da.

»Ich war mir nicht sicher, ob Sie kommen würden«, sagte ich und warf einen Blick in seine Richtung. Er war glatzköpfig und etwa in den Fünfzigern. Obwohl die

Sonne warm vom Himmel schien, trug er einen graugrünen Übermantel, mit dem er allerdings nicht fehl am Platz wirkte. Er wirkte durchaus so, als könnte er an einem Mittwochvormittag in einem Garten stehen und sich unterhalten.

Er redete weiter, als hätte ich nichts gesagt. »Soweit ich weiß, sind Sie im Bilde, wie es abläuft, und wollen die Sache nun tatsächlich angehen.«

»Ja.«

»Ich schicke am Sonntagnachmittag jemanden vorbei, der Ihre Tochter abholt. Danach müssen Sie sofort los. Nehmen Sie so viel Bargeld wie möglich mit, aber holen Sie es nicht zu früh vom Konto, um keine Aufmerksamkeit zu erregen. Ich gebe Ihnen eine Liste mit sicheren Häusern, in denen sie übernachten können.«

»Das ist alles?«

»Ja, mehr oder weniger. Sie bekommen eine Karte von mir. Darauf sind neben den Häusern auch sämtliche Straßen eingezeichnet, die Sie meiden sollten. Wie ich hörte, besitzen Sie ein eigenes Auto. Sie werden einige Male die Fahrzeuge tauschen. Es ist alles auf der Karte vermerkt, aber ich gehe es jetzt gleich noch mit Ihnen durch, damit Sie sich damit vertraut machen können. Nutzen Sie die nächsten Tage, um sich vorzubereiten.«

Ich nickte, obwohl mir der Kopf schwirrte.

»Funktioniert das wirklich? Wir entkommen ihnen, indem wir gewisse Straßen meiden und in Bewegung bleiben?«

»Es gibt keine Garantie, aber ja, es sollte funktionieren, wenn Sie nicht übermäßiges Pech haben. Ihre Route führt durch Gegenden mit geringerer personeller Ausstattung, dort ist die Gefahr kleiner, geschnappt zu werden.«

»Okay«, sagte ich, obwohl ich mich immer noch unsicher fühlte. »Und es muss wirklich so schnell gehen?«

»Wenn Sie es aufschieben, ist es vielleicht zu spät.« Er beugte sich über ein Gemüsebeet und riss mit der Hand einige Wurzeln aus. Das Artischockenpflänzchen hatte endlich wieder genug Platz zum Wachsen.

»Was ist mit den Geschichten auf den Sphären? Über die Entführungen in ganz Europa?«, fragte ich eilig. Ich hatte mehr als genug solcher Fragen, und ich befürchtete, dass der Mann jeden Moment verschwinden könnte, und dann war die Chance dahin.

»Es kommt vor, aber es ist nicht so schlimm wie behauptet«, antwortete der glatzköpfige Mann ohne Umschweife.

»Und wo wird Mimi am Sonntag hingebracht?«

»Es ist besser, wenn Sie das nicht wissen.«

»Ich muss es aber wissen«, beharrte ich. »Ich glaube nicht, dass ich die Sache durchziehen kann, wenn ich es nicht weiß.«

Er schüttelte den Kopf, aber offenbar sah er etwas in meinem Gesicht, denn nach wenigen Augenblicken gab er nach.

»Okay, Sie bekommen eine Postleitzahl und eine Nummer. Die Nummer bezeichnet die Wohnung, in der sie unterkommt. Aber fahren Sie nicht dorthin. Das kann ich nicht oft genug betonen. Es bringt nicht nur Ihre Tochter in Gefahr, sondern auch alle, die an der Operation beteiligt sind.«

»Tue ich nicht«, versicherte ich ihm schnell.

Ich erhielt weitere Informationen, und wir gingen die Karte durch, die ich in den zittrigen Händen hielt. Als er schließlich fort war, hatte ich das unheimliche Gefühl, ich hätte mir die Unterhaltung nur eingebildet. Nachdem ich es Thomas erzählt hatte, stellte er unzählige Fragen, von denen ich wünschte, ich hätte sie gestellt.

»Okay«, sagte er, als ihm klar wurde, dass ich nicht mehr wusste. »Dann also Sonntag.«

»Ja. Wir sind uns doch sicher, oder?«

»Ja. Ich meine, es ist eine einmalige Gelegenheit, die wir nicht ausschlagen können.«

»Es geht bloß alles so schnell.«

»Das muss es«, meinte Thomas sanft. »Vergiss nicht … es ist die einzige Möglichkeit.«

Thomas gab sich Mühe, damit ich es so sah wie er. Als wunderbare Entdeckung. Hätte ich Evie nicht mit dem Milchpulver geholfen, hätte ich nie von der Bibliothek erfahren. Hätte es keinen Platz gegeben, hätten sie uns vielleicht nicht helfen können. Obwohl ich es ebenfalls für das Richtige hielt, konnte ich mein Unbehagen nicht abschütteln. Es fühlte sich zu irreal an, um jemals Wirklichkeit werden zu können. Ich dachte oft an Evie. Hätte sie es in Betracht gezogen, als Seb und sie immer mehr IPS-Bescheide bekamen? War sie vielleicht sogar in der

Bibliothek gewesen, nachdem Jakob trotz allem extrahiert worden war, obwohl sie immer so getan hatte, als würde der Ort nicht existieren?

Ein Gewicht legte sich auf meine Schultern, und insgeheim fragte ich mich, ob wir uns richtig entschieden hatten. War Mimi bei uns wirklich besser aufgehoben? Wäre nicht vielleicht doch eine Einrichtung das Beste für sie, nachdem wir so viele IPS-Bescheide erhalten hatten? Ich versuchte, die Stimme zu ignorieren und stattdessen auf den grimmigen, glühenden Instinkt in mir zu hören, der mir sagte, dass sie bei uns sein sollte. Dass niemand sie mehr lieben würde als wir. Und war das nicht besser als alles, was eine Einrichtung ihr bieten konnte? Ich konnte es Thomas gegenüber nicht in Worte fassen, obwohl ich mich fragte, ob er jemals dieselben Gedanken gehabt hatte.

Doch dann sah ich letzte Nacht an der Ladestation diesen Bericht auf den Sphären.

Das OSIP stürmte Häuser, um dort gehortete Kinder zu befreien. Das war das Wort, das sie benutzten. *Gehortet*. Als wären die Kinder nicht mehr als eine Ware.

Die Kinder wurden unter Dielenbrettern versteckt. Sie waren unterernährt und krank. Sie brauchten dringend medizinische Versorgung. Es gab einen Film davon, wie eines nach dem anderen von Beamten aus den Häusern getragen wurde. Ein Kind wirkte heruntergekommener als das andere. Die Augen groß und gehetzt. Ein Kind wurde unter einer Decke verborgen auf einer Trage herausgebracht. Es hatte nicht überlebt.

Obwohl Iris und der glatzköpfige Mann – dessen Namen wir bis heute nicht kennen – uns erklärt haben, dass das OSIP nicht öffentlich über die Leute spricht, die ihnen entkommen konnten, ändert sich die Lage langsam. Es wird mittlerweile öffentlich gemacht, und es ist nur eine Frage der Zeit, bevor unsere Gesichter über die Sphären flimmern.

Der Bericht wirkte wie eine Nachricht, die das OSIP uns schickte: *Ihr habt Eure Kinder Fremden überlassen, und jetzt seht ihr, was passiert ist. Ihr habt nicht auf sie aufgepasst. Ihr habt sie nicht beschützt.*

In diesem Moment beschloss ich, Mimi zu holen und am nächsten Tag frühmorgens aufzubrechen. Ich würde es nicht mit Thomas besprechen, der mir nur geraten hätte, der OSIP-Propaganda nicht zu trauen, und wertvolle Zeit damit verschwendet hätte, sich die beste Strategie zu überlegen. Ich musste zu Mimi.

Was, wenn sie ebenfalls unter Dielenbrettern versteckt wurde? Was, wenn sie am Ende auf einer Trage aus dem Haus gebracht wurde? Ich konnte nicht zulassen, dass das passierte. Ich würde es nicht zulassen.

DAMALS

Thomas zeigte mir seine Bilder.

Er malte, wenn er nicht arbeitete, entweder frühmorgens oder spätabends.

Gesichter, nie dem Betrachter zugewandt, gefangen im Augenblick. Es war beinahe ein voyeuristisches Gefühl, sie anzusehen. Gerade so, als würde man jemanden unwissentlich beobachten. Ich hielt vor einem der Bilder inne. Der Umriss eines Gesichts, der Blick gedankenverloren gesenkt. Die Haare, die das Gesicht in geraden Linien einrahmten, die Form des Halses.

»Das bin ich«, verkündete ich.

Thomas nickte. »Das war nach unserem ersten Treffen. Nach unserem Kennenlernen. Bei Evie und Seb.«

»Wirklich? Du hast danach noch dieses Bild gemalt?«

»Am selben Abend. Nach verbrannten Würstchen stinkend.«

Es war wie die letzte Pfeilspitze, die in mich drang. Der Todesstoß.

»Ich liebe dich«, erklärte ich ihm. Es war zu früh, diese Worte auszusprechen, obwohl ich genau so fühlte. Ich erinnerte mich, wie sie in der Beziehung mit Roger ihren Glanz verloren hatten und wie ich beschlossen hatte, sie niemals zu Thomas zu sagen, ohne es zu meinen, vollkommen, mit ganzem Herzen. Ich wollte nicht, dass sie mit der Zeit ausgezehrt klangen, gestaltlos in ihrer Vertrautheit.

»Das will ich verdammt noch mal hoffen«, erwiderte Thomas. »Ich meine … ich liebe dich auch. Aber ich glaube, das wusstest du bereits. Auch ohne dass ich es dir gesagt habe.«

Er drückte mir einen sanften Kuss auf die Lippen, dann ließ er mich vor dem Porträt stehen, das er von mir gemalt hatte.

Ich konnte nicht aufhören, es zu betrachten. Ich ließ die Finger über die Furchen und Wellen in der Farbe gleiten. Ich folgte den Linien meines Gesichts, die Thomas eingefangen hatte, und meine Augen blieben starr auf das Profil gerichtet, als würde das Gesicht verschwinden, wenn ich mich abwandte.

JETZT

Ich versuche, Mimi zu stillen. Meine Brüste haben sich wieder gefüllt. Ich frage mich, ob es sie vielleicht wecken wird, aber sie saugt nicht. Ihre Augen bleiben geschlossen, die Lippen wie versiegelt. Ich versuche es erneut, doch ihr Kinn löst sich sofort wieder von meinem Körper, und die entscheidende Verbindung kommt nicht zustande. Ich versuche es immer wieder, auch wenn mir insgeheim klar ist, dass es keinen Zweck hat, und als ich sie wieder auf den Rücksitz lege, bin ich so frustriert, dass ich den Sicherheitsgurt nicht auf Anhieb schließen kann. Ich brauche mehrere Anläufe, bis es klickt.

Während ich meinen Mantel um Mimis schlafende Gestalt feststecke, denke ich an all die Regeln, die ich gerade breche. Ich würde jede Menge IPS-Bescheide dafür bekommen.

Ich bemühe mich schon die ganze Zeit, nicht an Thomas zu denken. Nicht, als ich unsere Tochter endlich in den Armen hielt. Nicht, als ich mit ihr auf dem Rücksitz davonfuhr. Ich will nicht daran denken, dass er dort vor dem Gebäude gestanden hat. Dass er ganz in der Nähe war.

Ich habe Schwierigkeiten, sein Gesicht vor mir zu sehen. Je länger ich fahre, desto mehr kommt er mir wie eine Gestalt aus einem Traum vor, an die ich mich nur noch schwer erinnern kann. Ich sehe das Licht und den Schatten in seinem Gesicht, aber seine Gesichtszüge, die klaren, definierten Linien, bleiben im Verborgenen.

Mein Ehemann.

Ich sehe ihn mittlerweile so selten an.

Ich sehe ihn nicht wirklich, von Angesicht zu Angesicht. Von Auge zu Auge. Nicht, seit Mimi abgeholt wurde, und vielleicht auch davor nicht.

Nicht, weil er aussieht wie Mimi. Nicht, weil er mich zu sehr an sie erinnert. Da sind natürlich Gesten, die sie gemeinsam haben. Wie sie sich die Augen reiben, wenn sie müde sind. Die Form ihres Mundes, wenn sie gähnen. Wie sie sich beim Schlafen zusammenrollen. Dinge, die nur ich, eine aufmerksame Beobachterin, eine liebende Ehefrau, eine Mutter wissen kann. Diese alltäglichen, unendlich wertvollen Dinge, in denen ich die einzige Expertin bin.

Ich sehe ihn nicht mehr an, weil ich Angst vor dem habe, was wir erkennen, wenn wir uns zu lange ins Gesicht schauen. Dass nichts mehr übrig ist von der Liebe, die wir einst empfunden haben. Dass wir akzeptieren müssen, dass sie sich verflüchtigt hat.

Ich glaube, Thomas geht es genauso.

Er verlangt ebenfalls nicht danach, entzieht sich meinen Blicken. Ich glaube, dass wir beide warten, den Kopf gesenkt, bis irgendwann vielleicht ein Samenkorn unserer

Liebe erneut zu keimen beginnt. Dass es Wurzeln schlägt um das Gerippe dessen, was wir einst waren. Und vielleicht ist dieses Warten, die Weigerung zu gehen, bis sich etwas ändert, bis etwas wächst, vielleicht ist das mittlerweile Liebe für uns.

DAMALS

Es war der Tag nach einem unserer ersten Dates, bei dem wir das gesamte Abendessen eher damit verbracht hatten, einander staunend zu betrachten, als tatsächlich etwas zu essen. Ich hatte den Tag über gearbeitet oder zumindest erfolgreich so getan, als würde ich mich um die Lebensdokumentation eines neuen Kunden kümmern. Ich hatte einige der Videos schon so oft gesehen, dass ich mittlerweile ganz genau wusste, was passieren würde, noch bevor es so weit war. Es war wie eine Vorhersage – von einem sicheren Standpunkt aus.

Danach hatte ich mich einigen von Jonahs Dateien zugewandt, die ich noch einmal bearbeiten wollte. Etwa dem Telefonat, das ich mir vor all den Monaten angehört hatte, als Evie und Seb mit der Induktion begonnen hatten, und das ich bei den Dateien seiner Tochter abgelegt hatte. Sie hatten sich unterhalten, doch dann hatte Jonah den Anruf plötzlich beendet. Es gab einige laute Hintergrundgeräusche, und so hatte ich nie herausgefunden, was Genevieve zu ihm gesagt hatte.

Jetzt hörte ich es mir erneut mehrere Male hintereinander an, ohne es zu bearbeiten. Ich versuchte, mich auf die Geräusche zu konzentrieren, die ihre Stimmen überlagerten. Das Klappern der Hundekrallen, das statische Surren einer ArbeitsSphäre, unzusammenhängende Worte, ein hastiges *Auf Wiedersehen*. Was entging mir?

Sie telefonierten ohne Videoverbindung, was zwar unter meinen Kunden selten, aber für Jonah nicht ungewöhnlich war. Manchmal half es, während des Telefonats ein Gesicht zu sehen, vor allem bei Familienmitgliedern und engen Freunden. Es half, »ein Bild zu malen«, wie mir vor all den Jahren während meiner Ausbildung mehr als einmal gesagt worden war.

Plötzlich entdeckte ich ein winziges Icon mit einem Gesicht am Rande der Datei. Ich berührte es, und die Gesichter der beiden erschienen über den gezackten Höhen und Tiefen der Tonspur. Weder Jonah noch Genevieve sahen in die Kamera.

Offenbar hatten die Geräte die Videosequenz aufgezeichnet, obwohl es kein Videoanruf gewesen war. Die beiden hatten keine Ahnung, dass sie gefilmt wurden. Sehr wenige Kunden ließen die Kamera an, obwohl sie keinen Videoanruf wollten. Jonah hatte es jedenfalls noch nie getan.

Genevieve war in der Küche und las einen Hunderatgeber. Sie kochte gerade, und ich sah den Dampf im Hintergrund. Möglicherweise war dies das Geräusch, das die Tonspur derart beeinträchtigte. Gerade als mir ihre lauter werdende Stimme verriet, dass sie Jonah etwas Wichtiges sagen wollte, erschien ein kleines blaues Licht über einem der rechteckigen Wasserhähne, und das sanfte Rumpeln von kochendem Wasser erfüllte den Raum. Eilig entfernte ich die Küchengeräusche und ließ die Aufzeichnung noch einmal laufen.

»Dad? Ich muss dir etwas sagen«, meinte Genevieve gerade. Sie spähte nach oben in die Kamera. »Wir haben es noch niemandem erzählt …«

Jonah hielt den Blick auf seine MobilSphäre gerichtet, während er Genevieve zuhörte. Er blätterte so schnell durch die verschiedenen Dokumente, dass ich nicht erkennen konnte, was er las. Ein Dokument nach dem anderen erschien, aber ich sah nicht, worum es ging. Das einzig Auffällige war, dass sie alle das OSIP-Logo trugen – nun, vielleicht nicht alle, aber zumindest ein Großteil. Er hörte auf zu swipen, als er Genevieves ernsten Tonfall bemerkte, und ein Dokument mit dem OSIP-Logo blieb geöffnet auf der MobilSphäre.

»Ist alles in Ordnung bei dir?«, fragte er und wandte sich der ArbeitsSphäre zu.

»Ja, mir geht es gut. Es ist alles gut …«, murmelte sie. »Es sind gute Neuigkeiten.«

»Worum geht es, Gen?«

»Josh und ich … wir wollen eine Familie gründen«, sagte sie leise und lächelte. Das Lächeln breitete sich über ihr ganzes Gesicht aus, und ich sah die breite Lücke zwischen ihren Schneidezähnen.

Jonah saß mit einem Mal nicht mehr gebückt, sondern

kerzengerade. Das OSIP-Dokument auf der MobilSphäre blinkte immer noch. Ich konnte ein paar Worte entziffern, die fett geschrieben waren. Es ging offenbar um XC-Kinder, obwohl ich es nicht sicher sagen konnte. »Warte einen Augenblick«, sagte Jonah, der mittlerweile aufgestanden war. »Rühr dich nicht vom Fleck. Ich bin gleich bei dir.«

»Dad? Du musst nicht …«

»Auf Wiedersehen, Liebling!«

Und er beendete den Anruf.

Ich dachte nach. Es war wichtig für seine Lebensdokumentation, aber vor allem beschäftigten mich die Dokumente, die ich auf seiner MobilSphäre gesehen hatte.

Ich verstand, warum er zu Genevieve geeilt war, als er die Neuigkeiten gehört hatte. Sie standen sich nahe, und sie wohnte nicht weit entfernt. Er war früher schon spontan zu ihr aufgebrochen. Aber nach diesem Telefonat hatten sie das Thema Familie nie wieder angesprochen, es sei denn, ich hatte etwas übersehen. Soviel ich wusste, hatte Genevieve sich nicht für eine Induktion entschieden oder den XC-Prozess in Gang gesetzt.

Ich überlegte und überlegte und versuchte, die Puzzleteile zusammenzusetzen, als es plötzlich an der Tür klopfte.

Es war Thomas mit einer Tüte vom Take-away.

»Abendessen!«, rief er.

Ich zog ihn und das dampfende Essen an mich und vergaß alles andere.

JETZT

Mimi liegt als kleines Häufchen auf dem Rücksitz.

Ich schaue ständig in den Rückspiegel, um einen Blick auf ihr Gesicht zu erhaschen. Ich sehe öfter nach hinten als nach vorne. Doch dann sticht mir das rote Leuchten der Ladestandanzeige ins Auge.

Ich erinnere mich, wie Dad Evie und mir als Kindern in seinem alten Auto erklärt hat, dass wir uns nach vorne lehnen sollen, damit das Auto den Hügel hochkommt. Also beugten wir uns nach vorne und ließen den Kopf zwischen den Beinen baumeln. Es fühlte sich tatsächlich an, als hätte es etwas bewirkt.

Mein Körper krümmt sich in einer ähnlichen Position über das Lenkrad. Ich versuche, das Auto mit meinen Gedanken und meinem Körper voranzutreiben. Wir müssen nur nahe genug kommen, um den Rest der Strecke zu Fuß zurücklegen zu können.

Nachdem ich die Postleitzahl, die der glatzköpfige Mann uns gegeben hatte, auf der Karte ausfindig gemacht hatte, erschien es mir beinahe grausam, dass es Evies jetzigem Wohnort so nahe ist. Ich habe kein einziges Bild davon gesehen, aber ich musste unwillkürlich nachrechnen, wie weit der eine Ort vom anderen entfernt ist.

Bevor Mimi mitgenommen wurde, hoffte ich insgeheim, dass wir sie abholen und bei Evie Unterschlupf finden konnten, falls etwas schiefging. Ich fragte mich, ob meine Schwester uns wohl helfen würde.

Es war kein richtiger Plan, und als ich jetzt Gas gebe, wird mir klar, dass ich nie damit gerechnet hätte, dass es tatsächlich dazu kommen würde.

Wir haben nicht versucht, die entstandene Distanz zwischen uns mit Geburtstagskarten und Weihnachtsgeschenken zu überspielen. Es fühlte sich ehrlicher an, unseren Bruch beim Namen zu nennen. Wir sind zersplittert. Zerbrochen.

Ich ertrage es nicht, mit meiner Schwester zu sprechen.

Ich ertrage sie nicht, aber im Moment ist sie die Einzige, an die ich mich wenden kann. Es ist einfache Geografie, die mich zu ihr führt – nachdem sie so nahe bei Mimis Versteck wohnt –, und auch eine Frage der Chemie: Der Akku des Wagens bringt mich keinen Meter mehr weiter.

Ich habe kein Bedürfnis, sie zu sehen, und insgeheim befürchte ich, dass es ein Fehler ist, zu ihr zu fahren. Ich bin mir nicht sicher, ob ich den Schutz finde, den Mimi und ich so dringend benötigen. Ich hoffe im Grunde, dass sie mir hilft, ohne dass sie überhaupt davon erfährt. Dass sie nicht da ist und ich mir unbemerkt nehmen kann, was ich brauche, um dann schnell wieder zu verschwinden.

Die Wahrscheinlichkeit ist gering. Es ist früher Samstagnachmittag, und ich schätze, dass sie vormittags unterwegs war und den restlichen Tag zu Hause entspannt, wie sie es immer getan hat. Ich spüre, wie sich meine Schultern bei dem Gedanken verspannen, dass wir sie vielleicht sehen, dass wir miteinander reden müssen.

Aber es gibt keine Alternativen mehr.

Und ich werde nicht aufgeben.

DAMALS

Es war weniger eine bewusste Entscheidung als eine Notwendigkeit, dass wir nach ein paar Wochen zusammenzogen.

Es geschah so schnell, dass selbst Evie die Augenbrauen hochzog und fragte, ob die Beziehung vielleicht ein wenig zu hastig voranschritt.

Ich konnte ihr nur zustimmen, trotzdem hatte ich das Gefühl, dass ich es tun musste. Ich zog in Thomas' Wohnung, die viel größer war als meine. Ich hätte mir ein solches Zuhause mit meinem gedeckelten Gehalt und ohne Wohndarlehen niemals leisten können.

»Kit ist eben verliebt«, erklärte Seb beinahe gereizt, als er mit Jakob in den Armen an uns vorbeischlenderte. »Erinnerst du dich noch, wie das war?«

Evie ignorierte die Stichelei und winkte ermattet ab.

Ich wollte nicht nachfragen, wie es zwischen ihnen lief. Es schien, als würden sie mir etwas verschweigen. Sie hackten immer häufiger aufeinander herum, und oft ging die Konfrontation von Seb aus. Es geschah so schnell und im Verborgenen, dass es mich an diese alten Filme erinnerte, wo zwei Kontrahenten sich eine Zeit lang ruhig unterhalten, bis sie plötzlich ihre Dolche ziehen und übereinander herfallen.

Ich besuchte sie immer seltener. Zum Teil wegen Thomas, zum Teil wegen der Spannung zwischen ihnen und dem leisen, aber nicht zu verleugnenden Gefühl, dass Evie und ich unsere Verbindung verloren hatten. Jedes Mal, wenn ich Jakob sah, war er erneut ein großes Stück gewachsen, sodass er kaum noch dem winzigen, verschlafenen Baby ähnelte, das ich im Krankenhaus in den Armen gehalten hatte.

Er bekam regelrechte Pausbacken, mit denen er beinahe wie eine Karikatur seiner selbst wirkte. Seine Stirn wurde höher und breiter, und er entwickelte einen unterschwellig besorgten Gesichtsausdruck, den er immer dann zeigte, wenn er etwas Neues entdeckte. Ich schnappte überrascht nach Luft, als er plötzlich nach den Spielzeugen griff, die an einem Holzbalken über seiner Wippe baumelten. Bei meinem letzten Besuch hatte er nicht einmal mitbekommen, dass sie da waren, doch jetzt streckte er sich danach, betrachtete sie und befühlte ihre Oberfläche mit den Händen.

»Ja, das macht er neuerdings«, meinte Evie bloß geschäftig, als würde sie nicht das Wunder darin erkennen, das ich darin sah. Sie war abgelenkt, füllte Milch in Flaschen und warf eine weitere Ladung Strampelanzüge in die Waschmaschine, die Jakob bei meinem letzten Besuch noch zu groß gewesen waren, mittlerweile aber einigermaßen eng saßen. Evie hatte sich ebenfalls verändert. Manchmal dachte ich daran, wie sie war, in ihrem Leben vor Jakob, als sie bis spätabends an ihren Fällen gearbeitet hatte. Seit sie sich vollends dem Haushalt verschrieben hatte, schien sie ein anderer Mensch zu sein.

Ich schwieg und stellte mir vor, wie sehr Dad es genossen hätte, Jakob bei seiner Veränderung und in jeder Phase seines Lebens zu beobachten. Er hätte jedes Detail in sich aufgenommen, als würde er einen Setzling beim Wachsen beobachten und ihm durch seine Aufmerksamkeit den Weg ebnen.

»Ich wünschte, Dad …«, begann ich, hielt allerdings inne, als ich den Ausdruck sah, der sich über Evies Gesicht legte. Sämtliche anderen Gefühle waren mit einem Mal wie weggeblasen, da waren nur noch Schmerz und Verlust. Dinge, die ich selbst tief in mir spürte.

Die Tatsache, dass ich so kurz nach Dads Tod mit Thomas zusammengekommen war, bedrückte mich manchmal. Ich fragte mich, ob die vielen Aspekte der Trauer – der Schock, die Ungläubigkeit und der Schmerz, der immerwährende Schmerz, dass Dad fort war – meine brennende Liebe zu Thomas zusätzlich befeuert hatten.

Vor allem, wenn ich mit Evie und Jakob zusammen war, geschah es aber auch, dass die Trauer in mir aufbrach und mich überwältigte. Es war ein sich ständig ausdehnender, sich ständig vervielfachender, unendlich wachsender und endloser Schmerz, und ich war mir in diesen Momenten sicher, dass meine Trauer um unseren Vater ein eigenständiges Wesen war, das abgekapselt von den anderen Gefühlen in mir lebte und atmete und sich von einem Moment zum anderen aufbäumen konnte, wenn ich es zuließ.

Wir verkauften seine Wohnung – wobei Evie im Prinzip alles erledigt hatte. Sie nahm ihre Verantwortung als Ältere sehr ernst und bestand darauf, sich um die Finanzen und die Aufteilung seines Besitzes zu kümmern. Sie meinte, das wäre wohl das Mindeste, nachdem sie seine Beerdigung verpasst hatte.

Jakobs Gewicht war kein Problem mehr. Sein Bauch wölbte sich zu einer Kugel, an seinem Nacken bildeten sich Falten, seine Beine waren beruhigend weich und pummelig. Manchmal zeigte mir Evie die Gewichtskurve, die die Gesundheitsbeamten erstellten und die bezeugte, wie sein Gewicht steil nach oben ging.

Seit dem IPS-Bescheid, gegen den sie am Tag von Dads Beerdigung Einspruch eingelegt hatten, hatten sie keine weiteren Bescheide mehr erhalten.

Zumindest hatte mir Evie nichts davon erzählt.

JETZT

Während eines unserer letzten Telefonate erzählte mir Evie von dem Haus, in das sie ziehen würde.

Es war eine gekünstelte, unbehagliche Unterhaltung über unsere ArbeitsSphären, die von Schweigen, Wiederholungen und Unterbrechungen geprägt war. Beinahe so, als könnten wir es nicht ertragen, die andere reden zu hören, und so purzelten unsere Worte übereinander im Ringen darum, Gehör zu finden.

»Es liegt direkt am Kanal«, sagte sie. »Unser einziger Nachbar ist die Werft, und die ist zu Fuß zehn Minuten entfernt.« Das Haus befand sich außerhalb der Viertel. Nachdem sie mittlerweile zum OSIP gehörte und eine Arbeit verrichtete, nach der ich sie nicht fragte, bekam sie ein wesentlich höheres Wohndarlehen – so hoch, dass sie außerhalb der Viertelgrenzen leben konnte, sofern sie es wollte, wenn auch nicht in den elitären Siedlungen und Gegenden, in denen die XC-Kinder aufwuchsen.

Sie klang in meinen Ohren so überheblich, dass ich mir eine bissige Antwort nicht verkneifen konnte. »Ich schätze, keine Nachbarn zu haben, ist ein Vorteil, wenn man mit anderen Leuten nicht zurechtkommt.«

Einen Moment lang verfiel Evie in ein überraschtes Schweigen, dann fauchte sie: »Ich habe versucht, dir zu helfen, Kit. Wenn du das nicht erkennst, dann gibt's eben irgendwann ein böses Erwachen.«

»Das glaubst du«, fuhr ich sie an. »Wenn du mich fragst, ist es ein ziemlich bequemer Weg, den Schaden zu rechtfertigen, den du anrichtest.«

»Du musst deine Meinung wohl zu allem kundtun, was? Kit und wie sie die Welt sah.«

»Evie«, sagte ich und holte zur Beruhigung Luft. »Evie.«

Doch sie hatte bereits aufgelegt.

Das Auto schafft es bis kurz vor die Werft.

»Von hier aus gehen wir zu Fuß, Meems«, erkläre ich Mimi. Das Schlafmittel, das sie ihr verabreicht haben, wirkt noch immer, und ich drücke sie an mich. Sie regt sich ein wenig und murmelt etwas, was eine schmerzhafte Sehnsucht in mir weckt. Ich spüre ein Brennen, als die Milch als Reaktion auf ihre Nähe zu rinnen beginnt.

Ich muss sie stillen und etwas essen. Ich hatte gedacht, der Heißhunger, den ich während der Schwangerschaft immer wieder erlebte, würde verschwinden, wenn sie erst auf der Welt war, doch mir war nicht klar gewesen, wie viel Kalorien man für das Stillen benötigt. In den ersten Tagen aß ich so viel wie nie zuvor, verzweifelt darauf bedacht, die Energie wieder aufzufüllen, die ich an sie weitergab.

Die behelfsmäßige Windel ist vollkommen durchnässt. Ich drücke Mimi noch fester an mich und mache mich auf den Weg den Kanal entlang. Es ist hübsch und surreal, wie die Bilder in den Broschüren oder der Werbung auf den Sphären.

Mildes Licht fällt auf den schmalen Pfad. Evie hatte recht, es sind tatsächlich keine anderen Häuser zu sehen, und uns kommt auch niemand entgegen. Ich bin froh, denn ich fühle mich ungeschützt. Mir ist mehr als klar, dass Mimi zu leicht gekleidet ist. Ich versuche, meinen Mantel um sie zu legen, und auch wenn sie sich nicht kalt anfühlt, als ich sie wieder an mich drücke, huscht mein Blick schuldbewusst von einer Seite zur anderen.

Wenn wir jetzt einem Beamten begegnen, ist alles aus.

Ich könnte nicht erklären, warum wir keine Armbänder tragen. Man würde uns zweifellos aufhalten, so wie Mimi gekleidet ist und wie ich aussehe. Ich trage immer noch meinen Schlafanzug unter dem Mantel. Ich habe weder geduscht noch die Haare gekämmt oder die Zähne geputzt. Ich will gar nicht wissen, welchen Eindruck ich erwecke.

Ich kann nicht sagen, ob wir in die richtige Richtung unterwegs sind. Wenn wir nicht bald an einem Haus vorbeikommen, müssen wir umdrehen und es auf der anderen Seite versuchen. Ich werfe einen Blick auf Mimi, um zu sehen, wie sie mit der kühlen Luft zurechtkommt. Ihre Wangen sind rosig, die Augen immer noch fest geschlossen. Ich schätze, sie hat die Wohnung, aus der ich sie geholt habe, nie verlassen. Hat sie sich gefragt, was passiert ist? Dachte sie, wir hätten sie im Stich gelassen?

Ich beschließe, sie zu fragen. »Meems, was hast du dort in der Wohnung gemacht? Wo die anderen Kinder waren und der Mann und die Frau?«

Ich streichle ihre Wange.

»Es sieht so aus, als hättest du genug zu essen bekommen. Haben sie sich gut um dich gekümmert? Ist es dir gut gegangen?«

Mimi verzieht im Schlaf das Gesicht.

»Du weißt, dass du nur dort warst, fort von uns, damit wir wieder zusammen sein können. Du, ich … und … Daddy.«

»Denk an das große Ganze«, hallte Thomas' Stimme durch meinen Kopf. »Im Moment tut es weh, aber es gibt uns die Möglichkeit auf eine gemeinsame Zukunft.«

Er war am Ende ganz heiser, so oft hatte er diese Worte mir gegenüber wiederholt. Denn ich wollte mich nicht von ihr trennen, keine Sekunde lang.

DAMALS

Evie wollte mich sehen. Allein. Sofort.

»Ich komme zu dir«, teilte sie mir über ihre Mobil-Sphäre mit.

»Bringst du Jakob mit?«, fragte ich.

»Nein«, erwiderte sie knapp und ohne eine weitere Erklärung.

Wir trafen uns in einem Café in der Nähe unserer Wohnung.

Sie kam spät. Ich hatte bereits einen starken Kaffee getrunken, der hier im Glas serviert wurde, und das Koffein schoss durch meine Adern und hallte in meinem Kopf wider. Ich zuckte unwillkürlich zusammen, als sie die Tür aufzog. Sie war so dünn wie nie zuvor. Sie ging beinahe in den Klamotten unter, die sie sich übergeworfen hatte, und ihre Haare hingen ihr in glanzlosen Strähnen ins Gesicht. Im ersten Moment erkannte ich sie nicht wieder.

»Was ist los? Es klang nach einem Notfall.«

»Ich war nicht ganz ehrlich zu dir«, sagte Evie. »Es gibt etwas, das du wissen solltest. Wir haben beschlossen, es niemandem zu erzählen, bevor wir an diesem Punkt angelangt sind. Ich weiß nicht genau, warum. Auf jeden Fall ist es jetzt so weit, und wir müssen es den Leuten sagen.«

»Was ist los? Du sprichst in Rätseln.«

»Das OSIP«, sagte sie und senkte die Stimme. »Wir haben vier weitere Bescheide bekommen.« Sie stürzte den Kaffee hinunter, als könnte er sie betäuben wie ein starker Whisky.

»Dann habt ihr also fünf.«

»Dann haben wir also fünf. Noch zwei, dann …« Sie kippte das Glas nach hinten, so weit es ging, bis es leer war.

Sie ließ die Worte sacken. In mich dringen.

»Du musst kommen und noch etwas Zeit mit Jakob verbringen. Nur für den Fall.«

Ich konnte nichts erwidern. Der Kaffee drehte sich in meinem Magen, und mir wurde übel. Meine Gedanken rasten. Ich stellte mir vor, dass Jakob fort war und was das bei Evie anrichten würde. Vielleicht war das der Grund, warum ich in letzter Zeit das Gefühl gehabt hatte, unsere Verbindung wäre nicht mehr so stark. Sie hatte das alles für sich behalten, vielleicht sogar, um mich zu schützen.

»Ich will nicht melodramatisch klingen, aber es wäre mittlerweile jederzeit möglich«, fuhr Evie fort. Sie redete schnell, doch dann hielt sie inne, als wären ihr die Worte ausgegangen, als hätte sie keine Kraft mehr. Sie musste es nicht laut aussprechen. Jakob war erst fünf Monate alt, es war noch eine sehr lange Zeit bis zu seinem ersten Geburtstag, an dem die Zähler wieder auf null gestellt wurden.

»Natürlich. Wie geht es dir?«

Evie versuchte zu lächeln, doch ihre Lippen fanden nicht die richtige Form, sodass es seltsam verzerrt und falsch wirkte. »Ich … schrecklich, ehrlich gesagt.«

»Willst du darüber reden?«

»Was würde das bringen?«, fragte sie, doch dann schoss es aus ihr hervor. Sie sprach schnell, als wollten die Worte aus ihr fliehen, ihrer Geiselnehmerin entkommen. »Ich kann nicht mehr schlafen. Es geht einfach nicht mehr. Und tagsüber bin ich so erschöpft, dass ich ständig Fehler mache. Ich habe meine Stimmungen nicht unter Kontrolle. Meine Haare fallen in Büscheln aus, wenn ich sie wasche. Ich kann Jakob nicht ansehen, ohne zu weinen. Ich weine, wenn ich ihn am Morgen aus dem Bettchen hole. Ich weine, wenn ich Guckguck mit ihm spiele. Ich weine, wenn ich ihn füttere. Ich wusste nicht, dass ich so viele Tränen in mir habe. Aber das spielt alles keine Rolle. Wie ich mich fühle, ist … nicht von Bedeutung. Ich habe Jakob im Stich gelassen, Kit. Ich habe unsere Familie im Stich gelassen.«

»Nein«, sagte ich. »Nein, Evie. Das hast du nicht. Es ist nur …« Aber ich fand nicht die richtigen Worte, um sie zu trösten, und mir war klar, dass sie sich nun mal so fühlte. Machtlos, so ohne jegliche Kontrolle über das, was geschah, dass sie auch gleich aufgeben konnte.

»Seb und ich reden kaum noch miteinander, obwohl wir so tun müssen, als ob. In einem IPS-Bescheid stand etwas von ›angespannter Atmosphäre innerhalb der Familie‹, weshalb wir die glückliche Familie mimen, wenn wir unterwegs sind. Es ist einfach so …«

Sie brach ab.

»Vielleicht …«, begann ich.

»Bitte sag jetzt nicht, dass es vielleicht nicht passieren wird«, fuhr Evie fort. »Alle fünf Bescheide hätten nicht passieren dürfen, sind sie aber. Hinter unserem Namen weht bereits die rote Flagge, da bin ich mir sicher. Genauso wie bei deinen Freunden – Marie und Leo. Es ist nur noch eine Frage der Zeit. Das Wichtigste ist jetzt, dass wir jeden Augenblick genießen, der uns mit Jakob noch bleibt. Obwohl auch das unmöglich erscheint.«

»Okay«, erklärte ich. »Nichts, was ich jetzt sage, kann es in irgendeiner Weise besser machen, aber ich bin da. Ich bin für dich da. Und für Seb und Jakob. Ich bin auf deiner Seite, okay? Du bist nicht allein.«

»Danke, Kit«, sagte Evie und klang müde und erschöpft. »Du bist … du bist … aber das Problem liegt bei uns. Und bei … bei …« Evie wirkte verloren.

»Beim OSIP«, beendete ich den Satz für sie. »Das Problem liegt beim OSIP.«

»Komm, gehen wir ein Stück.« Evie erhob sich eilig.

»Jetzt?«

»Jetzt.« Sie griff nach ihrer Tasche und schlüpfte aus dem belebten Café. Ich eilte ihr hinterher.

»Hast du sie gesehen?«, fragte sie, nachdem wir in eine leere Straße gebogen waren. »Das Paar? Sie sahen aus, als würden sie uns belauschen.«

Ich versuchte, mich zu erinnern, aber da war nichts.

»Nein«, gab ich zu.

Evie bewegte sich eilig die Straßen entlang, nahm schmale Seitengassen, überquerte Fahrbahnen und bemühte sich offenbar, unvorhersehbare Wege einzuschlagen. Erst als wir das Café einige hundert Meter hinter uns gelassen hatten, sagte sie mir, was ihr aufgefallen war.

»Sie saßen ein paar Tische weiter. Sie waren schon da, als ich ankam. Sie wären mir nicht aufgefallen, hätte die Frau nicht nach ihrer Teekanne gegriffen, um sich nachzuschenken, obwohl die Kanne leer war. Danach haben sie einfach dort gesessen. Ohne sich zu bewegen, ohne zu reden. Der Mann machte eine verborgene Kopfbewegung, als du das OSIP erwähnt hast. Und die Frau hat sich zu uns umgedreht. Danach habe ich dich sofort dort rausgeschafft.«

Ich sagte nichts, sondern spielte es im Kopf noch einmal durch. Es schien unwahrscheinlich, dass wir beschattet wurden, aber Evies Angst wirkte sehr real. Ich sah sie in ihren Augen und daran, wie steif sie ging, als lastete ein schweres Gewicht auf ihr.

»Du glaubst, sie haben uns belauscht?«, fragte ich.

»Ich hätte vorsichtiger sein sollen.«

»Aber du hast nichts Schlimmes gesagt.«

»Es war schlimm genug«, erwiderte sie. »Ich gehe besser nach Hause. Aber komm bald vorbei, ja? Komm und verbringe etwas Zeit mit Jakey. Nur falls … du weißt schon.«

Ich nickte und wollte die Worte ebenfalls nicht aussprechen. Sie waren undenkbar, unvorstellbar.

»Ach, und ich habe immer noch nichts wegen Dads Wohnung gehört, aber ich rede morgen mal mit dem Anwalt.«

»Mach dir keine Gedanken darüber«, erwiderte ich. »Das hat keine Eile. Es ist doch sicher das Letzte, woran du jetzt denken willst.«

»Nur damit du weißt, dass ich dranbleibe.«

Ich winkte ab, ich wollte nicht darüber reden.

Wir beschlossen, uns am nächsten Tag zu sehen, und drückten einander einen Kuss auf die Wange.

Ich sah ihr nach, wie sie die Straße entlangging, bis sie um die Ecke verschwand, dann machte ich mich auf den Nachhauseweg.

Obwohl ich mir nicht sicher war, ob ich ihr glaubte, dass uns das Paar im Café belauscht hatte, bemerkte ich, wie ich die ganze Strecke über immer wieder einen Blick über die Schulter warf.

JETZT

Ich fahre herum, als ich ein Rascheln hinter uns höre. Schritte, denke ich bei mir. Doch das bebende Gras und das Aufblitzen eines Schwanzes belehren mich eines Besseren.

»Bloß eine Ratte«, erkläre ich laut. Jetzt, wo Mimi bei mir ist, kann ich nicht anders, als ständig mit ihr zu sprechen, auch wenn sie schläft, auch wenn sie mich nicht versteht.

Ich sehe den Umriss eines Gebäudes vor uns. Es ist riesig, beeindruckend. Schwarzes Holz und glänzendes Glas. Es sieht nicht aus wie ein Haus, eher wie ein Kunstwerk. Der Unterschied zwischen ihm und dem kleinen Backsteinhaus, das Evie hinter sich gelassen hat, könnte nicht größer sein.

Ich lasse langsam und mutlos die Luft entweichen, als wir uns nähern. Mein Plan, hierherzukommen und Hilfe zu finden, löst sich vor meinen Augen in Luft auf. Die scharfen Linien und das glänzende Glas scheinen ein Abbild dessen, was aus Evie geworden ist. Da sind eine Härte und Kälte in ihr, die ich ihr niemals zugetraut hätte. Ich drücke Mimis kleinen Körper fester an mich und trete noch näher heran. Wir bleiben hinter den dichten Büschen, die den Pfad säumen, verborgen, als wir seitlich am Gebäude vorbeigehen. Es verschwindet vollständig hinter dem Sichtschutz aus Blattwerk. Erst als wir auf der anderen Seite ankommen, entdecke ich eine Öffnung in der Hecke und einen Pfad, der über eine offene Fläche hinweg zum Haus führt.

»Gehen wir da entlang«, sage ich und mache mich auf den Weg.

Mimis Kopf sackt zur Seite. Ein Speichelfaden zieht sich über ihre Wange. Sie ist vollkommen hinüber. Ich versuche, sie anders zu halten, damit sie den Kopf auf meiner Schulter ablegen kann. Sie fällt wie ein nasser Sack auf mich, und ich erstarre. Irgendetwas stimmt nicht. Sie ist zu teilnahmslos. Ich bin wütend auf mich selbst, dass ich nicht nachgefragt habe, welche Medikamente ihr verabreicht wurden.

»Gehen wir erst mal zum Haus, okay?«, schlage ich in einem betont fröhlichen Singsang vor.

DAMALS

Wir hörten laute Stimmen durch die Tür.

Thomas' Hand hielt auf dem Weg zur Klingel inne.

»Bist du sicher, dass das eine gute Idee ist?«

»Nein«, sagte ich. »Es ist eine grauenhafte Idee. Aber Evie meinte, wir sollen so tun, als wäre es ein normaler Abend. Sonst bricht alles auseinander.«

»Vielleicht hätten wir absagen sollen«, platzte Thomas heraus. »Uns eine Entschuldigung einfallen lassen. Du hättest mir die Schuld geben können.«

Ich blicke ihn mit skeptisch erhobenen Augenbrauen an. »Ich will Evie sehen«, erklärte ich.

Sie hatten den sechsten IPS-Bescheid bekommen. Ironischerweise genau auf demselben Parkplatz, auf dem sie am Tag der Namensfeier die erste Warnung erhalten hatten, an dem Tag, an dem Thomas und ich uns kennengelernt hatten.

»Außerdem haben sie uns schon gesehen«, fügte ich hinzu, als Evies Gesicht am Fenster erschien.

Sie hatte sich die Haare geföhnt und trug Make-up, als wäre sie auf dem Weg ins Büro. Sie wirkte professionell und gepflegt, aber die dunklen Ringe unter den Augen ließen sich nicht verbergen. Das Rouge war ein wenig zu auffallend und wirkte seltsam grell auf ihren blassen Wangen.

»Thomas, hi!« Sie zog ihn an sich und küsste ihn auf die Wange. Ihre Stimme war ein wenig zu laut und eine Spur zu schrill. Sie wandte sich zu mir um, und wir sahen uns einen Moment lang schweigend an. Das begeisterte Begrüßungslächeln verschwand und machte Trostlosigkeit und Erschöpfung Platz.

»Du hättest uns nicht einladen müssen, weißt du?«, erklärte ich ihr, als wir uns umarmten.

»Ich wollte dich sehen«, flüsterte sie. »Ich *musste* dich sehen.«

Sie nahm meine Hand in ihre, drückte sie und ließ sie nicht los, während wir in die Küche gingen. Ich fragte mich, wie es möglich war, dass wir gerade noch so weit voneinander entfernt schienen und uns jetzt so nahe waren wie früher. Es erinnerte mich an unsere Zankereien als Kinder, die plötzlich aufgeflammt und genauso schnell wieder verschwunden waren.

»Hi, Kit!« Seb hob die Hand zum Gruß. Einen Augenblick lang schien es, als wollte er mich mit einem Kuss auf die Wange begrüßen, wie er es sonst immer tat, aber dann sah er, dass Evie und ich uns an den Händen hielten, und das schien ihn davon abzuhalten. Schweigen senkte sich über uns.

»Jakob schläft offenbar tief und fest«, erklärte Thomas

in die Stille hinein. Er deutete auf Sebs ArbeitsSphäre, die ein Bild von Jakobs Zimmer zeigte. Er lag auf der Seite und hatte das Gesicht der Kamera zugewandt. Es war so nahe, dass ich seine Augenlider flattern sah, während er träumte.

»Das ist eine tolle Einstellung«, fuhr er fort, als Evie, Seb und ich nichts erwiderten.

»Wir haben so viele verschiedene Kameras in dem Zimmer, dass wir immer zu der wechseln, die ihn am besten zeigt«, erklärte Seb. Er wischte ein paarmal über die Sphäre, und wir sahen den schlafenden Jakob aus beinahe jedem Winkel.

Am Ende stellte er wieder das Bild von Jakobs Gesicht ein, und erneut senkte sich Schweigen über uns. Jakobs Gesicht wirkte im Nachtsichtmodus geisterhaft grau, und er runzelte immer wieder die Stirn, als spürte er, dass wir ihn beobachteten und uns Sorgen machten.

»Gut!«, sagte Evie auf »Lasst uns loslegen«-Art. »Seb, du kannst die Getränke vorbereiten. Kit, du kommst mit. Wir sehen uns das Beet an, über das wir gesprochen haben. Danach essen wir.«

Alle nickten wortlos, aber niemand bewegte sich, bis Evie schließlich an meiner Hand zog und mich durch die Glastür hinaus in den schmalen Garten führte. Wir hatten vor ein paar Wochen darüber gesprochen, dass ich ihr helfen sollte, ein Gemüsebeet anzulegen, nachdem ich mittlerweile Dads Garten übernommen hatte, aber ich hätte nicht gedacht, dass sie jetzt darüber reden wollte.

»Das dort wäre die Stelle«, sagte Evie und zog mich bis ans Ende des Grundstückes. »Aber ich bin mir nicht sicher, ob es sonnig genug ist. Was meinst du?«

»Ziehen wir das jetzt wirklich durch?«, fragte ich und deutete auf das ungepflegte Rasenstück.

»Ich habe Seb erklärt, dass du unbedingt vorbeikommen musst, damit wir über das Beet sprechen können. Wir müssen nur ein wenig hier draußen herumstehen.«

»Warum hast du nicht …?« Doch dann überlegte ich es mir anders und stellte die Frage nicht.

»Er wollte absagen. Nach dem, was heute passiert ist. Und ich … ich wollte dich unbedingt sehen, und dann ist mir das Gemüsebeet in den Sinn gekommen. Ich meinte, wenn das OSIP von dem Gemüsebeet erfährt, bringt es uns vielleicht Pluspunkte.«

»Evie … es tut mir leid, ich sollte nicht lachen.« Doch es brach aus mir heraus, und einen Augenblick später lachte auch Evie. Der Klang wurde durch den Garten getragen, und wir drückten uns eilig die Hände auf den Mund, als wäre Lachen verboten.

»Ich weiß, es ist total albern. Wir haben aufgehört, ernsthaft miteinander zu reden. Ich schaffe es nicht mehr, ihm einfach zu sagen, dass ich meine Schwester sehen will. Es muss immer etwas mit dem OSIP zu tun haben.« Jedes Mal, wenn sie den Namen erwähnte, senkte sie die Stimme. »Wenn ich nicht lache, weine ich. Und da lache ich lieber. Obwohl Seb vermutlich denkt, ich würde den Verstand verlieren. Ich möchte aber, dass Jakob eher diese

Geräusche hört. Wenn es das Letzte ist, was er von uns mitbekommt, sollte es besser ein Lachen sein.«

»Willst du darüber reden, was heute Vormittag passiert ist? Wir müssen es aber nicht noch einmal durchkauen, wenn du nicht willst«, fügte ich eilig hinzu.

»Du weißt, wie es inzwischen läuft. Ich kann mich oft nicht einmal mehr erinnern, was es dieses Mal war. Ich meine, natürlich weiß ich es noch. Aber die Bescheide verschwimmen ineinander. Das Stillen und das Gewicht, der vergessene Sonnenhut und das eine Mal, als ich ihm die Tauben im Park zeigte? Am Ende geht es nur noch darum, dass ich ihn in seinen Kindersitz gesetzt habe.«

Evie war allein zum Einkaufen gefahren und hatte Jakob gerade im Kindersitz festgeschnallt. Sie war spät dran, und er wurde langsam müde. Die Schlange an der Kasse war länger gewesen als erwartet, und sie hatte die Windeln vergessen, derentwegen sie überhaupt erst losgefahren war.

»Ich sah es kommen. Du weißt, wie das ist. Es ist wie der Himmel, der sich plötzlich verdunkelt. Es ist ein herrlich sonniger Tag, und im nächsten Moment zieht ein Gewitter auf. Er musste schlafen, brauchte sein Nickerchen. Das war alles. Ich lief zum Auto, um ihn schnellstmöglich hineinzuschaffen. Ich wusste, was passieren würde. Ihm fielen schon die Augen zu. Sobald wir im Auto waren und ich losfuhr, würde er einschlafen. Als ich ihn aus dem Kinderwagen hob, begann er zu brüllen. Aber wie gesagt, es würde alles gut werden, sobald wir losfuhren.

Das dachte ich zumindest. Und ich sage dir jetzt etwas, Kit. Etwas, das ich nicht einmal Seb gegenüber zugeben würde. Ich wusste, dass ich es nicht richtig machte. Ich habe mich sogar umgesehen, bevor ich ihn heraushob. Ich habe nachgesehen, ob ich beobachtet wurde, ob irgendwelche Beamte in der Nähe waren. Gerade auf diesem Parkplatz bin ich besonders paranoid, nachdem wir dort die erste Warnung bekommen haben.«

Ich sah Evie vor mir, ganz deutlich, wie sie sich verstohlen in alle Richtungen umsah, wie ihre dunklen Augen über den Parkplatz huschten und nach anderen Leuten Ausschau hielten. Es war derselbe Blick, den sie als Kind gehabt hatte, wenn wir gemeinsam etwas ausheckten. Ein Plätzchen vor dem Abendessen stehlen zum Beispiel. Oder Dads Bett mit dem Juckpulver bestreuen, das sie im Scherzartikelladen gekauft hatte.

»Und es war niemand da?«

»Keine Menschenseele. Eher war es sogar zu ruhig. Ich kann mir gut vorstellen, was sie dachten, als sie sahen, wie ich mich nach Zeugen umsah.« Evie schüttelte den Kopf, als könnte sie den Gedanken dadurch loswerden.

Evie hatte die Einkaufstüten so schnell es ging im Auto verstaut und war dann zu Jakob geeilt.

Er hatte sofort wieder zu brüllen begonnen.

»Ich bin mir sicher, dass ich ›Na, na‹ zu ihm gesagt habe. Ganz sicher. Ich habe ihn über die Schulter gelegt und seinen Rücken getätschelt, wie er es gerne mag. Aber ich wollte ihn so schnell wie möglich ins Auto kriegen und losfahren. Im IPS-Bescheid steht, dass ich keinen Versuch unternommen hätte, ihn zu trösten. *Keinen Versuch.* Aber ich bin mir sicher, dass ich es getan habe. Beinahe zu hundert Prozent.«

»Kannst du Einspruch einlegen?«

»Nein. Das dachte ich zuerst auch. Aber sie behaupteten, sie hätten mich gefilmt. Sie haben mir das Video sogar gezeigt. Man konnte nicht sehen, dass ich nichts unternommen habe, um ihn zu beruhigen.«

»Aber ...«

»Es steht mein Wort gegen ihres«, sagte Evie. »Ich hätte keine Chance.«

Sie hatte versucht, den brüllenden Jakob im Kindersitz festzuschnallen, während er sich wand und strampelte, als sie plötzlich Schritte hörte. Sie wusste sofort, was passieren würde.

»Ich bemühte mich, ruhig zu bleiben. Ich warf ihm Kusshände zu, sang ihm ein Lied vor. Zog Grimassen. Doch sein Gesicht war so verzerrt, und er schrie so laut, dass er mich vermutlich nicht sehen konnte und hören schon gar nicht. Jedenfalls war das Spiel zu diesem Zeitpunkt bereits aus. Dabei war das gar nicht das Schlimmste. Es ging so schnell. Sie haben mir den Bescheid in die Hand gedrückt und sind zurück zu ihrem Auto, das ganz in der Nähe parkte. Ein Auto mit getönten Scheiben, hinter denen ich sie nicht hatte sehen können.«

»Du meinst, sie lagen dort regelrecht auf der Lauer?«

»Wer weiß!« Evie zuckte niedergeschlagen mit den

Schultern. Sie trat nach einem Erdklumpen, und ein Teil davon blieb an ihrem Schuh kleben. »Es spielt keine Rolle, nicht wahr? Ob sie bereits dort waren oder ob sie es zufällig gesehen haben.«

»Ich meine ja nur, ob jeder weiß, dass sie überall lauern? Versteckt hinter getönten Scheiben, alles beobachtend? Es ist wie mit diesem Paar in dem Café.«

Evie schüttelte den Kopf. »Es spielt einfach keine Rolle. Ich habe danach auch eine Zeit lang darüber nachgedacht. Selbst wenn ich gewusst hätte, dass sie so sind, hätte es nichts geändert. Niemand kann sein Leben leben in der ständigen Gewissheit, beobachtet zu werden.«

»Aber vielleicht müssen wir das mittlerweile.«

Evie seufzte, und es schien, als würde die Kraft, die sie weitertrieb, die sie dazu gebracht hatte, komplizierte, farblich markierte Aufzeichnungen zu erstellen, um die Induktion zu überstehen, und die sie zu einer Mutter gemacht hatte, endgültig aus ihr weichen. Die letzten Sonnenstrahlen zeichneten rosa Streifen am Horizont, dann verschwand das Licht, und wir standen im Schatten.

»Das Schlimmste war, es Seb zu sagen«, murmelte Evie. »Ich glaube nicht, dass er mir jemals verzeihen wird.«

»Nein, das stimmt sicher nicht.«

»Er sieht mich anders an. Achte später darauf. Er sieht mich an, als … als würde er mich nicht sehen wollen.«

Wir verstummten, als Thomas mit zwei übergroßen Gläsern auf uns zukam, vorsichtig, damit nichts überschwappte. Eines hatte die zartgelbe Farbe von Weißwein, das andere war mit einer klaren, blubbernden Flüssigkeit gefüllt. Thomas gab mir den Wein und drückte Evie das andere Glas in die Hand, die es stirnrunzelnd beäugte.

»Wolltest du etwas anderes? Seb meinte …«

»Nein, schon gut.« Sie trank zum Beweis einen Schluck.

»Seb lässt ausrichten, dass wir in zehn Minuten essen können.«

»Okay«, erwiderte Evie. »Sag ihm doch bitte, dass wir rechtzeitig reinkommen.«

Thomas und ich sahen uns einen Augenblick lang an und verstanden einander auch ohne Worte.

Sobald Thomas verschwunden war, nahm Evie mich am Ellbogen.

»Seb gibt mir die Schuld«, sagte sie noch einmal. »Es steht ihm ins Gesicht geschrieben. Selbst wenn wir die nächsten Monate ohne weiteren IPS-Bescheid überstehen, kann ich mir nicht vorstellen, wie wir diese … Kluft zwischen uns überbrücken. Man sieht es ihm an.«

Am Ende blieben wir länger im Garten als vorgesehen, und Seb musste rufen, dass das Essen bereits auf dem Tisch stand. Es erinnerte mich – nicht zum ersten Mal an diesem Abend – an unsere Kindheit. Daran, wie wir versucht hatten, die verbliebenen Sekunden zu Minuten zu machen, um noch ein wenig miteinander spielen zu können. Spiele, die nur wir beide verstanden hatten. Nur dass dieses Mal Seb und nicht Dad nach uns rief. Nur dass wir mittlerweile keine Spiele mehr spielten.

Evie bewegte sich langsam, hielt in jedem Schatten inne,

tastete sich zögernd über den Rasen, als wäre ihr Zuhause der letzte Ort, an dem sie sein wollte.

Seb hatte den Lachs zerkocht, und er war an den Rändern derart ausgebleicht, dass er unter meiner Gabel zerfiel.

Nach einigen Fehlversuchen, ein Gespräch in Gang zu bringen, lehnte sich Evie zurück und schob den Lachs auf ihrem Teller halbherzig hin und her, bevor sie die Gabel auf den vollen Teller legte und ihn mit einer Geste der Endgültigkeit von sich schob. Ihr Blick wurde immer wieder von der ArbeitsSphäre mit Jakobs Gesicht angezogen. Die Sphäre befand sich seitlich hinter ihr, und sie musste den Kopf drehen, um sie zu sehen.

Im Gegensatz zu Evies gereiztem Schweigen redete Seb überlaut. Sein Lachen hallte kraftvoll durch das Zimmer, als wäre es eine Hand, die uns jeden Moment um Zustimmung heischend auf den Rücken klopfen würde.

Evie stand auf und griff langsam und bewusst nach ihrem Glas, um es mitzunehmen. Als sie zurückkam, war es voller Weißwein, was aufgrund der Größe des Glases reichlich seltsam wirkte.

Seb hob die Augenbrauen, dann schüttelte er den Kopf und richtete den Blick starr auf die silberne Lachshaut, die er am Tellerrand sorgfältig zusammengeschoben hatte.

Evie hob ihr Glas, prostete Seb kaum merklich zu und nahm einen großen Schluck. Ich sah zu, wie sie schluckte und sich ihr Kehlkopf hob und senkte. Dann nahm sie einen weiteren Schluck und noch einen. Sie trank mit kräftigen, angestrengten Zügen, als wäre der Wein Medizin. Seb stapelte hastig die Teller, und das Porzellan knallte jedes Mal klirrend aufeinander.

Thomas und ich ließen die Blicke schweifen, überallhin, nur nicht zum Esstisch, zum Wein, zu den Tellern. Kurz darauf waren wir allein. Evie sah nach Jakob, und Seb holte den Nachtisch, den er im Auto vergessen hatte.

»Können wir bitte bald gehen?«, flüsterte Thomas. Ich nickte zustimmend, da kam Seb bereits wieder und knallte eine Packung Profiteroles auf den Tisch.

»Keine Ahnung, ob die noch genießbar sind«, sagte Seb, und in diesem Moment sah er so verletzlich und von Sorgen zerfressen aus, als würde er gleich zu weinen beginnen. Thomas und ich versicherten ihm hastig, dass der Nachtisch »toll« und »köstlich« aussah. Seb richtete sich auf, fand die Fassung wieder, und der gequälte Ausdruck verschwand aus seinem Gesicht.

Evie schlüpfte beinahe unbemerkt zurück ins Zimmer, die Finger um das Glas mit dem Wein geschlungen, das mittlerweile beinahe leer war.

Das erste Klopfen war kaum zu hören. Seb hatte Thomas dazu genötigt, eine Geschichte aus dem Büro zu erzählen. Er hatte es aufgegeben, das Gespräch mit Evie zu suchen, die die Beine hochgezogen hatte, die Knie an die Brust drückte und die Schuhe demonstrativ auf der Stuhlkante abstellte.

»Habt ihr das gehört?«, fragte Seb.

Das Klopfen erklang erneut. Dieses Mal ein wenig lauter.

»Wer kann das sein? Um diese Uhrzeit?« Sebs Stimme klang ungewöhnlich schrill.

»Das sind sie«, sagte Evie. »Sie kommen, um ihn zu holen.« Mit jedem Wort schien sie ein bisschen weniger zu werden.

»Nein«, sagte Seb und erhob sich. »Das kann nicht sein.«

Er warf einen besorgten Blick auf Jakobs immer noch schlafendes Gesicht, das die ArbeitsSphäre wie ein Traumbild füllte.

Im nächsten Moment packte er Evies Handgelenk und zog sie hoch. Sie fiel beinahe vom Stuhl. »Wenn sie das wirklich sind«, sagte Seb zu ihr, »dann will ich die letzten Minuten mit Jakob verbringen.«

Seine Stimme klang drängend.

Mit einem Mal sahen sie einander, verstanden einander. Evie nickte, und sie eilten aus dem Zimmer und ließen Thomas und mich allein am Esstisch zurück, während die Person vor der Haustür beharrlich weiterklopfte. Es klang beinahe sanft, unaufdringlich. Ich hätte gerne geglaubt, dass es lediglich ein Nachbar war, der sich etwas ausleihen wollte. Jemand, der nach dem Weg fragte. Etwas vollkommen Unschuldiges. Ich befand mich wieder in Maries und Leos Wohnung, hörte das Klopfen an der Tür, spürte die verzweifelte Hoffnung, es wäre irgendjemand, nur nicht das OSIP.

»Sollen wir aufmachen?«, fragte mich Thomas.

»Warten wir, ob sie wieder gehen.«

»Vielleicht irren sie sich, und es ist nicht das OSIP«, meinte Thomas hoffnungsvoll.

Evie und Seb waren mittlerweile bei Jakob. Sie hatten ihn aus dem Bettchen gehoben, und auf der ArbeitsSphäre war nur die leere Matratze zu sehen. Ich stellte mir vor, wie er in den Armen seiner Eltern weiterdöste, während sie sich um ihn scharten. Es gab keinen sichereren Ort für ihn.

Inzwischen war das Klopfen zu einem Hämmern angeschwollen. Es klang, als würde eine riesige Faust auf die Tür einschlagen. Thomas und ich saßen schweigend vor unseren Tellern mit den Profiteroles. Dann hörten wir Stimmen. »Aufmachen! Evie Moss? Sebastian Maybury? Wir wissen, dass Sie da sind. Wenn Sie nicht innerhalb der nächsten Minute die Tür öffnen, brechen wir sie auf.«

Thomas und ich setzten uns in Bewegung, als hätte uns jemand an Fäden hochgezogen wie Marionetten. Thomas war vor mir an der Tür.

»Sebastian Maybury?« Ein rundlicher Mann mit Brille sah über seine MobilSphäre hinweg zu uns. Er trug einen abgetragenen grünen Pullover mit Flicken an den Ellbogen.

»Nein, ich …«

Doch bevor Thomas den Satz beenden konnte, hatte sich der Mann bereits an ihm vorbeigeschoben. Zwei weitere Männer folgten ihm. Ich weiß nicht mehr, wie sie aussahen. Sie verschwammen ineinander, grimmige Gesichter, austauschbar und hart. Sie drängelten sich durch die Tür, als wäre es eine Art Wettrennen.

»Evie Moss?«, fragte mich der Mann mit der MobilSphäre.

»Sie ist meine Schwester. Ich bin …«

Er war bereits ins Esszimmer verschwunden, in dem unsere leeren Teller und Gläser standen, und der zerlegte Turm aus Profiteroles. Er hielt inne, als hätte er sich gerne gebückt, um nachzusehen, ob sich jemand unter dem Tisch versteckte, dann ging er weiter in die Küche und das nur schwach beleuchtete Wohnzimmer. Jakob weinte leise auf, und schon rannte der Mann die Treppe hoch und nahm dabei zwei Stufen auf einmal.

Ich wollte ihm folgen, doch einer der anderen Männer hatte sich vor der Treppe aufgebaut.

»Sie können sich dort hinsetzen«, sagte er und deutete auf den Esstisch.

Ich wollte widersprechen, doch Thomas trat neben mich. »Wir können nichts tun«, sagte er sanft, also setzten wir uns und warteten hilflos.

Lange Zeit passierte nichts. Wir hörten Stimmen von oben, aber nicht, was gesagt wurde.

Immer wieder weinte Jakob auf, doch er verstummte so schnell wieder, als wäre nichts geschehen. Dann erschien sein Gesicht plötzlich auf der ArbeitsSphäre.

Er lag wieder in seinem Bettchen, und einige wenige Sekunden lang wandte er sich der Kamera zu, das Gesicht verzogen, die Augen suchend.

Dann wurde er erneut hochgehoben und verschwand.

JETZT

Ich sehe mein Spiegelbild in der Glastür. Sie scheint von außen verspiegelt, während man von innen ungehindert nach draußen schauen kann.

Meine Haare sind fettig, kleben mir an der Stirn und hängen verfilzt und schwer nach unten. Ich versuche, mit den Fingern hindurchzufahren, aber ich bleibe in den Knoten hängen. Dann denke ich an das Glas. Womöglich werde ich beobachtet. Ich senke eilig die Hand.

Ist jemand zu Hause?

Hinter den Fenstern brennt kein Licht, sie werden nur von den grauen Strahlen der blassen Sonne hinter den Wolken erhellt. Ich höre weder Musik noch Stimmen oder das Plappern einer ArbeitsSphäre.

»Sollen wir klopfen?«, frage ich Mimi und sehe mich nach einer Klingel um. Es ist keine zu entdecken. »Wollen wir nachsehen, ob jemand zu Hause ist?«

Ich klopfe übertrieben, doch sie schläft weiter. Ein Schaudern durchfährt sie und bringt mich dazu, noch fester zu klopfen. Das Glas ist dick, das Klopfen klingt gedämpft.

Niemand kommt an die Tür.

Wir gehen einmal um das Haus herum. Alle Fenster liegen im Dunkeln, alle Türen sind verschlossen. Es ist eine uneinnehmbare Festung.

Ich versichere mir, dass niemand da ist.

Ich versichere mir, dass mich niemand sieht.

Dann mache ich mich auf die Suche nach einem schweren, harten Gegenstand.

An einer Wand stapeln sich mehrere Ziegelsteine. Ich nehme einen und noch einen und noch einen. Es ist nicht einfach, mit Mimi auf dem Arm, aber ich will sie auf keinen Fall loslassen. Ich trage die Steine vor eine der großen Glaswände.

Als ich genug gesammelt habe, schlüpfe ich aus meinem Mantel, wickle Mimi darin ein und lege sie in sicherer Entfernung ins Gras. Sie rührt sich nicht. Ich brauche einen Augenblick, bis ich fähig bin, sie zurückzulassen und zu dem Fenster und meinen Ziegelsteinen zu gehen.

Ich schleudere einen Stein so fest ich kann gegen das Glas.

Es springt, zerbricht aber nicht.

Ich lausche angestrengt, ob Mimi aufgewacht ist, ob sie ein Geräusch von sich gibt. Aber da ist nichts.

Ich werfe einen weiteren Ziegelstein gegen das Glas. Die Sprünge werden länger, aber es bleibt ganz.

Ich werfe noch einen. Und noch einen.

Mein Spiegelbild ist von Sprüngen durchzogen, und ich erkenne mein Gesicht nicht mehr.

Endlich höre ich es.

Ein Knacken.

Nur noch ein paar Steine, dann sind wir drin.

Ich warte auf das Heulen einer Alarmanlage.

Ich warte darauf, dass jemand auf das endlich entstandene Loch im Glas zuläuft und wissen will, was ich hier treibe.

Ich haste zurück zu Mimi, den Blick starr auf das Loch gerichtet, das ich in das Glas geschlagen habe.

Wir warten und warten.

Als niemand kommt und keine Alarmanlage losgeht, hebe ich Mimi hoch. Sie ist schwerer als vorhin, und mein Rücken schmerzt vom Tragen.

Ich trete mit den Füßen die Scherben beiseite, mache mich klein, und wir schlüpfen ins Haus.

DAMALS

Was blieb, nachdem Jakob fort war? Nichts. Alles.

Da war das Bettchen, in dem Jakob geschlafen hatte, während wir geredet, gegessen, getrunken und gewartet hatten. Der Abdruck auf seiner Decke, auf dem Laken.

Da waren seine Sachen. Dinge, die einmal so wichtig für sein Überleben gewesen waren. Die Fläschchen, der Kindersitz, der besonders teure Kinderwagen. Es kostete alles ein Vermögen, nachdem die Produktion derart vom Bevölkerungsrückgang betroffen war.

Da waren die Dinge, die er in der kurzen Zeit, die er mit uns verbracht hatte, zu lieben gelernt hatte. Das Holzspielzeug mit den beiden Augen, das aussah wie eine Sonnenblume. Das schwarz-weiße Musselintuch, das ihn magisch angezogen hatte.

Da war eine Leere, die das Haus füllte und sich wie Blei über unsere Körper legte. Die unsere Herzen schwer machte und die Köpfe zum Zerbersten brachte.

Da war eine Beziehung, die einmal voller Hoffnung und Erwartungen gewesen war und die nur noch an einem seidenen Faden hing. Der jederzeit reißen konnte.

Da waren die Vorwürfe, die unverhohlen in der Luft hingen, wie der Gestank eines alten, kranken Hundes. Sie brachten uns zu Fall. Sie blieben beharrlich.

Und da waren die Erinnerungen. Die greifbaren Erinnerungen, die Fotos, die Videos. Evie verbrachte Stunden damit, und ich war an ihrer Seite. Seb und Thomas wollten sie nicht sehen, und ich fragte mich, ob sie auf eine Art an Jakob dachten, die mir ebenfalls am liebsten war. Indem sie die Erinnerung fühlten. Das Herz, das einen Freudensprung gemacht hatte. Die aufgeregte Erwartung, die mich jedes Mal überkommen hatte, wenn ich um die Ecke gebogen war, ihr Haus erblickt und gewusst hatte, dass ich ihn gleich wiedersehen würde. Wie mein Herz getanzt hatte, wenn er lächelte.

In jenen Tagen wirkten Evie und Seb hohl und leer. Sie wurden immer weniger.

Evie entwickelte eine neue Härte und schlug bei der kleinsten Kleinigkeit wild um sich, während Seb jegliche Konturen verlor. Er begann einen Satz, sprach ihn aber nicht zu Ende. Selbst unwichtige Entscheidungen überforderten ihn.

Ich klammerte mich in den darauffolgenden Tagen an Thomas. Manchmal gingen wir nebeneinander, und ich hatte plötzlich das Gefühl, als würden meine Beine unter mir nachgeben. Ich hielt mich an ihm fest und fiel nicht, sondern blieb aufrecht.

Da waren Träume. Da waren Albträume. Aber keiner war so real und schmerzhaft wie die Erkenntnis nach dem

Aufwachen, dass es tatsächlich geschehen war. Dass Jakob nicht mehr bei uns war und dass wir ihn vielleicht niemals wiedersahen.

Es war unmöglich, sich auf etwas anderes zu konzentrieren als auf den Schmerz, der in uns schwärte. Ich versuchte zu arbeiten, aber wenn ich Jonah und seiner Tochter zuhörte, fühlte ich mich umso mehr beraubt. Evie und Jakob würden niemals solche Gespräche führen.

Auch die Sphären klangen in jenen Tagen lauter. Vielleicht, weil alles in uns ruhiger, stiller, leerer war.

Eine Woche nach Jakobs Extraktion rief Evie an. Es war spätabends, und das Klingeln hallte durch die leere Wohnung und weckte mich.

Sie hatte offenbar schon etwas gesagt, bevor ich über die ArbeitsSphäre wischen konnte, um den Anruf entgegenzunehmen. Ihr Gesicht füllte das Display, und ihre Stimme breitete sich im Raum aus. Sie befand sich mitten in einem Satz.

»… wo er gerade ist«, sagte sie. »Ich muss ständig daran denken, Kit. Wird er sich an uns erinnern? Werden wir eines Tages auf der Straße aneinander vorbeigehen? Wird er mich erkennen? Wird er wissen, was war?«

Sie brauchte meine Antwort nicht zu hören.

»Natürlich wird er sich nicht erinnern«, fuhr sie fort. »Ich werde nie erfahren, zu welchem Menschen er sich entwickelt hat, was aus ihm geworden ist, was in seinem Leben passiert. Manchmal denke ich … ich wünschte, ich wäre gestorben. Statt Dad. Dann hätte ich das nie erlebt. Ich wünschte, ich wäre in dem Wissen gestorben, dass Jakob am Leben ist und geliebt wird. Mehr nicht. Ohne jemals zu erfahren, was seitdem passiert ist.«

»Es ist …«, begann ich, doch Evie redete einfach weiter.

»Ich dachte, es würde reichen, dass wir unser Bestes geben. Dass wir uns so verdammte Mühe gegeben haben, das Beste zu geben. Aber mittlerweile weiß ich, dass das Schwachsinn ist. Es spielte nicht die geringste Rolle. Er ist fort. Mein Baby ist fort, und ich … ich …«

Ihre Worte gingen in einem Schluchzen unter, dann wurde ein Weinen daraus, und es war nur noch ihr rauer, abgehackter Atem zu hören.

»Evie, Liebling …« Noch ehe ich etwas sagen konnte, wandte Evie sich abrupt ab.

»Er kommt«, zischte sie. »Er will nicht, dass ich darüber rede. Ich muss Schluss machen.« Ihr mageres Gesicht verschwand, und ein Bericht über Pilzfarmen flimmerte über die Sphäre.

Ich sah reihenweise Pilze, die wie eine Söldnerarmee strammstanden. Ich stellte mir vor, wie Evie sich vor Seb versteckte, der nicht über das Geschehene reden konnte oder wollte. Es gab keine richtige Art, damit umzugehen, aber es wirkte wie ein grausamer Scherz, dass Evie und Seb auf so unterschiedliche Weise reagierten. Während Evie laut und beinahe aggressiv war, zog Seb sich zurück. Doch sobald Evie in Schweigen verfiel, wollte Seb plötzlich mit ihr reden, was sie wiederum dazu brachte, vehement auf ihre Eigenständigkeit zu pochen und ihren Freiraum auf eine Art einzufordern, wie sie es noch nie getan hatte.

Ich schloss den Bericht über die Pilzfarm, und die ArbeitsSphäre verwandelte sich in eine schweigende schwarze Kugel. Ich wollte gerade zurück ins Bett, doch dann erweckte ich das Display noch einmal zum Leben. Ich durchforstete meine Arbeitsdateien, bis ich auf das Telefonat zwischen Jonah und Genevieve stieß, in dem sie ihm erklärte, dass sie eine Familie gründen wollte. Ich wollte mir die Dateien noch einmal ansehen, die Jonah auf seiner Sphäre aufgerufen hatte. Die OSIP-Dokumente, die er sich durchgeblättert hatte.

Doch als ich die Audiodatei öffnete, fehlte das Icon, um die Kameraaufnahme zu aktivieren. Ich probierte es mehrmals, schloss die Datei sogar und öffnete sie noch einmal, doch so genau ich auch suchte, ich fand nichts.

Ich versuchte gerade zum dritten Mal, die Sphäre neu aufzurufen, als ein OSIP-Film startete. Bilder von Eltern und Kindern tanzten über das Display, als wäre es eine Art Karussell. Ich gab auf und ging zurück ins Schlafzimmer.

»Wie geht es ihr?«, fragte Thomas und richtete sich auf.

»So grauenhaft, wie man es sich nur vorstellen kann«, erwiderte ich. Eine plötzliche Erschöpfung ergriff von mir Besitz, und ich krabbelte unter die Decke. »Wir sollten auf keinen Fall jemals Kinder bekommen.«

»Auf keinen Fall«, stimmte Thomas mir zu, und wir versuchten einzuschlafen, während immer noch gedämpftes Kinderlachen aus meiner ArbeitsSphäre drang.

JETZT

Eine ArbeitsSphäre erwacht aus ihrem Ruhezustand. Ich höre Kinderstimmen.

Wie erstarrt halte ich inne, obwohl ich sehen kann, dass es sich nur um einen OSIP-Film handelt.

Ich drücke Mimi an mich und bleibe direkt hinter dem Loch im Glas stehen.

Ich rieche Evie. Ihr Parfum und ihr Deodorant, die sich mit dem Duft ihres Shampoos vermischen. Sie ist kurz vor uns hier gewesen. Sie ist an den Mänteln auf dem Garderobenständer vorbeigegangen und hat die Tür hinter sich zugezogen, in der Gewissheit, dass sie eine stabile, beständige Barriere gegen die Außenwelt bildet.

Der Geruch verflüchtigt sich, und als ich noch einmal danach suche, ist er verschwunden.

Ich verspüre eine brennende Sehnsucht nach lange vergangenen Zeiten, nach ihrer Gesellschaft, nach ihrem Zuhause, das mir genauso vertraut war wie mein eigenes. Nach den Tagen, die wir miteinander verbracht haben und die so unverfänglich waren, dass sie mir im Nachhinein wie ein Schatz erscheinen.

Ich vermisse meine Schwester. Ich vermisse es, mit ihr zusammen zu sein, ich vermisse ihr ureigenes Wesen, und ich kann mir nur hier, allein in ihrem Haus, eingestehen, dass diese Tatsache wichtiger ist als alles, was zwischen uns vorgefallen ist. An einem Ort, wo Evie sein sollte, aber nicht ist.

Ich mache einen Schritt nach vorne, während der Film weiterläuft. Ich drücke Mimi an mich und wandere durch die großen, offenen Räume.

Das Zuhause eines Menschen gibt Aufschluss über sein Leben. Das wahre Zuhause. Nicht das Zuhause, das für Gäste fein gemacht wurde, wo alte Post stapelweise in Schubladen verschwindet und Teller in die Spülmaschine wandern.

Was hinterlässt man, wenn man glaubt, niemand wird es sehen? Welche Dinge bleiben unverborgen, entblößt?

Auf der Küchenarbeitsplatte liegt eine Bananenschale, braun und dem süßlichen Verfall preisgegeben. Drei Tassen mit braunen Rändern, in denen immer noch die Teebeutel sind. Eine kleine Pfanne auf dem Herd, in der sich offenbar Käse befand. Ich stelle mir vor, wie Evie das Abendessen im Stehen mit einer Gabel direkt aus der Pfanne gegessen hat. Die Spuren bilden einen starken Kontrast zum Industrie-Chic der Küche.

Das Wohnzimmer wirkt auf eine Art unberührt und aufgeräumt, dass ich mich frage, ob sie in den letzten Tagen viel Zeit darin verbracht hat. Die Sofakissen sind aufgeschüttelt und stehen gerade, der Tisch ist leer, das

Spielzeug ist sorgfältig in Boxen verstaut. Alle Spuren sind versteckt, alles liegt in geraden Linien und Winkeln.

Mimi wirkt in diesem makellosen Zimmer noch regungsloser. Ich lausche nach ihrem Atem und sehne mich danach, dass sie die Stille mit ihrer Stimme bricht, aber sie schläft immer noch tief und fest.

»Warum machst du es dir nicht hier bequem?«, plaudere ich drauflos. Ich klopfe eines der Sofakissen zurecht, das einigermaßen fest ist, lege sie darauf ab und schichte weitere Kissen und Decken um sie auf, bevor ich wieder in meinen Mantel schlüpfe. Im Haus ist es kühl. »Und ich suche inzwischen etwas zum Wickeln.«

Jakob ist schon zu alt für Windeln, aber ich finde sicher etwas, das besser geeignet ist als ein paar Papiertücher aus der Imbisstoilette.

Über dem Sofa hängt einer von Jakobs Pullovern, der Mimi warm halten sollte. Ich nehme ihn mit, hole Geschirrtücher aus der Küche und mache daraus eilig eine provisorische Windel.

»Ich bin gleich wieder da«, erkläre ich ihr, als ich fertig bin. »Nur einen Augenblick, ja? Ich suche dir etwas zum Anziehen. Ich komme sofort wieder, okay?«

Sie vergräbt den Kopf in Jakobs Pullover. Wie lange wird es noch dauern, bis die Medikamente nachlassen? Ich überlege, wie lange sie bereits schläft. Ein paar Augenblicke streichle ich ihr über die seidigen Haare, dann löse ich mich widerwillig von ihr.

Eine Wohnzimmerwand wird von einem großen

Bücherregal eingenommen. Dem Staub nach zu urteilen, hat Evie schon lange kein Buch mehr zur Hand genommen. Ich ziehe vorsichtig eines heraus. *Von Mäusen und Menschen.* Es sieht aus wie das Buch, das Evie vor Jahren in ihre Schultasche gestopft hat.

Ich halte den Atem an, doch als ich es aufschlage, finde ich tatsächlich zwei Zwanzig-Pfund-Noten, zusammengepresst wie getrocknete Gänseblümchen.

Sie hat immer schon Geld in Büchern versteckt. Als Teenager hat sie damit angefangen und es auch in den Zwanzigern weitergeführt, aber ich hatte Zweifel, dass sie an diesem sterilen Ort immer noch denselben Gewohnheiten folgt. Diese kleine Eigenart weckt erneut die Sehnsucht nach Evie in mir. Offenbar kenne ich sie trotz allem immer noch.

Im nächsten Buch ist kein Geld, doch in *Stolz und Vorurteil* finde ich achtzig Pfund, und bald weiß ich, welche Bücher Evie sich als Geldlager ausgesucht hat. Offenbar bevorzugt sie Klassiker, obwohl ich dreißig Pfund in einem Gedichtband eines Schriftstellers finde, dessen Namen ich noch nie gehört habe.

Ich stopfe mehrere Scheine in die Taschen meiner Schlafanzughose, dann mache ich es wie Evie und verstaue den Rest zwischen den Seiten eines billigen Krimis, der im untersten Fach über den anderen Büchern ins Regal gestopft wurde, als hätte er woanders keinen Platz mehr gefunden.

Ich werfe einen Blick auf Mimi. Sie schläft noch immer und atmet tief und regelmäßig.

Ich kehre eilig in die Küche zurück, lege das Buch in eine stabile Einkaufstasche mit Stoffhenkel und mache mich auf die Suche nach Essbarem.

Ich greife nach einem großen Glaskrug, der neben der Spüle steht, fülle ihn mit Wasser aus der Wasserleitung und stürze ihn hinunter, fülle ihn erneut und trinke noch mehr, bevor ich an den Kühlschrank gehe.

Ich finde eine Schüssel mit übrig gebliebenem Linseneintopf und halte mich nicht damit auf, ihn aufzuwärmen, sondern schlinge ihn mit wenigen Löffeln hinunter. Ich stopfe ein Stück Brot hinterher und muss mich ermahnen, es zu kauen, bevor ich es schlucke. Thomas hat mich in den ersten Stilltagen auch immer daran erinnert, als ich nicht schnell genug und reichlich genug essen konnte. Jetzt plagen mich derselbe Durst und Hunger. Ich entdecke eine Packung Plätzchen in einem der Schränke und spüle eines nach dem anderen mit kalter Milch hinunter. Es sind nur wenige Minuten vergangen, seit ich zu essen begonnen habe, aber das Essen gibt mir bereits neue Kraft.

Kraft, um vorauszuplanen.

Ich nehme ein paar glänzende Äpfel und Orangen mit dicker Schale aus der Obstschale und packe ein paar Dosen mit Bohnen in Tomatensoße, einen angeschnittenen Laib Brot und ein Stück Käse aus dem Kühlschrank ein.

Dazu noch Besteck, zusätzliche Geschirrtücher aus der Schublade und mehrere Wasserflaschen vom Abtropfgitter, die ich mit Leitungswasser fülle.

Ich will wieder nach Mimi sehen, doch als ich mich

umdrehe, überkommt mich plötzlich die Angst, dass das Sofa leer sein könnte. Dass ich nur ihren Abdruck auf dem Kissen anstatt ihres weichen Körpers vorfinde.

Ich atme erst wieder, als mein Blick auf ihre zusammengerollte Gestalt fällt. Ich hätte sie nicht allein lassen sollen. Ich hebe sie hoch und schmiege meinen Kopf an ihre Schulter, während ich vorsichtig die Treppe hochsteige.

Ich brauche etwas zum Anziehen.

Evies Schlafzimmer befindet sich hinter der ersten Tür, die ich öffne. Ich lege Mimi aufs Bett, und sie sinkt immer noch schlafend in sich zusammen. Die Sorge darüber, dass sie noch nicht aufgewacht ist, wird größer. Welche Medikamente hat sie bekommen, die sie so benommen machen? Sie wacht nicht auf, obwohl ich ihren Namen rufe, ihre Wange streichle und ihre Füßchen drücke. Ich lasse sie widerstrebend auf dem Bett zurück.

Ich wandere durch Evies Schlafzimmer, durchwühle ihre Klamotten und ziehe Schubladen auf, um nachzusehen, was sich ganz hinten versteckt, als mich mit einem Mal das schlechte Gewissen überkommt. Innerlich trete ich einen Schritt zurück und sehe mich von der anderen Seite anstatt aus meiner eigenen, verzweifelten Perspektive. Ich entdecke Oberteile, die Evie vor Jahren trug, die ich seither aber nie mehr an ihr gesehen habe. Einen alten schwarzen Pullover, den sie bei einer gemeinsamen Shoppingtour gekauft hat und danach ständig anhatte, bis auch die Motten daran Gefallen fanden. Sie hat ihn immer noch. Ich schlüpfe aus meinem Mantel und ziehe den Pullover über mein milchnasses Shirt. Ich streife die Ärmel nach unten über die Handgelenke. Eingehüllt in den weichen Stoff wird mir langsam ein wenig wärmer.

Ich kann sie riechen. Überreste ihres Parfums in den Kleidern. Was wird sie wohl denken, wenn sie die zerbrochene Scheibe sieht und den Spuren meiner Plünderungen folgt? Sie wird wissen, dass ich es war. Wird es sie wütend machen? Oder traurig? Ich will es lieber nicht wissen.

Ich schiebe das schlechte Gewissen beiseite und mache mich mit frischer Energie über die Schubladen her. Es gibt viele neue Sachen, die erst kürzlich gefaltet und zu den anderen gelegt wurden. Sie sehen ungetragen aus. Evie war wohl vor Kurzem shoppen. Sie sind weicher, sauberer und glänzender als der Rest.

Ein hellgrauer Pullover mit diagonalem Ausschnitt und weiten Dreiviertelärmeln. Ein weißes T-Shirt, das nie wieder so sauber aussehen wird. Ich widerstehe dem Drang, sie mitzunehmen, auch wenn ihre Unverbrauchtheit verlockend ist. Ich will diese frischen, unberührten Sachen. Eine neue Haut.

Am Ende greife ich einigermaßen widerwillig nach einer weiten Hose, die zu einem Ball zusammengeknüllt im hinteren Teil einer Schublade steckt, und einem T-Shirt, das sich irgendwo zwischen Blau und Grau bewegt. Dazu ein dünner elfenbeinfarbener Pullover, der ein wenig zu klein ist und zu eng sitzt, aber trotzdem reichen muss. Evie besitzt mehrere weiße Unterhemden, die ich ebenfalls einpacke, und außerdem ein paar ausgeleierte Unterhosen, die vergessen und ungeliebt aussehen.

Ich stehle einen Lippenbalsam, eine kleine Tube Handcreme und ein halb leeres Deo aus dem Badezimmer. Luxusgüter in Zeiten wie diesen.

Die Einkaufstasche fühlt sich beruhigend schwer an, und das Buch, in dem ich das Geld versteckt habe, schlägt gegen meine Seite.

In diesem Moment höre ich ein Geräusch vom Bett – ein unverkennbares Geräusch. Ich haste zu Mimi, und meine Beute rutscht mir aus der Hand.

Das Diebesgut kullert heraus und verteilt sich auf dem Boden.

DAMALS

»Nimm du sie«, sagte Evie und drückte mir eine Tasche in die Hand. »Ich will sie nicht. Gib sie irgendwo ab.«

Ich warf einen Blick hinein. Sie enthielt mehrere von Jakobs samtig weichen Lieblingsstofftieren. Einen weißen Bären, der gleichzeitig eine Rassel war, eine Eule aus Filz mit weit auseinanderstehenden, runden Augen.

Jakob war seit drei Wochen fort.

Ich war zu Evie gefahren, und wir drehten eine Runde nach der anderen in dem kleinen Park in der Nähe ihres Hauses.

Immer wieder verlangsamten sich unsere Schritte, und wir blieben beinahe stehen. Der Rundweg führte an Blumenbeeten vorbei, die allerdings so feucht waren, dass sie eher Schlammgruben ähnelten, in denen nichts mehr wachsen konnte.

Ab und zu kamen Kinder mit ihren Rollern an uns vorbei, so nahe, dass sie uns beinahe umfuhren. Sie waren perfekt ausgerüstet, und mit Helm, Arm- und Beinprotektoren vor Unfällen geschützt.

Ein Mädchen durfte nur mit dem Roller fahren, solange

ihre Mutter eine Hand auf der Lenkstange hatte. Sie bewegten sich nur langsam vorwärts, wie bei einer seltsamen Version des Dreibeinlaufs. Andere Eltern rannten hinter ihren Kindern her, ohne sie jedoch einholen zu können. Sie riefen Warnungen, während sie versuchten, alle Eventualitäten vorauszuahnen, damit niemand weinte, niemand sich verletzte.

Jedes Mal, wenn ein Kind mühelos an uns vorbeiglitt, zog Evie scharf die Luft ein. Zuerst dachte ich, sie hätte Angst, dass sie hinfielen, doch als ich sah, wie ihr Blick den Kindern folgte, fragte ich mich, ob sie sich vorstellte, wie Jakob in dem Alter aussehen würde und wie er an uns vorbeischoss.

»Es gibt da eine Frau in Bristol, die ein Programm erstellt hat, das sämtliche Daten aus deiner ArbeitsSphäre und MobilSphäre zu Bildern und Videos verarbeitet, die dir zeigen, wie später dein Kind aussehen wird. Wenn man möchte, kann sie das Aussehen bis achtzig voraussagen. Ich glaube, das werde ich machen.«

Evie sprach in Wellen. Entweder plapperte sie vor sich hin und war voller Ideen, oder sie schwieg, als würde es sie zu viel Kraft kosten, ihre Gedanken in Worte zu fassen.

Ihr Gesicht wirkte ohne die üblichen roten Wangen kalkweiß, und ihre Lippen waren trocken und aufgesprungen. Ich versuchte, den Gedanken zu verdrängen, dass sie kaum wiederzuerkennen war. Ich wollte sie ansehen, fand es aber gleichzeitig zu schwierig.

Wir kamen an der großen Eiche in der Mitte des Parks

vorbei, und wir nahmen erneut – wie schon viermal zuvor – einen der Pfade, die uns um den Park und schließlich wieder zu ihr zurückführen würden.

»Warst du noch einmal in der Bibliothek?«, fragte ich. »Vielleicht kann dir dort jemand helfen.«

Evie schüttelte energisch den Kopf.

»Was sagt Seb zu der ganzen Sache?«

Evie stieß ein lautes, hyänenartiges Lachen aus, doch im nächsten Augenblick verstummte sie.

»Seb«, sagte sie langsam. Seb war nur noch ein Nebendarsteller. Dann lachte sie erneut, barsch, hart. »Seb will, dass wir es noch einmal versuchen.«

»Na ja, vielleicht nach einiger Zeit …«

»Kit, nein. Nicht du auch noch. Für ihn ist es nicht dasselbe. Es lässt sich nicht vergleichen.«

Evie hatte noch nicht oft Klartext geredet, wenn es darum ging, wie verschieden sich der Induktionsprozess auf sie und auf Seb ausgewirkt hatte.

»Er hat keine Ahnung, wie es wirklich war. Wie es war, es so oft hintereinander zu versuchen. Irgendwann war ich überzeugt davon, dass mein Körper aufgeben würde, dass ich mich nie wieder erholen und schon gar kein Kind bekommen würde. Aber das war nicht das Schlimmste. Er musste nicht jeden noch so kleinen Teil von sich aufgeben. Er musste nicht so schwer daran tragen.«

»Was meinst du damit? Jakob?«

»Nein, natürlich nicht. Obwohl das noch so eine Sache ist. Aber ich meinte die Last. Die Verantwortung. Die lag immer bei mir. Ich hatte ständig das Gefühl, als wäre ich diejenige, die nichts falsch machen darf. Diejenige, die bewertet wurde. Selbst bei der ersten Warnung, erinnerst du dich? Seb hatte Jakob nicht richtig gehalten, aber *ich* hatte es nicht bemerkt. Es war meine Schuld.«

Ihre Schritte hatten sich ihrer Sprechweise angepasst und waren immer schneller geworden. Sie hatte ohne Punkt und Komma geredet, und jetzt atmete sie geräuschvoll ein, als wäre ihr gerade eingefallen, dass sie zwischendurch Luft holen musste.

»Empfindest du das wirklich so?«

»Ja, auf jeden Fall. Die Verantwortung liegt letzten Endes immer bei der Mutter. Dir ist das schon lange klar, oder? Sonst hättest du dich nicht gegen Kinder entschieden.«

Ich suchte nach einer Antwort. Hatte ich das wirklich schon lange erkannt? Oder war ich genauso konditioniert wie alle anderen und akzeptierte, dass die volle Last auf den Schultern der Mütter ruhte?

»Du weißt, wie lächerlich das alles ist«, fuhr sie fort. »Und du hast die richtige Entscheidung getroffen. Ich wünschte, ich hätte genauso entschieden.«

»Nein, das tust du nicht. Bestimmt nicht. Denn dann hättest du nie Jakob bekommen.«

Evie biss sich auf die Lippe, die daraufhin jegliche Farbe verlor. Sie murmelte leise vor sich hin und wiederholte dabei meine Worte. »Denn dann hätte ich nie Jakob bekommen. Dann hätte ich nie Jakob bekommen.«

Als sie sich wieder an mich wandte, klang ihre Stimme wie durch einen Filter. Als wäre sie nicht ihre eigene, sondern eine Sounddatei.

»Wir haben einen Brief mit dem Vorschlag bekommen, es noch einmal zu versuchen. Vielleicht hätte Seb das Thema gar nicht angesprochen, wenn der Brief nicht gewesen wäre. Es geht darin vor allem darum, dass Extraktionen beim ersten Kind zwar häufig vorkommen, gleichzeitig aber auch die Richtung vorgeben, um eine Extraktion in Zukunft zu vermeiden. Wenn wir es innerhalb der nächsten zwei Monate noch einmal versuchen, bekommen wir ein höheres Wohndarlehen.«

Ich schüttelte kaum merklich den Kopf.

Vor uns teilte sich der Weg.

»Hast du …?« Ich traute mich kaum, daran zu denken, ganz zu schweigen davon, es auszusprechen, aber ich überwand mich. »Hast du herausgefunden, ob es einen Weg gibt, Jakob zurückzubekommen? Nachdem Tia abgeholt wurde, hab ich ein wenig recherchiert, aber nichts gefunden. Hast du auch nachgeforscht?«

Ich sagte Evie nicht, dass ich sämtliche Dateien über Jonah nach einer weiteren Verbindung zwischen ihm und dem OSIP durchkämmt hatte. Außerdem kehrte ich regelmäßig zu dem Telefonat zurück, auf dessen beiliegender Videodatei ich die Dokumente mit dem OSIP-Logo entdeckt hatte, doch das Video ließ sich nicht mehr abrufen.

Ich hatte keine Beweise, aber ich war mir sicher, dass er irgendwie mit dem OSIP in Verbindung stand. Es machte das OSIP einen kleinen Schritt greifbarer. Ich wollte alles tun, um Evie und Seb zu helfen. Wenn es irgendetwas gab, um Jakob zurückzuholen, würde ich es tun.

Genevieves Baby – Jonahs Enkelkind – befand sich mittlerweile bereits in einer künstlichen Gebärmutter. Sie hatten sich nach dem Telefonat nicht mehr darüber unterhalten, bis es schließlich offiziell bekannt gegeben wurde. Seither verlor ich mich in den Telefonaten und Videos, die ich geschickt bekam, hörte zu, wie es voranging und wie sich der Embryo entwickelte. Nach beinahe sechsmonatiger Gentherapie war der Fötus fertig gewesen. Ich arbeitete die neuen Informationen in Jonahs Lebensdokumentation ein, und jedes Mal, wenn ich die Datei schloss, war mein Gesicht von Tränen überströmt.

»Ich möchte jetzt ein bisschen allein sein«, erklärte mir Evie mit einem Mal. Ihr Gesicht wirkte verschlossen und ausdruckslos, genau wie ihre Stimme.

»Willst du nach Hause?«, fragte ich sie.

»Nein«, antwortete sie schnell. »Ich bleibe noch ein wenig hier.«

»Evie, ich wollte dich nicht verstören.«

Sie lachte erneut.

»Tut mir leid, Kit, aber mich verstört gar nichts mehr. Es hat nichts mit dir zu tun. Ich will einfach nur … allein sein.«

»Okay.« Ich steckte die Hände in die Taschen und machte mich auf den Heimweg, doch dann hörte ich erneut Evies Stimme. Ich hielt inne.

»Weißt du, die Zeit nach seiner Geburt war wirklich hart. Ich konnte mit niemandem darüber reden. Nicht mit Seb. Nicht einmal mit dir. Nicht nach allem, was wir durchgemacht hatten, um ihn zu bekommen. Es ist absurd, wenn man erkennt, dass man etwas, das man sich so viele Jahre gewünscht hat und für das man so viel ertragen musste, eigentlich gar nicht will. Wo liegt da der Sinn? Jakey brauchte mich so sehr. Ich schätze, das hat mir Angst gemacht. Dieses Gefühl. Das Gefühl, dass mein Leben nie wieder dasselbe sein würde. Dass ich nie wieder ganz allein sein würde. Weil er mich immer brauchen würde, rund um die Uhr. Ich dachte daran, wie es war, bevor er da war. Und ich wollte dieses Leben zurück. Es gab eine kurze Zeit, da hätte ich diese Freiheit gerne wiedergehabt. Ohne Jakob und sogar ohne Seb. Ein Leben, in dem ich nur ich selbst sein konnte, ohne mich um einen anderen zu kümmern. Das klingt schrecklich egoistisch, nicht wahr? Du fragst dich sicher, wie ich so etwas wollen konnte, aber so war es nun mal, Kit. Es gab Momente, da wünschte ich mir, alles rückgängig machen zu können. Natürlich war ich glücklich, dass ich Jakey hatte. Wirklich. Aber da war auch diese Dunkelheit. Die Frage, ob ich das Richtige getan hatte, ob ich es schaffen würde. Ich sehnte mich nach meiner Freiheit. Nach einer Freiheit, von der ich bis dahin nicht einmal etwas gemerkt hatte. Und jetzt sieh mich an … Jakob ist fort. Und Seb wird es vermutlich auch bald sein. Dann gibt es nur noch mich. Genauso wie ich es mir gewünscht habe.«

JETZT

Ich laufe zu Mimi, ich kann nicht schnell genug bei ihr sein.

Ihr Körper bäumt sich mit jedem Würgen erneut auf. Das Erbrochene hat sich in einem kurios großen Fleck auf dem weißen Teppich verteilt.

»Ach, Schätzchen. Schätzchen«, säusle ich und reibe ihren Rücken. Es ist grauenhaft, wie nutzlos meine Worte sind, wie gewaltsam ihr Körper mit jedem neuen Schwall bebt.

Ihre Lider öffnen sich einen Augenblick flatternd, und sie sieht mich verwundert an.

Was ist passiert?, scheint dieser Blick zu fragen.

Ich wiege sie sanft, und sie sinkt auf mich. Ihr Körper ist schlaff, vielleicht ein wenig heiß. Ich halte ihren Kopf in den Händen und versuche, ihr Gesicht zu begutachten und ihr eine Hand auf die Stirn zu legen, doch sie rutscht weiter nach unten, unfähig, sich an mich zu drücken. Sie ist wieder ein Neugeborenes, das noch keine Kontrolle über Arme und Beine hat.

Ich blicke über ihre Schulter auf das Erbrochene. Es ist

cremig orange – schwammartige Brocken, die ein abstraktes Gemälde auf den Boden zeichnen.

Im nächsten Augenblick zieht sich ihr Körper erneut zusammen, und sie würgt, bevor ich sie umdrehen kann. Das Erbrochene dringt durch meinen Mantel, Evies Pullover und meinen Schlafanzug. Es ist überraschend warm, und der Gestank raubt mir den Atem.

»Oh, Schätzchen«, sage ich erneut, und auch dieses Mal ist es sinnlos. Ich versuche vergeblich, mir meine Bestürzung nicht anmerken zu lassen. »Ist schon gut, alles gut«, bemühe ich mich, sie zu beruhigen. »Warum musst du dich denn übergeben, Liebling?«

Ich denke an das Medikament, das sie bekommen hat. Ich wollte so schnell weg, dass ich weder nach dem Namen noch nach den Nebenwirkungen gefragt habe. Oder hat sie sich bei den anderen Kindern angesteckt? Vielleicht ist eines von ihnen krank gewesen.

Mimi bebt erneut und beginnt zu würgen.

DAMALS

Mein Magen fühlte sich an wie in einem Schraubstock, und mir war leicht übel, als ich auf Evies und Sebs Haus zuging.

Ich war seit dem Abend, an dem Jakob geholt wurde, nicht mehr dort gewesen. Kaum zu glauben, dass seitdem schon fast zwei Monate vergangen waren.

Ich bemerkte mein Unwohlsein erst, als ich auf die fröhlich rote Haustür zuging. Meine Hände umklammerten einander, und mein Atem ging flach.

Ich war mir nicht sicher, ob ich die Übelkeit würde zurückhalten können. Ich schluckte schwer und war mir meines Körpers mehr als bewusst. Der Schweiß, der sich auf meiner Oberlippe gebildet hatte, das quälende Ziehen in den Schultern, das plötzliche Krampfen des Magens.

Evie und ich trafen uns inzwischen meist im Park, oder wir sprachen über die ArbeitsSphären miteinander, oder sie kam uns besuchen. Aber nachdem ich schon seit einigen Tagen nichts mehr von ihr gehört und sie auch nicht auf meine Nachrichten reagiert hatte, beschloss ich, bei ihr vorbeizuschauen, wobei ich versuchte, nicht daran zu denken, wie ich zu Dad gefahren war, nachdem er nicht ans Telefon gegangen war.

Ich hatte den Vormittag über weiteres Material für Jonahs Lebensdokumentation bearbeitet. Genevieves XC-Baby befand sich in den letzten Wochen seiner Entwicklung. Die Entwicklungsdauer von XCs unterschied sich von der der Babys, die sich in einer natürlichen Gebärmutter entwickelten. Sie betrug mehr als zweiundvierzig Wochen, denn es gab weder Geburtstermine, noch bestand die Gefahr eines Plazentaabbaus, und so wurden die XCs mit ausgereifteren Organen geboren. Die genaue Entwicklungsdauer richtete sich nach den individuellen Bedürfnissen des Fötus. Genevieves Baby war mittlerweile in der fünfundvierzigsten Woche. Je mehr ich über das neue Mitglied der Familie schrieb, das bald ankommen würde, desto mehr dachte ich an Evie.

Ich trat vor die Tür und streckte eine Hand aus, um mich daran abzustützen. Doch im nächsten Moment zuckte ich vor der leuchtend roten Farbe zurück, als hätte ich mich verbrannt. Ich musste daran denken, wie der OSIP-Beamte an die Tür geklopft und gehämmert hatte.

Ich wartete, bis ich mich ein wenig beruhigt hatte. Ich konnte von der Haustür ins Wohnzimmer sehen. Evie hatte die Jalousien hochgezogen, und ich erkannte die Umrisse von Jakobs Sachen, die immer noch dort herumstanden. Seine Wippe, seine Spielsachen, seine Krabbeldecke in der Mitte des Teppichs. Alles war an seinem Platz und wartete, wie ein Museum ohne Besucher, eine Bibliothek ohne Leser. Nur das Kind, dem das alles gehörte, fehlte.

Ich klopfte leise und dann kräftiger, als niemand reagierte. Auch das brachte nicht den gewünschten Erfolg, und so bückte ich mich und rief durch den Briefschlitz ins Haus. Es sah aus, als wäre niemand da. Es lag eine Stille in der Luft, und die Einrichtung wirkte grau, als hätte man sie zurückgelassen. Als wäre schon länger niemand hier gewesen.

Doch dann vernahm ich ein Geräusch im oberen Stockwerk. Ich rief erneut, dieses Mal etwas lauter. Es war, als ließe meine Stimme das Haus beben.

Endlich erschien ein Schatten hinter dem gesprenkelten Halbkreis aus Glas im oberen Teil der Tür, und sie wurde geöffnet.

Evie sah aus, als wäre sie nicht im Bett gewesen oder gerade aufgestanden. Sie trug mehrere Schichten übereinander, die nicht zusammenpassten. Ein Unterhemd, einen Blazer, den sie im Büro angehabt hatte, ein fließendes Tuch über den Schultern und eine fadenscheinige Schlafanzughose, die wie ein Sack um ihre viel zu dünnen Beine hing.

Sie sagte kein Wort, sondern ging voraus in die Küche. Das Gehen schien ihr schwerzufallen. Sie seufzte immer wieder tief, als plagten sie Erinnerungen.

»Was ist los?«, fragte ich sie. »Wo ist Seb?«

»Fort«, antwortete sie und füllte den Wasserkocher. Sie brauchte einige Versuche, bis sie ihn zurück auf die Vorrichtung gestellt hatte, und als wäre das genug der Mühe, machte sie ihn nicht an, sondern lehnte sich mit dem Rücken an die Arbeitsplatte und zog die Ärmel des Blazers über die Handgelenke nach unten bis zu den Fingerknöcheln.

»Wie fort? Fort?«

»Fort. Wie in: ›Er hat mich verlassen.‹« Plötzlich griff sie sich an den Kopf und verzog das Gesicht, als hätte sie Schmerzen und hätte sich gerade daran erinnert.

»Hast du Kopfschmerzen?«, fragte ich.

»Nein«, erwiderte sie barsch.

Ich trat zu ihr und nahm sie in den Arm. Sie blieb steif und erwiderte die Umarmung nicht.

»Es tut mir leid«, murmelte ich mit dem Gesicht an ihren Haaren. Sie roch muffig und leicht säuerlich. »Ich wünschte … ich könnte etwas tun.«

»Sag nicht, dass es dir leidtut.« Evie wand sich aus meiner Umarmung. »Dir muss nichts leidtun. Hör auf, dich für Dinge zu entschuldigen, die nichts mit dir zu tun haben.«

»Du frierst«, sagte ich und versuchte, die messerscharfe Wut in ihrer Stimme zu ignorieren. »Komm, wir trinken eine Tasse Tee, dann wird dir wieder warm. Ich mache den Wasserkocher an.«

»Nein«, erwiderte Evie scharf. »Ich mache Tee, wenn du einen willst. Es ist mein Haus.«

Sie drückte den Knopf und ließ das Wasser kochen. Der Wasserkessel vibrierte auf der Vorrichtung, und Dampf quoll heraus. Sie machte keine Anstalten, Becher oder Teebeutel zu holen, und ich tat es ihr gleich und lehnte mich ebenfalls an die Arbeitsplatte. Schweigend standen wir nebeneinander.

»Falls du reden möchtest …«, begann ich, doch diese paar Worte schienen Evie den Rest zu geben. Sie stieß sich von der Arbeitsplatte ab, zerstörte die Symmetrie und huschte aus dem Zimmer und die Treppe nach oben.

Ich blieb einen Moment lang stehen und fragte mich, ob ich ihr folgen oder lieber gehen sollte, doch bevor ich mich entscheiden konnte, war sie wieder da und wischte über ihre ArbeitsSphäre. Sie durchsuchte einige Dokumente, löschte eine Werbung und öffnete schließlich eine Zahlungsbestätigung.

»Das Geld aus Dads Nachlass ist gekommen«, sagte sie. »Ich überweise dir gleich deinen Anteil.«

Ihre geschäftsmäßige, unpersönliche Kälte traf mich tief. Ich zögerte, versuchte vergeblich, etwas zu sagen. Wieso hatte sie mir nicht gesagt, dass sie die Wohnung verkauft hatte, dass alles unter Dach und Fach war und dass am Ende nur eine Zahl auf einem Display übrig geblieben war? Evie zitterte, ihr Gesicht war aschfahl. Es schien, als würde sich etwas in ihr regen, an die Oberfläche drängen und gleich herausbrechen.

»Ich muss ständig an Mum und Dad denken«, platzte sie heraus, hielt dann aber abrupt inne.

»Was ist mit ihnen?«, fragte ich sanft.

»Nichts … bloß, wie es für Dad gewesen sein muss – nachdem Maia und Mum gestorben waren«, antwortete sie vage.

»Ich kann es mir nicht vorstellen, wie es war, eine nach der anderen zu verlieren.«

Evie murmelte etwas.

»Was hast du gesagt?«

Sie sah mich an. »Ich habe beschlossen, für ein paar Tage fortzugehen. Allein. Ich brauche Zeit für mich.«

»Wohin?«

Sie schickte mir das Geld, indem sie einmal über das Display wischte. »Weiß ich noch nicht. Ich muss einfach eine Weile von hier fort. In ein anderes Viertel. Für einige Zeit. Mir über ein paar Dinge klar werden. Ich muss dann jetzt – alles vorbereiten.«

»Okay, wir hören uns, wenn du wieder da bist. Oder auch, während du unterwegs bist – falls du reden willst … über was auch immer.«

Ich wandte mich ab. Ich hätte beinahe innegehalten, bevor ich die Tür erreichte. Ich hätte mich beinahe noch einmal umgedreht, doch im Grunde war ich froh, dass sie mir einen Grund geliefert hatte, zu verschwinden.

JETZT

Nun kann ich nicht mehr einfach abhauen, falls Evie nach Hause kommt.

Ich trage Mimi ins Badezimmer nebenan und lege sie mitsamt den schmutzigen Kleidern in die Wanne. Ich ziehe ihr das Oberteil aus und sehe erst jetzt, dass das Erbrochene überall ist. Auf der Schlafanzughose, auf den Schühchen, überall.

Ich versuche, es herunterzuspielen. »Zeit für ein kleines Bad«, erkläre ich Mimi aufmunternd, als wäre es keine große Sache, kein Problem.

Ich brauche einige Anläufe, um die unbeschriebenen silbernen Würfel an der Wand dazu zu bewegen, Wasser auszuspucken, und als es kommt, ist der Strahl zu hart und das Wasser zuerst zu kalt und dann zu heiß. Mimi schreit gegen das Rauschen des Wassers an, das auf das unberührte weiße Email prasselt.

Sie lässt sich waschen, aber ich sehe, dass sie bereits wieder müde wird. Als ich das Wasser ausmache, weint sie. Sie hat es immer schon gehasst, wenn das Bad zu Ende war und die kalte Luft ihre feuchte Haut traf.

Ich hole mit einer Hand ein dickes Badetuch von einem Haken und wickle sie ein. Es ist so groß, dass sie darin verschwindet, und einen Moment lang bin ich unendlich dankbar, dass Evie das Badetuch hiergelassen hat. Auf alberne Art froh, dass sie sich für ein teures Exemplar entschieden hat, das so groß und weich ist, dass es meiner weinenden Tochter Trost spendet.

»So ist es besser, nicht wahr?«, sage ich, rubble ihr die Haare trocken und drücke sie an mich.

Es musste wohl so kommen, dass sie in dem Moment, als ich denke, dass wir das Schlimmste hinter uns haben, wieder zu würgen beginnt. Das Erbrochene rinnt mir über die Schulter und den Rücken hinunter.

»Oje, oje«, plappere ich. »Mummy wäscht sich besser auch gleich.«

Ich betrachte das Erbrochene auf meinem Mantel im Spiegel. Es ist überraschend viel, nachdem sie sich bereits dreimal übergeben musste. Allerdings ist es mittlerweile nur noch grüne Galle.

»Jetzt ist alles raus«, erkläre ich ihr. »Gleich geht es dir besser.«

Und ich versuche, es auch selbst zu glauben.

DAMALS

Santa bestand darauf, Konfetti zu werfen. Sie fielen auf uns wie Blätter im Herbst.

Thomas und ich heirateten in einer kleinen Zeremonie, nur mit einer Handvoll Gäste. Ich hatte mich lange gefragt, ob wir es verschieben sollten oder niemandem davon erzählen. Es schien nicht der richtige Zeitpunkt für die Leute, die wir am meisten liebten.

Nicht für Evie, die zuerst ihr Kommen angekündigt, dann aber doch eine Nachricht hinterlassen hatte, in der von irgendeinem Notfall die Rede war, den sie nicht näher erklärte.

Nicht für Santa, Thomas' Mutter, die eine Knieoperation hinter sich hatte und gerade erst aus dem Krankenhaus gekommen war. Sie bewegte sich den ganzen Tag humpelnd, ließ sich davon aber nicht die Stimmung vermiesen.

Es hatte mit Gesprächen begonnen, die mit »wenn wir heiraten würden, dann …« anfingen, und langsam entwickelten sich – ohne dass wir es bewusst bemerkten – Pläne, die am Ende vollständig ausgearbeitet und bis ins kleinste Detail festgelegt vor uns lagen. Die Vorstellung, nie zu heiraten, machte mir keine Sorgen, die Vorstellung, *Thomas* nicht zu heiraten, aber sehr wohl. Wenn es die Tradition verlangt hätte, auf das höchste Gebäude zu steigen und es von oben herab den Passanten zuzubrüllen, hätten wir es getan. Stattdessen gab es eine Hochzeitszeremonie, zwei Ringe und ein Dokument.

Am Morgen der Hochzeit wachte ich mit einem Lächeln auf dem Gesicht auf. Wir hatten auf getrennte Betten verzichtet, und so rollte ich mich zu Thomas, der neben mir noch schlief. Ich schlang Arme und Beine um ihn und hielt ihn fest, bis er aufwachte.

»Heute heiraten wir«, verkündete ich, als wollte ich ausprobieren, wie es klang. »Du und ich. Wir sind bald verheiratet.«

Thomas murmelte etwas in sein Kissen, das ich nicht verstand, doch dann hob er ruckartig den Kopf und drehte sich zu mir.

»Ja«, sagte er. »Heute heiraten wir. Hast du es dir etwa anders überlegt?«, fragte er mit erhobenen Augenbrauen.

»Nein, ich will es tun«, sagte ich langsam und bedachte dabei jedes einzelne Wort.

Hätte uns Santa nicht angerufen, sie sei auf dem Weg und ob wir uns nicht vorher schon mit ihr treffen wollten, wären wir bis zur letzten Minute liegen geblieben.

Wir duschten und zogen uns an, wie an jedem anderen Tag. Ich trug dasselbe Kleid wie bei Jakobs Namensfeier, an dem Tag, als wir uns kennenlernten, und Thomas schlüpfte in sein Lieblingshemd, dann waren wir fertig.

Santa hatte sich für ein wunderschönes gold-oranges Kleid mit einem kräftigen türkisen Tuch entschieden, das sie sich über die Schultern geworfen hatte. Sie saß im Café einer der Kunstgalerien in der Nähe des Rathauses.

»Hallo, mein Schatz«, begrüßte sie Thomas, umarmte und küsste ihn, bevor sie ihn an den Schultern von sich wegdrückte, als müsste sie sichergehen, dass er es wirklich war. »Und hallo, meine Liebe!« Sie drehte sich zu mir und umarmte mich. Der Duft ihres Magnolienparfums war süß und bezaubernd, und als ich es einatmete, wurde mir bewusst, dass ich unter dem Parfum und dem Geruch ihrer frisch gewaschenen Haare auch einen Hauch von Thomas wahrnahm.

»Bereit zu heiraten?«, fragte sie uns mit einem schelmischen Lächeln.

Wir nickten und grinsten zurück.

Wir tranken Kaffee, während wir auf unseren Termin warteten, dann beschloss Santa, dass es Zeit für etwas Stärkeres wurde, und wir bestellten drei orangefarbene Bellini, die genau zu Santas Kleid passten.

»Gut, so bemerkt wenigstens niemand, wenn ich mich bekleckere«, erklärte sie fröhlich. »Ich bin so … vorausschauend.«

Zu Beginn unserer Beziehung hatte Santa uns zu sich zum Abendessen eingeladen, um mich kennenzulernen. Sie wohnte im selben Viertel wie Thomas, in einer der größeren Anlagen in der Nähe des Flusses.

Ich war seltsam nervös und hatte ungeheure Angst, zu

spät zu kommen, obwohl Thomas mir versicherte, dass das kein Problem sein würde.

»Liebling!«, hörte ich Santas Stimme, sobald wir geklopft hatten. Die Tür wurde aufgerissen, und Santa wirbelte heraus, klein, aber trotzdem überragend, und streckte ihre Arme nach Thomas aus.

»Kit!«, rief sie kurz darauf und schenkte mir ein warmherziges Lächeln. »Wie schön, Sie kennenzulernen!«

Wir setzten uns an den Couchtisch im Wohnzimmer und aßen stundenlang. Umringt von Santas Bildern, die an den Wänden und an den Regalen lehnten, sodass nur ein schmaler Weg blieb, um sich durchs Zimmer zu schlängeln.

»Es ist bloß ein Versuch«, erklärte sie und deutete auf die Leinwände, die in denselben intensiven Farben leuchteten, die auch Thomas liebte, bloß dass es hier nicht um Gesichter ging, sondern abstrakte Formen und Gefühle.

Santa servierte eine endlose Abfolge an kleinen Köstlichkeiten. Hummus mit gerösteten Pinienkernen. Mit Schafkäse und Spinat gefüllte, kunstvoll übereinandergeschichtete Blätterteigtaschen. Winzige Häppchen Baklava. Dunkelrote, glänzende Kirschen.

Als wir gingen, war ich wie benommen. Nicht nur vom Essen, sondern auch von dem Ort und von Santa selbst.

»Sie hat diesen Effekt auf Leute«, meinte Thomas, als ich versuchte, es in Worte zu fassen.

»Sie ist wundervoll.«

»Sie ist ein ganz besonderer Mensch. Als ich von zu

Hause auszog, wurde mir bewusst, dass jeder einen Vorrat an Freude besitzt. Mum hat einiges durchgemacht, sich aber ihre Freude bewahrt, und beschützt sie erbittert. Sie genießt ihr Leben. Sie empfindet es als ihre Pflicht. Es ist keine schlechte Art zu leben.«

»Du meinst, als dein Dad fort ist?«, fragte ich sanft.

»Ja, das auch. Es hat sie schwer getroffen, dass Dad auf diese Weise verschwunden ist. Und ihre Schwester Cecelia starb mit Anfang zwanzig. Sie standen sich sehr nahe. Sie hatte Krebs. Es ging sehr schnell.« Thomas holte tief Luft, als wollte er noch etwas sagen, doch dann seufzte er bloß.

»Hat deine Mum schon immer gemalt?«

»Seit ich mich erinnern kann. Sie hat früh angefangen, aber zwischendurch eine Pause eingelegt. Ich glaube, damals, als Cecelia starb. Der Rest … ist Geschichte.«

Natürlich schenkte uns Santa eines ihrer Bilder zur Hochzeit. Es sah aus wie ein Bruder oder eine Schwester der Bilder, die bei meinem ersten Besuch am Regal gelehnt hatten. Es weckte das Gefühl der Zusammengehörigkeit in mir, das Gefühl der Liebe.

Die kurze Hochzeitszeremonie war vorbei, kaum dass sie angefangen hatte. Das Danach war die richtige Hochzeit. Wir hatten einen Tisch in einem Tapas-Restaurant reserviert, und wir saßen zu dritt zusammen, aßen und tranken, bis es draußen dunkel wurde und der Tag vorbei war.

Natürlich dachte ich an Dad und Evie. Ich hätte nie gedacht, dass ich einmal heiraten würde, aber selbst wenn, wäre es unvorstellbar gewesen, dass sie nicht dabei waren. Obwohl ich Evie gerne bei mir gehabt hätte, konnte ich nicht vergessen, wie sie sich bei unserem letzten Treffen verhalten hatte – wie weh ihre Worte getan hatten, wie kalt und gleichgültig sie mich behandelt hatte. Ein alberner, egoistischer Teil von mir sehnte sich nach meiner Schwester; nach der Schwester, die ich früher einmal gehabt hatte.

»Ich werde keine Rede halten«, meinte Santa zu mir, während Thomas noch mehr Essen bestellte. Ihre Wangen glühten ein wenig vom Wein, und auch ihr Atem roch kaum merklich danach. »Aber ich will dir trotzdem etwas sagen: Du und Thomas, ihr seid glücklich, wenn ihr zusammen seid, und glücklich, wenn ihr getrennt seid. Es tut gut, sehr gut, das zu sehen. Wenn sein Vater und ich nicht zusammen waren, war es nicht gut. Es war wie das Ende der Welt. Es war zu viel. Es konnte nur schlimm ausgehen. Denn so sollte es nicht sein. Es führt dazu, dass man mit sich allein nicht mehr glücklich ist. Aber wenn ich meinen Sohn und dich so sehe, weiß ich, dass ihr beides könnt. Und das ist sehr gut.«

Sie kniff mich in die Wange, als würden ihre Worte nicht ausreichen, dann wandte sie sich entzückt an Thomas und fragte, ob er auch Sherry bestellt habe.

Als jeder von uns ein kleines Glas eiskalten Sherry vor sich stehen hatte, meinte Santa erneut: »Ich werde keine Rede halten. Aber ich trinke auf Kit und auf Thomas, die einander lieben.«

Und in diesem Moment glaubten wir ebenfalls an diese

Lüge, der schon so viele Leute vor uns verfallen waren, was sie aber nicht weniger real, weniger wirklich, weniger tröstlich machte.

Wir glaubten, dass nichts unser Glück zunichtemachen konnte, dass wir die Herrscher unserer eigenen kleinen Welt waren.

Thomas fing meinen Blick auf, und wir tranken.

JETZT

Ich versuche, Mimi etwas Wasser einzuflößen, aber sie trinkt nicht. Sie liegt benommen auf meiner Schulter und hebt nicht einmal den Kopf.

»Baby, bitte wach auf. Versuch, etwas zu trinken«, sage ich. Die Verzweiflung in meiner Stimme bringt sie nicht dazu, die Augen zu öffnen.

»Mimi? Mimi?«

Ich höre das Knirschen von Kies in der Einfahrt.

DAMALS

Kurz nach unserer Hochzeit lud Evie uns zu sich nach Hause ein.

Es fühlte sich an wie eine Vorladung. Vielleicht eine Entschuldigung, vielleicht eine Klärung dessen, was zwischen uns lag. Wir hatten seit dem Tag, an dem sie mir das Geld aus Dads Nachlass überwiesen hatte, nicht mehr miteinander gesprochen. Ich hatte sie schriftlich zu unserer plötzlichen, unerwarteten Hochzeit eingeladen, und die Nachrichten, mit denen sie die Einladung zuerst angenommen, sich dann aber doch entschuldigt hatte, waren kurz und schroff ausgefallen.

Obwohl es so viel gab, worüber ich mit ihr reden wollte, tat sich an dem Tag, als wir sie besuchten, eine weitere Kluft zwischen uns auf. Es war seltsam, dass sie nicht bei unserer Hochzeit gewesen war, aber es war auch verständlich und nicht weiter wichtig, abgesehen davon, dass ich mir gewünscht hätte, sie an dem Tag bei mir zu haben.

Ich sah ihren Umriss durch das bunte Glas auf die Tür zukommen. Sie trug leuchtend grüne Kleider, beinahe smaragdfarben.

Als sie die Tür öffnete, umspielte ein fröhliches Lächeln ihre roten Lippen. Sie sah aus wie ein anderer Mensch.

»Kommt rein, kommt rein«, sagte sie.

»Tut mir leid, wir sind zu spät …«

Sie tat meine Entschuldigung mit einer Handbewegung ab, als würde sie eine Fliege verscheuchen. »Kein Problem. Es ist einfach nur toll, dass ihr beide hier seid. Da ist jemand, der euch unbedingt sehen möchte.«

Sie lächelte erneut, strich sich das Kleid glatt, das ihre Hüften umschmeichelte und in einem weiten, fließenden Rock endete.

Wir folgten ihr in die Küche.

»Sieh mal, wer hier ist!«, rief Evie.

Das Klopfen von Plastik auf Plastik.

Ein Murmeln und Gurgeln.

Jakob in seinem Hochstuhl, als wäre er nie fort gewesen.

JETZT

Ich sehe zum Fenster hinaus und erkenne den Umriss eines Kindes auf dem Rücksitz des Autos.

Einen Moment bin ich wie erstarrt. Ich will mich verstecken, fortlaufen, aber Mimi liegt immer noch regungslos an meiner Schulter, und so mache ich mich auf den Weg zur Haustür.

Der Motor geht aus.

Eine Stimme in mir brüllt: *Raus hier! Verschwinde!*

Noch ist Zeit.

Die Autotür öffnet und schließt sich beinahe lautlos. Dann noch eine Tür. Es ist dasselbe Geräusch: ein Zischen und der dumpfe Aufprall. Ich höre Schritte, die aufs Haus zukommen. Ich höre einen Jungen plappern – ich verstehe nicht, was er sagt, höre nur das Auf und Ab seiner Stimme. Dann höre ich Evie, die ihm antwortet. Ich höre sie lachen.

Die Schritte halten inne. Sie sollten weitergehen, und die Tür sollte sich öffnen, aber es herrscht Stille.

Sie hat das zerbrochene Glas gesehen. Sie geht davon aus, dass sich jemand im Haus befindet. Ich überlege eilig, was sie tun wird. Sie wird Hilfe rufen und zu ihrem Auto zurückkehren. Ich werde sie nicht sehen. Das ist das, was ich wollte, aber jetzt, wo Mimi immer noch nicht aufgewacht ist, brauche ich sie. Ich brauche ihre Hilfe.

Ich eile auf die Tür zu und versuche, sie aufzureißen, aber sie ist natürlich verschlossen. Ich stürze so schnell ich kann mit der stöhnenden Mimi an meiner Schulter zu dem Loch im Glas und rufe ihr nach.

»Ich bin's. Evie, ich bin's.«

Es ist schwerer, aus dem Loch nach draußen als ins Haus hineinzuklettern. Ich suche mir einen Weg durch die Glasscherben. Ich schaue auf den Boden, um zu sehen, wo ich hintrete, und spüre, dass sie mittlerweile vor mir stehen, dass sie mich entdeckt haben.

Evies Mund steht offen. In der einen Hand hält sie ihre MobilSphäre, in der anderen die Hand meines Neffen.

DAMALS

»Jakey!«, rief ich, ehe ich wusste, was ich tat.

Er sah nicht auf, sondern versuchte weiter, die Reiswaffel zu erwischen, die auf dem weißen Plastiktischchen des Hochstuhls lag.

Ich warf einen Blick auf Thomas, dessen fassungsloses Gesicht wohl meines widerspiegelte. Er ging zu Jakob, griff nach der Reiswaffel und hielt sie ihm hin. Jakob nahm sie mit seinem pummeligen Händchen und begann, gedankenverloren daran zu nuckeln.

Thomas und ich betrachteten ihn, als wäre er ein Wunder.

Evie lachte fröhlich über ihren Sohn und unsere dümmlichen Gesichter.

»Überraschung!«, rief sie. Ihr Lippenstift war ein wenig zu grell, die Lippen immer noch aufgesprungen. »Na, was sagt ihr?«

Sie beugte sich über Jakobs Kopf und atmete tief ein.

»Er ist es wirklich«, hauchte ich. Er war größer, und sein Körper wirkte robuster, aber er war derselbe Jakob.

Ich streckte ihm die Hand entgegen, und er folgte ihr

mit den Augen und legte schließlich die Finger auf meine. Als er sich nach vorne beugte, rutschte der Ärmel des Strampelanzugs ein wenig hoch, und mein Blick fiel auf das OSIP-Armband um sein Handgelenk.

Evie bemerkte es und lächelte starr. Ihr verkniffenes Gesicht hielt mich von jeder weiteren Frage ab.

»Seit wann ist er wieder hier?«, fragte ich stattdessen.

»Seit vorgestern.« Sie fuhr ihm sanft mit den Fingern durch die Haare.

Auch sie trug ein OSIP-Armband am Handgelenk. Sie drehte es hin und her, bevor sie es weiter den Arm hinaufschob, als hätte sie Angst, es zu verlieren.

»Was ist passiert?«, fragte Thomas schließlich, nachdem unsere Blicke einige Male zwischen dem kleinen Jungen, uns selbst und Evie hin und her gegangen waren.

»Also«, sagte Evie, während sie Salat in eine Schüssel gab. »Weißt du noch, als du sagtest, ich soll nachfragen, ob es eine Möglichkeit gibt, Jake zurückzubekommen? Ich wollte zuerst nichts davon hören, aber du hattest recht. Ich habe mehrere Kurse besucht, danach musste ich eine Prüfung ablegen. Und ich habe bestanden.«

Thomas sah mich einigermaßen ungläubig an, während Evie das gelbe Salatherz herausriss und die kleinen Blätter in die Schüssel gab.

»Das klingt …«, begann er, doch ich unterbrach ihn, bevor er den Satz beenden konnte.

»Wundervoll!«, rief ich. »Das klingt wundervoll.«

Womöglich hätte er gesagt, dass es *einfach* klang. Denn

genau das tat es. Es klang viel zu einfach. Nach allem, was Evie und Seb durchgemacht hatten, um Jakob zu bekommen, und nach dem Schock, als er ihnen weggenommen wurde – war es da wirklich so einfach gewesen, ihn zurückzuholen?

»Und Seb?«, fragte ich eilig.

»Er hat ihn noch nicht gesehen.« Evie schnitt einen roten Paprika in dünne Streifen und wurde schneller, je näher sie ans Ende kam. »Aber das wird er natürlich noch. Er ist immer noch Jakeys Vater, egal, was zwischen uns passiert ist.« Sie warf den Paprika in die Schüssel und knallte sie auf den Tisch, sodass der Inhalt beinahe heraussprang.

»Das sind die besten Neuigkeiten überhaupt«, sagte ich. Ich schloss meine Schwester in die Arme, und sie ließ es einen Moment lang zu, bis Jakob zu brabbeln begann und sie sich neben ihn kniete und sein Gesicht musterte.

»Das heißt, mit dem OSIP ist jetzt wieder alles im Lot?«, fragte Thomas. »Darfst du noch einmal von vorne anfangen?«

»Thomas«, sagte ich warnend und schüttelte den Kopf. Ich wollte nicht über das OSIP reden.

»Sie überprüfen uns weiterhin regelmäßig«, antwortete Evie. »Aber der Kurs, den ich absolviert habe, zählt sehr viel.« Sie wirkte unbekümmert.

»Wie hieß dieser Kurs?«, fragte Thomas.

»Es war eine Abkürzung«, erklärte Evie. »Ich kann mich nicht mehr genau erinnern.«

»Auf jeden Fall ist es fantastisch. Unglaublich. Wir sollten Champagner trinken!«, sagte ich und passte Thomas' Blick ab, um ihm wortlos zu verstehen zu geben, dass er nichts mehr sagen solle.

»Ja!«, stimmte Evie ein. Sie öffnete die Kühlschranktür und holte eine grüne Flasche heraus. »Das sollten wir. Außerdem müssen wir noch auf eure Hochzeit anstoßen. Es tut mir so leid, dass ich nicht kommen konnte. Aber der Kurs ... ihr versteht sicher, warum ich absagen musste.«

»Mach dir darüber keine Gedanken«, sagte ich. »Das Wichtigste ist, dass Jakey wieder da ist.«

Ich beugte mich nach unten und drückte ihm einen Kuss auf den Scheitel. Ich wurde wie Evie von seinem Duft angezogen. Ich atmete ihn tief ein und wollte die Luft einen Augenblick nicht ausstoßen, sondern in mir behalten.

Das ganze Essen über achteten wir auf jede von Jakobs Bewegungen und jeden Laut, den er von sich gab. Wir wandten uns nach jedem Bissen und jedem Wort zu ihm um. Als wir fertig waren, war er einigermaßen erschöpft von der geballten Aufmerksamkeit.

»Hast du etwas über die Einrichtung gehört, in der Jakob war?«, fragte Thomas.

Evie runzelte die Stirn. »Nein, diese Dinge verraten sie dir nicht.«

»Wann hast du davon erfahren?«, fragte er weiter. »Wie lange musstest du nach dem Kurs warten, bis du sicher wusstest, dass du ihn wiederbekommst?«

»Nicht sehr lange«, antwortete Evie ausweichend. Sie hielt den Blick auf Jakob gerichtet, während sie sprach.

»Es ist wirklich toll, dass es solche Kurse gibt«, fuhr Thomas fort. »Ich habe noch nie davon gehört. Glaubst du, deine Freunde, deren Baby extrahiert wurde, wussten ebenfalls Bescheid?«, fragte er mich.

»Marie und Leo? Hoffentlich.«

»Nun«, sagte Evie. »Sie wählen die Leute aus, die den Kurs besuchen dürfen. Er ist nicht für jedermann. Man erfährt nicht, auf welcher Grundlage die Entscheidung fällt. Vielleicht geht es um die Art der IPS-Bescheide oder wie man sich im Allgemeinen verhalten hat.«

»Hast du andere Teilnehmer kennengelernt?«, fragte Thomas.

»Nein, ich saß in einer Isolationskammer«, sagte Evie. »Ich habe keine anderen Eltern gesehen.«

Ich befürchtete, dass Thomas den ganzen Abend weiterfragen würde, und als Evie einige Augenblicke später auf die Toilette verschwand, zischte ich ihm ins Ohr: »Was sollen die ganzen Fragen?«

»Was denn? Es ist einfach unglaublich, findest du nicht auch?«

»Hör bitte auf damit. Siehst du nicht, wie unwohl sie sich dabei fühlt?«

Auf dem Heimweg, allein und ohne Evie, wollte er das Thema noch einmal aufgreifen.

»Was ist das für ein Kurs?«, fragte er. »Hast du schon mal davon gehört?«

»Hör auf, alles infrage zu stellen«, erwiderte ich. »Sei einfach froh, dass Jakob wieder bei uns ist. Es ist ein Wunder.«

»Ein Wunder. Ja, das ist es tatsächlich«, entgegnete er.

JETZT

Jakob starrt uns an, nicht verängstigt, sondern eher überrascht.

Er ergreift als Erster das Wort.

»Wer ist das, Mummy?«, fragt er mit großen Augen.

Ich habe mir immer vorgestellt, dass Jakob und Mimi einander geliebt hätten, hätten sie jemals die Chance bekommen, sich kennenzulernen. Dass es unmöglich gewesen wäre, sie im selben Zimmer allein zu lassen, weil Jakob ständig versucht hätte, Mimi hochzuheben.

Aber jetzt und hier sind sie Fremde, und Jakob weiß nicht mehr, wer ich bin. Die Kluft zwischen Evie und mir hat sich auf unsere Kinder ausgeweitet.

»Hallo, Jakob«, sage ich und schaffe es sogar, dass meine Stimme nicht allzu sehr zittert. »Schön, dich zu sehen.«

»Was ist mit unserem Haus passiert?«, fragt er. »Hast du gesehen, wer das Loch gemacht hat? Geht es dem Baby gut?«

Er ist neugierig und wortgewandt, freundlich und besorgt. Er ist alles, was Evie sich erhofft hat.

»Sie ist krank«, erkläre ich.

Evies Kopf fährt hoch, genau wie ich es mir gedacht

habe. Trotz allem ist da immer noch ein Teil in ihr, dem wir etwas bedeuten.

»Was ist los mit ihr?«, fragt Jakob. Er macht einen Schritt auf uns zu, doch Evie greift nach seiner Hand und hält ihn zurück.

»Was willst du?«, fragt sie. »Thomas hat vor ein paar Stunden angerufen. Er klang durcheinander. Er wollte mir nicht sagen, was los ist, und als ihm klar wurde, dass du nicht hier bist, hat er aufgelegt.«

»Ich brauche deine Hilfe«, sage ich.

»Ich kann nichts tun, und das weißt du.«

»Bitte. Es geht ihr nicht gut. Sie hat ein Beruhigungsmittel bekommen, aber ich weiß nicht was, und offenbar verträgt sie es nicht.«

Es muss einen Weg geben, zu meiner Schwester durchzudringen.

»Wer hat ihr die Medikamente verabreicht?«

»Leute, die uns helfen wollten«, antworte ich nach einigem Zögern.

»Ihr steht auf der Liste, oder? Du und Thomas, ihr seid … evasiv, oder?«

»Was bedeutet evasiv?«, fragt Jakob.

»Es bedeutet, dass jemand vor etwas davonläuft, dem er nicht entkommen kann.«

»Das hat sich aber schnell herumgesprochen.«

»Ihr könnt nicht ewig auf der Flucht sein.«

»Wenn du uns geholfen hättest …«, sage ich, auch wenn es schon beim letzten Mal nichts gebracht hat.

Evie schüttelt hastig den Kopf.

»Komm, Jakob«, sagt sie. »Zurück ins Auto.«

»Aber …«, protestiert er.

»Zurück ins Auto.«

Sie wenden sich ab und gehen mit knirschenden Schritten davon.

»Warum hast du es nicht getan?«, frage ich Evies Rücken. »Warum hast du uns nicht geholfen?«

Evie bleibt stehen. Jakob blickt zu ihr hoch. Er ist ein hübscher Junge, ein äußerst hübscher Junge. Seine Augen sind groß und fragend. Evie sieht ihn an. Der Blick zwischen ihnen scheint beinahe sichtbar, wie der hauchdünne Faden eines Spinnennetzes, in dem sich ein Tropfen verfangen hat, der das Licht einfängt und ihn wie einen Regenbogen leuchten lässt.

»Steig ins Auto, Liebling«, bittet sie ihn. »Warte dort auf mich.«

Als sie sich zu uns umdreht, sind ihre Hände leer.

Es ist, als wollte sie etwas sagen. Sie zögert und sucht nach den richtigen Worten.

»Ich konnte euch nicht helfen – sonst hätte ich ihn noch einmal verloren.«

DAMALS

»Willst du einmal Kinder haben, Kit?«, fragte Santa beim Brunch. Sie hatte wieder zahlreiche kleine Schüsselchen für uns vorbereitet: sonnengelbe Mangostücke, goldbraunes Müsli, mit Körnern bestreuten Joghurt und bergeweise dampfenden Toast, der die ovale Form des Brotlaibes hatte. Es war Thomas' Geburtstag, und wir hatten ihr vormittags einen Besuch abgestattet, weil wir am Abend zu zweit ausgehen wollten.

»Mum«, sagte Thomas warnend und klang streng und jammernd zugleich, sodass ich ihn plötzlich als Teenager vor mir sah.

»Nein, ist schon gut«, sagte ich. Ich gab Santa meine vorgefertigte Antwort, die ich mittlerweile auswendig herunterbetete, wie ein Gedicht in der Schule, eher in Sorge, ein Wort zu vergessen, als darüber, was die Worte bedeuteten. Ich erklärte ihr, dass ich immer der Meinung gewesen war, ich könnte es nicht. Dass ich jahrelang als OUT gelebt hatte.

»Und jetzt?«, fragte Santa. »Hast du immer noch dieses Gefühl?«

»Na ja, ich hätte auch nicht gedacht, dass ich einmal heirate …«, antwortete ich. »Ich konnte mir nie vorstellen, Kinder zu haben, aber jetzt …« Ich verstummte abrupt.

Thomas musterte mich. »Mum, ich glaube, dieses Thema sollten wir zuerst allein besprechen.«

»Natürlich, natürlich«, erwiderte Santa eilig und hob die Hände als Zeichen, dass sie niemandem zu nahe treten wollte.

Thomas ging Milch holen, und ich schien wie erstarrt. Ich saß regungslos auf meinem Stuhl, als wäre ich daran festgeklebt.

»Es ist einfach …«, sagte ich zu Santa, »die ganze Sache mit Jakob. Das ist wie ein Schatten auf allem.«

»Wie geht es Evie und dem Kleinen?«, fragte Santa.

»Gut, glaube ich«, antwortete ich und musste mir schuldbewusst eingestehen, dass ich beide schon seit einiger Zeit nicht mehr gesehen hatte.

»Es braucht Zeit. Ihr alle braucht Zeit.«

Ich wollte nicht zugeben, dass die Kluft zwischen Evie und mir nach wie vor tief war. Obwohl wir nicht offen darüber sprachen, wusste ich, dass Thomas der Meinung war, an dem Kurs, den sie absolviert hatte, wäre etwas faul. Auch wenn in den darauffolgenden Wochen auf den Sphären einige Berichte über ähnliche Fälle gesendet wurden.

Santa stapelte ihre Keramikschüsseln vorsichtig aufeinander – es gab eine Geschichte zur Herkunft jeder einzelnen. »Es ist eine der schwersten Bürden«, begann sie. »Wenn das eigene Kind extrahiert wird, meine ich.

Schlimmer als der Tod. Das klingt grauenhaft, nicht wahr? Aber ich dachte mir das ständig, nachdem sie Sean geholt hatten.«

»Sean?«

»Hat Thomas dir nicht …?« Sie hielt inne. Nach einem Moment sprach sie weiter, langsam, vorsichtig. »Hat Thomas dir nicht von seinem kleinen Bruder erzählt? Manchmal frage ich mich, ob es zu schmerzhaft für ihn ist. Vielleicht hat er es aber auch vergessen, er war noch so jung.«

Meine Muskeln zogen sich zusammen. Ich richtete den Blick auf die Gegenstände auf dem Tisch. Der Löffel, die zusammengeknüllten Servietten. Sie wirkten plötzlich größer. Ich schaffte es nicht, den Gedanken abzufangen, der durch meinen Kopf donnerte. Dass ich alles über Thomas wusste, dass wir keine Geheimnisse voreinander hatten.

Ich erinnerte mich noch klar und deutlich an unseren ersten Besuch bei Santa und wie Thomas mir danach von Cecelia erzählt hatte, der Schwester, die Santa verloren hatte. Als er fertig war, hatte er einen kurzen Augenblick gezögert. In dieser Stille, in diesem Atemzug, lebte die Erinnerung an seinen Bruder, der geholt worden war.

»Wahrscheinlich will er es vergessen, weil es zu schmerzhaft ist«, fuhr Santa leise fort. »Sean wurde extrahiert, als Thomas sieben war. Ich bin mir nicht sicher, wie klar seine Erinnerungen an ihn sind. Nicht so klar wie meine natürlich. Ich weiß noch, wie Thomas die Wange an meinem Bauch rieb und in einer Geheimsprache mit seinem Bruder sprach, die er sich selbst ausgedacht hatte. Er hat ihn geliebt – schon lange bevor er geboren wurde.«

»Und als Thomas klein war, hast du keine IPS-Bescheide bekommen?«

»Damals war alles noch etwas anders. Ich habe ein oder zwei Bescheide erhalten. Du bist in etwa gleich alt wie Thomas, oder?«

»Ein paar Jahre jünger.«

»Das OSIP arbeitete damals noch anders. Es ging wirklich um das Wohlergehen des Kindes. Ich meine, natürlich tut es das jetzt auch noch. Die Gefahr einer Extraktion war da, aber es passierte nicht annähernd so oft wie jetzt. Es ist militanter als damals.«

Santa stellte die Schüsseln wieder ab. »Die Möglichkeit schwebte wie ein Damoklesschwert über allem, aber die OSIP-Beamten waren verständnisvoller. Man musste keine Supermutter sein. Ich empfinde großes Mitgefühl für deine Schwester und alle Frauen deiner Generation. Es ist mittlerweile so viel schwerer als damals.«

Sie ließ den Finger über den Rand einer Schale gleiten, als wäre es weicher Ton und sie könnte die Form ändern. Das Porzellan klirrte leise. Doch dann hob Santa die Hand ans Gesicht, als wollte sie sich eine Träne abwischen, obwohl ihre Augen trocken waren und ihre Stimme fest klang.

»Als Sean geboren wurde, hatte die Veränderung bereits begonnen. Die Anzahl der möglichen IPS-Bescheide wurde herabgesetzt, während die Gründe, einen zu bekommen, zahlreicher wurden. Es gab immer mehr Berichte über die optimale Entwicklung der Kinder, und die Normwerte, die erfüllt werden mussten, um dem Baby einen guten Start zu ermöglichen, wurden enger gesetzt. Die Auswirkungen der steigenden Unfruchtbarkeit wurden erstmals wirklich sichtbar. Jedes Kind war so unglaublich wertvoll. Das ist heute noch so.«

Santa spitzte die Lippen, als wollte sie einen Gedanken zurückhalten. Sie trug an diesem Tag einen orangeroten Lippenstift, der noch heller leuchtete, wenn sie die Lippen aufeinanderpresste.

Thomas kam wieder und roch nach frischer Luft.

»Was?«, fragte er, als er unsere Gesichter sah. »Worüber habt ihr gesprochen?« Er sah Santa mit hochgezogenen Augenbrauen an.

»Gar nichts«, erklärte ich ihm, und als die Falte auf seiner Stirn nicht kleiner wurde, versicherte ich ihm: »Nichts, worüber du dir Gedanken machen solltest.«

JETZT

Sie senkt den Blick, um mich nicht ansehen zu müssen.

»Sag mir einfach die Wahrheit«, fordere ich sie auf. Ich verlagere Mimi von einer Schulter auf die andere und drücke sie fest an mich. Mir ist eiskalt in dem von Erbrochenem nassen Mantel, und Mimi geht es in dem Badetuch, in das sie gewickelt ist, sicher nicht besser. Sie jammert schmerzerfüllt bei der Prozedur. »Bitte – sag es mir. Ich weiß, dass du etwas vor mir verheimlichst. Ich dachte, es wäre einfacher, es zu ignorieren, aber dann hast du dich verändert, bist irgendwie ein anderer Mensch geworden. Du warst nicht da …«

»Ich wollte dir nie wehtun.« Einen Wimpernschlag lang ist sie wieder meine Schwester. »Als Dad starb … es ist alles so schnell gegangen … erinnerst du dich, dass es derselbe Tag war, an dem wir den ersten IPS-Bescheid bekamen?«

»Natürlich erinnere ich mich.«

»Im Nachhinein betrachtet … wenn er keinen Herzinfarkt gehabt hätte, hätte ich niemals das tun können, was ich getan habe.« Evie schluckte. »Ich habe etwas gelesen …

in Dads Unterlagen. Etwas, das er uns niemals ins Gesicht gesagt hätte.«

»Was? Was hast du herausgefunden?« Ich versuche, klar und deutlich zu sprechen, stark zu klingen, doch meine Stimme bebt, und die Tränen rauben mir beinahe den Atem.

»Ich kann es dir nicht sagen. Ich habe geschworen, es niemandem zu erzählen. Sonst nehmen sie ihn mir wieder weg. Sie nehmen ihn mir wieder weg.«

Jakob beobachtet uns durchs Autofenster. Sein Blick huscht zwischen uns hin und her. Es ist seltsam, ihn als so großen Jungen zu sehen. Er ist mir gleichzeitig vertraut und doch fremd. Da sind noch Spuren des Babygesichts, das ich so gut kannte und liebte, aber da ist auch etwas vollkommen Neues. Es erinnert mich an Thomas' Porträts und wie aus ein paar Linien, der Andeutung von Kurven und aus breiten Pinselstrichen schließlich ein Gesicht auf der Leinwand entsteht.

Ich versuche, mich nicht in Gedanken daran zu verlieren, was ich verpasst habe. Ich habe einen Neffen verloren, ein Kind, das ich geliebt und um das ich mich als Baby gekümmert habe, das mich jetzt allerdings ansieht, als hätte es mich noch nie gesehen.

Ich drücke Mimi noch fester an mich. »Du hast also die ganze Zeit nur so getan, als wärst du einverstanden damit, was das OSIP tut.«

Jakob klopft an die Scheibe, presst das Gesicht ans Fenster und starrt uns an. Er ist beunruhigt, besorgt. Es gefällt ihm nicht, dass ich weine. Evie fordert ihn mit übertriebenen Lippenbewegungen auf zu warten und erklärt ihm, dass alles in Ordnung ist.

»Weiß Seb Bescheid? Weiß er, was du herausgefunden hast?«, fahre ich fort. Sie wendet sich wieder zu mir um.

»Niemand weiß es.«

Mein Kopf schwirrt. Mimi regt sich, und ich spüre, dass sie sich gleich wieder übergeben wird. Ich nehme sie von der Schulter und streichle ihr den Rücken.

»Das hier hat keinen Zweck. Du wirst es mir nicht sagen, oder? Du wirst mir das große Geheimnis nicht verraten …« Ich verstumme. Mimi übergibt sich und schmiegt sich dann erneut an mich. Ihr Gesicht ist blass, und ihr Kopf fällt zur Seite, als könnte sie ihn nicht länger gerade halten. »Ich muss los. Ich muss sie in ein Krankenhaus bringen. Gib mir dein Auto.« Es ist keine Frage.

Evie zuckt kaum merklich zusammen, doch sie widerspricht nicht. Sie holt den Autoschlüssel aus ihrer Tasche und streckt ihn mir entgegen.

»Los fahr«, sagt sie. »Bevor sich ihr Zustand verschlimmert.« Sie öffnet die Autotür und streckt Jakob die Hand entgegen. Er lächelt, als er sie sieht. Ich bemerke, wie er ihr Gesicht mustert, als sie seine Hand nimmt. Er versucht, sie zufriedenzustellen, sie aufzumuntern.

»Die Dame hier geht jetzt«, erklärt Evie ihm.

»Tut mir leid, Jakob. Ich wäre gerne geblieben und hätte dich noch einmal neu kennengelernt, aber meiner Tochter geht es nicht gut. Wir müssen ins Krankenhaus.«

»Krankenhaus«, wiederholt er. Er streckt eine Hand nach Mimi aus. Ich lege mein Gesicht an Mimis Kopf, damit er nicht sieht, wie mir erneut Tränen in die Augen steigen.

»Hier, nimm meinen Mantel«, sagt Evie. Sie zieht ihn aus und gibt ihn mir. Ich wickle Mimi darin ein und lege sie ins Auto.

Sie scheint in der Zwischenzeit noch blasser geworden zu sein.

»Es tut mir leid«, sagt Evie hinter mir.

DAMALS

»Weißt du, es ist so«, begann Evie und schob sich die Ärmel über die Ellbogen. Sie reichte Jakob einige Schaumstoffbälle, die er mit konzentrierter Gewissenhaftigkeit in seinen Laufstall warf. »Das OSIP *ist* effektiv. Es funktioniert tatsächlich.«

»Das meinst du nicht ernst«, sagte ich. »Du erinnerst dich doch noch, wie es war, oder?«

»Aber, Kit, ich hatte die IPS-Bescheide verdient! Seb und ich hatten sie beide verdient. Das, was ich durch die Extraktion gelernt habe, hat mich zu einer effektiveren Mutter gemacht.«

»Soll das ein Scherz sein?«

Evie sah mich wütend an. »Nein, natürlich nicht. Ich habe noch nie etwas so ernst gemeint. Das ist noch so eine Sache. Ich glaube, davor habe ich alles nicht ernst genug genommen.«

»Das stimmt doch nicht. Du hast es sehr ernst genommen. Erinnerst du dich nicht, wie viel du für die Induktion gebüffelt hast und was du alles ausprobiert hast, als Jakob nicht schnell genug zunahm?«

»Aber ich hätte niemals ohne Genehmigung Milchpulver verwenden sollen. Es gibt unendlich viele Studien, die zeigen, dass Babys von Müttern, die dem Stillen eine Chance geben …«

»Evie«, unterbrach ich sie. »Ich kann nicht glauben, dass ich diese Dinge jetzt aus deinem Mund höre. Es ist, als wärst du ein anderer Mensch geworden.«

Sie schwieg einen Moment lang. »Vielleicht bin ich das«, sagte sie, dann hielt sie noch einmal inne. »Es gibt da etwas, das du wissen solltest. Es kommt vielleicht überraschend, aber ich habe mit der Ausbildung zur OSIP-Beamtin begonnen.«

»Zur OSIP-Beamtin?« Ich hatte gerade einen Schluck Tee genommen und ihn beinahe wieder ausgespuckt.

»Ich will anderen Leuten helfen. Leuten, wie ich es war.«

»Aber die Beamten helfen den Leuten nicht. Sie verhalten sich wie Roboter. Das weißt du besser als alle anderen.«

»Ich war sehr emotional, als Jakob extrahiert wurde«, sagte sie, und die letzten Worte waren kaum noch hörbar. »Roger meinte …«

»Roger? Roger Parris? Roger, mein Ex?«

»Ja. Er ist unser Ausbilder. Die Welt ist klein, was? Ich habe dir doch mal erzählt, dass ich ihn zufällig getroffen habe und er für sie arbeitet, oder?«

»Und jetzt bildet er Beamte aus«, meinte ich kopfschüttelnd.

»Ja, aber egal. Roger hat jedenfalls gesagt, dass ich es zu

dem Zeitpunkt nicht als Hilfe anerkennen konnte. Mittlerweile kann ich es.«

»Weil du Jakob wiederbekommen hast«, sagte ich. »Das wusstest du damals nicht, als er geholt wurde.«

»Ich habe ihn wiederbekommen, weil ich es mir verdient habe.«

»Sicher hast du das – aber er hätte gar nicht erst extrahiert werden sollen. Du hast ihn geliebt, er war glücklich, er entwickelte sich prächtig. Das Problem war das OSIP.«

»Du weißt, dass du das nicht sagen solltest«, fauchte Evie. Schweigen breitete sich aus. »Vielleicht sollten wir über etwas anderes reden und uns darauf einigen, dass wir in dieser Hinsicht anderer Meinung sind.«

In diesem Moment zog sich Jakob an seinem Lauflerngerät aus Holz hoch, auf dem sich Bauklötze stapelten. Er machte ein paar Schritte, bevor er gegen einen Stuhl krachte und ins Wanken geriet. Ich sah zu Evie, die beobachtete, wie er hinfiel.

»Hoppla!«, meinte sie und sprang auf, um den Wandersmann zu befreien, damit er weitermachen konnte. Mir war, als sähe ich den Schatten einer anderen Evie, einer Evie aus der Vergangenheit, die stets wachsam war und deren Angst mit jeder Bewegung Jakobs wuchs. Jakob stapfte ein paarmal durch das Wohnzimmer, während Evie ihm entspannt folgte, fröhlich lachte und ihm half, wenn er sich wieder verhakt hatte.

»Glaubst du, dass du auch mal Kinder haben möchtest?«, fragte sie plötzlich.

»Nein. Thomas und ich sind uns einig«, erwiderte ich. Es war meine Standardantwort. Ein schnelles Abwinken, um jede weitere Frage im Keim zu ersticken.

Aber es stimmte nicht mehr.

Ich konnte es nicht in Worte fassen, aber ich hatte manchmal das Gefühl, als würden wir mit einem Geist leben. Wenn Thomas und ich abends nebeneinandersaßen, sah ich unser Baby auf seiner Brust. Zusammengerollt, die Wange an seine festen Muskeln geschmiegt. Ich sah das Gesicht, die makellosen, geschlossenen Lider, die beinahe durchsichtige Nase, den sanften Flaum.

Ich sah die Umrisse, den gewölbten Rücken, der kaum merklich zuckte, wenn sich das Baby näher an Thomas kuschelte und dann noch tiefer weiterschlief. Ich kannte dieses Gesicht. Ein wenig von Thomas, ein wenig von mir und ein Teil, der einfach nur dem Baby selbst gehörte. Dort, wo unsere Vereinigung etwas Neues, Einzigartiges erschaffen hatte.

Dann beugte sich Thomas nach vorne – vielleicht, um nach seinem Glas zu greifen –, und das Baby löste sich in Luft auf. Da war nichts, nur eine Leere, die meine Gedanken füllte.

Ich konnte es mir selbst gegenüber nur schwer zugeben, ganz zu schweigen von Thomas oder irgendjemandem sonst, und es war mir auch lieber so. Es war etwas Privates, eine Fantasie, die ich nicht von der Realität schmälern lassen wollte.

Manchmal, zwischen Schlafen und Träumen, sah ich

meinen gewölbten Bauch, gefüllt mit neuem Leben. Ich glaubte, die Bewegung in mir zu spüren, den Dialog zwischen Mutter und Kind, und dann huschte meine Hand zu meinem Bauch. Aber da war natürlich nichts, und ich massierte die straffe Haut, vielleicht, um mich zu vergewissern. Oder vielleicht zum Trost.

Im nächsten Augenblick dachte ich daran, was mit Jakob passiert war, und meine Finger griffen ins Leere, als hätte uns jemand das Baby weggenommen, das es gar nicht gab.

JETZT

Ich streichle behutsam Mimis Rücken, ehe ich die Autotür schließe und auf den Fahrersitz rutsche. Es ist ein riesiges Auto, und ich habe das Gefühl, furchtbar hoch zu sitzen.

Evie beugt sich über mich und wischt über die Mobil-Sphäre auf dem Armaturenbrett.

»Das hier ist das nächstgelegene Krankenhaus«, erklärt sie mir. Die Wegbeschreibung erscheint auf dem Bildschirm, und Pfeile blinken und blitzen auf der Windschutzscheibe auf. »Ich habe dir noch eine andere Adresse einprogrammiert. Fahr nach dem Krankenhaus dorthin – wenn du kannst. Man wird dir vielleicht Dinge erklären, über die ich nicht reden kann. Es tut mir leid, dass …«

»Dafür ist es jetzt zu spät«, unterbreche ich sie und schaffe es gerade noch, dass meine Stimme nicht bricht. »Du verabschiedest dich jetzt besser von Mimi – es wird das letzte Mal sein, dass du sie siehst.«

Evie beißt sich auf die Lippe und senkt den Blick, doch dann sieht sie mich noch einmal an.

»Pass auf dich auf«, meint sie mit eindringlicher Stimme.

»Es tut mir leid. Wirklich. Ich weiß, das macht es nicht besser …«

Wut steigt in mir hoch. Flammend und gleißend hell. »Kapierst du es immer noch nicht? Es ist zu spät.«

»Hast du jemals daran gedacht, dass ich mich vielleicht dir zuliebe so verhalten habe? Um dich zu schützen vor …«

Ich knalle ihr die Tür vor der Nase zu und starte den Motor, der sofort aufheult. Ich starre auf die Straße vor mir, aber ich erhasche dennoch einen unwillkürlichen Blick auf Evie und Jakob im Rückspiegel. Jakob hüpft auf und ab und winkt mit beiden Händen, Evie hat die Arme verschränkt und scheint wie erstarrt.

Es ist zu spät. Die Gewissheit dringt tief unter meine Haut.

Ich werfe einen Blick auf Mimi, deren Augen immer noch geschlossen sind. Sie wirkt winzig klein in Evies Mantel.

Das hier ist der Anfang vom Ende. Die Zeit im Auto ist die letzte, die ich mit ihr zusammen verbringen werde.

DAMALS

Wir waren auf der Heimfahrt von einem Wochenendtrip, als wir zum ersten Mal offen über ein eigenes Baby sprachen. Am Ende redeten wir die ganze Nacht.

Wir stapelten Kissen um uns und saßen aufrecht im Bett, während wir alle Aspekte unserer Entscheidung diskutierten und darüber sprachen, was uns dazu geführt hatte.

Wir erinnerten uns, wie es mit Jakob gewesen war.

Wir redeten darüber, wie unwahrscheinlich es uns erschienen war, dass Evie und Seb einen IPS-Bescheid nach dem anderen erhalten würden, und wie trotzdem genau das passiert war.

Ich erzählte Thomas noch einmal von Marie, Leo und Tia.

Und Thomas erzählte mir endlich von Sean. Er meinte, er habe schon so lange nicht mehr über ihn gesprochen, dass er beinahe ein schlechtes Gewissen habe, und je länger es dauere, desto schwerer werde es. Die Erinnerungen an seinen Bruder waren bruchstückhaft. Umso deutlicher konnte er sich an die Zeit nach Seans Extraktion erinnern.

Er meinte, es habe sich angefühlt wie ein Loch, eine Lücke. Ein permanentes Gefühl, dass jemand fehlte.

»Natürlich habe ich mir schon einmal vorgestellt, wie es wäre, ein eigenes Baby zu haben«, gab Thomas um drei Uhr morgens zu. Die Nacht dauerte bereits so lange, und wir waren seit so vielen Stunden wach, dass die Dunkelheit zu unserem Freund geworden war. Sie füllte die Fenster, sodass wir nur unsere Spiegelbilder erkennen konnten.

Dann fügte er eilig hinzu. »Was biologisch gesehen vollkommen natürlich ist. Es wäre seltsam, wenn ich nicht daran gedacht hätte. Darauf zählt das OSIP ja. Darauf und auf den finanziellen Druck, der damit zusammenhängt.« Wenn wir weiter zusammenwohnten und nicht mit der Induktion begannen, würden wir irgendwann gezwungen sein, unsere hübsche Wohnung aufzugeben und in den feuchten, heruntergekommenen Teil des Viertels zu ziehen, in dem ich gewohnt hatte, bevor ich Thomas kennengelernt hatte.

»Es gibt immer wieder Familien, die ihre Kinder behalten dürfen«, sagte ich. »Der Mann, mit dem du und Seb zusammengearbeitet habt, zum Beispiel. Und erinnerst du dich an Jacqui, die Frau von Jakobs Namensfeier? Ihre Schwester hat ihren Sohn noch bei sich.« Und dann: »Das könnten wir sein.«

»Wenn du mit der Induktion beginnst«, erinnerte mich Thomas, »musst du selbst davon überzeugt sein, dass du es durchstehst. Ich will nicht … ich kann mir nicht vorstellen …«

»Was?«

»Dich zu verlieren. Ich kann mir nicht vorstellen, dich zu verlieren.«

»Das wirst du nicht«, erklärte ich rundheraus, obwohl diese Zuversicht selbst in meinen Ohren aufgesetzt klang. Niemand wusste, wie viele Frauen die Induktion nicht überlebten, aber es geschah oft genug, dass es sich um ein sehr reales Risiko handelte.

»Bei Evie hat es geklappt«, fuhr ich fort.

»Letzten Endes. Das ist noch so etwas, worauf sie zählen. Auf die blinde, unerschütterliche Hoffnung, dass es bei einem selbst anders sein wird. Dass es gut gehen wird.«

»Aber es wäre doch möglich«, beharrte ich. »Oder nicht?«

»Kit«, sagte Tom auf eine Art, die mich an eine zu Boden schwebende Feder erinnerte. Obwohl es ihn offenbar schmerzte, fragte er: »Willst du das wirklich?«

»Ich … ja. Aber ich will, dass du es auch willst. Es soll nicht nur mein Wunsch sein.«

Thomas antwortete nicht.

Wir schwiegen beide.

Ich hielt den Blick starr auf einen winzigen Fleck auf dem Boden gerichtet. Er war mir aufgefallen, während wir geredet hatten. Obwohl ich wusste, dass es unmöglich war, schien es in dem sanften Licht der Nachttischlampe manchmal so, als hätte er sich bewegt, die Position verändert, und wäre jedes Mal größer geworden, wenn ich hinsah.

Ich stellte den Fuß darauf, sodass er vollständig verdeckt war und ich die ausgefransten Ränder nicht sah.

Als Thomas schließlich antwortete, musste ich mich zusammennehmen, um mich wieder auf ihn zu konzentrieren.

»Es hat ja keine Eile, oder?«, sagte er. »Wir lassen es uns einfach noch ein wenig durch den Kopf gehen. Mal sehen, wie es in einem Monat aussieht. Ich habe da ehrlich gesagt noch einiges aufzuholen. Mir ist nie in den Sinn gekommen, eigene Kinder zu haben. Den Gedanken, dass es so sein könnte, habe mir bisher nicht erlaubt. Und es sich jetzt tatsächlich auszumalen, ist … na ja, es ist … es ist vermutlich das Beste, was ich mir vorstellen kann.« Sein Gesicht verzog sich zu einem Lächeln, und einen Augenblick lang verschwand die Sorge, die er mit sich herumschleppte. »Aber ich will mich nicht blenden lassen. Es gibt so viele Gründe, warum wir uns eigentlich dagegen entschieden haben. Die dürfen wir nicht vergessen.«

Und das taten wir auch nicht.

Wir hielten ständig nach Familien Ausschau. Auf der Straße. Im Supermarkt und im Park. Aus dem Auto heraus. Es gab nicht viele.

Eines Tages versuchte ich, über die Sphären etwas mehr zu der bevorstehenden Veränderung der IPS-Obergrenze herauszufinden, doch ich stieß lediglich auf verstreute Informationen und konnte auch niemanden fragen, dem ich nicht absolut vertraute, was in diesem Moment ohnehin nur auf Thomas zutraf.

Und plötzlich – als gäbe es tatsächlich jemanden, der uns auf Schritt und Tritt beobachtete, unsere Gespräche belauschte und unsere Gedanken las – wurde die IPS-Grenze auf zehn angehoben.

Nun waren zehn IPS-Bescheide nötig, um die Extraktion eines Kindes zu rechtfertigen. Drei zusätzliche Chancen.

Thomas deutete mit dem Kopf in Richtung der Sphäre, die den Bericht sendete und hob fragend, beinahe hoffnungsvoll die Augenbrauen.

In diesem Moment wusste ich, dass wir eine kleine Familie werden würden. Wir würden versuchen, ein Kind zu bekommen.

JETZT

Mein XC-Baby!, plärrt eine Stimme aus Evies MobilSphäre. Der Film unterbricht die Navigation ins Krankenhaus.

Ich überhole mehrere Autos.

Das breite Lächeln einer Frau füllt das Display.

Ich rede über die Stimme hinweg mit Mimi, und mir ist klar, dass ich es vor allem tue, um mich selbst zu beruhigen.

»Es wird alles gut, mein Schatz«, erkläre ich. »Wir finden einen Weg, damit es dir bald wieder besser geht.«

Ich plappere weiter und versuche noch einmal, mich an Hinweise auf die Medikamente zu erinnern, die sie ihr gegeben haben, aber da ist nichts.

Das Krankenhaus kommt in Sichtweite. Der Film ist zu Ende, und die grünen Pfeile auf der Windschutzscheibe sind wieder da und führen mich ans Ziel. Ich biege in die Einfahrt, halte direkt vor dem Eingang und reiße die Tür auf, um Mimi herauszuholen.

»Sie hat Beruhigungsmittel bekommen«, erkläre ich den Ärzten und Sanitätern, die sich sofort um sie scharen. »Zuerst hat sie geschlafen, aber seit einer Stunde übergibt sie sich immer wieder. Und sie ist kaum noch ansprechbar.«

Sie haben unendlich viele Fragen: Wie heißen die Medikamente? Wie viel hat sie bekommen? Hat sie schon einmal diese Reaktion gezeigt?

Mit jeder Antwort, die ich nicht kenne, lasse ich Mimi erneut im Stich.

Wir sind im selben Raum, doch ich sehe sie kaum, so viele Ärzte scharen sich um sie. Sie wird an Monitore angeschlossen, es wird Blut abgenommen und ein Zugang gelegt.

Sie ist blass, der Körper schlaff. Meine Tochter, die so impulsiv sein kann. Ich halte den Blick auf den Herzmonitor gerichtet, aber ich verstehe nicht, was die Anzeigen bedeuten. Mir bleiben nur die Wortfetzen, auf die ich mich stürze wie ein Geier auf frisches Aas.

»Ihr Puls wird schwächer.«

»Mehr Flüssigkeit.«

»Haben wir einen Zugang?«

Ich spüre etwas auf meinem Arm. Zuerst wische ich es fort, doch dann wird der Druck stärker, und ich erkenne, dass mir jemand die Hand auf den Arm gelegt hat.

»Würden Sie bitte mitkommen? Wir haben ein paar Fragen an Sie.«

Ich stehe einem Mann mit zurückgehendem Haaransatz gegenüber, um dessen Hals ein Ausweis mit der Aufschrift OSIP baumelt. Seine Augen wirken müde, vor Erschöpfung ist er ganz grau im Gesicht.

Ich werfe einen letzten Blick auf Mimi, die Nadeln und Schläuche in ihrem Körper.

»Ich liebe dich«, hauche ich und stelle mir vor, dass die Worte wie Luftballons zu ihr schweben, sanft landen und ihre weiche Stirn küssen.

Dann hole ich tief Luft und nehme alle Kraft zusammen, die mir noch bleibt, um mich an dem Beamten vorbeizudrängen. Ich laufe den Korridor entlang. Ich laufe und laufe, und obwohl ich weiß, dass sie mich aufhalten werden, laufe ich weiter.

Als ich das Auto erreicht habe, halte ich einen Moment inne. Ich kann nicht glauben, dass ich es so weit geschafft habe. Ich war mir sicher, dass sie mich schnappen würden. Aber ich verdränge den Gedanken. Ich denke in eine neue Richtung.

Ich lasse das Krankenhaus hinter mir. Und Mimi.

DAMALS

Ein schreiender Mund.

Trommelnde Fäuste.

Schreie.

Schreie.

Schreie.

Ich fuhr aus dem Traum hoch wie beinahe jede Nacht, seit wir mit der Induktion begonnen hatten.

Es war Jakob.

Es war Tia.

Es war jedes andere Baby.

Es war unser Baby.

Es war ich selbst.

Alle in einem.

Wir hatten beschlossen, unseren Entschluss geheim zu halten, bis ich schwanger war.

Zu Beginn unserer Beziehung hatte Thomas gesagt, dass wir die, die wir am meisten lieben, auf die einzige Art schützen, die uns bekannt ist. Er hatte begonnen, an einer Porträtserie zu arbeiten, die Familien zeigte. Eltern mit ihren Kindern.

Ein Vater, der Hand in Hand mit seiner Tochter die Straße überquert, was Thomas mittels eines Detailbildes ihrer ineinander verschlungenen Finger darstellte. Sie bildeten einen derart festen Knoten, dass eine neue Form entstand. Abstrakt und ineinander verwoben.

Eine Mutter beim Stillen ihres Babys. Ein Licht strahlte aus den beiden und umfing ihre Stirnen, die Arme der Mutter waren um das Baby geschlungen.

Das Baby, von dem wir träumten und das wir so unbedingt kennenlernen wollten – konnten wir es beschützen? Konnten wir das wirklich versprechen? Wir bewegten uns langsam darauf zu, und wir mussten danach greifen.

Oder nicht?

Sollten wir nicht genau das tun?

Ich begann mit den Medikamenten, zwei Injektionen am Tag.

In einer unserer ersten Gesprächsrunden kam die Frage auf, ob es ein moralisches Recht gab, Kinder zu haben. Wir zögerten, unter den wachsamen Augen der Beamten unsere Meinung kundzutun. Wir kneteten unsere Finger und sahen nur auf, um zu erfahren, ob sich vielleicht jemand zu Wort meldete. Einer der Beamten, ein Mann namens Reynard, wurde ungeduldig.

»Los, sagt, was ihr denkt, Leute«, drängte er.

Da war dieses Pärchen, Susannah und Maeve. Beide hatten helles, schlaffes Haar und große Augen, die in die Ferne gerichtet waren, wenn sie sprachen.

»Das OSIP ist unter anderem deshalb so rühmenswert, weil es die Leute nicht nur durch die Fruchtbarkeitsbehandlungen begleitet, sondern ihnen auch dabei hilft, zu bestmöglichen Eltern zu werden«, erklärte Susannah und verschränkte ihre Finger mit Maeves. »Nur die Extraktion stellt sicher, dass Kinder einen optimalen Start ins Leben erhalten.«

Sie lächelte mild und aufgesetzt und sah sich um Zustimmung heischend um.

Ich hielt den Blick auf meinen Schoß gerichtet und tat, als würde ich über ihre Wortmeldung nachdenken, darum bemüht, mir nicht anmerken zu lassen, was ich wirklich fühlte, als ich hörte, wie Reynard antwortete.

Thomas und ich hatten einen Pakt geschlossen, dass wir einander während der Gesprächsrunden nicht ansehen würden, wogegen ich natürlich verstieß, als Reynard Susannah für ihre »einsichtige Wortmeldung« lobte. Obwohl eine Frau namens Pamela das Wort ergriffen hatte, sah Reynard den Blick, den ich Thomas zuwarf, und unterbrach sie.

»Kit, würden Sie gerne etwas dazu sagen?«

Ich hätte gerne »Nein« gesagt, aber man sollte der direkten Frage eines Beamten nicht ausweichen.

»Ich frage mich nur …«, begann ich zögernd und versuchte, einen Satz zu formulieren, der wenigstens einen Teil dessen vermittelte, was ich fühlte. »Ich frage mich nur, ob es abgesehen von einer Extraktion auch noch andere Wege gibt …«

Ich spürte, wie sich Thomas neben mir versteifte.

Susannah meldete sich umgehend erneut zu Wort. »Andere Wege als eine Extraktion?«

»Möglicherweise machen die Extraktionen zukünftigen Eltern Angst«, meldete sich eine sehr zaghafte Frau namens Patrice zu Wort. Sie sprach, wie ich es von einer Maus erwartet hätte, ein leises, quietschiges Stimmchen, das man kaum verstand.

Susannah überhörte es geflissentlich. »Die elterlichen Normwerte wurden aus gutem Grund eingeführt. Sie sollten geehrt und hochgehalten werden, und wenn sie manche Menschen davon abhalten, Kinder zu bekommen, ist das gut.«

»Aber finden Sie sie nicht auch ein wenig Furcht einflößend?«, fragte ich.

»Die Induktion bereitet wohl eher Grund zur Sorge«, versetzte Susannah. »Ob und wie der Körper auf die Medikamente reagiert. Welche Auswirkungen sie womöglich haben.«

»Auch das ist ein interessanter Aspekt«, meinte Reynard. »Und wohl einer, mit dem Sie sich bestimmt alle beschäftigt haben. Der Induktionsprozess geht nicht ohne Risiko vonstatten. Aber trotz der Panikmache, die überall herrscht, werden wir uns Statistiken ansehen, die zeigen, dass es sehr viel sicherer ist, als die meisten Leute glauben.«

Von da an verloren wir uns in Zahlen über die verschiedenen Aspekte der Induktion, und am Ende schwirrte mir der Kopf.

Nach jedem Ausbildungstag kamen Thomas und ich nach Hause und redeten mehrere Stunden nicht miteinander. Ich hatte Angst, dass wir, wenn wir erst einmal damit anfingen, nach und nach alles niederreißen würden, was wir bereits aufgebaut hatten, und die bisherige Arbeit umsonst gewesen wäre.

Wir redeten nie davon aufzugeben, obwohl eines der Paare nach ein paar Wochen nicht mehr zu den Treffen kam. Wir bemerkten ihre Abwesenheit natürlich, und Susannah fragte nach, woraufhin ein Beamter erklärte, dass sie ihre Teilnahme zurückgezogen hätten.

»Ich habe gehört, dass man nie wieder eine Induktion machen kann, wenn man einmal zurückgetreten ist«, meinte Susannah.

»Nein, das stimmt nicht«, antwortete eine ältere Beamtin namens Sally und runzelte kaum merklich die Stirn. »Es gibt Studien, die zeigen, dass Paare, die sich einmal zurückgezogen haben, bei einer Wiederaufnahme eher die Normwerte erfüllen als Paare, die zum ersten Mal dabei sind.«

»Aber es ist wohl kaum ein Zeichen für die Ernsthaftigkeit dieser Leute, oder?«, erwiderte Susannah erbost.

»Ich glaube, sie wäre selbst gerne OSIP-Beamtin, oder?«, flüsterte mir eine leise Stimme ins Ohr. Es war Patrice, die kaum je etwas sagte. Ihre Augen funkelten, während wir so laut, wie wir es wagten, zu kichern begannen, doch als wir Susannahs Blick auf uns spürten, wandte sie sich rasch ab.

»Wie ist eure Meinung dazu, Kit? Und Patrice?«, fragte Susannah.

»Ich finde die Erkenntnisse dieser Studien sehr interessant«, erwiderte ich eilig. »Gibt es denn Pläne, in Zukunft weitere Langzeitstudien durchzuführen?«

Sally erzählte von den Studien und begab sich in einen gefühlt endlosen Monolog. Ich nickte und gab zustimmendes Gemurmel von mir, doch ich hörte nicht richtig zu. Patrice war auf die andere Seite des Raums verschwunden, so weit wie möglich fort von mir. Und Susannah fixierte mich mit einem Blick, der mich an eine Raubkatze und ihre Beute erinnerte. Ihre Augen blieben starr auf mich gerichtet und schienen vor gespannter Erwartung zu leuchten.

Es gab eine Menge zu lernen – genau wie Evie es mir damals erzählt hatte –, doch nichts konnte mich davon ablenken, was in meinem Körper vor sich ging.

Ich spürte die Medikamente in mir, wie schwere Gewichte aus Blei, die ich mit mir herumschleppte. Ich spürte es nicht nur körperlich, in meinen Eierstöcken, die stimuliert und wieder stimuliert wurden und jeden Tag größer und größer wurden, sondern auch an meiner Psyche, die zerklüftet, ja beinahe zerrissen schien.

Ich zerfiel in Tausende Stücke. Anders ließ es sich nicht beschreiben. Es war ein seltsames, tief sitzendes Gefühl, als hätte ich im Laufe des Tages Teile meines Gehirns verloren, und wenn ich mich abends ins Bett legte, war jedes Mal etwas weniger von dem da, was mich ausmachte.

Ich litt unter Stimmungsschwankungen, wobei ich die meiste Zeit nicht einmal begriff, was vor sich ging. Ich konnte meinen Gefühlen nicht folgen. Und auch mein Körper wurde immer wieder von Hitzeschüben gepackt und ging in den Flammen unter.

Der Zustand meiner Eierstöcke wurde täglich überprüft. Ich sah sie vor mir, aufgeblasen wie zwei Ballons, die immer weiterwuchsen, während es in mir enger und enger wurde. Aber ich reagierte nicht »richtig«, ich brauchte eine höhere Dosierung und dann noch eine. Die ständige Übelkeit war dabei das geringste Problem.

Ich versuchte, mich mit Lernen abzulenken, doch mein Gehirn war träge und vernebelt. Ich hatte meine Tätigkeit als Lebensdokumentaristin aufgegeben. Ich vermisste es, aber ich konnte mir nicht vorstellen zu schreiben, und das Lernen für die Induktion beanspruchte sämtliche Energie. Thomas und ich redeten uns ein, dass gewissenhaftes Lernen uns vor einer Extraktion bewahren würde – wenn ich jemals tatsächlich schwanger werden und ein Kind zur Welt bringen würde.

Wir schrieben Notizen und Notizen zu Notizen. Wir destillierten die unzähligen Informationen zu wenigen Worten, von denen wir hofften, dass sie alles Dazugehörige triggern würden.

Evie kam zu Besuch, als ich gerade versuchte, mich an die Reihenfolge zu erinnern, in der dem Kind das phonetische Alphabet nähergebracht werden sollte. Ich bemühte mich redlich, die Informationen, die in einem fort durch meinen Kopf schwirrten, in den Hintergrund zu schieben, während ich Kaffee kochte und mich beeilte, die Gläser auf dem Tablett außer Jakobs Reichweite zu bringen. Ich wusch die Reste des Kaffeepulvers aus der Stempelkanne und konnte den Blick nicht von den schwarzen Klumpen wenden, die wirbelnd im Abfluss verschwanden. Ich wiederholte die Lautschriftzeichen in Gedanken, um mich von der Übelkeit abzulenken, die in mir hochstieg.

S. Ssssss.

A. Aa, aa, aa, aa.

»Kit?«, meinte Evie.

»Tut mir leid, ich …«

»Du warst vollkommen in Gedanken versunken. Ich habe dich gerade gefragt, wie es im Garten aussieht? Du gehst doch noch hin, oder? Vielleicht könnte ich mal mit Jakob vorbeikommen.«

»Ich war schon länger nicht mehr dort. Du weißt ja, wie das ist. Es ist einiges zu tun.«

Evie lehnte sich zurück und musterte mich.

»Dein Gesicht ist …«, begann sie, doch dann brach sie ab. »Ihr habt angefangen, nicht wahr? Mit der Induktion? Du und Thomas.« Die Worte blieben ihr beinahe im Hals stecken, doch sie presste sie hervor.

Ich hielt mit der Stempelkanne in der Hand inne. Das Wasser rann weiter in den Abfluss. Mir war noch nie aufgefallen, wie laut das Rauschen klang. Beinahe wie jemand, der sein Gegenüber mit einem Zischen zum Schweigen bringen wollte.

»Ich hätte es dir sagen sollen.«

»Hältst du das wirklich für eine gute Idee?«, fragte Evie.

Ihre Worte trafen mich tief. Ich machte das Wasser aus. Nun war es totenstill in der Küche.

»Wie meinst du das?« Meine Stimme klang gefährlich leise.

»Na ja, du warst lange eine OUT«, antwortete Evie. In diesem Moment versuchte Jakob, auf den Schaukelstuhl in der Ecke zu klettern, der bereits ein wenig schwankte. Sie stand auf und holte ihn zu sich.

Mit Jakob auf der Hüfte fuhr sie fort: »Ich hätte nur nicht gedacht, dass du es jemals wollen würdest. Mehr nicht.«

»Ich dachte, du würdest dich mit uns freuen«, zischte ich.

Evie seufzte. »Es geht nicht darum, ob ich mich für euch freue. Du solltest es wollen, weil du weißt, dass du es schaffst. Wie hoch ist der finanzielle Bonus mittlerweile?«

Ich murmelte eine Zahl.

»Das ist eine ansehnliche Summe. Also, wie geht es dir dabei?«, fragte sie. »Wie lange machst du es schon?«

»Seit sieben Wochen.«

»Dann befindest du dich also in der schwierigsten Phase«, erklärte Evie. »Und du hast noch einen langen Weg vor dir.« Sie drückte Jakob ohne jede Hemmung einen Kuss auf den Kopf.

»Ja«, erwiderte ich. Mehr traute ich mich im Moment nicht zu sagen.

»Und hattest du schon Zweifel?«

»Ich … ich …« Ich wollte nicht zugeben, wie viele Zweifel mich plagten.

»Nicht jede Frau ist fürs Muttersein gemacht. Manchmal bemerkt man das erst, wenn man den Weg bereits zur Hälfte zurückgelegt hat.«

»Willst du damit sagen, dass ich eine schlechte Mutter sein werde? Ist es das?«

»Glaubst du das denn?«, entgegnete Evie scharf.

Ich sah sie an.

»Du solltest einfach sorgfältig darüber nachdenken, ob du es wirklich willst«, meinte sie langsam. »Ob du dich dem allen gewachsen fühlst.«

»Ich glaube, du solltest jetzt gehen«, platzte ich heraus.

»Ich weiß, dass es schmerzhaft ist, darüber zu reden, Kit«, sagte Evie. »Aber man sollte es trotzdem tun. Es ist nichts Falsches daran, sich eine Schwäche einzugestehen. Du kannst mich verdammen, weil ich es offen anspreche, aber wenn du jetzt schon das Gefühl hast, vielleicht keine gute Mutter zu sein, dann wird es vermutlich genau so sein. Es ist noch nicht zu spät, es sich anders zu überlegen.«

Jedes Wort war wie eine schallende Ohrfeige und drang tief in mein Inneres. Sie hatte meine schlimmsten Ängste in Worte gefasst, die ich nicht einmal mir selbst eingestehen konnte. Ich würde es nicht schaffen, ich würde versagen, ich würde unser zerbrechliches Glück in tausend Stücke zerschlagen.

Wie erstarrt stand ich da und sah zu, wie sie ging.

Wir trafen uns erst wieder, als Mimi in meinen Armen lag.

JETZT

Ich darf nicht daran denken, dass ich das Krankenhaus gerade ohne Mimi verlassen habe. Die leuchtenden Pfeile auf der Windschutzscheibe sind wieder da und führen mich zu der Adresse, die Evie eingegeben hat.

Ich kann nirgendwohin, und ich habe keine Ahnung, was ich sonst tun soll, außer ihnen zu folgen.

Ich fahre die Hauptstraße nach Norden, und als ich Gas gebe, schießt das Auto nach vorne.

Die Landschaft hier ist anders – rauer, schöner –, als hätte ich eine unsichtbare Grenze passiert und befände mich in einem anderen Land. Der Verkehr wird weniger, und die Dämmerung bricht herein.

Ich denke an Thomas. Ich sehne mich nach ihm, nach seiner Sanftmütigkeit, seiner Stimme. Ich wünschte, er wäre bei mir.

Zum ersten Mal bereue ich es, ihn zurückgelassen zu haben. Hätte ich ehrlich mit ihm gesprochen und mich gezwungen, ihm zu sagen, was ich wirklich empfand, hätte er mir vielleicht zugehört und wäre mitgekommen.

Die Pfeile führen mich zu einer Abzweigung, an der ein Schild den Weg auf eine nahe gelegene Insel weist. Ich sehe den zerklüfteten Felsen in der Ferne, der wie ein regloses Schiff aus dem Meer ragt. Ich kenne diesen Ort, auch wenn ich noch nie hier war.

Der Himmel erstreckt sich bis zum Horizont.

Ich biege auf eine weitere Straße. Die Wolken malen Streifen in den Himmel, beleuchtet von der untergehenden Sonne.

Das Land ist so flach wie der Himmel. Weite, wohin ich blicke. Land, Himmel, Weite.

Ich werde langsamer und fahre im Schneckentempo auf eine weitere Abzweigung zu. Die Pfeile sagen mir, dass ich mein Ziel fast erreicht habe.

Es ist einsam hier. Umwerfend schön, aber einsam. Ich habe schon lange kein Haus mehr gesehen. Die Straße schlängelt sich durch die Landschaft, macht eine Biegung. Es ist alles so vertraut. Ich fühle es in mir. Das hier ist der richtige Ort.

Noch eine Kurve, dann entdecke ich ein Gebäude in der Ferne. Selbst aus dieser Entfernung lässt es Evies Haus winzig erscheinen. Ich fahre auf das Tor zu, und als es sich nicht öffnet, parke ich und steige aus.

Es ist niemand zu sehen, es gibt keine Gegensprechanlage. Nur das robuste, geschlossene Tor, das sich nicht öffnen will.

Ich trete davor und blicke durch die Stäbe. Ich sehe das Haus in der Ferne und meine, ein Licht zu erkennen.

Ich spähe weiter durch das Tor, da entdecke ich eine kleine schwarze Wölbung an der Wand. Sie ist leicht zu übersehen, und es könnte sich auch um eine Verzierung handeln, aber ich bin mir sicher, dass es eine Kamera ist. Ich starre direkt in die Linse. Kurz darauf öffnet sich das Tor langsam und rumpelnd.

Ich springe ins Auto und fahre los. Es ist eine lange Auffahrt, und jede Sekunde zieht sich schmerzhaft in die Länge. Das hier ist der letzte mögliche Spielzug, und ich habe keine Ahnung, ob er in eine Sackgasse führt oder ins Zentrum des Labyrinths.

Er steht bereits vor der Tür und wartet, als ich anhalte.

Ich erkenne ihn an der Art, wie er steht, an der Gestalt seines Körpers, an der Haltung des Kopfes.

Das Haus ist viel zu groß für einen allein. Es sollte einer Familie ein Zuhause sein, es sollte Bedienstete geben, die sich diskret im Hintergrund halten.

Aber es gibt nur ihn. Aus irgendeinem Grund, den ich mir selbst nicht erklären kann, bin ich mir sicher, dass es nur ihn gibt.

»Kit, nicht wahr?«, sagt er.

»Jonah«, erwidere ich.

DAMALS

Ich schloss den Artikel, den ich gerade gelesen hatte, als ich Thomas' Schlüssel in der Tür hörte. Es ging um die steigenden Erfolgsquoten bei XC-Babys, und ich musste dabei immer wieder an Jonah und seine Tochter Genevieve denken. Nachdem ich meine Tätigkeit aufgegeben hatte, wusste ich es nicht mit Sicherheit, aber ich nahm an, dass Genevieves XC mittlerweile geboren war und sie die Freigabe erhalten hatten, es mit nach Hause zu nehmen. Ich hatte bei anderen Kunden mitbekommen, dass neugeborene XCs nach der Zeit in der künstlichen Gebärmutter noch eine Weile überwacht wurden, bevor ihre Eltern sie bekamen. Sie brauchten länger, um das nötige Mikrobiom auszubilden. Dadurch waren die Babys, die ich auf den Fotos in dem Artikel mit ihren Eltern gesehen hatte, sehr viel weiter entwickelt als etwa Jakob als Neugeborenes.

Ich wartete schon einige Zeit darauf, dass Thomas nach Hause kam, und meine Haut prickelte jedes Mal, wenn ich ein Geräusch auf dem Flur hörte. Ich hatte mich mehrere Male umsonst erhoben, obwohl bloß jemand an der Wohnungstür vorbeigegangen war, und die Tür war unter meinem wachsamen Blick fest verschlossen geblieben.

Ich hatte Neuigkeiten. Aber es waren nicht die Neuigkeiten, auf die wir warteten, und ich wollte es ihm persönlich sagen. Ich war den ganzen Tag allein gewesen, ohne mit jemandem darüber reden zu können, und ich spürte, wie sie in meinem Inneren wucherten, während die Stunden vergingen. Zuerst schienen die Gedanken erträglich, doch dann verdoppelten sie sich in ihrer Intensität. Aus zwei wurden vier, aus vier acht, aus acht sechzehn. Mittlerweile war die Nachricht, die ich am Morgen auf meiner ArbeitsSphäre erhalten hatte, zu einer lebendigen, unbezwingbaren Kreatur herangewachsen.

Ich stand vor ihm, ehe er richtig in die Wohnung getreten war. Er hielt noch seine Tasche in der Hand und steckte in seinem Mantel. Ich erinnere mich an den überraschten Gesichtsausdruck, als ich ihn umarmte. Ich drückte ihn fest an mich, ich musste etwas anderes fühlen als das Gewoge in meinem Magen.

»Ich muss ein paar zusätzliche Tests machen«, murmelte ich mit dem Gesicht an seinem Mantel. Er fühlte sich rau an, wie Sandpapier oder schwielige Haut.

»Tests? Welche Tests?«

Thomas hielt mich immer noch in den Armen, doch er versuchte, einen Schritt zurückzutreten, um mir ins Gesicht zu sehen. Ich klammerte mich noch fester an ihn. Es würde einfacher sein, es ihm zu sagen, wenn ich ihn nicht ansehen musste, wenn er mich nicht ansah.

»Es … es kann sein, dass etwas mit mir nicht stimmt.« Ich war wie ein Kind. Ich konnte ihm keine Einzelheiten erzählen. Bloß eine schwammige Version der Wahrheit, ohne die Ecken und Kanten.

Thomas holte Luft, als wollte er etwas sagen, doch dann schien er zu erstarren. Ich spürte den Herzschlag in seiner Brust.

Ich ließ ihn los und blickte in die bekümmerten, sorgenvollen Augen.

»Es waren die Induktionsmedikamente«, murmelte ich leise, als eine Art Erklärung, bevor meine Stimme brach.

Einige Wochen später sprang ich erneut von meinem Schreibtisch auf und lief ihm entgegen, um ihn zu begrüßen und ihn mit den Neuigkeiten zu überraschen. Mit den Neuigkeiten, auf die wir warteten.

Doch sobald er mein Gesicht sah, veränderte sich etwas in seinem. Es war komplizierter als alles, was ich bisher an ihm gesehen hatte. Da war Verzweiflung, gepaart mit Panik, überlagert von Hoffnung.

Natürlich sagte er nichts dergleichen, sondern jubelte, als ich es ihm erzählte, hob mich hoch und wirbelte mich herum. Er legte die Hand auf meinen Bauch. Er bestand darauf, auszugehen und mein Lieblingsessen zu bestellen, und er wiederholte immer wieder, dass es wunderbare Neuigkeiten waren. Die besten.

Und es war wunderbar, einfach wunderbar.

Wir erinnerten uns ständig daran, wie viel Glück wir hatten. Und wir taten es, weil es stimmte.

Dank der fortwährenden Tests hatte man die Krebszellen rasch erkannt, und die Operation war komplikationslos verlaufen. Ich hatte mich schnell erholt.

Es beruhigte mich, es in Worte zu fassen.

Manchmal wachte ich auf und hatte einen Moment lang vergessen, dass ich schwanger war, bis es mir plötzlich wieder einfiel. Ich suchte nach Anzeichen dafür, doch in den ersten Wochen war da nichts, was sich danach anfühlte, und Enttäuschung machte sich in mir breit. Die Zeit bis zu Mimis Geburt verging langsam und gleichzeitig viel zu schnell. Ich wartete ungeduldig darauf, sie kennenzulernen, andererseits gab es bis dahin noch so viel zu tun, dass ich manchmal in eine Art Lethargie verfiel.

Thomas und ich schleppten uns von einem Musterhaus zum nächsten und brauchten jedes Mal viel zu lange, sodass wir am Ende, ausgelaugt von den Entscheidungen, voller Adrenalin und hungrig, zu zanken begannen. Zu Beginn der Schwangerschaft waren wir in ein kleines Haus im westlichen Viertel gezogen, nachdem uns die erforderlichen Wohndarlehen bewilligt worden waren. Es war eines der neueren Häuser, in denen sich die Schlafzimmer im Erdgeschoss und der große, offene Wohnbereich im ersten Stock befanden, wo es heller war. Wir hatten lange überlegt, welches Haus wir wollten, und nun waren wir uns nicht einig, wie wir es einrichten sollten.

»Was ist das Wichtigste, das wir diesem Baby geben sollten?«, fragte mich Thomas an einem dieser nervenaufreibenden Nachmittage.

»Du klingst wie einer der Induktionsbeamten. Wie lautet noch mal die richtige Antwort? Sicherheit, Förderung …«, zählte ich auf.

»Nein, im Ernst, was ist das Wichtigste?«

»Liebe.«

»Liebe. Keine Gegenstände. Nicht das perfekte Bettchen. Nicht der genaueste Herzmonitor. Liebe ist die Antwort. Wir brauchen dieses Zeug nicht, Kit. Nicht wirklich. Wir fühlen das, was wir fühlen, auch so.«

»Okay«, sagte ich. »Liebe, keine Gegenstände. Du hast recht.«

Wir küssten uns, und ich fragte mich, wie lange es her war, seit wir das zuletzt getan hatten. Zu lange.

»Aber können wir diesen Stuhl vielleicht trotzdem nehmen?«, fragte ich mit dem Kopf an seiner Schulter.

Thomas bestellte ihn, und er wurde an einem Montag in einem riesigen Karton geliefert, den die Männer vom Kundendienst nur mit Mühe die Treppe nach oben in unser Wohnzimmer manövrieren konnten. Einmal dachten sie tatsächlich, sie würden stecken bleiben, und wollten schon aufgeben, doch ich bestand darauf, dass sie weitermachten, und sie quetschten ihn um die Ecke, nachdem ich ihnen flehend versichert hatte, dass mir ein paar Kratzer und Abschürfungen nichts ausmachen würden.

Beim Auspacken erkannte ich, dass kein Grund zur Sorge bestanden hatte. Der Stuhl war in mehrere Schichten Karton verpackt, in deren Mitte sich das goldbraune Möbel mit den geschwungenen Linien und der polierten, seidig glatten Oberfläche befand.

Ich platzierte ihn am Kopfende des Tisches und stellte mir vor, wie wir zu dritt hier aßen. Es war so real, dass es sich eher wie eine Erinnerung als wie eine Wunschvorstellung anfühlte. Doch Thomas runzelte die Stirn, als er den wartenden Stuhl am Tisch sah.

»Findest du nicht, dass wir das Schicksal damit herausfordern?«, fragte er, worauf ich den Stuhl in einem der Schränke verstaute und ihn mit einem Laken abdeckte, als wäre er ein Kunstwerk, das gut geschützt auf die nächste Ausstellung wartete.

Als ich Mimi zum ersten Mal spürte, stand ich in der Schlange vor der Supermarktkasse. Ich ließ beinahe den Karton mit Tomaten fallen, den ich in der Hand hielt, hob ruckartig den Blick und legte eine Hand auf den Bauch.

Es war nicht das angekündigte sanfte Blubbern, sondern eher ein unsanfter Stoß. Ein »Hallo, du da!«, ein Tritt.

»Ist alles in Ordnung?«, fragte die Frau an der Kasse.

»Ja, mein Baby hat sich nur gerade bewegt. Zum ersten Mal.« Ich wollte solche Dinge nicht mit einer Fremden teilen, aber andererseits konnte ich nicht widerstehen.

»Es gibt nichts Schöneres«, sagte sie. Sie spitzte die Lippen, als müsste sie sich ein Lächeln verkneifen. »Genießen Sie es, meine Liebe. Genießen Sie es, solange Sie können.«

Ihr Blick wurde mit einem Mal traurig, als sie sich in Erinnerungen verlor. Dann nickte sie knapp und lächelte mir tatsächlich zu, auch wenn es nur ein kleines, verkniffenes, flüchtiges Lächeln war.

Jedes Mal, wenn ich eine Bewegung unter der straffen Haut meines Bauches sah oder gar glaubte, einen Fuß hindurchstechen zu sehen, der mich trat, nahm ich mir vor, Evie zu besuchen. Manchmal schaffte ich es bis in ihre Straße, aber niemals bis vor ihre Tür.

JETZT

Wegen der neuerlichen Trennung von Mimi geben die Beine unter mir nach, und ich sinke auf die Knie.

»Na, na«, sagt Jonah. Er hilft mir hoch, und obwohl er so schlank ist, stemmt er mein Gewicht.

Er ist kleiner als erwartet.

Ich hatte in der Vergangenheit immer wieder das Gefühl, diesen Mann besser zu kennen als mich selbst, aber irgendwann habe ich wohl vergessen, dass es sich um einen echten Menschen handelt. Das passierte früher oder später bei allen Kunden, deren Leben ich dokumentierte. Sie waren wie Figuren aus einem Buch, in dem ich immer wieder las. Personen, die zwischen den Seiten lebten, um die Handlung voranzutreiben.

Doch Jonah ist ein echter Mensch mit kleinen Fältchen um die Augen und einem Pullover mit einem Fleck auf der Brust, den er offenbar noch nicht bemerkt hat. Ich frage mich, ob er sich heute beim Mittagessen bekleckert hat oder ob er schon eine Weile damit herumläuft und niemand da war, der ihn darauf aufmerksam machen konnte.

Ich plappere los. »Meine Tochter ist im Krankenhaus … meine Schwester hat mir die Adresse gegeben. Und da sind Sie. Warum gerade Sie? Die ganze Zeit habe ich über Ihr Leben geschrieben …«

»Ich bewundere Ihre Arbeit«, unterbricht er mich. Er ist sehr aufmerksam; ich erinnere mich, wie er Genevieve als kleines Kind ebenfalls dazu angehalten hat.

»Die Lebensdokumentation – Sie wissen über mich Bescheid? Sie wissen, wer ich bin? Aber wo ist die Verbindung zu Evie? Warum hat sie mich zu Ihnen geschickt?« Ich muss mich zusammennehmen, um nicht den Faden zu verlieren.

»Eins nach dem andern.« Er spricht sehr langsam, wohlüberlegt. Das passt nicht zu meinen fieberhaften Ausbrüchen.

»Ich habe keine Ahnung, warum ich hier bin.«

Er mustert mich mit leicht zur Seite geneigtem Kopf. Wie das Rotkehlchen in dem Imbiss am Straßenrand. »Wegen Ihrer Tochter. Mimi.«

Ich kreische eher, als dass ich spreche: »Sie wissen über sie Bescheid? Über Mimi?«

»Als ich gehört habe, dass Sie den Job als Lebensdokumentaristin aufgegeben haben, war es nicht schwer, den Grund dafür herauszufinden.«

»Sie haben mit denen zu tun, oder? Mit dem OSIP? Sie stecken da irgendwie mit drin. Ich brauche Ihre Hilfe.«

Als hätte ich ihn nicht gerade angefleht, als krallte ich mich nicht verzweifelt an diesen letzten Strohhalm, antwortet er voller Gleichmut: »Immer mit der Ruhe. Sie wollen sich sicher zuerst frisch machen.«

Ich will mir nicht vorstellen, wie ich auf ihn wirke. Ich trage immer noch denselben Schlafanzug, mit dem ich mitten in der Nacht das Bett verlassen habe. Ich bin voll mit Mimis Erbrochenem. Aber ich habe absolut kein Interesse daran, mich frisch zu machen.

»Dafür habe ich keine Zeit. Mir bleibt keine Zeit. Meine Tochter … es geht ihr nicht gut …«

»Sie sagten doch, dass sie im Krankenhaus ist. Kümmert man sich dort um sie?«

Ich ertrage es nicht, ihm zuzustimmen, also nicke ich bloß.

»Ich bin kein OSIP-Beamter, Kit«, sagt Jonah. Seine Stimme ist sanft, beruhigend. »Würden Sie reinkommen? Dann können wir reden, wenn Sie möchten. Sie können duschen. Und Sie haben sicher Hunger.«

Die Vorstellung, etwas zu essen, lässt Übelkeit in mir hochsteigen. Ich will mir nicht ausmalen, etwas Essbares zu kauen und hinunterzuschlucken. Ich kann nur an Mimi denken, die in dem Krankenbett so winzig wirkte und immer winziger wurde, je weiter ich mich von ihr entfernte.

Ich will schreien, ihn schütteln. Ich habe keine Zeit, an mich selbst zu denken, sauber zu sein und satt. Ich muss zu ihr zurück. Jeder Moment, der vergeht, ist ein weiterer Moment getrennt von ihr.

Aber er ist meine einzige Hoffnung. Ich weiß nicht,

warum ich hier bin, aber mir ist klar, dass ich hier sein muss und nirgendwo sonst. Also folge ich ihm widerstandslos, während in meinem Inneren das Chaos tobt. Während ich innerlich brülle.

Das Haus wirkt ein wenig heruntergekommen. Überall Zimmer, die ganz offensichtlich nicht benutzt werden, voller Staub, verlassen. Jonah führt mich in den hinteren Teil des Hauses in einen großen, offenen Raum, der sicher einmal prachtvoll aussah, dem nun aber die Schäbigkeit des alltäglichen Lebens anhaftet. Er deutet auf das Sofa und reicht mir eine Flasche Wasser.

»Nein danke.«

Aber er sagt bloß: »Trinken!«, und hält sie mir weiter entgegen. Es ist ein Befehl.

Ich beginne, in großen, geräuschvollen Schlucken zu trinken. Wasser läuft mir über das Kinn. Mir war nicht klar, wie durstig ich bin.

»Bitte – setzen Sie sich«, sagt er. Er deutet erneut auf das Sofa und lässt sich selbst in einen Lehnstuhl sinken, als wollte er es mir damit leichter machen.

Ich trinke die Flasche aus, ohne es zu wollen.

»Meine Tochter …«, setze ich erneut an.

Jonah hebt die Hand, und ich verstumme.

»Zuerst machen Sie sich frisch. Ich hole saubere Sachen. Dann essen Sie. Darauf bestehe ich.«

»Ich muss …« Mein Mund füllt sich mit allem, was ich verlieren könnte.

»Sie sind den ganzen Tag von einem Ort zum nächsten

gehetzt, nicht wahr?«, fragt Jonah beschwörend. »Sie sind sicher müde, oder?«

»Ich bin … ich bin …«

»Wenn es Mimi nicht gut geht, ist sie dort, wo sie ist, am besten aufgehoben. Sie können nichts tun, außer zuzulassen, dass die Ärzte ihre Arbeit machen.«

»Mimi ist im Krankenhaus«, wiederhole ich. Ich frage mich, was ich immer noch hier mache, wenn Jonah doch offenbar nicht in der Lage ist, sie zu retten. »Ich sollte zu ihr. Wenn Sie uns nicht helfen können, muss ich weiter.«

Ich sehe sie erneut vor mir, umgeben von Ärzten und Pflegekräften, die dünnen Arme voller Schläuche, Infusionsnadeln, angeschlossen an Maschinen, zwischen denen sie beinahe verloren geht.

»Das habe ich nicht gesagt.« Jonahs Stimme ist beschwichtigend. »Ich habe nie gesagt, dass ich Ihnen nicht helfen werde.«

DAMALS

An jenem ersten Tag wollte ich Mimi nicht in ihr Bettchen legen. Es würden Tage kommen, an denen ich beinahe alles dafür gegeben hätte, sie ablegen zu können, aber an diesem Tag wollte ich sie für immer in den Armen halten. Ihr Kopf lag in meiner Armbeuge, ihre Wange schmiegte sich an mich, und ihre Stupsnase berührte meine Haut. Ich blickte staunend auf sie hinunter.

Ich bestaunte jeden Teil von ihr.

Ich fragte mich einen Moment lang, ob ich mich jemals wieder von ihr würde lösen können.

Thomas hatte mir den Arm um die Schulter gelegt und balancierte auf der Kante des Krankenhausbettes neben uns. Es war, als wären seine Arme lang genug, um uns vollständig zu umschließen. Wir saßen einfach da, ineinander versunken wie eine russische Matrjoschka, regungslos und still.

Dann ging die Tür auf, und Evie stand im Türrahmen. Sie zögerte. Unsicher, ob sie einen Schritt nach vorne oder zurück machen sollte. Die Krankenschwester, die gerade ins Zimmer wollte, um nach Mimi zu sehen, stieß ein abfälliges Schnauben aus, weil Evie ihr im Weg stand.

»Evie! Du bist gekommen!«, rief ich.

Sie war knochiger als bei unserer letzten Begegnung vor über einem Jahr. Älter. Sie wirkte verkrampft, als sie auf uns zukam.

»Könnten Sie in fünf Minuten wiederkommen?«, fragte ich die Krankenschwester.

»Nein, das muss sofort erledigt werden«, erwiderte sie einigermaßen schroff, doch dann wurde ihr Gesicht weicher, und sie meinte: »Es dauert auch nur einen Augenblick.«

Evie hob die Augenbrauen, doch dann erklärte sie sich bereit, später wiederzukommen. Ich fragte mich, ob sie es tatsächlich tun würde, aber nach einiger Zeit war sie wieder da. Sie rang die Hände und drehte die Ringe an ihren Fingern, sie konnte nicht stillhalten.

»Hier ist jemand, der dich kennenlernen möchte«, erklärte ich dem Stoffbündel, aus dessen Mitte Mimis zartes Gesicht blickte. »Das ist deine Tante Evie.«

Evie machte einen Schritt auf uns zu, aber sie beugte sich nicht weiter vor, wie ich es mir vorgestellt hatte. Von dort, wo sie stand, konnte sie Mimi gar nicht richtig sehen.

»Hey, wisst ihr was, ich hole uns was zu trinken«, meinte Thomas. Sein Blick huschte zu Evie. Er wirkte hoffnungsvoll.

Als wir allein waren, sagte zunächst keine von uns ein Wort.

»Warum hast du Jakey nicht mitgebracht?«, fragte ich schließlich.

»Kinder sind auf der Entbindungsstation nicht erlaubt«, erwiderte Evie mechanisch.

Ich murmelte etwas darüber, dass ich das hätte wissen sollen.

Wir schwiegen erneut.

»Wie geht es dir?«, fragte sie irgendwann.

»Gut. Mir geht es gut«, antwortete ich. Mein Inneres zog sich zusammen. Wir tauschten höfliche Floskeln aus wie zwei Fremde. Warum konnte ich ihr nicht sagen, wie ich mich wirklich fühlte? Aufgeregt, verängstigt, wund, überschwänglich, besorgt, erschöpft. »Wie geht es euch?«

»Uns geht es gut. Jakob gedeiht prächtig.«

»Er muss schon groß sein«, murmelte ich. »Ich würde ihn wahrscheinlich nicht mehr wiedererkennen.« Es war als Scherz gedacht, doch es klang wie ein Vorwurf. Wir verfielen erneut in Schweigen.

»Willst du sie halten?«, fragte ich und streckte ihr Mimi entgegen, verzweifelt bemüht, die Anspannung und Kluft zwischen uns zu überwinden. Mimi verzog das Gesicht und hob ohne Vorwarnung eines ihrer behandschuhten Händchen.

»Nein, lieber nicht. Ich habe mir nicht die Hände gewaschen … und Jakob brütet gerade etwas aus.«

»Dort drüben ist Desinfektions…« Ich verstummte, als Evie den Kopf schüttelte. »Sie heißt Mimi.«

»Mimi«, wiederholte Evie. »Wie Mum«, murmelte sie.

»Ja.« Mum wurde als Kind so genannt, auch wenn sie

als Erwachsene niemand mehr mit diesem Namen angesprochen hatte.

Evie versuchte erst gar nicht, ihr Missfallen zu verbergen.

»Was? Was ist los?« Tränen stiegen mir in die Augen. »Warum kannst du dich nicht einfach für mich freuen?«

»Als wir uns das letzte Mal unterhalten haben, warst du der Meinung, du wärst gar nicht bereit, Mutter zu werden, und jetzt ... jetzt ...«

»Was? Jetzt bin ich eine. Was ist so falsch daran?«

»Du weißt, wie es enden kann. Willst du das wirklich? Stehst du das durch?«

»Sprichst du jetzt als OSIP-Beamtin, oder wie?«

»Nein, darum geht es nicht. Ich spreche als deine Schwester.«

»Nein, tust du nicht. Früher hättest du mich nie so behandelt. Du bist nicht mehr die, die du einmal warst. Du bist nicht ...« Während ich über die Worte stolperte, erkannte ich die Wahrheit darin. »Du bist nicht mehr meine Schwester.«

In diesem Moment betrat Thomas das Zimmer. Er trug drei Becher auf einmal und wirkte hoch konzentriert.

»Ich gehe jetzt besser«, sagte Evie, als sie ihn sah.

»Bleib doch«, sagte Thomas. »Ich habe dir etwas zu trinken mitgebracht.«

»Ich muss los«, erwiderte sie knapp, ohne den Versuch, sich zu entschuldigen.

Sie war schon fast bei der Tür, als sie sich noch einmal zu uns umdrehte.

»Es tut mir leid, wenn du das alles nicht hören willst«, sagte sie an mich gewandt. »Es ist einfach nur so, dass du schon vorher über eine mögliche Extraktion hättest nachdenken sollen …«

»Du willst also sagen, dass wir sie gar nicht erst hätten bekommen sollen?«, erwiderte ich langsam, und die Worte hingen schwer in der Luft.

Anstatt zu antworten, wandte Evie sich ab und verschwand.

Ich hörte ihre Absätze noch klappern, lange nachdem sie gegangen war.

JETZT

Ich höre Jonahs Schritte im Flur.

Er klopft behutsam an die Badezimmertür. »Vor der Tür liegen frische Sachen und ein Badetuch.«

Als ich in den Flur blicke, finde ich eine weite graue Jogginghose, ein abgetragenes, weiches Baumwollshirt und ein riesiges Badetuch, das bereits viele Male gefaltet wurde.

Das Licht im Badezimmer fühlt sich zu hell an.

Ich schlüpfe aus meinem Mantel und dem muffigen Schlafanzug, dann sehe ich in den Spiegel und lasse den Blick über meinen ausgezehrten Körper wandern. Die graue Haut, die von ungenutzter Milch nach unten gezogenen Brüste. Die Ringe unter meinen Augen sind beinahe violett, und mein Gesicht ist von Sorgenfalten durchzogen und wirkt abgespannt. Meine Haare sind verfilzt und stumpf. Die Strähnen, in denen Mimis eingetrocknetes Erbrochenes klebt, stehen wie Stacheln von meinem Kopf ab.

Aber unter alldem sehe ich mich selbst. Meine Augen brennen zornerfüllt.

DAMALS

Mimis braune Augen blickten direkt in meine.

»Ihr seid echte Profis«, erklärte Santa, als ich Mimis Kopf zu meiner dunklen Brustwarze leitete.

Zu Beginn hatte sich das Stillen unnatürlich angefühlt, aber Mimi hatte sofort Gefallen daran gefunden, als wäre sie meine Lehrerin und ich ihre Schülerin. Auch wenn mich die Art beunruhigte, wie sich ihr Mund hungrig, beinahe verzweifelt auf meine Brust stürzte, ließ ich mich von ihr leiten. Mit der Zeit waren der Schmerz und das Unwohlsein verschwunden, und auch Mimi hatte ihren Heißhunger unter Kontrolle gebracht.

»Habt ihr schon etwas vom OSIP gehört?«, fragte Santa leichthin.

»Es gibt regelmäßige Hausbesuche. Diese Woche kommen sie wieder. Zusätzlich zu den üblichen Untersuchungen und der Übermittlung der Daten«, antwortete ich, so ungerührt ich konnte. Ich wollte nicht zu viel darüber nachdenken, was wir alles zu tun hatten. »Aber die Anzahl der IPS-Bescheide bleibt unverändert. Man braucht immer noch zehn, um als inakzeptabel eingestuft zu werden.«

Es war kaum zu glauben, dass seit dem Tag im Krankenhaus bereits drei Monate vergangen waren. Ich betete jeden Morgen und jeden Abend dafür, dass wir keinen IPS-Bescheid bekamen, und bis jetzt hatten wir nichts vom OSIP gehört.

Noch nicht.

»Ich habe ein schlechtes Gewissen deswegen«, gab ich zu. »Wir hatten einfach unglaubliches Glück, mehr nicht.«

»Ihr macht das alles wirklich wunderbar«, versicherte mir Santa. »Genießt es.«

Manchmal ertappte ich mich dabei, wie ich an die Zeit vor Mimi zurückdachte. An die Tage, die ich schreibend verbracht hatte, an denen ich mir Anrufe x-mal angehört hatte, um den Kern des Gesprächs zu entschlüsseln, an denen ich stundenlang über Eigenheiten und Vorstellungen nachgrübelte. Es schien alles so weit weg. Schön, aber im Nebel versunken. Zu weit entfernt, um Details zu erkennen. Ich vermisste es, aber ich wusste auch, dass dafür jetzt kein Platz war.

Obwohl wir noch keinen IPS-Bescheid erhalten hatten, wurden wir in den ersten Monaten akribisch überwacht, und es gab Tage, da schwirrte mir der Kopf. Die ständigen Termine und Untersuchungen, die ungeheure Menge an Informationen, die wir sammeln und an das OSIP weiterleiten mussten, und es wurde von Tag zu Tag mehr. Es hatte sich einiges geändert, seit Evie Jakob bekommen hatte, die Kontrollen waren intensiver geworden.

Abgesehen davon, dass ich mich um ein Neugeborenes

kümmern musste, war der ständige Druck von außen beinahe unerträglich. Ich war müde und hatte Angst, doch ich durfte auf keinen Fall unter der Last zusammenbrechen. Thomas half, so gut er konnte, aber da er nun der einzige Erwerbstätige war, verfielen wir unwillkürlich in einen Rhythmus, bei dem er an Wochentagen erst nach Hause kam, wenn Mimi bereits im Bett lag.

Wir Mütter warteten unterdessen in langen Schlangen auf die OSIP-Untersuchungen, fütterten unsere MobilSphären mit Essenszeiten und besuchten Kurse und Gruppentreffen, in denen es um den Spracherwerb sowie die soziale und emotionale Entwicklung ging. Den Kopf eingezogen, den Blick stets auf unsere Kinder gerichtet. Wir hatten keine Zeit und keine Kraft, um aufzusehen. Wir sahen einander nicht.

Ich war so besessen von Mimi und allem, was um sie herum zu tun war, dass kein Platz für etwas anderes blieb.

Es kam der Abend, an dem wir Mimi zum ersten Mal allein lassen wollten. Santas enge Freundin Marina würde auf sie aufpassen.

»Wir kommen so schnell es geht wieder nach Hause«, erklärte ich ihr. »Und wir haben die MobilSphären dabei, falls es Probleme geben sollte.«

Ich versicherte mir, dass es nur ein paar Stunden sein würden.

Ich rief mir in Erinnerung, dass Marina eine erfahrene

und fähige Frau war. Ihr Sohn war mittlerweile erwachsen und in unserem Alter. Ich wusste, dass Mimi in ihrer Obhut sicher war.

Aber ich wollte nicht gehen. Ich wollte meine Tochter nicht allein lassen, denn wir waren seit dem Moment ihrer Empfängnis keinen Moment getrennt gewesen. Seit ihrer Geburt investierte ich meine ganze Aufmerksamkeit und Energie in sie, und das konnte ich nicht abschalten.

Wir wollten zu Santas neuester Ausstellung. Es sollte »Spaß« machen. Das hatten zumindest alle behauptet, während sie um mich herum Pläne schmiedeten, Mimi einen Abend allein zu lassen. Ich hatte versucht, ihnen zu sagen, dass es noch zu früh war, dass Mimi vielleicht noch nicht bereit war, dass *ich* es ganz bestimmt nicht war, aber ich wurde überstimmt, mit Argumenten überhäuft und konnte mir kein Gehör verschaffen.

»Es kann losgehen«, meinte Thomas mit einem Lächeln, das ich nicht erwidern konnte. Für ihn war es etwas anderes. Er verließ sie jeden Tag, wenn er zur Arbeit ging.

»Ich sehe noch mal kurz nach ihr«, erwiderte ich.

Ich ging in ihr Zimmer. Das gelb-orange Licht der Nachttischlampe leuchtete, und ich sah ihre Umrisse im Bettchen liegen. Ihre Arme bewegten sich, offenbar probierte sie aus, in welche Richtung sie tasten konnte und wie es sich anfühlte. Sie krähte leise vor sich hin. Ich wagte nicht, zu ihr zu gehen, denn ein Blick in ihr Gesicht hätte genügt, und ich hätte das Haus nicht mehr verlassen können.

Etwas an der Art, wie Thomas meine Hand nahm, als wir die Straße überquerten und in Richtung U-Bahn gingen, machte mich wütend. Es war beinahe, als wollte er mich zur Eile antreiben.

»Es fängt doch erst um sieben an, zieh nicht so«, murrte ich. Das passierte seit Mimis Geburt immer wieder. Ich dachte etwas und erkannte erst danach, dass ich es laut ausgesprochen hatte.

Wir kamen trotzdem zu spät, und Santa war gerade mitten in der Eröffnungsrede. Sie war auf einen Stuhl geklettert, um das Publikum zu überblicken, und als sie uns entdeckte, hielt sie inne und warf uns eine Kusshand zu.

»Mein Sohn und meine Schwiegertochter sind gerade gekommen«, erklärte sie den Besuchern als eine Art Entschuldigung, dass sie nicht weitergesprochen hatte. »Sie mussten noch meine drei Monate alte Enkeltochter zu Bett bringen!«

Im hinteren Teil des Saales jubelte jemand, ein schrilles Pfeifen erklang, dann brach die Menge um uns in Applaus aus.

Die Blicke der Besucher huschten zu Santa und dann erneut zu uns. Leuchtende, lächelnde Gesichter, die in diesen wenigen Momenten zu einem Ganzen verschmolzen.

»Was für ein Auftritt«, flüsterte Thomas mir ins Ohr.

Im Gegensatz zu mir entgingen ihm die paar Besucher, die nicht applaudierten.

Die Leute, die uns mit gespitzten Lippen und anklagenden Blicken musterten.

Die Leute, die sich fragten, warum wir nicht zu Hause bei unserer Tochter waren.

Die Leute, die möglicherweise OSIP-Beamte waren.

JETZT

Ich bin kein OSIP-Beamter, Kit.

Ich wiederhole die Worte, als ich die Treppe hinuntergehe, die Haare nass, die Haut nach Seife duftend. Jonah hat seine Verbindung zum OSIP weder abgestritten noch bestätigt, aber er hat zumindest das gesagt: *Ich bin kein OSIP-Beamter, Kit.*

Ich finde ihn in der Küche. Er kocht. Er kocht gerne, das weiß ich.

Ich beobachte ihn einen Augenblick lang, ehe er mich bemerkt. Er wirft einen Blick in den Topf auf der Herdplatte, dann gibt er etwas bernsteinfarbenes Olivenöl und eine Prise Salz hinein, das er zwischen Daumen und Zeigefinger zu feinem Pulver zerreibt.

Er bückt sich, um Nudeln aus dem Schrank zu holen, die er auf einer Waage wiegt. In allem, was er tut, geht er methodisch und wohlüberlegt vor, auch das weiß ich. In diesem Moment dreht er sich zu mir um.

»Sie sind bestimmt kurz vorm Verhungern«, sagt er. »Sie sehen aus, als hätten Sie schon seit einem Monat nicht mehr ordentlich gegessen.«

Ich murmle etwas. Es ist keine Antwort, keine Zustimmung. Mir ist nicht klar, dass ich ihren Namen laut ausspreche.

»Mimi.« Ihr Name streicht wie ein Blütenblatt über meine Lippen.

»Essen Sie. Dann reden wir«, sagt er.

Er schenkt mir ein Glas Mineralwasser aus einer Flasche aus dem Kühlschrank ein und schiebt mir eine kleine Schüssel mit übergroßen Oliven zu.

»Essen Sie«, sagt er erneut.

»Aber das OSIP …«, beginne ich.

»Das liegt wohl außerhalb unserer Macht, nicht wahr?«

»Aber Sie sagten, dass Sie mir helfen können.«

»Sie wollen Mimi behalten. Sie wollen wissen, was Sie tun können, damit Sie sie behalten können«, sagt Jonah langsam.

»Natürlich. Ich … ich würde alles tun.« Meine Stimme bricht. Ich frage mich, ob ich aussehe, wie ich klinge. »Meine Schwester hat mich hergeschickt. Sie meinte, sie hätte etwas herausgefunden. Etwas, das sie mir nicht verraten darf. Etwas, das ihr ihren Sohn wiedergebracht hat von … ihnen. Und Sie … Sie stehen irgendwie in Verbindung mit denen, oder? Ich meine, nicht offiziell – aber ich habe die OSIP-Dokumente auf Ihrer Sphäre gesehen …«

Jonah mustert mich. Seine grauen Augen sind starr auf mein Gesicht gerichtet. Ich blicke ihm entgegen, als wäre es ein Test. Dann sagt er erneut: »Essen Sie zuerst etwas«, und dreht die Temperatur des Nudelwassers zurück, damit nichts überkocht.

Ich zwinge mich, auf einem der Stühle Platz zu nehmen. Ich sitze auf einer Hand, während ich die andere auf den Mund presse, denn ich fühle mich wie ein Kessel voll kochendem Wasser und habe Angst, dass alles überkocht und aus mir herausbricht. Wie soll ich ruhig hier sitzen, wenn ich nicht weiß, ob dieser Mann uns hilft? Andererseits ist mir klar, dass er meine letzte Hoffnung ist. Ich kann nirgends sonst hin, es gibt keine anderen Möglichkeiten. Ich darf ihn nicht verärgern oder gegen mich aufbringen. Ich darf ihn nicht drängen und ihm auch keine Predigt halten. Ich kann mir lediglich die Faust in den Mund stopfen, um nicht loszubrüllen. Ich kann mich lediglich auf meine Hand setzen, um nicht davonzulaufen.

Als die Nudeln fertig sind, gibt Jonah Sahne, Pfeffer und geräucherten Lachs dazu. Dann verteilt er etwas Rucola darüber und reicht mir die Schüssel samt einer Gabel.

Ich kann mir nicht vorstellen, überhaupt etwas zu essen, aber sobald ich angefangen habe, ist es wie mit dem Wasser vorhin, und ich finde meinen Appetit wieder. Mir wird klar, wie sehr ich es brauche. Kurz darauf können gar nicht genug Nudeln auf der Gabel Platz finden. Ich stopfe mir den Mund voll und muss angestrengt kauen, um die viel zu großen Portionen zu bewältigen.

Jonah sieht mir beinahe stolz beim Essen zu. Er hat sich auf dem Stuhl gegenüber niedergelassen.

Ich verdrücke gerade den letzten Bissen, als er zu sprechen beginnt.

»Halten Sie sich für eine gute Mutter?«

Ich erstarre, und die Gabel fällt klirrend in die Schüssel.

Ich habe in den letzten Monaten gelernt, zu akzeptieren, dass es meine Schuld war, dass die Gefahr einer Extraktion immer realer wurde. Jeder IPS-Bescheid war nach gründlicher Betrachtung auf einen Fehler meinerseits zurückzuführen. Wir bekamen jeden Tag eine neue Chance, es besser zu machen, doch ich habe zu viele davon vertan.

Wenn man die IPS-Bescheide in Betracht zieht, bin ich mir nicht sicher, ob ich eine gute Mutter bin. Ich bin auf Selbstzweifel ausgerichtet, zerpflücke sämtliche meiner Handlungen und frage mich zwanghaft, was ich besser machen könnte. Nach jeder Begegnung mit dem OSIP stellte ich mich mehr und mehr infrage und überlegte, ob ich gut genug war.

Und nach allem, was mittlerweile passiert ist, habe ich kaum noch etwas zu bieten. Ich bin nicht sicher, wie ich weitermachen soll.

Jonah mustert mich immer noch. Ich kann nicht glauben, dass er alles ungeschehen machen kann, was passiert ist. Er wird wohl kaum dafür sorgen können, dass uns der Weg erspart bleibt, der vor mir und meiner Familie liegt. Doch er sucht weiter nach etwas in mir, und auch wenn ich das Gefühl habe, dass ich am Ende bin und es keinen Ausweg mehr gibt, suche auch ich weiter und beginne schließlich zu sprechen.

»Ich liebe sie«, sage ich. »Ich will das Beste für sie. Ich will ihr die Welt näherbringen, ich will ihre Freude und auch ihre Traurigkeit spüren. Ich will *sie* spüren. Ich will sie beschützen und mit ihr diskutieren. Ich will verstehen, wie sie die Dinge sieht. Ich will die Frau kennenlernen dürfen, zu der sie einmal werden wird. Das ist alles, was ich im Moment weiß.«

Ist das genug? Macht es mich zu einer guten Mutter?

Ich habe nicht aufgehört, an Mimi zu denken, seit ich sie den Leuten übergeben habe, die sie außer Landes schmuggeln wollten.

Ich frage mich, wo sie jetzt ist. Ist sie noch im Krankenhaus? Wurde sie in eine OSIP-Einrichtung gebracht? Wer kümmert sich um sie? Wissen diese Leute, dass sie Enten vergöttert? Wärmen sie ihre Milch so minimal, dass sie beinahe noch kalt wirkt, weil sie sie sonst nicht trinkt?

Evie ist die einzige Person, von der ich weiß, dass sie ihr Kind zurückbekommen hat. Es gab einige Videos auf den Sphären – wiedervereinte Familien in sonnendurchfluteten Wäldern, die mit blitzend weißen Zähnen breit lächelten –, aber Jakob war das einzige Kind außerhalb der Welt der Sphären, von dem ich wusste, dass es zurückgekehrt war.

Ich denke an Mimi in ihrem Krankenhausbett, umgeben von Fremden, Schläuchen und Sterilität. Bestimmt hat sie Angst. Bestimmt fragt sie sich, wo ich bin.

»Woher wissen Sie, wer ich bin?«, frage ich plötzlich. »Unsere Kunden glauben eigentlich, dass die Lebensdokumentation von einem Computer erstellt wird.«

»Ich habe mir zum Ziel gesetzt, alles über die Leute in Erfahrung zu bringen, die in mein Leben treten«, antwortet Jonah. »Als die Sache mit der Lebensdokumentation anfing, fand ich bereits nach kurzer Recherche heraus, was dahintersteckte. Ich hätte beinahe gekündigt, doch dann kamen Sie. Wie gesagt, ich bewundere Ihre Arbeit schon seit einiger Zeit. Sie haben ein Auge fürs Detail. Das eine Mal, als Sie die OSIP-Dokumente gesehen haben, ist ein gutes Beispiel. Es war während des Telefonats mit Genevieve, als sie mir erzählt hat, dass sie eine Familie gründen will. Sie haben gehört, worum es ging, nicht wahr? Und dann haben Sie das OSIP-Logo auf den Dokumenten gesehen, die ich gelesen habe.«

Ich nicke und denke an das Klappern der Welpenkrallen auf dem Küchenboden.

»Ich hatte eine Zeit lang die falschen Einstellungen auf meiner ArbeitsSphäre gewählt. Wäre dieser Anruf nicht gewesen, wäre es Ihnen vermutlich nicht aufgefallen. Die Kamera war irrtümlich an. Hätte mich Genevieve damals nicht mit derartigen Neuigkeiten überrascht, wäre es mir aufgefallen, aber … so war es nun mal. Ich will Ihnen helfen, Kit. Ich habe mich entschieden. Ich kann Ihnen helfen, damit Sie Ihre Tochter behalten können.«

DAMALS

Mit Freude verlor ich mich an Mimis Seite in der Zeit und saugte gierig jedes noch so kleine Detail auf.

Sie war genauso aufmerksam wie Thomas.

Ich beobachtete gerne, was für sie an der Welt interessant erschien. Es waren stets kleine Dinge, auf die ich niemals gekommen wäre und die mir selbst gar nicht aufgefallen wären. Das Gefühl eines silbernen Schrankknopfes im Wohnzimmer. Ein abgewetztes Loch im Teppich, das sie faszinierte. Wenn wir unterwegs waren, schoss ihr Blick manchmal nach oben, doch wenn ich ihm folgte, sah ich nur den Himmel und eine weiße Wolkendecke. Für Mimi hingegen war es ein eindrucksvoller Anblick. Etwas, das es wert war, beachtet zu werden.

»Sie sieht Ihnen sehr ähnlich«, sagten mir Fremde immer wieder, nachdem sie einen Blick in den Kinderwagen geworfen hatten, obwohl Mimi meiner Meinung nach anders aussah als ich.

Mimi fühlte sich auch in der Stille wohl.

Sie mochte den Regen. Nicht die Nässe auf ihrer Haut, sondern den Klang der Tropfen, die gegen das Fenster prasselten. Sie lauschte dem Geräusch, als wäre es etwas Physisches, nach dem sie greifen konnte.

Sie konnte sich allein beschäftigen und schien es genauso zu genießen, wie mit mir und Thomas zu spielen. Sie sah bloß ab und zu auf, um sich meiner Nähe zu vergewissern, doch dann widmete sie sich wieder dem Spiel und ging ganz in seinem beruhigenden Rhythmus auf.

Ich war immer da, beobachtend, wartend, bereit, wenn sie spielen wollte.

Sie schlief nur ungern. Sie wehrte sich jedes Mal, wenn ich sie ins Bett legte. Verzweifelt kämpfte sie gegen die Müdigkeit an, bis sie schließlich von einem Moment auf den anderen einschlief.

Was könnte ich sonst noch über sie erzählen?

Dass sie nicht leicht zum Lächeln gebracht werden konnte?

Dass sie merkte, wenn es uns nicht gut ging, obwohl wir nichts anderes gesagt und getan hatten als sonst?

Dass sie in jedem Raum nach kürzester Zeit die Tür fand?

Dass sie Milch aus der Flasche nur trank, wenn sie kaum merklich gewärmt war?

Sie bezauberte mich. Nichts hatte mich darauf vorbereitet, wie sehr ich sie liebte. Auch wenn ich oft nächtelang nicht schlief und mein Körper sich nichts sehnlicher wünschte als Schlaf, konnte mich nichts und niemand davon abhalten, zu meinem neugeborenen Kind zu eilen, sobald ich sein Weinen hörte.

Ich wusste, wie wichtig ich für Mimi war, ich wusste, was ich tat, und ich beherrschte diese besondere Wiegebewegung, die sie am besten beruhigte, dennoch ließ mich die Unsicherheit nicht los. Wenn sie nachts nicht schlafen konnte, legte ich sie manchmal nicht in ihr Bettchen, sondern nahm sie mit in unser Bett, und sobald ich mich an sie gekuschelt hatte und sie sich sicher und geborgen fühlte, schlief sie ein. Doch auch dabei kamen mir jedes Mal Zweifel, denn bei Bekanntwerden führte es sofort zu einem IPS-Bescheid. Das OSIP war strikt gegen Kinder im Elternbett. Aber ich war oft erschöpft, hätte alles getan, um sie zu trösten, und konnte keinen klaren Gedanken fassen. Und dann war da noch tief in meinem Inneren diese Stimme, die mit Sicherheit wusste, dass sie in diesem Moment genau das brauchte. Einige Stunden meiner uneingeschränkten Nähe. Ich spürte, dass Thomas nicht einverstanden war, aber wenn ich ihn fragte, leugnete er es und zeigte sich lediglich besorgt, dass es irgendwann zur Gewohnheit werden würde.

Ich machte mir ebenfalls Sorgen. Die verschiedenen Gedanken und Gefühle lasteten schwer auf mir, auch wenn ich wusste, dass Mimi mich einfach manchmal in ihrer Nähe brauchte und nicht mehr dahintersteckte. Und so war ich jedes Mal froh, wenn sie in den darauffolgenden Nächten auch in ihrem Bettchen Ruhe fand.

Genauso wie ich sie bereits vor ihrer Zeugung vor mir gesehen hatte, erträumte ich sie mir mittlerweile als wunderschöne Frau mit langen, schlanken Armen und Beinen. Die Haare dicht wie eine Mähne, die Augen dunkel und wissend. Ich stellte mir vor, wie sie mit ihren Freunden über einen Scherz lachte, den ich nicht verstand. Ich würde ihr dabei zusehen, wie sie etwas aus ihrem Leben machte. Etwas, das nur ihr gehörte.

Ich verzehrte mich nach ihr. Ich verzehrte mich danach zuzusehen, wie sie zu einem eigenständigen Menschen heranwuchs.

Ich verzehrte mich, doch da war auch immer die Angst, dass ich keine Gelegenheit haben würde, sie aufwachsen zu sehen.

Es war unwahrscheinlich, dass wir die ersten Monate ohne IPS-Bescheid überstehen würden, doch das taten wir. Das taten wir. Der Tag, an dem sie ein Jahr alt wurde, hatte sich mir ins Gedächtnis eingebrannt, denn sobald sie zwölf Monate alt war, war die Wahrscheinlichkeit höher, dass sie nicht extrahiert wurde. Jeder Tag, der verging, fühlte sich an wie ein Wunder.

Nach Tia und Jakob war ich so sehr auf die ständige Anwesenheit des OSIPs fixiert, dass ich überall Beamte sah. Ich überlegte bei allem, was ich tat, zweimal. Ich balancierte über ein Hochseil und rechnete jeden Moment mit dem Absturz, ohne den Nervenkitzel zu genießen, dass es mir möglich war, mich in derart schwindelerregender Höhe zu bewegen.

Immer wieder ertappte ich mich dabei, wie ich nach Evie Ausschau hielt. Sobald ich jemanden mit schwarzen Haaren entdeckte, drehte ich mich instinktiv um. Der

Gedanke, dass sie vielleicht diejenige sein würde, die mir den ersten IPS-Bescheid überreichte, war grauenhaft.

Eines Tages rief Evie an und erklärte, dass Jakob und sie aus beruflichen Gründen in den Norden ziehen würden. Man hatte sie befördert, und sie konnte es sich mittlerweile leisten, außerhalb der Viertel zu wohnen. Es war ein geziertes, unnatürliches Gespräch, ohne Entschuldigungen und ohne große Gefühlsregungen.

»Unser Haus ist sehr abgelegen – der einzige Nachbar ist eine Werft, die zu Fuß zehn Minuten entfernt ist.«

Ich täuschte vages Interesse vor und widerstand dem Drang, sie zu fragen, warum sie sich nicht nach Mimi erkundigte. Ich war erleichtert, dass sie so weit fortzog. Ich fragte mich, ob ich dann endlich aufhören würde, ständig über die Schulter zu blicken.

Das tat ich nicht.

Mimi war acht Monate alt, als die OSIP-Richtlinien zum ersten Mal geändert wurden. Die Anzahl der IPS-Bescheide wurde auf neun herabgesetzt.

Uns wurde keine Chance gegeben, sondern eine genommen.

Zuerst waren wir nicht übermäßig beunruhigt. Wir dachten, wir könnten so weitermachen wie bisher. Es gab keinen wirklichen Grund zur Sorge. Immerhin hatten wir bis dahin keinen einzigen IPS-Bescheid erhalten, warum sollte es ausgerechnet jetzt, wo die Anzahl herabgesetzt worden war, dazu kommen?

Mimi erkrankte an einem Magenvirus, das sie kurzzeitig außer Gefecht setzte, doch sie erholte sich schnell, und auch darüber machten wir uns keine großen Gedanken. Allerdings war sie noch nie krank gewesen, und wir mussten es dem OSIP melden. Ich fragte mich zwar kurz, wie das OSIP die Nachricht aufnehmen würde, doch ich beruhigte mich damit, dass Kinder nun mal ab und zu krank wurden und wir alles richtig und den Vorschriften entsprechend gemacht hatten.

Uns umgab ein Gefühl der Selbstsicherheit, ja beinahe der Arroganz.

Ich zog Mimi einen blau-weiß gestreiften Mantel über, den sie von Santa bekommen hatte, und wir gingen in den Park zum Entenfüttern. Das war zu diesem Zeitpunkt ihre Lieblingsbeschäftigung.

Ich liebte die Leidenschaften, die sie entwickelte und die länger anhielten und intensiver schienen als bei anderen Kindern in ihrem Alter.

Sie war nicht so sehr darauf versessen, die Vögel zu füttern, als vielmehr, dabei zuzusehen, wie sie gefüttert wurden. Sie gluckste, wenn sie sich übereinander hinweg- und aneinander vorbeidrängelten, um zu einem Stück Brot zu gelangen, hielt den Atem an und schnappte dann hörbar nach Luft, während sie beobachtete, welche Ente zuerst zuschlug. Es war wie eine Bühne, ein Theaterstück über das Gewinnen und Verlieren.

Wenn es Zeit zum Heimgehen wurde, trat ich von meinem Platz neben ihrem Kinderwagen einen Schritt zurück und stampfte mit den Füßen auf, um die Kälte zu vertreiben und Mimi ein Zeichen zu geben, dass wir bald gehen würden. Ich wartete, ob ihre Aufmerksamkeit nachließ.

Was sie nie tat. Ich musste das Entenbeobachten immer von mir aus beenden. Thomas hatte einmal versucht, es auszusitzen, doch am Ende waren sie mehr als zwei Stunden unterwegs gewesen, und ich musste ebenfalls in den Park, um dem Experiment ein Ende zu setzen, weil es längst Zeit fürs Abendessen war.

Ich hatte gehofft, dass noch Zeit für ein paar Einkäufe blieb, doch Mimi war wie gefesselt, und so trat ich wieder neben sie und erklärte ihr, dass es Zeit wurde und wir ja am darauffolgenden Tag wiederkommen konnten.

Natürlich wollte sie nicht gehen.

»Hör mal, Meems«, sagte ich. »Wir könnten doch neues Futter für die Enten kaufen. Etwas Leckeres aus dem Laden. Und vielleicht auch etwas für uns?«

Ich dachte, ich könnte sie vom Teich weglocken, und wenn wir erst unterwegs waren, würde sie die Enten vergessen. Die gefüllten Regale in dem kleinen Laden am Ende der Straße würden sie sicher in ihren Bann ziehen.

Sie sah mir einen Moment lang tief in die Augen, und ich war mir ziemlich sicher, dass sie wusste, was ich vorhatte. *Du kannst mir nichts vormachen,* schien dieser Blick zu sagen. Sie umklammerte den Bügel ihres Kinderwagens ein wenig fester, und ihre Knöchel wurden weiß. Dann richtete sie den Blick wieder auf die Enten.

Eine wurde gerade von den anderen verjagt. Sie schüttelte sich und plusterte empört das Gefieder auf, doch sie schwamm weiter, den Schnabel nach vorne gereckt, fort von den anderen.

»Was meinst du, Meems?«, versuchte ich es erneut. »Was sollen wir den Enten kaufen? Ein paar Müsliriegel vielleicht? Oder einen Apfel? Der würde ihnen sicher schmecken.«

Meine Worte füllten die Stille, in der ihre Antworten erklungen wären.

Ich griff nach ihren Fingern und löste sie nacheinander vom Bügel, bis ich ihre Hand in meiner hielt. Sie war kalt, und ich tastete in meiner Jackentasche nach ihren Handschuhen und bekam sofort ein schlechtes Gewissen, als ich keine fand.

Mimi maulte, als ich ihr den Blick auf den Teich versperrte, und zog ihre Hand weg.

»Komm schon, Mimi. Daddy wartet bereits auf uns. Sagen wir den Enten Auf Wiedersehen.«

Ich winkte ihnen halbherzig zu. »Auf Wiedersehen, wir kommen bald wieder vorbei!«, sagte ich und hoffte, streng und gleichzeitig beruhigend zu klingen. Dann drehte ich den Kinderwagen um und schob ihn vom Teich fort.

Die Ente, die vorhin gejagt worden war, schwamm zu den übrigen zurück, die gerade von einer anderen Mutter und ihrem Kind gefüttert wurden und durch das trockene Brot, das wie Schneeflocken auf sie niederfiel, abgelenkt waren. Zuerst bemerkten die anderen ihre Wiederkehr nicht, doch dann entdeckten sie sie und verjagten sie erneut. Wildes Geschnatter erklang.

»Komm schon«, sagte ich lachend. »Sonst holen wir uns noch eine Erkältung.«

Mimis Laune konnte von einem Moment auf den anderen umschlagen.

Ich schob den Kinderwagen weiter auf den Pfad zu, der vom Teich wegführte, während sie sie sich schreiend wand und mit den Beinen strampelte.

Sie ist hungrig, sagte ich mir. *Sie ist müde. Ich hätte nicht herkommen sollen, obwohl sie ein Nickerchen machen und eine Kleinigkeit hätte essen sollen. Das war das letzte Mal.*

»Ist ja gut«, sagte ich, und meine Stimme klang mittlerweile etwas schrill.

Mimi schrie und heulte weiter.

Jemand tippte mir auf die Schulter, und ich dachte zuerst, ich hätte es mir eingebildet. Wer sollte mir auf die Schulter tippen, wo doch jeder sah, dass ich gerade genug mit meiner Tochter zu tun hatte? Doch dann spürte ich es erneut. Ein beharrliches, drängendes Tippen.

Ich drehte mich um, und vor mir stand eine kleine, in Tweed gekleidete Frau, die so eingemummelt war, dass sie dadurch noch kleiner wirkte. Sie trug eine runde Brille, durch die sie mich neugierig anblickte. Ihre blassgrauen Haare waren so kurz, dass sie beinahe geschoren wirkten.

»Was?«, blaffte ich sie an, ehe ich mich zurückhalten konnte. Sie fuhr zurück, als hätte ich sie geschlagen.

»Ihr Band, *bitte«,* sagte sie und betonte das Wort »bitte«, als wollte sie mich auf ihre guten Manieren aufmerksam machen.

»Mein Band?«, fragte ich verständnislos.

»Im Namen des OSIPs übergebe ich Ihnen heute, am Dienstag, dem 22. September, um 15:04 einen IPS-Bescheid, da Sie offensichtlich die Notlage Ihres Kindes ignorieren. Ihr Band, bitte …«

»Ich ignoriere doch nicht die Notlage meines Kindes! Sie ist bloß wütend, weil wir nach Hause gehen. Sie beruhigt sich gleich.«

»Sie weint seit fünf Minuten, ohne dass Sie sie getröstet hätten.«

»Seit fünf Minuten?«

»Ich habe es gestoppt. Eine solche Zeitspanne kann sich erheblich auf ihr Stresslevel auswirken, was zu Angstzuständen und Depression im Erwachsenenalter führen kann.«

»Ja, das weiß ich«, fuhr ich sie an, ehe ich mich zurückhalten konnte. »Aber es waren keine fünf Minuten, und ich habe versucht, sie zu beruhigen.«

»Sie können Einspruch einlegen, wenn Sie wollen. Aber ich habe Aufzeichnungen, die meine Anschuldigungen beweisen, also würde ich Ihnen davon abraten. Sie könnten aufgrund Ihrer Uneinsichtigkeit einen weiteren IPS-Bescheid bekommen. Ein derartiges Verhalten zeugt von Unverständnis.«

Ich öffnete den Mund, um etwas zu erwidern, doch

dann riss ich mich zusammen und streckte ihr fassungslos meinen Arm entgegen. Sie schob meinen Ärmel hoch und scannte das dünne Silberband, bevor sie den Scanner auf Mimi richtete. Es erklang ein leises Zischen, als unsere Bänder gelesen wurden.

Die Frau hatte Mimi von den Enten abgelenkt, und sie hatte aufgehört zu weinen, doch als ich den Blick hob, war die Beamtin verschwunden, und Mimi weinte erneut. Hinter uns balgten sich die Enten in wildem Durcheinander um das durch die Luft fliegende Weißbrot.

JETZT

Ich stürze auf Jonah zu.

»Ich tue alles. Sagen Sie mir nur was.«

Ich meine es ernst. Es gibt nichts, was ich nicht für sie tun würde.

»Ihre Schwester Evie hat Ihnen diese Adresse gegeben, aber sie hat Ihnen nicht gesagt, warum Sie herfahren sollen?« Jonah sieht mich an, und ich schüttle den Kopf. Er spricht so leise, dass ich mich anstrengen muss, um ihn zu verstehen. Seine Stimme zittert kaum merklich und klingt irgendwie dünn, als hätte sie sich mit der Zeit abgenutzt. »Sie war auch hier. Sie hat mich ausfindig gemacht.«

Jonah legt die Hände in den Schoß und verschränkt sie, seine Finger bewegen sich unablässig.

»Es war richtig, dass Sie Ihnen nichts gesagt hat. Ich verstehe, warum sie Sie hergeschickt hat, obwohl sie damit streng genommen gegen die Vorgaben verstoßen hat. Aber ich verstehe es. Und angesichts unserer gemeinsamen Geschichte …« Er deutet zuerst auf sich und dann auf mich. »… kann ich darüber hinwegsehen. Sie meinten, Sie würden alles tun, um Ihre Tochter wiederzubekommen? Was, wenn ich Ihnen sage, dass es möglich ist, dass Sie dafür aber mit einer Lüge leben müssen? Mit einer Lüge, die Sie schützen und bewahren müssen. Könnten Sie das?«

»Natürlich. Ich würde alles tun. Ich schaffe alles.«

Plötzlich springt Jonah auf. Er wendet sich ab und geht einige Schritte, wobei er die Hände hinter dem Rücken verschränkt hat und sie immer noch keinen Moment stillstehen.

Er hält vor einem gerahmten Bild inne, das ihn mit Genevieve zeigt. Sie ist noch klein, vielleicht drei oder vier, und schmiegt sich an seine Hüfte. Er hat den Arm um sie gelegt.

»Sie kennen die Unterlagen für die Lebensdokumentation. Sie wissen alles über Genevieve.«

Er spricht langsam, und wieder klingt seine Stimme dünn, sodass ich mich nach vorne lehnen muss.

Als er sich zu mir umdreht, brennen seine Augen wie Feuer.

»Ich liebe meine Tochter sehr.«

Ich nicke energisch, während ich hektisch nach einer möglichen Verbindung zwischen uns suche.

»Sie ist ein XC-Baby«, erklärt er, und in diesem Moment höre ich es. Das verborgene Zittern in seiner Stimme. Es breitet sich aus wie ein Haarriss, den man nicht sieht, wenn man nicht danach sucht. »XC geboren, damit ihre Mutter sich keiner Induktion unterziehen musste. Ein wissenschaftlicher Durchbruch. Eine bahnbrechende Technologie. Es hieß, es würde alles verändern. Man bekommt ein Kind, ohne die Mutter in Gefahr zu bringen. Wenn es nicht so kostspielig wäre, würde das Verfahren der gesamten Bevölkerung zur Verfügung stehen. Vielleicht würde es eines Tages so weit sein. Keine Induktionen mehr. Kein Schmerz. Können Sie sich das vorstellen?«

Ich höre die Worte, die aus seinem Mund kommen, aber irgendetwas fehlt. Ich bemühe mich, es herauszuhören, es zu erkennen. Es ist der Riss. Er wird breiter, länger, tiefer. Darunter liegt tiefe Finsternis.

»Aber … Aber …« Jonahs Finger halten inne. Sie hängen regungslos nach unten. Wie ein Ast, der von einem Baum gerissen wurde. Ohne Blätter, schwarz, starr. »Aber … es funktionierte nicht.«

Ich hebe ruckartig den Blick.

»Es hat nie funktioniert. Es gab nie ein XC-Baby.«

Ich lasse die Worte sacken. *Es gab nie ein XC-Baby.* Ich spüre, wie sie in mir zu kribbeln beginnen, mich schubsen, mich in die richtige Richtung drängen. Sie kratzen an dem Schorf, die Haut darunter ist aufgerissen, blutig, entzündet. Da ist ein Dröhnen in meinen Ohren, ein Pulsieren, ein Rauschen, das über mich hinwegbrandet.

Jonah redet weiter, und seine Worte fließen über mich wie Wasser über einen Stein.

»Es hat schlichtweg nie funktioniert. Manchmal schien es, als stünden sie kurz davor, und ich glaube, es hätte durchaus klappen können. Eines Tages. Aber in der Zwischenzeit erkannten sie, dass es tatsächlich Leute gibt, die für ein Kind bezahlen würden. Die nach einer Möglichkeit suchen, der Induktion zu entgehen.«

»Aber die gibt es nicht«, sage ich. Die Worte verlassen meinen Mund, ehe mir klar ist, was sie bedeuten.

»Das ist richtig. Induktion ist heutzutage der einzige Weg, um ein Kind zu bekommen.«

»Das heißt, die XCs … die XC-Babys, die wir kennen, sind in Wahrheit …«

»Es sind die extrahierten Kinder.«

Ich bekomme keine Luft.

Jonah verschwimmt vor meinen Augen.

Taumelnd erhebe ich mich, als würde ich aus einem entsetzlichen Traum erwachen. Ich versuche, mich irgendwie an die unglaubliche, neue Realität zu gewöhnen, die mir gerade offenbart wurde.

Ich sehe ein Gesicht. Aber es ist nicht Mimi. Das überrascht mich. Ich will an sie denken, will sie halten, will sie bei mir haben. Wenn ich sie halten könnte, könnte ich sie vor alldem bewahren. Aber dieses wunderschöne, perfekte Gesicht gehört nicht Mimi.

Es ist Tia. Ich denke an Tia. Ihre großen Augen mit den dunklen Wimpern mustern mich prüfend. Das letzte Mal sah ich ihre glänzenden, aufgeblasenen Wangen, die sich zu einem Weinen verzogen, als sie mich über die Schulter der Beamtin ansah, die sie gerade hochgehoben hatte. Sie verschwanden um die Ecke und waren für immer fort.

»Jedes Kind, das extrahiert wurde? Wie können die Kustoden … wie können Sie …« Mir schwirren zu viele Fragen durch den Kopf. Zu viele Flüche, mit denen ich ihn überhäufen möchte, zu viel Verzweiflung. Sie vermischen sich miteinander, und Ekel steigt meine Kehle hoch.

»Sie meinen, wie ich mit dem Wissen weiterleben kann? Obwohl ich weiß, was ich weiß?«, beendet Jonah die Frage für mich. »Ich habe mich das selbst schon oft gefragt … ich …«

Er verstummt und sieht sich um, als fände er die Antwort irgendwo im Zimmer. Sein Blick bleibt erneut an dem Foto mit der kleinen Genevieve und ihm selbst hängen. Ich denke an die Statistiken, daran, dass die meisten Kinder als Babys extrahiert werden.

»Deshalb werden sie den Eltern abgenommen, solange sie noch klein sind.«

Jonah nickt kaum merklich.

»Und das Gerede über die längere Entwicklungsdauer und das Ausbilden des Mikrobioms …«

»Das ist ein Teil der Tarnung. Die Begründung, warum XC-Babys bereits älter sind, wenn sie den Eltern übergeben werden. Und da die leiblichen Eltern in den Vierteln leben, können sich die Wege ihrer Kinder niemals mit ihren kreuzen.«

Alles löst sich auf, breitet sich vor mir aus, immer weiter und weiter.

»Die Einrichtungen.«

»Existieren nicht.«

»Mimi«, murmle ich. Sie ist schon zu alt, um als XC-Baby durchzugehen. Wo wäre sie gelandet, wenn sie sie extrahiert hätten?

»Ihre Tochter ist mittlerweile fast ein Jahr alt, oder?«

Ich nicke.

»Nachdem die Welt nun mal ist, wie sie ist, gibt es auch einen Markt für Kinder, die keine Neugeborenen mehr sind.«

»Sie wäre also adoptiert worden?« Das Wort klingt seltsam aus meinem Mund, denn im Grunde existiert es in unserer Gesellschaft nicht mehr.

»Es gibt Leute, die sich kein XC-Baby leisten können, aber genug Geld haben, um außerhalb der Viertel zu leben.«

»Und was wird ihnen über die leibliche Familie erzählt?«

»Meistens, dass die Mutter verstorben ist.«

Ich schließe die Augen. Ich versuche, nicht darüber nachzudenken, aber ich sehe Mimi vor mir, die an Fremde übergeben wird, zu denen sie Mummy und Daddy sagen soll. Die sich fragt, wo wir sind und warum sie fortgeschickt wurde. Wie lange hätte es wohl gedauert, bis sie uns vergessen hätte?

»Ich wusste es nicht, als sie zu mir kam«, murmelt er, und sein Blick huscht erneut zu Genevieve auf dem Foto. »Aber dann wurde sie krank.«

»Genevieve?«

»Ich wollte dem genetischen Defekt auf den Grund gehen. Es war der einzige Weg, um zu verstehen, wogegen wir ankämpfen mussten. So habe ich es schließlich herausgefunden.«

Ich starre Jonah an, die Form seines Mundes, wenn er spricht. Ich habe langsam das Gefühl, als wäre ich nicht wirklich hier, als wäre mein Körper nicht mein eigener. Ich erschaudere, und mir wird eiskalt.

»Was haben Sie herausgefunden?«

»Sie kennen Genevieve eigentlich unter dem Namen Maia. Evie hat es herausgefunden, als sie die Dokumente Ihres Vaters durchging. So hat sie Jakob wiederbekommen. Genevieve wurde extrahiert, sie wurde einer Familie weggenommen ... *Ihrer* Familie.«

»Maia«, hauche ich. Ich bringe den Namen kaum über die Lippen, doch mein Blick richtet sich auf das kleine Mädchen auf dem Foto. Ich mustere fieberhaft das vertraute Gesicht. Ich habe so viele Stunden damit verbracht, sie zu studieren und Details für Jonahs Lebensdokumentation zusammenzutragen, aber jetzt suche ich nach etwas anderem. Ich suche nach Hinweisen auf die Schwester, die ich nie kennenlernen durfte.

»Ich kann mich nicht an sie erinnern«, gestehe ich. »Dad hat uns erzählt, dass sie als Baby gestorben ist. Kurz bevor meine Mutter starb.«

»Maia ist nicht gestorben. Sie wurde extrahiert. Sie war eine der Ersten, die geholt wurden. Und Ihre Mutter hat Selbstmord begangen, weil sie nicht damit leben konnte. Es war ein riesiger Schock, vor allem, weil alles noch am Anfang stand. Das ist es, was damals wirklich passiert ist. Evie hat die Wahrheit herausgefunden, und sie kam hierher, um mit mir zu sprechen.«

Ich versuche, die Worte zusammenzufügen, die aus Jonahs Mund dringen. Um mich herum dreht sich alles, der Boden kippt, die Wände neigen sich in einem seltsamen Winkel.

Meine Mutter. Sie hat uns verlassen. Sie hat sich freiwillig dafür entschieden, uns zu verlassen. Da ist eine leise Stimme in meinem Kopf, die mir das immer wieder sagt. Ich denke an ein Foto, das Evie und mich nicht lange nach ihrem Tod zeigt. Wir waren so jung.

Ich weiß so wenig über sie. Die Dinge, von denen Evie mir erzählt hat, sind realer als die tatsächlichen Erinnerungen. Aber jetzt fühle ich mich ihr näher. Ich spüre beinahe den brennenden Schmerz, als ihr Maia genommen wurde. Ich spüre ihre Verzweiflung. Sie ist etwas Greifbares, das lange Schatten auf sie wirft.

»Sie hat Selbstmord begangen. Weil ihr Maia genommen wurde«, wiederhole ich benommen. Aber ich begreife es immer noch nicht. »Warum hat Evie nicht …? Und mein Dad …?«

»Ihr Vater hat versucht, Sie vor der Wahrheit zu schützen. Er wollte nicht, dass Sie in dem Wissen aufwachsen, was Ihre Mutter getan hat. Er dachte, es wäre besser so. Und Evie wollte Sie ebenfalls schützen. Zumindest zu Beginn.«

»Aber wie hat sie herausgefunden, dass Genevieve Maia ist? Wusste Dad es auch?«

»Als Genevieve erkrankte, habe ich umfangreiche Nachforschungen angestellt, wie das XC-Programm funktioniert, aber ich kam nicht weiter. Am Ende ging ich eine Beziehung mit einer der Angestellten ein. So habe ich die Wahrheit erfahren. Genevieve war eine der Ersten, und sie haben damals den Fehler gemacht, sie nicht genau genug zu untersuchen. So etwas würde heute nicht mehr passieren, sie haben aus ihren Fehlern gelernt. Jedenfalls habe ich das OSIP damit konfrontiert. Ich wollte wissen, wer Genevieves leibliche Familie war. Ich musste sie finden, damit ich nachvollziehen konnte, was ihr fehlte und welche Behandlungsmöglichkeit es gab. Aber sie verweigerten mir die Unterstützung, und so habe ich Ihren Vater selbst ausfindig gemacht. Ich brauchte Zeit und einiges an Bestechungsgeld, aber am Ende fand ich ihn. Ich habe ihm erklärt, dass ich eine genetische Studie leitete und eure Familie ausgewählt wurde, weil eure Mutter auf natürliche Weise schwanger werden konnte. Er gab freiwillig Proben ab. Sie waren damals noch klein, vielleicht fünf oder sechs. Ich fand heraus, dass Genevieve ein Einzelfall war, der Gendefekt zeigt sich weder bei Ihnen noch bei Ihrer Schwester. Ihr Dad hatte schwer mit dem zu kämpfen, was passiert war. Er zog Evie und Sie allein groß und hatte Frau und Tochter verloren. Wir kamen ins Gespräch. Ich glaube, er hatte niemanden, dem er sich anvertrauen konnte. Er hat mir erzählt, was mit Genevieve – Maia – und Ihrer Mutter geschehen war …«

»Und Sie haben zugehört. Während seine Tochter die ganze Zeit in Ihrem Haus lebte.«

»Das war mir natürlich klar, Kit. Ich bin … nicht stolz

darauf. Aber er brauchte jemanden zum Reden. Und ich konnte zuhören. Es war das Mindeste.«

»Und ich … ich habe Ihre Lebensdokumentation geschrieben. Ich habe Sie beobachtet, Sie belauscht.«

»Ich wollte Sie in unserer Nähe wissen«, erklärt Jonah schlicht. »So konnte ich sichergehen, dass Sie keine Ahnung haben, wer Genevieve wirklich ist.«

Ich ertappe mich bei dem Gedanken an Genevieve – Maia – und sehe sie auf dem Bildschirm einer Sphäre. Sie taumelt auf mich zu, scheinbar so nahe, aber doch immer außer Reichweite.

»Wissen auch die anderen Familien Bescheid? Alle Familien, die … ein XC-Baby haben?«

Jonah lässt sich Zeit mit der Antwort. »Nein. Ich habe es nur herausgefunden, weil Genevieve krank wurde. Es gibt sicher einige, die Bescheid wissen, aber es ist nicht allgemein bekannt.«

»Dann haben Sie Dad also hingehalten, ihm zugehört, sich alles erzählen lassen … Hat er jemals herausgefunden, warum Sie so interessiert waren? Haben Sie … Haben Sie …« Ich stolpere beinahe über die Worte. »Haben Sie ihm Maia vorgestellt?«

»Nein. Wir haben einander nie getroffen, nur geschrieben. Es ging über Jahre. Manchmal hörte ich einige Zeit nichts von ihm. Der Kontakt wurde mit der Zeit weniger. Aber er blieb dennoch bis zum Ende aufrecht. Evie hat die Briefe gefunden. So erfuhr sie, dass Ihre Schwester extrahiert wurde und wie Ihre Mutter tatsächlich starb.

Nachdem Jakob geholt worden war, kam sie hierher. Eines Tages stand sie plötzlich vor der Tür. Sie hatte die Adresse von meinen Briefen. Sie meinte, sie müsse alles eine Zeit lang hinter sich lassen und sie wolle mit jemandem reden, der wusste, was Ihr Vater wirklich durchgemacht hatte. Sie hat mir von Jakob erzählt, vom Tod Ihres Vaters und was die Wahrheit über Ihre Mutter und Ihre Schwester mit ihr angestellt hat. Sie hat auch über Sie geredet. Sie wollte nicht, dass Sie etwas davon erfahren, sie wollte Sie schützen. Während sie hier war, entdeckte sie ein Bild von Genevieve. Dieses Bild hier.«

Er greift nach einem kleinen, gerahmten Foto, das neben anderen Fotos von Genevieve auf dem Sideboard stand. Es zeigt sie als Neugeborenes, eingewickelt in weiße Laken.

»Ich kenne dieses Bild«, sage ich. Die Worte brechen aus mir heraus. »Ich kenne es. Ich habe es schon mal gesehen.«

»Ihr Vater hat es gemacht, als Genevieve noch bei Ihrer Familie war. Kurz nach ihrer Geburt. Er hat es mir in einem seiner Briefe geschickt. Evie war erst fünf, als Genevieve zur Welt kam, sie konnte sich nicht sehr deutlich an sie erinnern. Aber sie hatte gerade erst die Fotos Ihres Vaters durchgesehen. Sie erkannte sofort, dass es sich um dasselbe Baby handelte. Sie betrachtete die anderen Fotos von Genevieve, und sie zählte eins und eins zusammen und sprach mich darauf an. Ich leugnete es nicht. Ich sah ihr an, dass sie es bereits wusste. Es gab nichts, was ich hätte sagen können, um sie vom Gegenteil zu überzeugen. Aber ich habe ihr erklärt, dass ich ihr vielleicht helfen könnte, Jakob wiederzubekommen. Dass es vielleicht einen Weg gab – wenn sie Genevieves Herkunft für sich behielt. Jakob war kein XC-Kind, sonst hätte ich ihr nicht helfen können. Er wäre bereits bei seiner neuen Familie gewesen. Stattdessen war er – wie Ihre Tochter – unter den zur Adoption freigegebenen Kindern.«

»Sie meinen, er sollte verkauft werden«, erwidere ich spitz.

»Wie ich schon sagte«, fährt Jonah fort. »Es hat seinen Preis, wenn Sie Ihre Tochter behalten wollen. Der kleinere Teil besteht darin, die schreckliche Wahrheit zu kennen, der größere darin, dafür zu sorgen, dass niemand sie erfährt. Ich habe mich entschieden, meine Tochter zu behalten und damit zu leben.«

»Aber sie ist nicht Ihre Tochter.« Ich ersticke beinahe an den Worten.

Er antwortet so leise, dass seine Stimme beinahe nicht zu hören ist, aber dennoch ist sie von einer stählernen Härte, die ich auch von mir selbst kenne.

»Mittlerweile ist sie es.«

»Dann darf Mimi also bei uns bleiben, wenn ich den Mund halte?«

»Ja«, sagt Jonah. »Ein anderes Kind wird an ihre Stelle treten.«

Ich schlucke. Ich spüre den Schatten dieser anderen Familie – der anderen Mutter, die ich zu diesem Schicksal verdamme.

»Ich muss also lediglich still sein und darf niemandem im Weg stehen?«

»Nachdem Sie nun Bescheid wissen, werden Sie zu einem Teil des OSIPs. So war es bei mir. Nachdem ich sie mit der Wahrheit über Genevieve konfrontiert hatte, zwangen sie mich, für sie zu arbeiten – wenn ich sie behalten wollte. Mittlerweile ist sie erwachsen, und ich will, dass sie die Chance bekommt, Mutter zu werden. Ich halte es aus meinem öffentlichen Leben raus – die Arbeit, die ich für das OSIP erledige, ist privat –, aber Sie werden vermutlich als OSIP-Beamtin eingesetzt. Das OSIP wird sich um Sie und Ihre Finanzen kümmern, dafür führen Sie der Organisation die Kinder zu.«

»Können wir dem allen nicht einfach ein Ende setzen? Können wir nicht öffentlich machen, was sie tun? Wenn die Leute davon erfahren …«

»Es gibt durchaus Leute, die Bescheid wissen. Mich, Evie und viele andere. Es gibt einen Grund, warum wir mitspielen. Wir haben alle etwas zu verlieren. Und genau darauf zielen sie ab. Ich habe in den Jahren, die ich für das OSIP arbeite, einige Leute kennengelernt, die drohten, reinen Tisch zu machen. Ihre Kinder wurden extrahiert, ganz egal, wie alt sie waren. Und falls die Kinder bereits erwachsen waren, wurden die Enkelkinder geholt. Es wird kein Tag vergehen, an dem Sie nicht überwacht werden – aber wenn Sie sich an die Regeln halten, dürfen Sie Ihre Tochter behalten. Es gibt viele, die sich darauf einlassen. Viele, die bereit sind, es zu ertragen.«

»Wie Evie.« Mit einem Mal sehe ich die Vergangenheit in einem anderen Licht.

»Wissen alle Beamten Bescheid?«, frage ich. »Wissen sie, was sie tun? Wozu sie beitragen?«

»Die meisten nicht, nein – aber es gibt sicher ein paar. Sie haben einen Sohn oder eine Tochter, die ihnen genommen werden, wenn sie den Mund aufmachen. Es sind Leute, die zu viel wissen, aber etwas zu verlieren haben. Einen Grund, sich in Schweigen zu üben.«

»Leute wie ich«, sage ich.

»Leute wie Sie.«

DAMALS

Das nächste Mal waren wir auf einem Spielplatz. Beim dritten Mal wurden wir auf dem Weg zu Santa angehalten.

Auf dem Weg zu einer Krabbelgruppe. In unserem Lieblingscafé. In dem Imbiss am Straßenrand, in dem wir zufällig haltgemacht hatten.

Mimi wurde erneut krank, und wir meldeten das Virus an das OSIP weiter, wie wir es auch beim ersten Mal getan hatten. Sobald ich das Dokument von meiner Arbeits-Sphäre aus abgeschickt hatte, bekam ich den nächsten IPS-Bescheid, weil wir sie nicht genügend geschützt hatten.

Danach hörten wir auf, das Haus zu verlassen. Aber Mimi wurde wieder krank, offenbar eine Darmgrippe. Ich brachte sie ins Krankenhaus, weil ich Angst hatte, dass wir nicht genug für sie tun konnten. Der Arzt stellte eine Glutenunverträglichkeit fest. Ich fragte, ob wir gegen den letzten IPS-Bescheid Einspruch einlegen konnten, denn offenbar war nicht der geringe Schutz, sondern die Unverträglichkeit schuld an ihrem Zustand gewesen, doch uns wurde erklärt, dass es bei einem gesundheitsrelevanten Bescheid keine Möglichkeit zum Einspruch gab.

Die IPS-Bescheide wurden immer mehr und häuften sich bereits. Sie schienen wie ein Wolkenkratzer in den Himmel zu wachsen. Wir versuchten, die Hoffnung nicht zu verlieren. Wir versuchten, uns zu ändern, bessere Eltern zu werden. Wir wollten zukünftige Fehler vorwegnehmen und unser Verhalten dementsprechend anpassen. Wir versuchten, nicht aufzugeben, aber die Hoffnungslosigkeit wuchs, und Lethargie machte sich breit.

Eines Tages beschlossen wir, Marina zu besuchen und Santa dort zu treffen. Wir gingen zu Fuß, mit Mimi im Kinderwagen. Wir hatten für alle Eventualitäten Wechselkleidung eingepackt und den Kinderwagen vor der Abfahrt mehrere Male überprüft. Thomas war überzeugt, dass nichts schiefgehen konnte. Wir würden zu Marina spazieren, und Mimi würde einschlafen und erst aufwachen, wenn wir sicher in Marinas Wohnung angekommen waren. Es war ein idiotensicherer Plan.

Es war ein sonniger, aber bitterkalter Tag. Ich weiß noch, dass ich wünschte, ich hätte Handschuhe angezogen. Ich umklammerte den Handgriff des Kinderwagens, um die Hände zu wärmen. Wir bewegten uns als Dreieck. Mimi im Wagen voran, Thomas und ich nebeneinander, beinahe aneinanderklebend. Ich hielt jedes Mal den Atem an, wenn jemand an uns vorbeiging, und erst wenn derjenige in sicherer Entfernung war, ließ ich die Luft wieder entweichen.

Wir waren beinahe angekommen. Ich sah bereits Marinas glänzend schwarze Tür. Eine Autotür ging auf und fiel wieder zu. Ich wurde immer schneller. Ich wollte ins Haus, geschützt sein in seinen Wänden. Thomas neben mir musste beinahe joggen, um mithalten zu können.

»Bleiben Sie stehen!«, sagte eine Stimme. Mir war zuerst nicht klar, dass wir gemeint waren, doch als wir weitergingen, hörte ich sie noch einmal: »Ich sagte: Bleiben Sie stehen!«

Die Wintersonne blendete mich, und so konnte ich den Beamten nicht deutlich erkennen, genauso wenig wie seinen Ausweis, den er uns entgegenstreckte. Ich ging die Checkliste im Kopf durch und überlegte, wessen er uns beschuldigen könnte. Ich warf einen Blick auf die schlafende Mimi. Er glitt über ihren Körper, ihre Mütze, die korrekt auf ihrem Kopf saß, und den Winteroverall, in den sie gehüllt war. Sie lächelte im Schlaf, dann drehte sie sich zur Seite und wirkte dabei vollkommen entspannt.

Der Beamte steckte die Hände in die Taschen. Als er den Blick hob, sah ich einen Moment lang ein wölfisches Grinsen auf seinem Gesicht, das jedoch sofort wieder verschwand, sodass ich mich fragte, ob ich es mir nur eingebildet hatte.

Ich kannte dieses Lächeln. Die Zähne, die etwas zu nahe beieinanderstanden. Die blassen Lippen, die breiten Wangen.

»Roger«, sagte ich leise. Mein Ex-Freund vor Thomas, dem ich gesagt hatte, dass ich niemals Kinder haben wollte.

Er ignorierte mich und zeigte mir seinen Ausweis. Das

Bild sah aus, als würde er versuchen, ein Grinsen zu unterdrücken, darüber prangte das blaue OSIP-Logo.

»Also, wie lange seid ihr schon unterwegs, Leute?«, fragte er. Er redete mit Thomas, nicht mit mir.

Roger fragte uns, ob wir wüssten, wie kalt es war und wie viele Kilometer wir gegangen waren. Er überprüfte Mimis Klamotten, und natürlich weckte er sie, sodass sie erschrocken zu weinen begann. Sie hörte nicht auf, egal, was ich sagte, also nahm ich sie aus dem Kinderwagen, um sie an mich zu drücken.

Der Winteroverall war klobig und glatt, und ich hatte Probleme, sie richtig zu fassen zu bekommen, während mir selbst immer heißer wurde.

»Es tut mir leid«, meinte Roger »aber es sieht so aus, als müsste ich euch einen IPS-Bescheid ausstellen. Angesichts der Temperaturen und des Alters eures Kindes habt ihr die erlaubte Zeit im Freien bei Weitem überschritten.«

Thomas fragte, wo diese Information zu finden sei, denn wir hatten während der Induktion nie davon gehört.

»Ich lasse euch die entsprechenden Unterlagen zukommen«, erklärte Roger und wischte über seine Sphäre. Unsere MobilSphären piepten. »Ich würde auf jeden Fall vorschlagen, dass ihr so schnell wie möglich ins Warme geht. Kennt ihr jemanden in der Nähe?«

Er war uns gefolgt und hatte bis zur letzten Minute gewartet, bis er sich zu erkennen gegeben hatte. Ich war mir sicher, dass er irgendwie in Erfahrung gebracht hatte, wohin wir unterwegs waren, dass er wusste, dass wir es beinahe geschafft hatten.

Er scannte mein Band und anschließend Mimis, dann ließ er uns stehen, drehte sich aber kurz darauf noch einmal um.

»Gebt ab jetzt besser acht«, sagte er, und dieses Mal redete er nur mit mir.

Es gab keinen Ort mehr, an dem wir uns sicher fühlten. Dinge und Plätze, die sich einmal vollkommen normal angefühlt hatten, waren beschmutzt, und ich hatte kein Bedürfnis, noch einmal dorthin zurückzukehren. Allein der Gedanke daran raubte mir den Atem. Wir gingen nicht mehr zum Schwimmunterricht und auch nicht mehr auf den Spielplatz. Wir hörten auf, Santa zu besuchen. Wir aßen nicht mehr auswärts und verließen das Haus im Grunde nur noch, wenn es sich nicht vermeiden ließ.

In jenen Monaten lebten wir wie Gefangene. Unsere Welt schrumpfte und passte zwischen die Wände unseres Hauses. Wir zogen nicht mehr zu dritt los, stattdessen blieb einer bei Mimi, während der andere alles Nötige besorgte. Meist war ich diejenige, die zu Hause blieb. Ich zählte die Minuten, bis Thomas wiederkam, sah ständig durch die Vorhänge, überprüfte die Kette an der Haustür und brachte Mimi in eines der Zimmer, die nicht an den Flur grenzten.

Ich wollte nicht, dass irgendjemand erfuhr, dass wir allein waren.

Doch trotz aller Bemühungen, trotz unserer Zurückgezogenheit, schafften wir es beinahe mühelos zu unserem achten IPS-Bescheid. Nun war nur noch einer nötig, um Mimi zu verlieren, es sei denn, wir überstanden die wenigen Wochen bis zu ihrem ersten Geburtstag.

Das bedeutete vor allem eines: Wir waren nicht einmal mehr in unserem eigenen Haus sicher.

Sie konnten jede Minute vorbeikommen, zu jeder Tages- und Nachtzeit.

Wir konnten nichts tun, außer auf sie zu warten.

An unserem letzten gemeinsamen Tag wachten wir alle spät auf. Die Sonne stand bereits hoch am blauen Himmel, der sich weit, klar und grenzenlos über uns spannte. Ein fremdes Land, das es zu erkunden galt.

Wir hatten versucht, Mimi Milchpulver aus der Bibliothek zu geben, um sie auf die Zeit vorzubereiten, wenn wir getrennt sein würden und sie keine Milch von mir bekommen konnte. Wir hatten versucht, die Milch kaum merklich zu wärmen, aber nach dem ersten Schluck spitzte sie die Lippen, presste sie aufeinander und weigerte sich, noch etwas zu trinken.

»Was, wenn sie das später auch macht?«

»Sie wird keine andere Wahl haben«, sagte Thomas, um etwas sanfter hinzuzufügen: »Sie schafft das schon. Es ist einfach neu für sie, und sie ist es nicht gewohnt.«

Ich versuchte, das immer stärker werdende Unwohlsein abzuschütteln, das sich in mir breitmachte, wenn ich daran dachte, was wir vorhatten.

Wir kannten den Mann nicht, der sie abholen und in einen sicheren Unterschlupf bringen würde, und wir würden ihn auch nie wiedersehen. Er stellte sich nicht vor – und wir erfuhren nie seinen Namen –, die einzige Sicherheit, die wir hatten, war, dass er genau zur vereinbarten Zeit an unsere Tür klopfte. Um 16:17.

Mein Blick war den ganzen Tag über ständig zur Uhr gehuscht, doch nach den letzten Minuten mit Kuchen und Kerze traf mich das erste Klopfen trotz allem unvorbereitet.

Thomas sah mich an, und seine Liebe war ihm ins Gesicht geschrieben. Er drückte meine Hand, wie um zu sagen: »Es wird Zeit«, während Santa die Tasche nahm, die wir gepackt hatten, Mimi in eine feste Umarmung schloss und ihr Worte zuflüsterte, die ich nicht verstand.

Als sie sie losließ, versuchten wir, unserer Tochter mit übertrieben fröhlichen Stimmen zu erklären, was geschehen würde.

»Wir sehen uns *ganz* bald wieder.«

»Es ist ein Abenteuer.«

»Du gehst mit diesem netten Mann mit, aber bald sind wir wieder alle zusammen!«

Der Mann schenkte unseren Worten keinerlei Aufmerksamkeit. Er lehnte über seine MobilSphäre gebeugt an der Wand, während wir uns verabschiedeten.

»Wir sehen uns bald!«, säuselten wir erneut, auch um uns selbst zu beruhigen. Wenn wir es immer und immer wieder aussprachen, wurde es vielleicht wahr.

Und während wir sie festhielten und sie auf die Wangen küssten, schien es, als würde sie verstehen, was vor sich ging. Sie wusste, dass sie uns verlassen würde. Ich spürte es an ihrer Umarmung, an der Art, wie sie kaum merklich das Gesicht hob, damit wir es küssen konnten. Es war zu verhalten, nicht zu vergleichen mit ihrer üblichen überschwänglichen Art, Liebe zu zeigen und zu empfangen.

Als der Mann sie nach draußen trug, richtete sie fragend und starr den Blick auf uns.

Sie hielt uns damit fest.

Doch dann begann sie plötzlich zu brüllen. Es war, als hätte etwas eine Alarmanlage in ihrem Inneren ausgelöst. Sie kämpfte gegen den Mann an und wand sich in seinen Armen.

Verzweifelt streckte sie die Hände nach uns aus, und ihre Finger griffen ins Leere, während sie nach uns schrie.

Thomas legte einen Arm um meine Schulter und drückte mich fest an sich.

»Mimi!«, rief ich.

Sie drehte sich ruckartig zu mir um, und der Mann ließ sie beinahe fallen. Er versuchte, sie festzuhalten, während sie sich kreischend hin und her warf, doch sie schrie nur noch lauter.

Es war zu viel für mich.

»Lassen Sie sie los!«, brüllte ich und riss mich von Thomas los. »Tun Sie ihr nicht weh. Fassen Sie sie nicht so grob an!«

»Nein, Kit.« Thomas hielt mich zurück. »Wir müssen sie gehen lassen.«

Er zog mich ins Haus und knallte die Tür zu, und der Mann, der mit unserer verzweifelten Tochter kämpfte, verschwand dahinter.

Ich hörte Mimi schreien, lange nachdem sie verschwunden waren.

JETZT

Mimi gluckst und fliegt lachend durch die Luft.

Thomas und ich stehen direkt hinter ihr, nur wenige Zentimeter voneinander entfernt.

Sie beginnt zu murren, als die Schaukel an Schwung verliert und langsamer wird. Sie will hoch und schnell durch die Lüfte sausen.

Ich kann nicht glauben, wie schnell sie sich erholt hat. Seit sie ihre Kraft wiedergefunden hat, kann sie nichts mehr aufhalten. Sie musste einige Tage im Krankenhaus bleiben, aber die Ärzte waren zufrieden mit den Fortschritten, die sie machte.

Von außen betrachtet ist nichts verkehrt an dem Bild, das wir abgeben. Wir sind wieder zusammen, wir drei, unsere Tochter ist gesund, sie entwickelt sich prächtig, macht bereits erste Schritte, fällt hin und versucht es erneut. Es ist kein dauerhafter Schaden zurückgeblieben. Sie ist glücklich. Wir sind glücklich.

Wir sind nicht die einzige Familie im Park. Es ist der erste sonnige Tag, nachdem es eine Woche lang geschüttet hat.

Es liegt eine Ausgelassenheit, ein Lachen in der Luft, bei Erwachsenen und Kindern. Wir haben alle viel zu lange in unseren Wohnungen gesessen.

Das Geschrei allerdings kommt nur von den Kindern, während sie durchs Gras laufen und auf dem Spielplatz umhertollen.

Immer wieder fällt mir ein kleiner Junge auf, und ich meine, Jakob in ihm zu erkennen. Die Art, wie die Haare zu Berge stehen, die säbelkrummen Beine, die meinen Blick anziehen. Ich habe ihn seit dem Tag vor Evies Haus nicht mehr gesehen. Obwohl ich mittlerweile verstehe, was zwischen Evie und mir passiert ist, habe ich nicht das Bedürfnis, sie wiederzusehen. Vielleicht ändert sich das, und ich hoffe es sogar, aber im Moment lebe ich jeden Tag auf die einzige Art, auf die ich es ertragen kann, und das bedeutet vorerst, dass ich meiner Schwester nicht begegnen möchte.

Ich höre, wie jemand meinen Namen ruft, und als ich in die Richtung blicke, erkenne ich die Frau vor mir kaum wieder.

Sie hat die Haare dunkler gefärbt als je zuvor. Sie sind ein wenig zu schwarz und rauben ihrem Gesicht und ihren Lippen jegliche Farbe.

»Marie«, sage ich und versuche, den Ausweis, den ich in der Hand halte, unbemerkt in meiner Tasche verschwinden zu lassen.

»Wie geht es dir?«, fragt sie.

Ich kann ihr keine Antwort geben. Ich zucke bloß mit den Schultern, als Leo neben sie tritt. Er wirkt älter, als wären seit unserer letzten Begegnung mehr als nur ein paar Jahre vergangen.

»Es ist Kit«, sagt Marie unnötigerweise, denn es ist offensichtlich, dass er mich wiedererkennt.

»Mein Gott«, sagt er. »Wir reden immer noch von dir – davon, was du für uns getan hast. Du warst damals unser Schutzengel. Es tut uns leid, dass wir einfach verschwunden sind, nachdem … aber wir mussten fort.«

»Natürlich«, sage ich, aber es ist nicht genug. Sie sehen mich an und richten dann einen fragenden Blick auf Thomas. Ich sollte sie einander vorstellen, doch ich zögere. Das Schweigen wird beinahe unerträglich, und es ist Mimi, die es schließlich mit einem Schrei durchbricht.

»Mama, Mama«, heult sie wie eine Sirene.

Maries und Leos Gesichter beginnen zu strahlen, wie alle Gesichter beim Anblick eines kleinen Kindes, doch das Leuchten verblasst und verschwindet viel zu schnell. Ihre Blicke huschen über Mimis Gesicht, suchen nach Ähnlichkeiten.

Als ich immer noch schweige, ergreift Thomas das Wort. »Das ist Mimi«, erklärt er Marie und Leo. »Und ich bin Thomas.«

Sie verlieren sich in gegenseitigen Begrüßungen, und in ihren Augen blitzen Verzweiflung und etwas wie Neid auf, Wärme und Kälte in einem.

Thomas hebt Mimi aus der Schaukel und lässt uns drei für einen Moment allein und schweigend nebeneinanderstehen.

»Sie ist süß«, erklärt Marie schließlich.

»Ja«, fügt Leo hinzu. »Wundervoll.« Es klingt wie etwas, das sie schon viel zu oft gesagt haben, irgendwie leer.

Ich versuche, etwas zu erwidern, mir ein paar passende Worte abzuringen, aber auch ich bin leer, habe nichts zu geben.

Ich sehe bloß Tias Lächeln vor mir, wie sie zu ihrer Mutter hochsah.

Ihr Gesicht, als die Beamtin sie aus der Wohnung trug und mit ihr verschwand.

»War schön, dich wiederzusehen«, sagt Marie.

»Ja …«, stimmt Leo ihr eilig zu, doch er lässt das Wort in der Luft hängen, als wüsste er ebenso wie ich, dass er mehr sagen sollte, es aber nicht über sich bringt.

Wir verabschieden uns. Wir tun nicht so, als würden wir einander irgendwann wiedersehen. Als würden wir es wollen. Ich sehe ihnen nach.

Sie nehmen sich an den Händen und machen kleine Schritte, als müssten sie einander stützen, um nicht ins Taumeln zu geraten und in die Knie zu sinken.

»Sollen wir nach Hause gehen?«, fragt Thomas und tritt neben mich.

Ich weiß, was er wirklich wissen will: *Können* wir nach Hause gehen. Er will nicht hier sein, während ich beobachte, warte, zuschlage.

Ich versuche, Marie, Leo und Tia aus meinen Gedanken zu verdrängen, doch sie steigen immer wieder an die Oberfläche.

»Ich habe meine Quote noch nicht erfüllt«, murmle ich. Dabei sollte ich nicht mit Thomas darüber reden. Die Zahlen sind vertraulich.

»Mama?«, fragt Mimi. Ich sehe auf meine Tochter hinunter und lasse zu, dass ich einen Moment lang in ihrem Blick versinke. Sie ist der Grund. Der einzige Grund.

»Noch nicht«, sage ich zu Thomas, die Stimme stählern.

Ich entdecke eine Mutter und einen Vater, die sich angeregt unterhalten, während ihr Sohn die Rutsche nach oben klettert. Ein Fuß rutscht beinahe von der Leiter, seine Hände greifen ungeschickt nach der nächsten Sprosse.

Ich gehe mit einer Entschlossenheit auf die beiden zu, die ich nicht empfinde, greife in meine Tasche und umfasse den Ausweis, den man mir gegeben hat. Er fühlt sich fremd an, die Buchstaben OSIP ragen aus der Oberfläche hervor.

Sie sehen mich erst, als ich nur noch wenige Schritte entfernt bin.

DANK

Ich danke Jo Harwood, Sarah Mather, Katharine Carroll und allen MitarbeiterInnen bei Titan. Mein Dank gilt außerdem Sam Matthews für das akribische Lektorat und Natasha MacKenzie für das wundervolle Cover.

Dafür, dass sie meine Bücher lesen und mich immer aufbauen, danke ich Richard Ho-Yen, Celia Ho-Yen, Hanna Arnold und Alexa Weaver.

Danke an Dan und Bee für einfach alles.

Ohne die unermüdliche Unterstützung zweier Ehrfurcht gebietender Frauen wäre dieses Buch nicht entstanden: Danke an meine Agentin Clare Wallace und an meine Lektorin Cath Trechman für die exzellenten Ratschläge, eure Geduld und eure Energie, mit denen ihr mich jeden Schritt des Weges begleitet habt.